大學國文

巫淑如、林童照、邵長瑛、孫鳳吟、郭正宜、郭寶元、陳立驤、陳靖文、黃連忠、黃慶雄、莊永清、鍾美玲——編著

莊永清——主編

凡例

一、本書為獲教育部依據「教育部補助推動人文及科技教育先導型計畫要點」所推動「全校性閱讀書寫課程推動與革新計畫」A類「全校性中文語文教養課程推動與革新計畫」執行成果之一。

二、本書所稱「全校性閱讀書寫課程推動與革新計畫」緣自教育部「為鼓勵大學校院透過全校性課程改革，提升學生書寫及表達能力，透過蘊涵社會共同情感及價值之文學文本，開拓學生對生命關照、社會關懷、族群與世界之宏觀視野，並強化教師教學品質。」之旨要。

三、本書所稱「閱讀書寫課程推動與革新」，係指文學課程不僅為文學智能基礎素養之教學，更應將智能學習內化至生命情感之情意教養，展現自我覺察及創造力。

四、本書由高苑科技大學十二位教師組成編輯小組，共同編纂。課文選材皆為蘊涵社會共同情感及價值之文學文本，而以貼近學生程度與生活層面的現當代文學文本為主，並兼及文學性、地方性與文學史的系統性。

五、本書選文依次編有「自我覺察與生命意義」、「生活體驗與日常文化」、「社會差異與和諧共榮」、「自然環境與永續關懷」等四大課程模組，每一模組再分二到六個主題單元（詳如目錄），每一主題單元各有現當代文學文本與古典文學文本數篇，原合計四大課程模組二十一個主題單元六十九篇選文（現當代文學文本四十一篇、古典文學文本二十八篇，且現當代文學文本包含現代詩、現代散文、現代小說、現代劇本、報導文學、民間文學、雜文等文類，詳如附錄），足以供應大學任課教師授課所需，並可提供社會人士與學生自學之用。

六、本書課程之實施，採循序漸進之方式，每學期完成兩大課程模組，全學年完成四大模組。且宜由自我內在生命經驗之察覺出發，進而追尋生命的意義，體會人我之間的共同情感與價值；再解明社會差異之成因，思索群我實踐和諧共榮之道，永續關懷自然環境與有情萬物。

七、本書課程之實施，著重學習共同體、審議民主之建構，注重學生擷取訊息、自我提問、反思建構之深度閱讀、書寫能力的培養，且為避免學生思考惰性、成為單向度的人，故每主題單元選文之撰寫體例，保留開放空間，僅有「作者簡介」、「文本」兩項，而不同於一般國文課程依次分為「題解」、「作者」、「正文」、「註釋」、「賞析」、「問題與思考」與「延伸閱讀」之體例。

八、本書每篇課文採用版本審定的原則，古典文學文本，皆以善本為主，關於文字、分段、標點等，則以負責該篇撰述的編審委員檢視而定；現當代文學文本，採用的文本皆以原作者出版書籍、發表報章雜誌為主。

九、本書之印製，基於數位時代與著作權之授權，古典文學文本不進行紙本出版而置於專屬網頁（http://emath.kyu.edu.tw/readplan/），現當代文學文本則僅就公版及完成著作授權者等四十一篇印製。

十、本書內容雖力求精確，然疏漏之處，恐所難免。尚請博雅先進不吝斧正。

目錄

第四編　自然環境與永續關懷

第一編

自我察覺與生命意義

(一)情感經驗與家族記憶
(二)情感經驗與男女情愛
(三)負面心理與道德覺知、道德律令
(四)語言的倉庫與族群認同的差異、想像

(一)情感經驗與家族記憶

外祖父的白鬍鬚

作者簡介

琦君（一九一七—二〇〇六），本名潘希珍，又名潘希真，浙江永嘉縣瞿溪鄉人，作品以散文為主，亦涵括小說、評論、翻譯及兒童文學，其作品曾被翻譯成英、日、韓等多國語言。

文本

我沒有看見過我家的財神爺，但我總是把外祖父與財神爺聯想在一起。因為外祖父有三綹雪白雪白的長鬍鬚，連眉毛都是雪白的。手裡老捏著旱煙筒，腳上無論夏天與冬天，總拖一雙草拖鞋，冬天多套一雙白布襪。長工阿根說財神爺就是這個樣兒，他聽一個小偷親口講給他聽的。那個小偷有一夜來我家偷東西，在穀倉裡挑了一擔穀子，剛挑到後門口，卻看見一個白鬍子老公公站在門邊，拿手一指，他那擔穀子就重得再也挑不動了。他嚇得把扁擔丟下，拔腿想跑，老公公卻開口了：「站住不要跑。告訴你，我是這家的財神爺，你想偷東西是偷不走的。你沒有錢，我給你兩塊洋錢，你以後不要再做賊了。」他就摸出兩塊亮晃晃的銀元給他，叫他快走，小偷從此不敢到我家偷東西了。所以地方上人人都知道我家的財神爺最靈，最管事。外祖父卻摸著鬍子笑咪咪地說：「那一家都有個財神爺，就看這一家做事待人怎麼樣。」

外祖父是讀書人，進過學，卻什麼都沒考取過。後來就在祠堂裡教私塾，在地方上給人義務治病。他醫書看得很多，常常講些藥名或簡單的方子給媽媽聽。因此媽媽也像半個醫生，什麼茯苓、陳皮、薏米、紅棗，無緣無故的就熬來餵我喝，說是理濕健脾的。外祖父坐在廚房門口的廊簷下，摸著長鬍鬚對媽媽說：「別給孩子吃藥，我雖給旁人治病，自己活這麼大年紀，卻[illegible]藥。」他說耳不醫不聾，眼不醫不瞎，上天給人的五官與內臟幾[illegible]以活到九十很齊全的，好好保養，人人都可活到一百歲。他就說他自[illegible]以上，因為他從不生氣。我看著他的雪白鬍鬚，被風[illegible]飄呀飄的，很相信他說的話。

冬天，他最喜歡叫我端兩張竹椅，並排兒坐在後門矮牆邊曬太陽。夏天就坐在那兒乘涼，聽他講那講不完的故事。媽媽怕他累，叫我換張靠背籐椅給他，他都不要。那時他七十多歲，腰桿挺得直直的，沒有一點傴僂的老態。他對我說：古書裡有個「兮」字，是表示肚子裡有氣，這口氣到喉嚨口又給堵住了，透不出來，八字鬍子氣得翹，連背都駝了。他把「兮」字畫給我看，所以我「人手足刀尺」還不認識，第一個先認識「兮」字。長大後讀楚辭，看見那麼多「兮」字，才知道這位憤世愛國的詩人，顏色憔悴，形容枯槁地行吟澤畔，終於自沉而死，心裡有多麼痛苦。

坐在後門口的一件有趣的工作，就是編小竹籠。外祖父用小刀把竹籤削成細細的，教我編一個個四四方方的小籠子。籠子裡面放圓卵石，編好了扔著玩。有一次，我捉一隻金龜子塞在裡面，外祖父一定要我把牠放走，他說蟲子也不可隨便虐待的。他指著牆腳邊正在排著隊伍搬運食物的螞蟻說：「你看螞蟻多好，一個家族同心協力的把食物運回洞裡，藏起來冬天吃，從來沒看見一隻螞蟻只顧自己在外吃飽了不回家的。」他常常故意丟一點糕餅在牆角，坐在那兒守著螞蟻搬運，嘴角一直掛著微笑。媽媽說外祖父會長壽，就是因爲他看世上什麼都是好玩的。

要飯的看見他坐在後門口，就伸手向他討錢。他就掏出枚銅子給他。一會兒，又一個來了，他再掏一枚給他。一直到銅子掏完爲止，搖搖手說：「今天沒有了，明天我換了銅子你們再來。」媽媽說善門難開，叫他不要這麼施捨，招來好多要飯的難對付。他像有點不高興了，煙筒敲得咯咯的響，他說：「那個願意討飯？總是沒法子才走這條路。」有一次，我親眼看見一個女乞丐向外祖父討了一枚銅子，不到兩個鐘頭，她又背了個孩子再來討。我告訴外祖父說：「她已經來過了。」他像聽也沒聽見，又給她一枚。我問他：「您爲什麼不看看清楚，她明明是欺騙。」他說：「孩子，天底下的事就這樣，他來騙你，你只要不被他騙就是了。一枚銅子，在她眼裡比斗笠還大，多給她一枚，她多高興？這麼多討飯的，有的人確是好吃懶做，但有的眞是因爲貧窮。我有多的，就給他們。也許有一天他們有好日子過了，也會想起從前自己的苦日子，受過人的接濟，他就會好好幫助別人了，那麼我今天這枚銅元的功效就很大了。」他噴了口煙，問我：「你懂不懂？」

「懂是懂，不過我不大贊成拿錢給騙子。」我說。

「騙人的人也可以感化的，我講個故事給你聽，我們的　國父孫中山先生就是位最慷慨，最不計較金錢的人，他自己沒錢的時候，人家借給他錢，他不買吃的、穿的，卻統統買了書。他說錢一定要用在正正當當的地方。所以他鼓吹革命的時候，許多人向他借錢，他都給。那時他的朋友胡漢民先生勸他說：

許多人都是來騙你錢的，你不可太相信他們。他說沒有關係，這麼多人裡面，總有幾個是眞誠的，後來那些向他拿過錢，原只是想騙騙他的人，都受了他的感動；紛紛起來響應他了。這一件事就可證明，人人都可做好人。當他壞人，他也許眞的變壞，當他好人，就是偶然犯了過錯，也會變好的。而誠心誠意待人，一定可以感動對方的。我再講一段 國父的故事給你聽。」他講起 國父來就眉飛色舞，因爲他最欽佩 國父。他說：「 國父在國外的時候，有一個留學生願意參加革命，後來又有點怕了，就偷偷割開國父的皮包，偷走了一份革命黨員的名單， 國父卻裝做不知道，等到革命成功以後，他一點也不計較那人所犯的過錯，反而給他一份官做。那人萬分的感動，做事做得很好。」他忽然輕聲輕氣地問我：「你知不知道那一次你家財神爺嚇走了小偷是怎麼回事？」

「不知道。」

「你別告訴人，那個白鬍子財神爺就是我呀。」

「外公，您眞好玩，那個小偷一定不知道。」

「他知道，他不好意思說，故意那麼告訴人的。我給他兩塊銀元，勸說他一頓，他以後就去學手藝，沒有再做小偷了。」他又繼續說：「我不是說過嗎？那一家都有個財神爺，一個國家也有個財神爺，做官的個個好，老百姓也個個好，這個國家就會發財，就會強盛。」

這一段有趣的故事，使我一直不會忘記，進中學以後，每次聖誕節看見舞臺上或櫥窗裡白眉毛白鬍子的聖誕老公公，就會想起我家的財神爺——我的外祖父，和他老人家對我說的那段話。

「施比受更爲有福。」這是中外古今不變的眞理，外祖父就是一位專門賜予快樂給人們的仁慈老人。

我現在執筆追敘他的小故事，眼前就出現他飄著白鬍鬚的慈愛臉容。他活到九十六歲，無疾而終。去世的當天早晨，他自己洗了澡，換好衣服，在佛堂與祖宗神位前點好香燭，然後安安靜靜地靠在床上，像睡覺似的睡著去世了。可是無論他是怎樣的仙逝而去，我還是禁不住悲傷哭泣。因爲那時我雙親都已去世，他是唯一最愛我的親人，我自幼依他膝下多年，我們祖孫之愛是超乎尋常的。記得最後那一年臘月二十八，鄉下演廟戲，天下著大雪，凍得足手都僵硬了。而每年臘月的封門戲，班子總是最蹩腳的，衣服破爛，唱戲的都是又醜又老，連我這個戲迷都不想去看，可是外祖父點起燈籠，穿上釘鞋，對我與長工阿根說：「走，我們看戲去。」

「我不去，外公，太冷了。」

「公公都不怕冷，你怕冷？走。」

他一手牽我，一手提燈籠，阿根背長板凳，外祖父的釘鞋踩在雪地裡，發出沙沙的清脆聲音。他走得好快，到了廟裡，戲已開鑼了，正殿裡零零落落的還不到三十個人。臺上演的是我看厭了的「投軍別窯」，一男一女的啞嗓子不知在唱些什麼。武生舊兮兮的長靠後背，旗子都只剩了兩根，沒精打采的垂下來。可是唱完一齣，外祖父卻拼命拍手叫好。不知什麼時候，他給臺上遞去一塊銀元，叫他們來個「加官」，一個魁星與高采烈地出來舞一通，接著一個白面戴紗帽穿紅袍的又出來搖擺一陣，向外祖父照了照「洪福齊天」四個大字，外祖父摸著鬍子笑開了嘴。

人都快散完了，我只想睡覺。可是我們一直等到散場才回家。路上的雪積得更厚了，老人的長統釘鞋，慢慢地陷進雪裡，再慢慢地提起來，我由阿根背著，撐著被雪壓得沉甸甸的傘，在搖晃的燈籠光影裡慢慢走回家。阿根埋怨說：「這種破戲看它做什麼？」

「你不懂，破班子怪可憐的，臺下沒有人看，叫他們怎麼演得下去，所以我特地去捧場的。」外祖父說。

「你還給他一塊大洋呢。」我說。

「讓他們打壺酒，買斤肉暖暖腸胃，天太冷了。」

紅燈籠的光暈照在雪地上，好美的顏色。我再看外祖父雪白的長鬍鬚，也被燈籠照得變成粉紅色了。我捧著阿根的頸子說：「外公眞好。」

「唔，你老人家這樣好心，將來不是神仙就是佛。」阿根說。

我看看外祖父快樂的神情，就眞像是一位神仙似的。

那是我最後一次跟外祖父看廟戲，以後我出外求學，就沒機會陪他一起看廟戲，聽他講故事。

現在，我抬頭望蔚藍晴空，朵朵白雲後面，彷彿出現了我那雪白長鬚的外祖父，他在對我微笑，也對這世界微笑。

復活

鍾理和

作者簡介

鍾理和（一九一五—一九六〇），筆名江流、鍾錚、鍾堅，屏東高樹鄉大路關（今廣興村）人，日治時代鹽埔公學校、長治公學校高等科畢業後，曾讀一年半漢文私塾。一九三二年在父親的農場上邂逅鍾臺妹，因同姓遭父母和社會習俗反對，一九三八年隻身到滿州奉天（今瀋陽），入「滿州自動車學校」，一九四〇年再回臺接鍾臺妹到奉天結為伴侶。一九四一年夏天遷居北平，曾應聘華北經濟調查所翻譯員，但三個月後辭職，亦曾經營石炭零售店，後來專事寫作，一九四五年在北京出版第一本小說集《夾竹桃》。二戰結束，曾參加「臺灣省旅平同鄉會」，一九四六年回臺，曾任內埔初中代用國文教師，後因肺疾辭去教職，定居於美濃。曾北上松山療養院（今臺安醫院）治病三年（一九四七—一九五〇），手術拿去六根肋骨，家產幾耗盡。手術後雖曾擔任美濃鎮公所里幹事、黃騰光代書處土地代書，皆因體力不支而辭職。鍾理和為鍾肇政《文友通訊》文友，代表作包括長篇《笠山農場》、中篇《雨》、短篇〈原鄉人〉、〈貧賤夫妻〉等，後人編有《鍾理和全集》，並於高雄美濃設有「鍾理和文學紀念館」。

文本

一

民國四十四年農曆正月十二日，次子宏兒死，不久妻就懷孕了。有一天，鄰舍炳金來家閑聊，呆呆地看了會兒妻，忽然說道，「你這胎是男孩子！」那口吻是頗堅定的。

我和妻一齊莫名其妙地向他看。

「嗯？」我笑了笑。

「你們的阿宏死後不久，」炳金說道，「我連做了兩次夢，清清楚楚看見阿宏回來。」

我覺得有點失望，「原來你是做夢！」我說。

「你不相信這嗎？」炳金不高興地說，「絕不會錯的；不信你等日後看看生下來的是不是男孩子。」

四十五年農曆三月廿八日早晨，孩子出生了，果如炳金所料是男孩子。三朝後，炳金來看了孩子，喜形於色。

「我說怎麼樣？是不是？這小子是阿宏投胎的哪！你看！就像那孩子一樣。」

妻滿心歡喜，綻開了久已不見的笑顏。

妻那狹窄單純的頭腦裡灌滿了生命輪迴和靈魂不滅的思想，相信再世之說是不足為怪的；我也願她如此相信，那對于她是有好處的，至少可以緩和她的哀悼和悲痛之情。然而受過現代思想薰陶的我卻沒有這種幸福。我所受的教育殘酷無情地把我暴露在明晃晃的現代知識的照明之下；它教我：靈魂是沒有的；是物質不生不滅；人死了就解體了，還原於它原來的基本元素，鐵還於鐵，磷還於磷，如此而已。此外，什麼也沒有！沒有！

雖然如此，每當有人談起宏兒和犟兒的宿世關係時，我總要傾耳靜聽，讓古老的信仰來痲醉自己。這是很矛盾的，但事實如此，我有一種潛在的意識，覺得好像只要在口頭上否定，便等於拒絕亡兒的回來，而這將增加我良心上的痛苦。

犟兒彌月之日，鄰舍來了滿滿兩張桌，我們宰了兩隻大閹雞，開了一個小筵，這幾乎是我們十幾年來第一次的壯舉，家裡復聽見歡呼、笑聲和歌唱的日子。

酒至半酣，一位鄰舍的太太把睡著的孩子抱出來了，驟接強烈的陽光，孩子的眼眉神經地皺了皺，卻依舊睡得很好。

大家爭相傳看，都一疊聲的嚷著——

「咦，這小子長得好看哪！」

「看這相貌就有福氣嘛！」

「你們看看，像不像阿宏？」

「怎麼不像！簡直像極了！你就看看這兩隻耳朵！」

「別嚕囌啦！來！你們大家乾一杯，給這孩子添福添壽。」

酒酣耳熱，人多話雜，喜氣和笑語洋溢滿室。

但我的心卻一直在難過，我一直在想另一個彌月，另一個已死的孩子，那個長眠地下的不幸的宏兒。

眼前的歡樂，勾起我心底無窮舊恨。

我悄然離開酒席，退進自己的臥室。書桌上架著一張放大的照片——我心愛的宏兒的遺像。宏兒在向我默然注視，但這眼睛是純良的，他不會知道爸爸這時心中有多少悔恨。

「宏兒！宏兒！」

我殷切而熱烈地向照片呼喚，熱淚奪眶而出。

「哦，宏兒，請原諒我！宏兒，原諒爸爸，爸爸對不起你！一萬個對不起！」

宏兒仍舊默默地朝我注視，絲毫無動於衷。

我用兩手緊緊地捧著照片，讓眼淚涔涔地滴落。從模糊淚眼中，一幕一幕悽慘的景象魚貫而過……驀然由後面伸過一隻手來奪去我手中的照片。

「你怎麼又想起那孩子來了？」這是妻的聲音，「別難過啦。出去吧，他們在找你呢。」

我一把拉過妻，把她抱在懷中。她也在流淚。

我們倆淚眼看淚眼，傷心對傷心。外面，鄰舍們正在歡喜到頂點。

「來呀！乾杯呀──」

二

十四年前，宏兒生於任所，但沒有想到正當孩子彌月那天，天剛破曉，我便咳血了，於是把一個應該快樂的日子弄得冷清清、愁慘慘。他的生命一開始便蒙上了一層不吉和暗澹的陰雲。其後，我爲了醫病在北部輾轉易地，離家數年，回來時孩子已經五歲了。

孩子生得結實、活潑、聰慧，那飽滿的額頭放射著良能和智慧的光芒。他怯怯地看著我，後來順了他母親的意思低低地叫了我一聲：「爸爸！」

我一手放在孩子頭上，心中悲喜交集。

過去數年間，她們母子好像住在別的星球，我所知者甚少，我不知道她們怎樣活下去，孩子的成長啓開了我的自私之門，讓我窺見了一直爲自己所忽略的許多嚴肅而悲壯的事情。

比如我家離群獨處山麓之下，那麼，白天他母親往田裡做活，哥哥上學，偌大一隻山寮誰來照料孩子呢？這是我所想知道的事情之一，但我又怯於探問，我深怕那回答會加深我道德感情的痛苦。但妻已察出我的意思了；她告訴我當她每天要出門做活而又不能帶他一起去時，她就把他關起來。

「關在屋裡嗎？」我惴惴不安地問，「只他一個人嗎？」

妻悽然點首。「嗯！」

我們的眼睛一齊落到孩子身上。

妻把孩子拉進懷中，用兩頰輕輕摩撫著孩子的腦袋。一種煥彩的、滿足的、得意的，但又淒涼的笑意穿透了她掛在眼眶上的淚水。很顯然，數年來的孤苦相依，使得她們母子格外親愛，格外依戀。

「有一次，」妻帶著一半傷感一半愧疚的口氣說道，「大概孩子要喝茶。自己搬了條凳子登上茶桌，沒踩好，一跤栽下來，額頭跌破一塊皮、鼻子也出血了。我回來時，孩子大概是哭夠了、哭累了，躺在地上睡著呢。」妻再摩撫孩子的頭，揩去眼淚。「又有一次，我從田裡回來，一打開大門，孩子一下撲進我懷中，連說：『我怕！我怕』孩子嚇得面色鐵青。我問他什麼事？他不敢抬起頭，只管用手指指著屋裡『我怕！我怕！』就在當天晚上，孩子發燒，口說夢話，足足病了半個月才好。」

「那時候多大了？」我問她。

「三歲。」

我不禁愕然。我的眼睛重新落到孩子身上。

對著自己的孩子，我覺得我的頭彷彿有幾萬斤重之感；我為了沒有盡到為人父的責任而感到羞愧。同時我也感到感激和驕傲：孩子為我盡到了我所不曾盡的責任是我所感激的，而孩子的堅強和勇敢，則遠遠地超過我的意想之外，這是我覺得驕傲的；我喜歡我的孩子如此堅強，不為困難和環境所屈。

我常常這樣自問：假如我不回來，孩子會更不幸嗎？顯然這是很可疑的。五年來既然他照顧了他自己，那麼此後他不是應更善於照顧，更適於照顧他自己嗎？我回來豈不反給他折磨？

其實，我很愛他，希望他長大成人。即使不能說甚於常人，至少也與常人無異。然而這幾年間我的生活是那樣不如意，它時時在我的情緒上發生作用，使我在執行庭教時往往失於輕妄的衝動。不幸再加上我的病給與我無上的特權，它有效地把我那些不正當的行爲合理化了。妻時常用「爸爸身體不好不要讓爸爸生氣」的理由勸慰受了刑罰而在哭泣的孩子，有時孩子的責罰過重，投進母親懷中嚶嚶啜泣：母親一邊默默地檢視孩子身上的創傷，一邊靜靜地陪著流眼淚，悽然良久，然後才說，雖然仍舊是哄誘，卻聽得出埋怨的聲氣。「爸爸壞，愛打宏兒是不是？」她邊說邊撫摸孩子的腦袋。「不過爸爸有病哪！過兩年，爸爸病好了，就不打宏兒啦！宏兒乖，不要惹爸爸生氣！」

對母親這種解釋，有時孩子低頭不語，有時怯怯地看著我的面孔，好像要找更易於接受的理由；有時則竟板著臉嘟著小嘴，顯然不滿意母親偏袒爸爸。但母親柔軟慈祥的手的撫慰，以及數年來在孤獨環境中種在孩子心裡的從順的習慣，會一點一點地把孩子的委屈和乖戾之氣化除掉，然後慢慢的和我建立正常關係。

三

我回家後不久，母雞生蛋了，妻用它煎了蛋捲兒。孩子跪在桌上目不轉瞬的看著它，不聲不響。有一霎時我看見做母親的臉孔上掠過痛苦的抽扭，不過隨即就消失了，隨後她滿臉堆笑，用了極其輕鬆的口氣向孩子解釋。

「這蛋給爸爸吃。宏兒乖，不要這蛋。」

孩子嘴裡啣著一雙筷子，用手在一端轉著它，默不作聲，他的面孔有一種當所有物受到侵佔時，一隻狗所有的怏怏不樂的表情。我明白，這些好的食物在此之前是應該歸孩子取得的，那麼，我……

於是我把蛋夾到孩子碗中。孩子偷偷察看了一下母親的氣色；這氣色此時是很難看的，無如蛋的誘惑力太大，孩子捨不得不要。母親發話了：

「宏兒不聽媽的話，」她放沈臉孔說：「媽不疼啦！」

孩子終於把蛋放回我的碗中，開始低頭吃飯了，以後再有蛋，他也不想要。有時我看出孩子不無悻悻然的神色，但我也看出孩子如何努力使自己不讓媽媽生氣，他似乎在怕自己會在媽媽眼中變成「不乖的孩子」；後來他便完全放棄這一份一直屬於他的權利了。

自我回家以後，妻出門做活時便由我照管孩子。我搬出竹眠椅躺在簷下，教孩子在庭裡戲玩。孩子像小鳥一樣在我周邊飛翔著，無拘無束；像一頭貓一樣朝著假想的生物撲來撲去。我教他用石頭砌樓房，樓房四周圍著一道牆；又在庭邊做了一畦花畦，教他在那上面栽種花草，種畢，教他用空鐵皮罐頭盛水澆灌。他玩得又熱心、又高興，眼睛閃著愉快之光，隨後我退回眠椅看書，教他學樣做花畦，我走後他的興頭只維持了一會兒，便也拋下玩耍走到我身邊來胡纏；他伏在我枕頭邊，滿懷興趣地看著我讀書，時而用手翻翻書頁。他把我的書沾上泥土，經我申叱後走到我腳邊，坐在椅尾又弄髒我的衣服，我也厭煩他鬧得我看不下書。

「你看你，」我把他推開，一邊板著臉說，「把我的書和衣服都弄髒了。」

孩子睜開眼睛呆看後，又吃驚、又羞愧、又畏怯。

我的心軟下來，同時感到有些懊悔。

「宏兒玩兒去。」我安慰他說：「宏兒乖，不鬧爸爸。」

孩子怯生生地又看了我一會兒，然後悵悵地走開了。經過數分鐘，我抬起頭來看孩子，只見他坐在地上，面前擺著一座未砌好的房子，眼睛楞楞地看著前方，不聲不響，孤零、淒清、惆悵堆滿他的臉孔。

第二年孩子六歲，我開始教他做算術，我教他自一數到一百，然後讓他背誦、熟記；又拿了二十顆石頭教他什麼叫做加和減，並實地教他演算，石頭之後便在一本簿子上實習，在學習中間，孩子時時張嘴、搔頭、或瞪著我發呆，顯然那麼苦惱和無精打采。但我不讓他停下來，我用揪耳朵和鞭子來進行我的教育。然而我的責罰僅只使孩子在算題上更常常發生錯亂，更少熱心，和更大苦惱。我非常生氣，我把簿子扔給他，命令他在好好做完功課以前不許走，不許動，甚至不許吃飯，睡覺。孩子對著簿子發呆、恐惶、焦急，後來便流眼淚。

有一天，就在這時候孩子溜跑了，我在田裡把他找回來，結結實實地給他一頓鞭子。但第二天孩子又溜跑了。我震怒異常，把他鞭打後又關起來，不過自此以後我的教育便無法推行了，孩子只要一看見那簿子便發慌、沮喪，看見我眉毛一動便發抖、退縮：至於演算更是一塌糊塗，連最簡單的算題，孩子都會在那上面顛躓了，於是又換來更多的責罰、鞭笞和監禁。

後來孩子已不願意留在家裡，喜歡跟他母親往田裡去；他時常會自母親懷中或趁我不注意時默默地望著我，好像我們隔著很遠的距離，這時在孩子那無聲的凝視中，我看見有一種朦朧的、冷淡的、疏遠的神色。

四

有一次，我交給孩子一把鐵鉗，叫他送還鄰舍炳金伯，豈知他走到半路看見炳金的小孩，便把鉗子交給他帶回家去；鐵鉗便如此遺失了。不過這些都是後來才知道的。第二天，炳金來要鉗子。我盤問宏兒昨天把鉗子送到哪裡去了？

孩子本來是高高興興的，驟然接到了我變了樣的氣色，不禁一怔，顯得有些慌張。

「你送到那兒去啦？」我加重語氣後問，然後又補上一句：「不許撒謊！」

「誠實」是我日常教孩子遵守的美德，我不許他們說謊，但當時我沒有想到我那毫無必要的嚴厲的表情和聲氣，適足把一個孩子驅向相反的方向去。

「我，我，」孩子支吾其詞，眼光畏縮；「我送到了。」

顯然孩子在說謊。我再問：「你把鉗子交給誰啦？」

「是，是，是，炳金伯。」

半路託別人代送東西我可以原諒，但他的說謊令我生氣；還有，這事情表示做事的不負責，這又抵觸了我平時所堅持的原則。我火了起來。我用小竹枝抽孩子。我本想抽幾下也就算了，不料孩子竟拔腿逃跑起來，這不啻給我火上添油，我認爲這是一種反抗，而我的原則卻只有服從不許反抗；我要把這種反叛的精神在它剛剛抽芽時便加以剪除。我命令憲兒——我的大兒子，把宏兒帶回來。孩子面色蒼白，雙手垂掛，低著頭馴順地由他哥哥押了回來，對於即將發生的事情的擔心和恐怖，像巨浪似的壓倒了他。

我拿了條牛繩擲給大兒子，命令他：「捆起來！」

憲兒望著我立著不動，惶惑、悲哀和恐懼昇上他的臉孔，慢慢的也變蒼白了。

「捆起來！」我再度命令他。

憲兒看出我決心要把命令執行到底，現出一副悲壯悽愴的神情，自地上撿起牛繩，把弟弟帶到柱子邊連人帶柱子纏了起來。

「好啦！」當他纏上二圈時我說。

但憲兒仍舊纏下去；顯然我的話他不曾聽見，顯然他已經發瘋了；他的頭垂著，手勢顫抖，我覺得他不是神智清醒的。

我再說一遍。憲兒仰起頭來迷惘地看我，那眼睛閃著淚光。憤怒、痛苦和罪惡的意識扭歪了他的臉孔。

「好啦！」我喝道。「退開！」

哥哥退開，我拿起鞭子走前去。宏兒的臉更蒼白，歪依在柱頭上，頭垂在一邊，絕望和沮喪使他表現著一種無氣力，一種軟弱。我揮起鞭子。起初，孩子張口哀號和叫喚，身子像鰻子似扭捩著；後來反而不響了，卻流著眼淚，有時低低地呻吟著。我本爲憤怒處罰孩子，但此刻我已不知自己爲什麼鞭打孩子，也不知道應在什麼地方停止；我已爲自己的行爲而發狂了，我機械地揮著鞭子，我面前已看不見孩子，柱頭。也不知道憲兒此時已不在他原來的地方了。

此時忽然有人插進我和孩子中間，揚開兩手用身子迴護著孩子。

這是我的妻，孩子的母親。

「你要殺孩子啦！」她哀慘地叫著說：「你要殺孩子啦！」

我收起鞭子，茫然站著。

「你要殺孩子啦！」她一邊訴説著，一邊解去牛繩。「你一回來就打孩子，把孩子都打呆了，現在又把他捆起來打，你預備要孩子怎麼樣？要不是憲兒來叫我回來，孩子不叫你打死啦！」

解開牛繩，孩子踉踉蹌蹌站不穩，妻趕緊把孩子摟進懷中。

「你看！」妻撫著孩子哭了，眼淚像珍珠似的一串一串地滾落：「你把孩子打成這個樣子！」

五

於是最後到了那我永生難忘的年、月、和日子！

農曆年剛過，宏兒九歲了，正月初六下午，我不顧妻的反對，交給宏兒五塊錢差他出村子去買糠。這天很冷。幾天前報紙便報導西伯利亞寒流將於日內侵襲海島。太陽終日躲進雲層，西北風在田野狂吹，它吹在臉上有如利刀割人。一冬之中就數這幾天最冷。

計算路程，宏兒應在日落前一小時到家，但時間過去，繼之日頭落山了，而孩子仍不見回來。妻開始掛心，時時走到庭邊望望下邊遠處的田道，嘴裡喃喃地說：「這孩子怎麼的啦！」不久夜幕降落，黑暗籠罩大地，冷氣陣陣增加，就在此時，宏兒肩上揹著布口袋在黑暗中蹣跚地回來了。他把布口袋交給母親，頹然倒落在矮凳子上，張開嘴喘氣。

「哎喲！」妻接過布袋時失聲驚叫：「宏兒！」

當我接過布袋時不禁陡然變色：它很重，大約有十斤。

妻望著我，我望著孩子，如此沈默了一會兒。我爲了自己粗心，讓這樣小的孩子帶了重負來回走六公里而覺得內疚。事實當時我不知道五塊錢能買到這許多糠。

「宏兒，」妻憐惜地說，「你要拿不動，怎麼不放在村裡，改日媽出去時再拿回來？」

孩子不說話，抬首看了我一眼。在這個瞥視中，我已猜出孩子想說而不會說出的心事。

「你怕你爸打你？」妻柔和地又說，「傻孩子，爸爸不會打你！」

孩子懶懶地又瞥了我一眼，這眼光像把匕首一下刺痛我的心。他顯得很疲倦，有氣無力地舉著腦袋，他的兩頰因寒凍及勞困而現出蒼白，但額門則泛著不正常的紅暈。

孩子不洗澡也不吃飯便上眠床了。那晚，孩子發了高燒。

六天後，孩子死了！

如今孩子死去已經數年，但他的聲音猶日夜在我耳畔縈繞不去。這聲音一出現，馬上有一個臉孔昇上我面前，那是一張默默流淚的受難的臉光——亡兒無往而不在。後來我在那些被處罰的孩子們身上又看到和聽到亡兒的聲音和臉孔，它是那樣絕望、慘痛和哀絕，它撕裂我的心，使我睡夢都不得安寧。我非常痛悔我那些暴行，也已拋棄那原則，但我不明白有何方法可以制止那些迄今仍在鞭責孩子的人，我祇好在他們揮起鞭子之前掩住我的眼睛和耳朵。

六

現在，犖兒四歲了，相貌生得和宏兒一樣。圓圓的臉蛋，稍尖的下巴，不高但端正的鼻子，像女孩子般小小的口，飽滿的額頭，圓圓軟軟有肉的兩隻耳朵，不很大但也不很小的清純明亮的眼睛……

這一切都和宏兒是一個模型鑄出來的，尤其是耳朵，簡直是從宏兒割下來配上去的一般。

孩子性淘氣、獷野，像頭生犢；他喜歡拿棍子打人，打起來可眞兇，他一邊打一邊高興地大笑，必須人向他討饒才罷手。而他最喜歡打我，尤其喜歡出奇不意的給我一棍子；我駭然一跳，而他則仰起頭來大笑，樂得一身都著了火。我時常被打得佈滿一條一條紅紅的清楚的傷痕，但我不討饒，於是他一直打下去。他打著，笑著，我被打著，也笑著；我們倆都在笑，他是因高興而笑，而我則在高興之外伴隨了肉體的痛痛痲痲、又癢癢的一種極微妙的醉人的感覺，這滋味是苦的，卻帶點辣辣的快感。這時我眼中貯滿淚水，自淚水的簾幕中看過去，那已不是犖兒而是宏兒，宏兒在笑！

我的宏兒不曾死，我的宏兒回來了，復活了！

哦！孩子，我的孩子！

但是妻走過來了。「阿犖，」她申叱孩子，「你這孩子要造反了，爸爸也敢打。」

她搶過孩子的棍子惘嚇地舉起來，孩子跑進我懷中，看看我又看看母親，依舊笑個不停。

「你這孽子，我打你看你痛不痛，」她說，然後向著我不高興地說：「我看你是要把孩子慣壞啦！」

我把孩子緊緊地摟在懷中，陪著孩子笑，我感覺到孩子的體溫和我的體溫融合在一起，他的心靠著我的心跳。

有灼熱的東西自我雙頰滾落。

(二)情感經驗與男女情愛

蒼蠅

鍾理和

作者簡介

鍾理和（一九一五—一九六〇），筆名江流、鍾錚、鍾堅，屏東高樹鄉大路關（今廣興村）人，日治時代鹽埔公學校、長治公學校高等科畢業後，曾讀一年半漢文私塾。一九三二年在父親的農場上邂逅鍾臺妹，因同姓遭父母和社會習俗反對，一九三八年隻身到滿州奉天（今瀋陽），入「滿州自動車學校」，一九四〇年再回臺接鍾臺妹到奉天結為伴侶。一九四一年夏天遷居北平，曾應聘華北經濟調查所翻譯員，但三個月後辭職，亦曾經營石炭零售店，後來專事寫作，一九四五年在北京出版第一本小說集《夾竹桃》。二戰結束，曾參加「臺灣省旅平同鄉會」，一九四六年回臺，曾任內埔初中代用國文教師，後因肺疾辭去教職，定居於美濃。曾北上松山療養院（今臺安醫院）治病三年（一九四七—一九五〇），手術拿去六根肋骨，家產幾耗盡。手術後雖曾擔任美濃鎮公所里幹事、黃騰光代書處土地代書，皆因體力不支而辭職。鍾理和為鍾肇政《文友通訊》文友，代表作包括長篇《笠山農場》、中篇《雨》、短篇〈原鄉人〉、〈貧賤夫妻〉等，後人編有《鍾理和全集》，並於高雄美濃設有「鍾理和文學紀念館」。

文本

臨走時，她回首送了他一個魅人的眼波，這裡面表示著什麼，他充分明白。她是以她的整個靈魂，以她最寶貴的東西，化作這回首一瞥送給他的。這裡包藏著她所能獻給他的一切：熱戀、恩愛，以及那觸到人心深處的處女的芳心。他感到一陣快樂，便以一個會心的微笑，回答了她。

她輕輕地走了。那豐滿的肩頭，優美的腳踝；那娉婷的背影，清藍的衫裾帶起一陣似夢似幻不可捉摸的香風。

她由門邊消逝了——

他目送著她的身影走出屋門，而後目光停留在那無邊深幽的門邊。他聽見她走在水泥地上的腳步聲——那是謹愼忌憚，但又爲熾熱的某種心事撩得有些慌亂的腳步聲。這聲音已越過水泥的前庭，走出兩旁有豬欄和柴草房的沙質土場了。

他屏聲靜氣，把每條神經化作無數耳朵，向四面豎起。聽吧！那小心翼翼地印在沙質土上又輕又細的足音！接著，那果樹園的竹門咿呀——輕輕地開了，然後是悉悉索索的聲音。那是用更輕微的手勢和更顫動的心在分開芭蕉葉和果樹枝。更遠了，更遠了……

——她是在那裡等他！

在蕉陰深處！

她的回首一瞥，那水汪汪溫軟軟的眸子，和下一刻便可以把她抱在懷中的思想，這一切在他心上燃起一把火。他的臉頰和耳朵全是熱的；瞳孔冒著煙霧；皮膚像有人拿了毛刷在輕輕地刷，使他感到一陣陣奇癢，又一陣陣麻酥。

他抬頭看壁上的鐘。長短針正指著一點又十分。然後他的視線又自壁鐘移向櫃上那昏昏欲睡的男子——她的哥哥。他一邊看著，一邊計畫如何脫身走開。這位稍顯肥胖的哥哥，額頭和鼻孔滲著細粒的汗珠，不住張嘴哈氣。本來就有點笨鈍的人，這時更顯出一條牛樣的滿足感，好像他在世間只有一個願望：讓他好好睡場午覺。

午長人靜。火辣辣的夏日在外面扯起閃爍的火焰；暑氣逼人。那撞在玻璃窗上的蒼蠅嚶嚶鳴聲，更在人們慵懶和睏倦之上加足了催眠的力量。

他旋轉身子。他決心在這時候走。

忽然哥哥在那邊說話：

「呵。沒有一絲風！」

他一驚，急忙轉過身子。

哥哥閉攏眼睛，又哈出一口氣。他的兩道眉擠在一處，下巴拉得長長，看上去又醜陋、又愚蠢。有兩顆污濁的，比油脂還濃的眼淚，在眼眶裡轉著。

「好像風是死了！」

哥哥又咒罵起來，然後在櫃枱上伏了下去……。

他連一秒鐘也不敢浪費，轉身走出屋子。

在門口，他留心觀察四處，半個人影也不見，大概都像老鼠一般躲進洞裡去了；只聽見廚房那邊有幾個女人的說話聲。

他擺出清閑人的態度大模大樣的搖過前庭和土場。搖到有竹籬的園門前，又向兩邊觀察。很好！沒有一個人注意到他的行動。他半提半推的打開園門，又隨手把它帶上。這以後，已無須多費心思了，就放開步子逕向那——她是否已等得不耐煩了？——十分熟識的地方走去。芎蕉樹、芋、絲瓜架、楊桃樹……

——到了！

啊，她！她就在楊桃樹下那隻大水窖邊背向這邊立著。他想：她一定明白他正在向她走來，可是她卻佯裝不知。看！這不恨煞人嗎？就是她這種淘氣使他愛，又使他恨，覺得有些牙癢癢。他一陣興奮，於是一頭餓虎似的一躍上前，自後邊把她抱住，把她向自己這邊翻轉身。她如一株枯樹倒在他懷裡。於是兩個人的嘴唇就合在一起……。

他們感到窒息，感到暈眩和脹熱，好像掉在烈焰中，火氣由四面八方把他們包圍起來。又好像他們周身一切都變成柔軟的水，一點一點的向四面氾濫，洋洋灑灑，世界和他們兩個便都漂浮在那上面，漂過一個世紀：不，永恆——。

然而他們不知道！

吻後——那已不能以時間來計量了！——他們便坐在水窖的邊沿上，緊緊地偎依著。她的兩隻手被他握著。他們眼睛矇朧而恍惚，像醉酒的人半閉著；興奮後的疲勞淡淡地刻在他們那微紅的臉孔上。那大量的，如雨傾注的愛的慰撫，麻醉和壓倒了他們年輕純淨的靈魂。他們還沒有完全清醒過來。

沈默了一會兒之後，他們便開始了每次相同的問答。

「妳等好久了？」他說，一邊輕輕地撫摸著她的手背。

她閉了一會眼睛。「不！」

四周很靜。深邃的芎蕉和果樹，把現實生活的瑣碎與煩擾統統給擋在外邊了。就是頭上的太陽透過繁茂的樹葉落下來，也是軟軟的、陰涼的。偶爾有陣微風從什麼地方蕩過，於是整個果樹園便充滿幽幽的神秘的低語；竹枝像老爺爺的手一樣顫動著。

「有沒有人看見你來？」她問他，抬頭看他的眼睛。

「沒有！」他說。

「我哥哥沒有看見你？」

「沒！」

四隻眼睛相對，兩顆心融會在一起了。微笑由兩人的口角漾開。

他揮開胳臂又把她抱在懷裡。

兩人的嘴唇又緊緊地合在一起，——。

猛的，他們好像聽見園門那邊有聲音嘩啦嘩啦地響了起來。哦，有人來了！哥哥來了！兩人都驚恐了，來不及細察聲音的來源，站起來便慌慌張張分頭走開。

他急急忙忙越過後邊的籬笆，繞了個大圈走出去。好一會兒，他才懷著不安的疑惑但又大方地走進那間屋子。

果如他所料，她的哥哥還維持著剛才的姿勢伏在櫃枱上睡覺。屋裡一切照舊——一切都跌進昏沈的午夢中，蒼蠅的嗚聲——那幽幽的低唱，仍在無氣力的午夢的和平邊緣上歌唱著，彷彿嘲笑著人們的虛僞和做作。

他本能地看看壁鐘。一時三十分。才衹二十分鐘？他感到一陣懊悔。這時櫃枱上的男人動了動，然而沒有醒。他的頭側在一邊；他的臉壓歪了，像魚兒一般扭著嘴，涎水由嘴裡牽著一條線，沿著墊在下邊的手流在櫃枱上。那下邊已經有一大灘了。那手和臉孔、頸脖全冒著汗水。一隻蒼蠅放平了翼子在他臉上闊步著。牠用兩隻前肢扛著尖喙這裡那裡刺著，那暗色的眼睛和翼子發出遲鈍的光閃。牠在他眼角邊停下來，蹺起屁股，用兩隻後肢搓著，搓得神氣而有致。

他從門口向廚房和迴廊看了看。廚房裡依舊還是那幾個女人在說話；她和她的嫂嫂則在迴廊上聊天。兩個女人都漠然地看了他一眼，在她那陌生人似的冷淡做作的眼睛裡，似乎在告訴他：親愛的，明天見；今天就這樣完了！

櫃枱上的哥哥又動了動，從睡夢中舉起手往頭上邊拂了拂，然後，終於坐了起來。他的下巴印著一塊紅痕；一條灰色的涎水像蜘蛛絲般的掛在下唇，看來像一個大白癡！他困難地睜開眼睛，一邊咒罵著：「熱死了！」他瞇細著眼睛，向屋裡抬了抬臉，於是詫異地說：

「怎麼，你還在這裡哪？」

他向她哥哥看了一眼，心裡感著些微憎惡，於是一句話沒說，默默地走出那間屋子。

帳內人

鍾鐵民

作者簡介

鍾鐵民（一九四一—二〇一一），高雄美濃人，一九四一年出生於滿州國奉天（今瀋陽市），一九四六年隨父親鍾理和回臺。國立臺灣師範大學國文系畢業後，即在旗美高中任教以迄退休，歷任《純文學》雜誌校對、《臺灣文藝》創新號編輯顧問、美濃愛鄉協進會理事長、美濃扶輪社社長、高雄縣社區大學主任、高雄縣文化基金會董事、行政院客家委員會委員、國家文化藝術基金會董事。先後得過臺灣文學獎、聯合報最佳小說獎、吳濁流文學獎、洪醒夫文學獎、賴和文學獎、省府文耕獎等、首屆客家貢獻獎傑出貢獻獎。二〇一一年因病逝世後，親友將其生前作品合編成《鍾鐵民全集》八冊（鍾怡彥主編）。

文本

從窗隔間射進來的陽光，已經移得快跟窗櫺平行了；隔壁廳堂裡的掛鐘清脆地敲了十一下。偌大的一個家怎麼沉寂得那麼怕人呢？就只有時鐘的嘀嗒聲，偶而馬路上也響過牛車的隆隆聲或路人的一二句閒談；但是，這些聽起來卻又是那麼的遙遠，那麼的神秘。

他眼睜睜地躺在床上，嘴裡又乾又澀，叫過幾次水都沒有人理他，幾個小鬼不知道又野到那兒去了。他提高了聲音再叫了一次，火雞從豬欄那邊回答了他一連串的嘓咯嘓咯……。

他嘆了口氣，懊惱地移了移身子，一陣痛苦的表情爬上他的臉，他咬緊牙關，一面心裡恨恨的。都是那該死的野狗，爲了避開牠，把自己的卡車往邊上靠，結果那大樹……。

唉！他又嘆氣了。從懂事以來，連稍大一點的病都沒有害過，沒想到終於有在床上受困的日子。平日裡事事稱心，受著父母疼愛，受著弟弟媳的尊敬，但是現在口渴卻得不到一口水潤喉嚨，有什麼用處呢？太太？唉！還是少提的好，還不是有等於無？眞是冤孽。

他閉上眼聆聽著外面的聲音生氣。忽然他感到房子一亮，像是有人輕輕地走過來。他趕忙地向門口看去，很快地又別開了臉。

是她！竟然是她！這個時候她回家來幹什麼？回來看這冤仇人的狼狽相？這一下她可以高興了！

但是她——他的妻子——卻一聲不響地把一個玻璃杯擱在他床頭的小茶几

上，帶上門，又悄悄出去了。

嚇！原來是想借這個機會賣殷勤。他感到一陣噁心。閉緊了嘴巴，心中恨恨的。

偏不喝妳的，別想這樣籠絡我。他坦然地躺著，故意地不看向小桌。但是隨即他又想：喝下去也不見得就算妥協，怕她什麼？於是他端起茶杯，大口大口喝了一個痛快，然後舒適地嘆嘆氣躺了回去。

他有點爲自己的誤會感到難爲情。人家不過順手給你一杯茶，你卻小氣的不能接受。甚至還誤解人家的好意呢！是順手，當然不會特地來看我的。不過，即使是順手，也虧她想得到。他想著想著，對她也就有一種感激的心情。其實她不是可以大大爲我的受傷而高興嗎？我是那樣地對付她，甚至用扁擔把她打個半死。但昨天出院回來，似乎她眼睛有點腫腫的，眞不敢相信她還會爲我難過，我死掉她不更好嗎？至少她少了一個糟蹋她的人，而且她有兒子可倚靠，也沒有什麼站不住的。可是她顯然流過淚，只是自己硬著心腸不去看她。想起來也眞可憐……

慢著！他忽然對自己暗叫：啊！你已經上當了。只不過順手的一杯茶，你就對她感到慚愧，感到歉疚，這不是正上了她的當嗎？全都是躺著太寂寞的關係！他告訴自己。

於是他開始想她的壞處，以加強對她的憎恨，想打消心頭剛萌芽的感情。這樣太不夠男子氣了！他想。

她被父母所厭惡，她跟妯娌結下冤仇，孩子們也不喜歡她；還有……還有我，她常常跟我吵架。他一件件地數著，卻又覺得這些理由並不足使他感到十分憎恨。唔！她有狐臭。但這也不足構成理由呀！當初他跟她認識時，每次聞到她的體味都感到莫名的興奮，使他想入非非。怎麼會想到這點呢？他對自己苦笑了。那該是她的母親——他的丈母娘使然的。

他的丈母娘曾在一間雜貨店當著十多個人的面，數說他和他的家人虐待她女兒，更強調說：「我的女兒是瞎了眼睛，才會撿上你。」

是的，就這樣他一恨便跟妻子分房。除開一個兒子外她完全孤立，算來已經兩年了。

是她瞎了眼呢？還是我瞎了眼？他想：當年並不時興戀愛，當他提出結婚的事時，家裡長輩都反對，說她太精明，太強硬，也太愛說話，此外還有一股舉村皆知的狐臭。但是那時什麼蒙住我的心呢？我竟然認為精明強硬才能給我開導，遺傳給孩子優良的因質；喜歡說話更好，婚後卿卿我我何等情愛？至於狐臭，這是另一種的風韻，豈容他人分享？

唉！誰想到會在這上頭吃足了苦頭呢？先跟妯娌不和，又使父母厭恨，最後連我也不賣帳，逼得我跟父母弟媳們站在同一條陣線上，想盡了辦法對付她，一心想要趕走她，甚至磨死她。可是她強硬，抵死也不走，更沒有妥協的意思。想起他給過她的許多折磨，心裡不無歉意。

門又開了，她端著一個鋁盤進來，鋁盤上擺著幾樣新鮮的菜和一大碗冒著烟的稀飯。看來她確然不是順手替他做的了。奇怪的是自己並沒有不領情的意思。他默默地對著她凝望著，她走近他床前，也看他一眼，那眼光是冷冷淡淡的，連一點表情也看不出來。把托盤放在茶几上，又輕輕地走了出去。

他感到有些悵然，又有如釋重負似的吁口氣。捧起碗來才發覺自己非常饑餓了。

她進來，把一個小茶壺放在茶几上，收拾起餐具轉身又要離去，他驚奇地聽到自己的聲音在問她：

「喂！妳怎麼會想到回家看我的呢？」

她回頭朝他望了一眼，嘴唇蠕動了一下，翻頭卻又走了。

這女人！這臭女人！他又悔又恨，感到自尊心被撕得粉碎了。她一定會以爲我在向她求和呢！多可惡！

老實說，當家人合起來爲難她的時候，他常感到不忍，有時想試著開導她；但是她理也不理，就好像下定了決心不妥協一樣。逼得他非使出男子氣揍她一頓不可。

門呀然一聲，進來的是二弟媳與三弟媳。

「阿哥，今天好一點沒有？」兩個人渾身出汗濕透，不住地搧著草笠，一面關切地問。

「今天爽快多了，田裡做得怎麼啦？」他愉快地問。

「番薯全部犁完，整整五牛車哩！」三弟媳說：「再兩天番豆可以拔完，只等二哥開犁。你放心養病吧！」

「呼！熱死人啦！」二弟媳拼命搖著草笠，兩個人說著也就走出去了。人影閃動，又走進母親和大弟媳。

「還那麼痛嗎？」母親坐在床沿關心地輕問。

「右腿還有點痛，其他的倒感覺不出來了。」

「那就很好。他們說車子不太壞，要幾千元修理。你弟弟早上去察看了。」母親說著提了提几上的茶壺又放了回去：「姓邱的助手傷很輕，今天已經出來走動了。」

他莫可奈何地苦笑了聲。然後淡淡的問：

「今天犁番薯嗎？」

「唉！還說呢！我不知道你前生作過什麼孽，偏偏看上她。」母親憤憤地說：「眞要氣死我啦！」

「番薯犁完了，但她只揀了半個早上，就不知道跑到那裡去。」大弟媳補充地說。

這個「她」字說得很重，他知道是指他的妻子。他笑笑沒說什麼，心裡想：如果她們知道她是回來看他，而且他居然會找她說話，她們不知道會多麼驚奇呢！想著想著禁不住咯咯笑出聲來。

「笑什麼？」母親莫名其妙地也跟著笑了起來。

「沒有！沒什麼！」他仍笑個不停。

外面牛車輪響，接著傳來趕牛聲。

「你阿爸回來啦！」母親說完伴著大弟媳匆匆迎了出去。

他止住笑翻身起來坐著，眼望著房門發呆，心裡感到異常的空虛與紛亂。母親很疼我，弟媳也很親切，可是沒有誰想到我會口渴需要人照應吧！他想：如果這是她們自己的丈夫，她們難道也任由他們去嗎？終究還要帳裡的人哪！

於是他想起老一輩的傳聞：莊尾阿六嫂丈夫死後要改嫁，那時她已四十多歲，孫子都有兩個了。村人勸她不如享兒孫福，她說：

「唉！兒孫再孝順終究是蚊帳外面的，只有丈夫才跟我同蚊帳啊！」

年老的公公也勸她守節，莊頭莊尾良田多少任她選，她說：

「莊頭的是田，莊尾的也是田，沒丈夫終不值錢。」

公公又告訴她，她有很好的兒子。她說：

「半斤黃麻不當四兩苧，半斤兒子不當四兩夫。」

大家都沒有話說了。爲了帳內人，她眞抛去了已有的一切。這事像笑話一般地被傳講著，她是不是眞的很可笑？此刻他可一點也不覺得不平常。

門又被推開來，大弟媳捧著一只大碗進來。

「一點多了，肚子餓嗎？」她歉然地微笑著。

「剛吃過了，不餓！」

「哦？誰送來的呢？怎麼沒聽說。」

望著她走出去，他這才發現廳堂上鬧鬨鬨，小孩子呼菜要湯和大人的喝叱織成一片，一家二十多口人聚攏了起來可眞夠熱鬧。

他厭厭地轉了一個身，感到身子膩遢遢的非常難受，誰能爲他洗擦呢？只不知道她肯不肯理我！他想：這時候果然就要自己帳裡的人了，雖然他們分房已經很久。

只有她眞正想到我會渴壞餓壞，也只有她能替我做那別人不能做的事情。他想：我們——我和她眞就這樣仇視下去嗎？好多年了，那眞不像生活。將來兄弟分家之後，還能再跟父母弟媳站在一起跟自己屋裡人作對？

唉！如果她不是那麼頑強！如果她也順著我一點兒，不再對我太冷淡。為什麼不能像以前一樣過得那麼親蜜愉快呢？她有很多不討厭的地方：她很體貼，她很風趣……只是……只是有時頂撞得人家走頭無路！

這樣，他開始想她的種種好處，他們的戀愛和他們新婚後的日子。他心中漸漸已作了決定了。這場意外的災禍如果能夠讓他找回過去的生活，痛痛也值得。

傍晚，她進來的時候，果然提著水桶夾著衣服。他歡欣地迎著她笑著，她低著頭小心地閃避他直視著她的眼光。

她絞乾一條毛巾遞給他，手微微地發顫，他知道她這時也正在惶恐，是讓他的目光嚇著了。

他仍然注視著她的臉，並未伸手去接毛巾，終於她抬頭看了他一眼，但很快又轉向窗外，同時她的手輕輕被握住，她掙扎了一下也就靜靜地讓他握著。

「妳怎麼會想到要來照料我呢？」他溫柔地問。

她沒有回答。

「妳說話呀！」他催促地搖搖她的手。

「我不知道！」她淡淡地說，仍然望著窗外出神，他看得出她臉上含有無限的哀怨。一陣自疚的感情襲向他心頭，他握緊她的手低低地問：

「恨我嗎？」

「恨死了！」她突然轉臉對著他，恨恨的說；兩顆晶瑩的淚珠在她眼眶下閃動，終於一顆一顆往下滴落下來。

「從今以後再也不會教妳恨我了。」他激動地把她拉到身旁坐下，一面喃喃的說。他們靜靜地相偎著，一切都在靜默中得到諒解。

水桶不再冒煙，窗外陽光也漸漸變黃。

「搬到我房裡來吧！」他說。

「不。」

「那麼只好我搬回妳房裡去囉！」

「也不行。」

「怎麼？妳還恨我嗎？」

「是的。」她咬著牙說：「以後我要更恨你了。」

他哈哈大笑著，忽然哎喲一聲臉色變得蒼白，是大笑震動了腿部傷口。看見她焦急的神色，他更加深了表情逗她，一面哀求地說：

「痛死我啦！妳就替我擦擦身體吧！」

於是她替他解開襯衫……。

天黑後母親回來，見了他就生氣的說：

「你那個好妻子呀，得好好的教訓一番啦。人家忙得要死，她差不多整個下午都不見人影……。」

「可不是嗎？這女人眞是壞極了。」他高興地叫著。一面望著母親驚愕的面容，一面想像她在廚房裡聽到這話的神情：

「等我病好以後，一定好好修理她！」

導盲者

張啓疆

作者簡介

張啟疆（一九六一年生），臺灣大學商學系畢業，曾獲時報文學獎散文首獎、梁實秋文學獎散文第一名、幼獅科幻小說獎首獎、中央日報文學獎小說第一名暨散文第一名、第一屆九歌年度散文獎、聯合報文學獎短篇小說第一名等獎項。有小說集《如花初綻的容顏》、《小說・小說家和他的太太》、《導盲者》、《消失的□□》等著作十餘冊。

文本

閉目觀想，整個人突然掉進某個黑色薄膜包覆的宇宙：從深不見底的入口推進（彷彿是一種「內視」的過程），滑過梯田狀的色層，墨綠、橄欖綠、翡翠綠、蔚藍、水藍、南瓜黃、蘋果紅和鑲嵌其間數以百計無從區分的光譜，航向遠天微若六等星的晶點。那是出口嗎？還是光源？閉著眼的我也能對準焦點，搜集光線？逐漸明澈的光河裡，浮出蝌蚪形種籽、風帆狀落英、白千層葉瓣、針樅尖端、宛如細小衛星的花粉、半透明魚鱗、懸浮微粒、甲蟲翅鞘……，然後暈散成一整面銀色的湖。這個微縮世界在我緊閉的眼瞼下展示秋毫纖末，有點像夢中畫面，更像在嘉年華最熱鬧的一刻睜眼入眠。

睜開眼，視野反而急速倒退、縮小，變成黃昏光罩構成的光牆。此刻，我面對一扇漸暗的窗格，我的對面，一雙因爲逆光而看不出動靜的眸子，以我不了解的「看法」凝視我。

「你有心事？」朋友開口了，他不慌不忙端上托盤，打開壺罐，擺好茶畚、墊巾、竹扒，像淘金般撥弄茶甌裡蜷曲的凍頂烏龍。動作迅速、準確，不見遲疑的摸索或杯盤碰擊。每回來看他，他都熟極而流利地搬演這套待客之道，不勞我動手（我的眼睛往往跟不上他的手部動作），身爲他的朋友，只管聞香、喝茶。

我來這裡就是爲了喝茶？還是，藉著深沉的茶香，沉澱胸中的澀苦？我猛力搓著聞香杯，低頭俯嗅，冰冷的杯底不辨留香，只聞到滿掌的汗酸和菸垢。我有心事嗎？我從朋友手中接過紫砂壺，一撮一撮放進三分之一滿的茶葉，等水沸。

爐上的陶壺呼呼搶叫。七月的濃暮，與朋友對坐品茗，心裡惦的是白居易「晚來天欲雪」的情境。原先披著金黃薄紗的窗玻璃蛻成紫紅色的珊瑚礁。我感到冷。陰祟的海藻，在潛意識的汪洋舞爪張牙。我想說什麼？我想對朋友傾吐什麼煩惱？訴說那椿牢騷？

我說不出來。

那句話真是朋友問的嗎？他說過嗎？還是怔忡的我，聽見語言表面以外的聲音？朋友曾教我一套「以聲取人」的方法：說話速度快的人心急氣燥，措辭緩慢而清晰者，謹言慎行：用鼻子吐音意味驕矜或憤懣，以腹部發聲者多半性情豪爽。中音代表平和，低音淳厚，高音的人容易激動……每一種聲音都有一張面具。那我呢？我的聲音具備了什麼樣的容貌？朋友笑著說，你是超低音，用極端靜默來掩飾極端激動的那種。是這樣嗎？聽說海倫凱勒憑指尖就可「聽出」小喇叭與弦樂器的震顫，有一種蜥蜴的「耳朵」長在內臟，彷彿是「用心聆聽」。我的朋友呢？

相識以來，我一直試著觀察這位「異類」朋友：從他的動靜自得，測出專屬於他的神秘世界，以及神秘的他對「我們的」世界的觀測方式。奇怪的是，我對他的認識，或者說，他對我的意義，隨著接觸的增加，而竟愈發不可解。譬如說，我們之間無所謂四目交接（每當我泛紅的眼盯上他岩石般的白眼球，宛如浪花打在礁石上），也省下噓寒應對的辭令，往往，兩人面對面，共飲一壺水或各自爬梳心思。他可以一語不發，我則是欲言又止，他不斷運動觸鬚般的手指，穿過陽光，捕捉時間之河的波紋：我像個釣翁，反而閉上眼睛，等待心靈深淵的漁汎。也許，他正豎耳傾聽我說不出口的話：或者他以沉默發聲，而我恍若未聞。

有時，我幻想自己是隻複眼昆蟲，即使背對他，也能正確讀出對方的一舉一動：我甚至懷疑朋友死寂的瞳內加裝了隱藏鏡頭，以超越視覺邏輯的方式，從事「當面」、「正眼」以外的秘密勘景行動。

第一次遇見朋友，是在三民路大圓環的路口，他要過民生東路，卻被呼嘯的車陣逼陷路旁，動彈不得。我和他的目的地相同——松山區公所大樓，情況也類似：我是因爲內在的裂變，困在現實的安全島上，變成呆若木雞的睜眼瞎子。直到有人輕觸我的右手肘，我看見身邊一位持手杖，比我更「無助」的中年盲人咧嘴對我苦笑，接下來的十數分鐘，我卻從「導盲者」變成迷途的蜉蝣。

事後回想，那一段不到百公尺的路程不像過街，倒有些行船的味道——他是舵手，而我是載浮載沉的舟身。他的左手搭著我的右肩（婉拒我的攙扶），配合我的步伐緩步前進，不時提醒我注意左前方的來車或右後方無聲無息逼近的逆向行駛者（而我漫不經心用點頭來回應他的好意），一路上，我沉浸在婚變之痛，無視於腳下坑洞，一路顛躓而行。我的身後，響起平穩有致的手杖點地聲、鑰匙撞擊聲和發自朋友口中用來計算步伐的報數聲。

後來，我發現，朋友其實活在以臂長爲半徑的小宇宙裡，像一顆行星，不斷地移動光環軌道，或者說，他的半徑範圍所到之處，將因他的降臨而自成一新世界，他的無色的「意識流」或許悄悄更改了現實的表相乃至歷史的航向？我不知道。過了街，他的手杖點了點安全島上的導盲磚，輕聲說：「謝謝，到了。」從那刻裡，那幢號稱「無障礙空間」的區公所大樓變成我這個正常人的障礙世界。朋友發現我未離開（我在仰頭發獃），問我要到那一樓層那個單位，我訥訥說是關於法律訴訟的事，於是，從進入大廳，穿過中庭，搭乘語音服務、點字按鍵的電梯，我沿著導盲磚一路走進生命中最黑暗、孤獨的時光。那天以後，我的「黎明」變成朋友家中，黃昏時分的窗口。

我漸漸明白，爲什麼明眼人喜歡找盲者卜命、摸骨或祈求隻字片語，以便解答生命中視而不見的迷惑。從某方面看，他們失去了視覺也就無所謂偏見，反而擁有足夠的天視天聽，開悟你我的心盲？然而，我的朋友不是摸骨師或鐵嘴神算，身心俱疲的我也不是爲了實用目的而來。一個下午，一杯茶，一個變幻的窗格，一段糾纏的回憶，一位影子愛人……，我的體內，可能潛藏著某種基因程式，正逐漸關閉生理和心智活動，最後關掉整個世界。

天色漸暗，杯中熱茶變成一口冷井，而我怎麼也看不清井底的容顏。朋友起身，爲我點亮書櫃旁的枱燈（屋內唯一的照明設備），一片檸檬黃映出櫃裡散置的點字書、錄音帶和拍立得。朋友說，八歲那年，全盲前的極度弱視階段，突然湧起一股無可救藥的向光情結。那時，白天漸漸從他的地平線退出，而永夜尚未降臨，觸目所及盡是藍不藍、白非白、紅中透黃或綠底黑邊的幻相。譬如說，印象中的父親像一棵巨樹，母親是黑霧裡白精靈，自己呢？他笑說三歲以前，以爲眼睛長在鼻子下方，而嘴巴是用來收攬楓紅或銀杏黃。即使如此，這位失去臉孔的人總能在視覺沙漠嗅出綠洲，沿著微不可辨的模糊地帶，大口品嚐「黃昏」的景色。朋友說，黃昏是他對這個世界的最後印象，也是用來詮釋視覺能力和光明渴望的象徵。第一次拜訪朋友時，我倚在窗邊，因爲呈螺旋波浪狀的天空，痲痺得無法動彈；朋友並排站著，呼吸有點激動，但語調平靜地訴說全盲後噩夢深處永遠追不到的綠光。我不知道墨鏡後方的瞳仁看到了什麼，浮映著彩光的鏡片儼如蒐集色相的鏡子。

（我想起離婚前的無色之夜，夢見自己從夢中翻醒，面對停格的畫面，腦中迴盪著鐘乳岩洞裡穿石透壁的水滴聲。）

唸大學時，透過荷馬史詩、密爾頓的失樂園和波赫士老年目盲後寫的詩，使我以爲管窺了盲人細密獨特的心靈世界。認識朋友後，我試著以另類觀點觀察世界：閉目行走，測試自己的直行和直覺力，閉眼坐公車，以車速、轉彎數、停站次數丈量車行距離。在辦公室或咖啡廳，我不再理會上揚的唇紅、微露的齒白、閃爍交錯的目光和曲折附會的語意，寧可瞪大眼睛，望向對方的瞳孔深處和更深處。我想要洞悉什麼？看透對方？戳穿彼此之間虛虛實實的氛圍？搖搖頭，我缺乏這種見微知著的異能（其實，大部分時間，我是張著眼睡著了）。傳說螳螂用超音波交談，鱷魚與大象靠低於人類聽覺範圍的聲波溝通，鴨嘴獸以喙爲天線，捕捉甲殼食物，測試水暖江寒。下水道的鼠輩，也有牠們自得其樂的生滅方式。我呢？我的大腦既聾又啞又瞎，喪失了本能也失去了可能，只能循著社會制約，將情感的失落轉換爲工作的失意。我的婚姻結束於無風無浪的第十年，大風大浪的就業經驗超過廿載，即使如此，面對妻，面對那些表面的朋友或背後的敵人，我仍表現得像個剛到地球的外星人，驚疑戒愼不能自己。問題就在這裡：何者爲我？何者非我？穿西裝打領帶的我，爲什麼揮不去內心原始的鼓聲？渴望釋放感官，又遭理性條文綑綁？何者爲僞？何者爲眞？現實是相合的虛構。

我又想到妻。多年來，我們用身體取悅對方的身體，享受自髮梢到腳趾尖每一個感官密碼的神經脈衝。我們用心解讀彼此的眼神，以俗不可耐的字眼表達凡夫俗子的共同心聲。當年那個追求妻的我，像隻百慕達樹蛙，以腑定聲，聲波波及體側，在體腔內共鳴，再到達鼓膜，據說，百慕達樹蛙的求偶聲像悅耳的豎琴，是啊，當年發自肺腑的蜜語甜言，如今安在？

多年後，簽下離婚協議書的一瞬間，我竟在妻濁紅的眼裡看見當年清澈的眼神，不，應該說妻無表情的瞳仁深處埋著駭浪驚濤。我眨巴著倦累已極的眼皮子，不知該相信表象還是心象？由於我的不捨，所以撞見當年的她？還是妻永遠年輕的心，拘著中年疲憊的我？

很想問朋友，所謂「瞎子摸象」的那隻象，究竟是指什麼？隱藏在觸覺裡的視覺？意志建構的表象？另一種微觀的眞相？我不能這麼問，一如從來不以語言觸探朋友的隱私（他的目盲原因、奮鬥歷程、遭受的社會歧視等等）。唯有一次，我發現他在自家裡行動自如（他的白手杖靠在玄關的門把上），反倒是我經常誤撞桌角或几櫃，忍不住問了一個一語雙關的問題：「當我們的感官受到限制，往往製造道具來彌補不足或擴充慾念，結果是，道具決定了感官，譬如說，立體電影、四聲道音響，你呢？你的生活中，除手杖外，有什麼是不可或缺？」

「手杖」是個隱喻，朋友聽懂了，他說，盲人外出時將手杖持握在肚臍，以左右四十五度角，在地面交錯點觸。手杖是他們認識外界的方式。但點地一如點字書，單憑外形不足以決定意義，也不可能形成故事。朋友邊換茶葉，邊告訴我關於他的「手杖的故事」——一名曾經相攜相持後來病逝的女人，一位耳聾的妻子。

朋友問我看不看球賽，我說看。朋友問我有沒有見過盲人看球、聾子聽轉播，我無言了。朋友繼續說：我的世界裡，所有的事物、聲音毗鄰而立，同樣巨大，同等細小。我聽見十七樓高鋼架墜地的爆響、時速一百公里的固特異輪胎的尖銳煞車聲、球滾過沙地的摩擦聲、躍入草叢的彈跳聲、球棒擊中球心的脆響、斷棒的崩裂……，我還可以聽見，朋友，你不均勻的呼吸裡加熱的血流聲，我聽到什麼就是永遠聽到了。只是，缺少圖像的解說，我找不到意義，也抓不準眾聲喧嘩的疊聲：憤怒混著興奮，激情挾帶頹靡，二百分貝的驚叫中暗藏最輕細的嘆息，以及，包圍、淹沒這些聲音，專屬於球場永不停歇的喊聲。我永遠不知道李居明揮棒的模樣，鄭志龍飛身灌籃的英姿。於是，每回和妻牽手到球場，我會抓著拍立得，一有動靜立刻爲妻錄相；妻也抱著錄音機，爲我「影印」那些沉默的高潮。

總是這樣。我和妻面對同一事件，卻是處理兩種主題，兩樣感受，我爲妻蒐集我無從想像的畫面，妻爲我保存妻無緣分享的聲音。她的殘缺，我的遺憾，有可能結爲完整的故事？我們是一對天造地設天殘地缺。我看不見妻，妻聽不到我。我們都是半個人也是對方的一半。都是對方的背面……朋友，在球場裡，也許我們曾經擦身而過，你會轉頭看看我們的背影嗎？

我下意識低下頭，幾乎關不住眼底的汪洋。此時，茶色應比天色更黑。「我了解背面，也看過背影」我告訴朋友：「當我背對妻那一刻，目睹了自己的背影。」

離婚前夜，我從一場情境曖昧的夢域（夢見自己再沒有愛人的能力）掙脫出來，似醒非醒，神智清明可是指揮不動手腳，只能眼睜睜望著兩具平行背影——妻和我，躺在應該是「臥室」的闇澹空間。空中漫著霧氣，水聲滴瀝，像啜泣，也像什麼地方的水龍頭忘了關，事物的輪廓消融在一面珍珠灰的無限之湖裡。我提醒自己，人類的單眼不可能覷見自己的後腦，除非離魂或脫竅。於是我寧願相信自己並未眞醒，而是掉進更深的夢塹，從一個夢翻落另一個夢，或是夾陷在夢與現實的灰色邊緣。

我試圖叫喚自己，發現床上的我也掙扎著想醒來。沒有用。我張口吐舌發不出一絲聲音，一如另一個我的輾轉不得。而且，床上那個我也在作夢：同一場景，同一張床，平行的線路忽然傾斜、交叉，變成一對纏綿合抱的恩愛夫妻。老天！那是多少個世紀以前的事，夢中人眞是我和我的妻？更要命的是，我看那個「我」似我而非我，不是過去、未來、現在的我，也不會是「我」以外的任何人。如果我沒記錯，斯情斯景出現於十年前的新婚夜，問題是，床上的「我」不再年輕，床功依舊笨拙，雙下巴和啤酒肚也未因夢的酵素而美化，幾乎可說是一模一樣。可是我知道那個人不是我。究竟什麼地方不同？我說不上來，或許，那男子只有妻知道：我的妻經由「我」找到一世的情人，我同樣在自己身上猝逢某個可疑的訪客。那一個才是眞正的我？

我眞的很想醒來，至少翻個身，換個夢吧。只是，這一連串的畫面究竟是誰的夢？我的夢？妻的夢？同床而相向之異夢？寤寐中的我窺見妻的心靈秘密？還是夢裡的我同時夢到妻，或淪爲妻的夢中人？層層的框陷套疊，十年來絕無僅有的夢的偶遇，隔著半意識的闇影，我睜大眼，只能睖視背對我的另一個自己活跳蝦式的演出，兩個背影之間既不能翻身相擁，也不能起身離席的恆定的距離，一動也不能動……。

所以，朋友，眼前這杯冷茶，珍珠灰的無限之湖，標示著一個有限的夢境：此生我對妻全部的愧悔。而那夜，靜止湖面又凝縮成一顆虛懸的水滴，鑽出妻的眼角……

「等等，」朋友微偏頭，露出恍然大悟的神情：「能不能告訴我，你帶誰來？」

「誰？什麼人？」我轉過頭，不，也許直到此刻才睜開眼，看到一面烘亮的空洞的牆壁。

「看清楚，一直在你身後的那位。」朋友的笑容，像是對他鄉的故知打招呼。

我的背後，不見人形，沒有陰影。朋友後方的檸檬黃光源，穿透我的雙眼，折射成雪白牆面的七彩金光。

我愕視著只有在凝神觀想時偶現的彩虹光譜。

某個女人的記錄

龍瑛宗原著、陳千武譯

作者簡介

龍瑛宗（一九一一—一九九九），客家人，本名劉榮宗，祖籍廣東省饒平。臺灣商工學校畢業，旋即進入臺灣銀行界服務。師承兩位在臺日籍作家的啟蒙與自學的努力，以日文創作的處女作〈植有木瓜樹的小鎮〉獲得日本《改造》雜誌第九屆懸賞小說佳作推薦獎，一舉登上文壇。曾出任臺灣文藝家協會文化部委員、《文藝臺灣》擔任編輯委員、《臺灣日日新報》編輯、《中華日報》日文版主任。小說集《蓮霧的庭院》受臺灣總督府阻撓，無法出版；同年又另以文學評論集《孤獨的蠹魚》出版發行。一九八〇年，龍瑛宗克服語言障礙，終於以中文寫出首篇小說《杜甫在長安》，再度引起文壇注意及肯定。此後大量創作以中文書寫的小說、雜文與評論，其作品多達百餘篇。

文本

一歲

重陽的午後，呱呱地誕生了。只有六歲和三歲的女兒在家裡玩著。能工作的人都到田園去了。寢室裡反射進明亮的燦爛陽光，很安靜。唯一聽得到的聲音，是咕咕咕……在啄飼料的牝雞的啼叫聲而已。母親的手以熟練的動作處理了一切。用苧麻絲把臍帶綁著切斷了。又是女孩子。第六女。母親黑暗的臉，想著這樣子把嬰兒絞殺掉。啊！生男孩多好。男孩長大能奉養雙親，女孩子只有支出花費，終究就是送給別人。不合算！母親在嘴裡咕嚕咕嚕獨語著，叫六歲的女孩子燒開水，給初生嬰兒洗澡。嬰兒皺起眉頭來紅紅地，惹人著急地抖著全身哭著。

「哭甚麼，這個小娘兒！」

母親拍嬰兒屁股嘟囔著。

六歲的女孩子跑出去報告父親，父親扛著鐵鍬回來了。

父親眨著患重砂眼的眼睛說，

「甚麼？又是女孩子！飯桶。」

很不高興地，咕嚕咕嚕發響著咽喉，突然把口水吐在地上。

二歲

七歲的女孩子照顧她，卻常跟四歲的女孩子玩迷了，嬰兒就獨自爬到院子角落的石榴樹下去。

有一天午後，母親從外面回來。上面兩個大女孩子不知道跑去那兒玩，她只一個人坐在地上呆呆地，旁邊卻有一條蛇盤繞在那兒。

母親發出尖叫聲，用鐵鍬打死蛇。

藍天繼續著的初夏，深紅的石榴花盛開著，很美。

三歲

稍微不小心，手被熱湯燙傷了，燒痕繼續疼痛。哭了整個晚上。

父親因此都睡不著。

「吵死了，這個小娘兒，趕快離開這兒呀。」

而用手掌打了她幾次。

四歲

就要渡過秋天的時候，患了百日咳，眞的，患了很重的百日咳。

臉蒼白地像白紙。眼睛凹下去，像黑龍眼核般閃亮，偶而抽動著鼻子，衰軟得好可憐。

整個晚上睡不著覺，咳咳咳。

父親嚷著，

「死掉算了，這個麻煩的小娘兒。」

母親拿著線香和銀紙和叫做粿仔的餅乾，到伯公祠去禱告。丟筊占卜，先是笑筊，再來才是聖筊[1]。

然後，母親把線香燒的灰，拍進銀紙裡包著拿回家，把香灰放入開水給她喝。

[1] 作者註。筊，竹製的三角形卜具。笑筊，神明發笑，是半吉半凶。聖筊，祈願被接受了的筊。

百日咳，還是沒好。

不久，吹起了朔風，後院子的竹叢被吹動了。吱—吱—的聲音，聽來蕭條又寂寞。

臘月，家裡爲了準備過年而忙碌著。

五歲

過了年，山間的元旦很寂靜。

不過，換了新的門聯，亮著吉瑞的紅色，神桌上整天有朱紅蠟燭的光炎搖晃著，咬著清脆而甜的棗子。

姊姊們都穿著盛裝跳躍著。

姊姊們被父親帶到離這裡一里遠的街鎮去玩。

百日咳已經痊癒了。可是，還躺在床上。

到了傍晚，姊姊們才回來。哇哇鬧著。

「啊啊，眞好玩！」

「那個小姐，眞可憐。」

「我竟流淚了。」

「那個小丑眞有趣。」

姊姊們在談野台戲。

安安靜靜地聽著她們的話，偶而像想起來了似地咳嗽。

眞無聊。

六歲

母親幫她綁了辮髮，在她的辮髮根部用紅色絲帶綁起來。抹了一點茶油。髮毛像繻子般艷澤了，辮髮的尾端往上翹。

「喂！老鼠尾巴！」

排行大於她一個的姊姊諷刺了她。

「咦啊，媽媽，姊姊很壞喲。」

不甘心而哭了。哭了的臉，被淚水潤濕了。

「傻瓜，不要哭，妳看，臉都髒了。」

母親打了一下最小的姊姊。

七歲

自己之下已經有弟弟和妹妹了。弟弟是兩歲。必須要背弟弟。弟弟很愛哭。常哭。哭了就要「哦——哦——」輕輕拍他，讓他睡。不斷地要撒尿，背脊經常濕著。

八歲

還已經要做一些小雜事。炊事的時候，要坐在爐灶前，用吹火竹筒吹風。有時會吹成嘴邊都黑黑的，而受人取笑。

患了麻疹。

十歲

已經是要上學的年齡了，可是，去學校是與她無緣的事。受命令要看牛，能常吹草笛，很快樂。水牛眨一眨善良的眼睛，叫了哞——一聲，又動嘴嚼草。樹葉透過金色的夕陽很亮。涼風穿過草木吹過來。草笛聲被陽光和風搬到遠方去。山是綠色的，天空是青磁色。吹草笛的少女，臉頰被陽光燒成棕色，很漂亮。身體已經健康了。

對面山嶺的鄭家牧童心術不好。眼睛像山貓敏銳。頭髮像河童。常受了他的欺負而啜泣。有一次太氣憤了，拼命地咬了牧童的耳朵。牧童叫了哇！一聲，像豬一樣唔唔地哭了，耳朵流出血。

臉色蒼白地，一溜煙跑回去。心臟忐忑不停，蓋上棉被，好久不敢動。此後，牧童只是以令人感到可怕的眼神看她，卻不敢再欺負她了。

十二歲

還是看牛。

跟往年不同的酷暑夏天來了，渾身長痱子。

山谷間的溪流淺處，男孩子們玩水玩得水沫橫飛。毫無顧慮的笑聲，像噴水湧上來。想到「做男孩子，眞好」。

十二歲

決定被賣到離這兒一里的街鎮去。戶籍寫的是養女，實際上是傭人。賣身代價兩佰圓。被賣去的地方是林家，相當富裕，持有十甲步左右的田地。

那是老世家，屋頂翻成燕子尾，有發黑了的朱磚。牆壁是白壁。那裡還有朱色柱子，吊著琉璃硝子的花燈。時鐘整天都會響著。跟娘家的茅葺破屋差距很大。但還是懷念娘家。晚上就寢時都會不知不覺的流下眼淚。最初那天晚上睡不著覺。想起了很多事情。是姊姊們的事。姊姊也被賣了兩個。一個被賣去台東的關山，必須要坐船去，那是不認識的很遠很遠的地方。姊姊也像我一樣哭著去的吧。為甚麼女孩子都要被賣掉？另一位姊姊被賣到隔壁庄去，當媳婦仔。

想起了患百日咳那些日子，整個晚上哽、哽、哽、哽。臘月，寒冷的朔風，後院子的竹叢發出吱吱吱吱的聲音，那是可怕的。還有，新年，姊姊們都穿起盛裝，我自己一個卻躺在病床。母親幫我編了辮髮，背負弟弟的事，看牛的工作，吹著草笛，這令我很快樂。原野的風很冷。那個壞孩子牧童變成怎麼樣？可恨的傢伙，不過還會懷念他。不知不覺的流淚了，雞開始初啼，不久就會天亮了啊。

一切都不同。同樣是要工作，但是在娘家是輕鬆的。這裡必須心煩的太多，不能不弄得縮頭縮腦的。要叫主人爲爸爸，叫夫人爲媽媽，都覺得害羞，所以叫「媽媽——」的聲音，像蚊子嗡嗡的聲音那麼細小。

吃飯也要等到最後，等於吃了剩餘的，跟貓同等。只是比在娘家時飯菜都豐盛得多，每天幾乎都有豬肉料理。在娘家要吃豬肉料理是一個月頂多一次或者根本沒有。

十五歲

最初的月經，獨自煩悶。怕怕地請教隔壁的阿婆。阿婆拍著椅子哈哈笑著說，「妳，已經是女人了，不必煩惱。」

十七歲

發育起來，露出了女性美的曲線。到街上去，覺得年輕人的眼神眞討厭。

主人有時也會以執拗的眼神看著。他過了四十歲的體格相當好。忽而變得親切起來，說各種甜蜜的話靠近我。我不知道如何才好。

十八歲

主人熱情起來了。我實在很美。他跟我説要娶我爲妾。他死了會留給我一生安樂生活的財產。

「想想看，妳的命運在我的手裡，也可以把妳賣到台北的賣淫窟去。妳就會患可怕的病死掉。白死啊。但是妳做我的妾，那當然能做個良家夫人，吃穿都沒有問題。像妳這樣卑賤的女人，難得有這樣的機會。爲了妳，我再僱一個傭人吧，怎麼樣？想想看。」

他講完便好色的笑了。

眞麻煩了。自己沒有自由。得罪了主人必會受到苛酷的遭遇吧。反正是沒有學問的賤女。假如主人死了，眞的會留下財產給我的話，我想做個妾也不錯啊。可是我還年輕，也希望跟相愛的人一起生活。因此有怎樣的勞苦也願意啊。可是連相愛的人在哪兒都不知道。街上的青年只有裝模作樣而已。

十一月的風吹起了。夫人預定十天時間去南部的親戚家。在這期間，稍微有了機會便許身給主人了。

深夜，能聽到香蕉樹葉摩擦的聲音。打開窗，看到上弦月像霜那麼寒冷。

十九歲

終於被夫人知道了。夫人顫抖著並把眉毛吊高了，全身像金屬性而發響。

「不知恥的淫婦，妳這個，不知恥的淫婦。」

拿起掃帚打了她。是一陣騷動。

「啊！恨死妳這個，給妳教訓！」

她緊握著拳頭，想打我肩膀。可是太用力了，相反地翻倒了，雙腳高高舉起在虛空中掙扎。似乎很可笑，看熱鬧的人都笑了。

好不容易站起來，卻嗡嗡地開始哭了。

「今晚就把妳賣掉，把販賣人口的商人招來。啊！爲甚麼我會這麼運氣不好！」

然後用手擤了鼻子。

爲了這種事，夫妻之間常吵架了。

孕吐得很厲害，不得不躺在床上。夫人說是假病，而又鬧起來。

「眞是厚臉皮，不知恥……」

毫不客氣地騷嚷給人家聽。

是不是懷孕了？忽然覺得心疼，獨自感動得快窒息似的。

把這情形偷偷告訴了主人。

「眞的不一樣。好像是……好像……」

忽然紅著臉，開始躊躇了。

主人明顯狼狽著，臉色變了。然後露出奇妙的笑容。

「只是心情的關係吧。怎麼那麼快！」

他獨語著，麻煩似地搖頭。

主人一天比一天冷淡了。「到底，要把我怎麼處置？」這麼問他，他卻列舉了好多遁辭，而躲避了。

有一天終於講出了眞心話。

「雖然對妳說了許多約定，但是，妳知道夫人因此變成半瘋的狀態，怎麼說都不答應。如這樣下去，家裡就亂七八糟了。妳也會不幸。夫人說，若要納妳爲妾，她就要去死。眞沒有辦法。不過，不必煩惱，我會好好處理。」

然而，心煩並不消失。他是企圖用花言巧語欺騙我。眞悔恨，但是有甚麼辦法？向娘家訴苦也不會有結果。

不久，終於發生了這麼一件事。林家的佃農，有一家很窮而滯納田租的佃農，我被當做這家孩子的媳婦，扣除佃租，便宜地被賣了。

確實是非常窮的生活啦。穿的衣服都補了再補的襤褸。日日三餐都摻入太多蕃薯而看不到米粒。那家的母親患了中風已經很久了。能工作的人手只有兩個，父親和兒子。因此，嫁入了就必須開始勞動。不習慣田園的粗重工作勞動，而覺得很辛苦。手都結泡了。全身的關節也會痛。真的是破茅屋，比娘家還要糟。燻黑了的茅葺屋頂。像籬笆的竹子做的牆壁，從壁隙吹進來的風很冷。不過，丈夫是認真的男人，很會工作。窮得很厲害，還有辛苦的田園工作。雖然如此比在林家的時候，心情卻較輕鬆。

十一月底的夕陽，就要沈下西山的時候，產下了男孩。一家人都很高興。

二十歲

三月婆婆死了，非常寂寞的葬禮。

雖是產後，母子都很健康。必須背負嬰兒從事炊事，也要出去田園工作。工作人手不夠，才真的很忙。

二十三歲

剛好是收穫期。公公患了一點感冒，由於有颱風預告，必須早一點刈收，因而忍著感冒去田園工作，感冒惡化引起了急性肺炎，而崩塌似地逝世了。那時，像海嘯的風和雨，搖動著有如玩具般的這家茅屋。眞是悲慘。

二十四歲

因爲人手不足，無法維持佃農的工作。佃租累積得越來越多。於是把拖欠的佃租改寫爲借據，貧乏的家財都賣了，逃跑似地到台北去找工作。

丈夫任職於某工場當職工。女人做洗衣女幫助家庭經濟。負責洗四個家庭的衣服，一個月大約得到十圓的收入。

開始時，手都因漬在水裡很久而腫脹痛苦。而且都市的青菜很貴，她常嫌了這一點。

二十六歲

在圓山附近的雙連，有房租比較便宜的房子，於是從下奎府町搬去住。家屋後面有一點空地，立刻闢成菜園，種了一些青菜。

到了秋天，青菜繁茂地呈現美麗的顏色。

男孩子今年開始進學校。

三十歲

丈夫不喝酒不抽煙，只是認眞工作，家人們也都無事息災，以往一直過著緊縮的生活，使家庭經濟也好了起來，負債也都還清了。

兒子已經是五年級，成績又是第一名。雙親非常的高興。

夏天末期，經過了十年沒有過的懷孕，又來了。

三十一歲

生了女孩子。

三十二歲

兒子以優等的成績從學校畢業了。級任老師說，這麼好成績的孩子，應該讓他進上級學校才對，他本人也如此希望。可是，家裡好不容易才把負債還清不久，畢竟還沒有能力讓他進上級學校，因而他流著眼淚取消了對未來的希望。由於學校老師的介紹推荐，他去當了公所的工友，而要求父母准他去上夜間部。比自己成績不好的人，戴著上級學校的制帽，穿著制服，很得意地在街上走路，他會忽然感到自己很可憐、很羞恥，也會感到很憤怒。他覺悟絕不會輸給那些人，而拼命地用功。

三十五歲

又遭遇了惡運。丈夫在工場已經調昇爲熟練技工，但是有一次不小心，被機械吸斷了兩手臂，確實是一次重大傷害。住在醫院一段長時間。當然，工場給了相當的慰問金，但是不夠。負債已經還清了，而這數年間也有了些儲蓄，但是現在卻要抽出一點又一點，拿出來花用。不久也就把寶貝花光了。

殘暑嚴烈的某一天出院了，變成廢人。渡過漫長時間的一天又一天，只呆然坐著或躺著，甚麼也不能做。

「我到底有什麼厄運呢？不喝酒也不抽煙，一直認眞地工作，還會遭遇如此困苦——」

不由然地流淚了。

三十六歲

一家最重要的勞動力，變成廢人，在家無事可做，家庭經濟又開始窮苦了。

兒子認爲當公所的工友沒有出息，而辭退工友的工作，轉到太平町一家布行去當店員。從今做爲棟樑能夠依靠的是這個兒子，兒子退學不唸書決意要做商人。他自言自語決心要賺錢。

終於決定把女兒賣掉。

看著爲了自己，要被賣出去的女兒，父親懺悔地眼淚流個不停。

於是她認眞去洗衣服了。雖然很辛苦，承受幫忙六家。啊，需要長久蹲著工作，每一次工作完站起來的時候，都會頭暈而腰酸背疼。

三十七歲

兒子很孝順。因爲孝順，父親都會覺得心痛。爲了自己，大家在辛勞。想起從此還要活下去的長久時間，不能工作是多麼痛苦，多麼寂寞啊。
「我是活著的屍體。」
爲了自己的原因，這個家庭會一直墜入陰慘的泥濘裡去。
有一天，他服毒自殺了。

三十八歲

被留下母親和兒子兩個人的生活了。
是寂靜而苦悶的生活。

四十歲

凶運，都會繼續發生的，眞不願相信。
初夏的時候，似乎有點感冒才休息沒工作，但是發燒一直不退，請醫生看了才察覺可能是患傷寒而抽血液檢驗。很快斷定了是傷寒病，必須要住院。
兒子向布行請假而認眞看病，這令人感到夠可憐的了。
治療經過實在很好，住院五十天便出院了。

然而，還沒有感到出院的喜悅，改由兒子發燒了，果然也患了傷寒。必定是在看護母親時被傳染的。過於苛酷的凶運，眞悲慘。

拿家財去當舖賣，必須籌措住院治療費。但還是不夠，不得不去拜託近鄰借錢繳納住院費。

可是病狀越來越惡化，到了腸出血，加之併發了咽喉結核症。

可憐地瘦成一把骨頭，在黎明時候就停止呼吸了。是很善良的男孩子，好兒子。

「啊，眞可憐，是替我死去的。應該是我這個老太婆死去就好，老了，在這世間沒有用了，啊！可是，爲甚麼要把我唯一的一個可愛的兒子……」

無倚無靠的，她哭倒了。

四十一歲

變得令人如此驚訝，白髮明顯地越來越多，皺紋也多起來了。人生悲情刻在憔悴的臉上，活下去有甚麼目的？唯一能依靠的兒子已經不在人世了。閉上眼睛，就夢幻似地，過去的一切一幕一幕不斷地顯出來。

四十四歲

火熄了似的生活。

到兒子原來服務的布行去照顧小孩，幫忙了一些雜務才有飯吃。可是，自己老了以後會怎麼樣？寂寞的心情像寒風吹入全身。

四十六歲

被賣出去的女兒，忽然毫無預知地回來了。已經數年不見了。女兒是做巡迴地方的劇團女演員。

「媽媽——」

叫了一聲就沈在淚水裡，一段時間講不出話來。

「聽人家說媽媽被留下一個人生活。可是，我要巡迴各地方，不能任意離開回來看妳。媽媽也辛勞過度了，老得這樣子。」

女兒感慨萬千地說。

女兒來，是有意邀請母親去參加劇團。她是說需要一位炊事婦，還有女兒懷孕了，母親能夠來幫忙是最方便的。

說來還是親情，只有女兒一個人嘛，母親便答應了。女婿是劇團裡的男演員。女兒卻半開玩笑的說，

「我的丈夫，是偉大的人。」

「怎麼偉大？」

「因爲他上了舞台就是孔明啊，是很偉大的宰相。」

「哈哈哈哈……」

母女就這樣頭一次出聲笑了。

四十七歲

女婿是過了三十歲的男人，除了嗜酒之外沒有甚麼特徵。不過，女兒很會侍奉他。

三月間，女兒生了女孩子。

村裡的神明祭典，穿了盛裝的鄉下人熙來攘往的，非常熱鬧。

住在有臭蟲的便宜旅館，甚麼都不方便。不過母親將女兒照顧得很週到，因此一切很順利。

那個時候女婿是在舞台上演出「空城計」的孔明。舞台上的城下，扮演啞

巴的男人一心地在掃地。而在城門上面的樓台，扮演孔明的女婿從容不迫地在彈琴。

四十九歲

跟女兒商量了長久以來的心願，要把丈夫和兒子合葬在一起。女兒跟丈夫接洽，女婿很樂意地答應了。

有個秋天晴朗的日子，舉行了撿骨，把遺骨帶回故鄉，做了個小墓。眞感謝了女婿負擔費用，跪在墓前感激地哭了一陣子。那是人生轉變激烈的悲情淚水啊。

然而，故鄉的變化多麼大啊。

雖然是山河依舊不變。

五十三歲

冬天的巡迴之旅是悲哀的。

凍冷的朔風，對老年的身體是難耐的。

啊啊，希望有一處安靜定居的地方。終於，病了。悲傷的落淚了。

五十四歲

對病患的身體而言，要一個又一個地巡迴地方，眞是不方便。也無法好好治療養病。

初春的時候去世了。享年五十四歲。

女兒抱著母親的屍體大哭了。

墓設在近海岸的一個部落。是個低矮而潮濕的地方，雜草繁茂著。之後，也沒有來訪的人，只有冬天的太陽和季節風吹來而已。

剁

陳恆嘉

作者簡介

陳恆嘉（一九四四—二〇〇九），筆名喬幸嘉、車亞夫、秦嘉、陳三觀、陳在來、皇甫嘉，彰化溪州人。臺中師專、淡江大學中國文學系畢業，京都大學人文科學研究所碩士，東吳大學日本文化研究所碩士。曾在各中小學、大學任教，擔任出版社總編輯。二〇〇九年二月二十五日，因流感引發肺炎，病逝於淡水馬偕醫院，病逝前還在就讀國立成功大學臺灣文學系博士班。著有小說《陳恆嘉集》等書。

文本

我正在大力洗「那裡」的時候，忽然看到我們體育老師也進來要洗澡，我嚇一大跳，趕快轉身，好像正在做什麼壞事剛好被老師碰見一樣，都來不及想一下。

雖然轉過來了，心還是卜卜跳，不知道有沒有給老師看到，我不敢回頭再去看，怕恰好老師也在看我，那就要互相看到了；我把頭低很低，更大力去洗「那裡」。

「要命！怎麼青面的也來洗澡？」

「青面的」就是體育老師的外號，我們偷偷給他取的，因為每一次他的臉都刮鬍子刮到青青，又很兇，上課都戴黑眼鏡，我們看不到他，他看得到我們，不會笑，也不說話，都用哨子喊口令，有時候我們都會忘記是要向左轉還是右轉，都會很多人轉錯，就兩個人臉對臉靠得很近，就忍不住互相笑起來，互相說人家轉不對，這時候就有人會倒楣跑操場，又不知道是誰會倒楣，因為我們看不到老師在看誰，又不知道究竟誰轉錯，都不敢動，好像要被抓去槍斃一樣，都非常怕他，不敢偷做一點壞事。

但是，我在洗澡，並沒有做壞事……人家我用大力洗「那裡」比較久，並不是在玩那裡，最氣啦，「那裡」不知怎麼搞的，好像生了一個癬，我很怕那個癬長大，長到「那裡」，我又不敢給爸爸說，那要給爸爸看，又會帶去給人家擦藥，「那裡」怎麼能夠擦藥啊？聽說洗溫泉會好，所以每一次我都先洗「那裡」，又洗比較久；我看大人也都先洗那裡，不過他們洗很快，好像淋濕了就好，就用手保護「那裡」去浸在水池裡了。

我儘量低著頭不太動，我恐怕動太大，會被老師認到，在大眾池，大家脫光光，煙霧又很大，我有一點安心老師大概不會認到我；我很奇怪，脫光光大家好像就都一樣；我還記得我第一次到這裡來：我不是來洗澡，是媽媽叫我來找爸爸，說人家要和他算菜錢，叫他洗完澡不要去夜市喝酒。我跑來，但是要進來的時候，忽然有一點不好意思，我想到爸爸脫光光，不知怎麼搞的，就是有一點見笑，一直要笑出來，我就坐在外面的椅子等，要等爸爸出來，很久了，爸爸也沒有出來，我正在怕爸爸也許洗好走了，收錢的太太看我坐很久，就問我是不是要洗，我說要找我爸爸，她就叫我進去找，這樣，我就不能再坐在外面等了，我怕怕地走進去，煙霧一直跑出來，氣都有一點要斷了，白濛濛，我遠遠只看到一條白白的人影，我睜大眼睛，想看會不會前面的就是我爸爸，我就可以遠遠的喊他，趕快就跑出來：這樣我就會看比較少；但是我看不到我爸爸，我只好再進去，哇！好多人喔！脫光光，好像我有一次去殺豬的地方買豬血時看到的吊在屋頂下的豬片，我又不好意思看仔細，大家看起來又都一樣光光，我有一點慌張起來，就大聲叫：

「爸爸！」

結果，所有人轉頭來看我，有幾個年輕的故意笑嘻嘻的跑過來拉我說：

「哦！乖兒子，找我當你爸爸啊？」

全澡堂的人都大笑起來，害我差一點鑽到地洞裡面去，我現在還記得很清楚，好像進到奇怪地方的情形，所以我想只要我不要動作太奇怪，老師大概就不會認到我。我很慶幸我現在是坐在水池的後面的岸上，後面水比較冷，人比較少，因爲他們說水尾水比較髒，比較不來洗水尾，那我想我們老師也不會來洗吧？老師要洗比較乾淨才可以，可是老師怎麼來洗大眾的？大眾的都是做工的和小孩子在洗的啊！

我把屁股挪了一挪，因爲溫泉水把池岸浸得燙燙，屁股光光，坐久了會痛，剛剛不敢動，坐這麼久，痛死了，我用手偷偷去摸一下，很燒，一定燙到紅紅了。趁著移動屁股，我把背更對正進來的地方，好像這樣就可以擋住老師，不給老師看到，又好像只要我不要看到老師，老師就沒有看到我。

「嘿！你不是……」

「嚇！老師……」

要命！老師怎麼偏偏就是來洗後面這裡？老師叫我的時候，已經掛好他的包包在解皮帶，我怎麼沒有看到老師走到前面來啊？現在已經被老師看到，來不及轉身子，要命，偏偏看到前面，看到後面也好啊！

「你都來洗溫泉嗎？」

老師本來已經在解皮帶，現在又停止，問我，一邊問，一邊脱去拖板。

我低著頭，心在跳，不敢去看老師，卻看到自己「那裡」，有意沒意地把毛巾停在「那裡」，回答「是」。

「很好，洗溫泉對身體很好。」老師又說。

低著頭，我只能看到老師的腳，老師現在坐在人家在吊衣服的下面的長板櫈，老師好像也沒有在做什麼，把光光的腳丫張來張去，有一點穿鞋子的臭味，腳趾中間有一點脫皮，我看老師好像沒有在做什麼，便想老師一定在看著我洗澡，我想我低下頭，老師的眼睛一定剛好看到我脖子的背後那裡，那裡就好像被火燒到一樣熱熱，很不舒服，我就稍微抬起頭來，但是抬的太大，不小心碰到老師的眼睛，我意外一下，老師的眼睛和上課不一樣，有一點奇怪，好像比較不會害怕，我就再看一下老師，老師竟對我笑一笑，無意無意地，害我趕快再低下頭，也不太敢笑，偷翻眼睛又去看老師，才注意看到原來是老師沒有帶黑眼鏡的關係。

「你的皮膚有沒有什麼毛病？」老師看到我在偷看他，又問我。

我大驚一下，手趕快離開「那裡」，答不出來，有皮膚的毛病，不行洗公共溫泉，我知道這個公德，但不是怕這個，我的癬生在「那裡」的旁邊，很秘密，偷來洗不會被抓到，我是嚇一跳老師怎麼知道……

「有皮膚病來洗最好，但不可以下去泡。」

「好險！」我偷偷咋舌，老師原來不是知道，差一點自己說出來。

「你是哪一班的？徐老師？ㄉ老師？」

我心還在跳，老師又在問，也沒有在脫衣服，一直笑笑看我，我的屁股又熱的痛起來，但是老師在那麼近……我偷偷想動一動，可是「那裡」先動了一下，我趕快停止不敢動，好像端熱湯要潑出來一樣，緊張了一下，我是覺得好像有一點沒有禮貌，又怕「那裡」動太大被老師看到癖。我注意「那裡」停止不動了，偷偷去望老師一眼，看到老師的眼睛沒有在看那裡，而是在問我，看著我的眼睛，等我回答問題，我便小心一下，趕快不去注意「那裡」，給老師回答說：

「我是六年級。」

「喔！六年級，是楊老師？不是？鄭老師？」

最要命，現在脫光光，才來給老師碰到，又給老師問來問去，青面的問我們老師不知道有什麼用？我不知道怎樣就是感覺到「那裡」一直跑出來在外面，我頭就低下來，但是明明我用毛巾蓋著。

「唔，是鄭老師，鄭老師跟我是好朋友，我們住在隔壁。」老師的腳丫動一動，又問：「鄭老師兇不兇啊？」

我怎麼敢說呢？我常常覺得，學校的老師做朋友和我們好像有一點一樣，就是兇的和兇的都比較要好，好的和好的要好，女老師是穿漂亮的和穿漂亮的走在一起，穿不漂亮的和穿不漂亮的一起，我很怕青面的體育老師，就是他和我們老師常常在一起打乒乓球，而我們老師對一些女生的好學生不兇，對我們卻很兇，很兇，我怎麼敢說呢？我只敢笑一笑，想要搖搖頭，但心裡有一點不服氣，所以大概沒有搖起來。

但是青面的體育老師好像只是問問，並沒有要我回答，所以看我笑笑，他也只有笑笑，我想他大概也知道，不用我回答，他又問：

「你家住在哪裡？」

「住市場。」

「住在市場有沒有做生意？」

老師一直問我，也沒有在脫衣服要洗澡，一定是怕我會看，就一直和我講話，我有在想：老師們大概都想：和我們一直講話我們就不會害怕。我有很多次都有感覺這樣，最奇怪的是老師要我們不會害怕一直和我們講的話大都一樣，青面的現在問的，我已經在市場被很多買菜的老師問過了。所以，青面的問到這個，我就很熟悉，不要想就會回答：

「有。」

「做生意不錯……」

我以為青面的會和別的老師一樣接下去說：「賺錢比老師多。」可是青面的卻說不一樣：

「做什麼生意？」

「在賣菜。」

「賣菜不錯……嘿！你不是體育課常常遲到的……」

老師問到這個，好像很興奮的樣子，也好像完全忘記他來是要洗澡的了，他就坐在那裡，也沒有在做什麼，眞是要命，我一直怕的就是我中午才被老師罰做伏地挺身，怕被他認出來；我們都很氣伏地挺身，但是青面的最喜歡罰我們做，每次體育都在中午，我回家吃飯，媽媽去賣菜都來不及回來煮，我就遲到被罰，很多次都只有我遲到，所以我剛才就在怕青面的一定會認到我。他一直問，我起先沒有想到，不要想就會回答，本來已經漸漸沒有緊張，後來被我想到，我就怕，就簡單回答，趕快要讓老師問完，沒有話再問，可是老師怎麼還是想到啦？

「你中午上課爲什麼老是遲到？」

老師這次比較和氣問我，平常大都不問我，他戴黑眼鏡，看不到他的眼睛，我每次都很怕，因爲看不到而怕的，他轉過頭來，我也不知道他有沒有看我，就趕快自己趴下來做十個；有時候他會用鼻音問我：

「嗯——爲什麼遲到？嗯——」

我起先不知道，就要說理由，結果都沒有說完，就被罰，罰比較多下，我就知道體育老師問的意思並不是要我說理由，但是我如果給人家問，不回答也就不會怎麼做，都只有那個去摸頭的習慣，不過好在摸頭老師不生氣，都只罰十個，十個我做很累，但是我比較喜歡趕快被罰，我很怕要看著老師，我又不敢不看，老師一問，我眼睛就直直地看老師，那時候最難過，到後來，老師叫我去做伏地挺身，便好像在釋放我一樣，等到他說「十下」，便好像很快樂去做，忘記是被罰。有幾次媽媽沒有回來煮，我就自己煮，遲到比較久，被老師問的時候，都想向老師說理由，都不敢，老師明明問爲什麼遲到，卻又不是要人家說理由，我就不知道老師怎樣問才可以回答理由，現在老師這樣問，我也不知道能不能說，現在是在澡堂，不是在課堂，沒有在同學面前，而且我現在沒有遲到，那是中午遲到的，而且已經被罰過了，而且老師沒有戴黑眼鏡，我比較敢看，好像比較和氣，比較像眞的在問，我想大概可以眞的回答，便說：

「我回家要自己煮飯。」

「眞的呀？」老師好像有一點驚奇和不相信；「你會煮飯啊？你是男生嘛！」

「煮飯很簡單，菜不會炒。」

「那怎麼吃？」

「澆豬油和醬油吃。」

「那營養怎麼夠？你媽媽不回來煮飯？」

「生意比較好就不能回來。」

「那你爲什麼不帶飯？」

「爸爸天還暗暗就要去中央市場批菜，媽媽要去幫忙搬，早上都沒煮就去了。」

「那你早上沒吃啊？」

「吃豆漿，媽媽有留錢給我們吃。」

「那中午也可以留錢啊！」

「中午吃比較貴，媽媽說我會煮飯了。」

「你怎麼不早跟我講？」

我不敢說老師不讓我講嘛！我又不會回答，又去摸摸頭，傻傻看一下老師，我看到老師的手從剛才就放在最上面的鈕扣到現在，都沒有在脫衣服要洗澡。

「你以後可以對我講，有正當理由就可以了，老師一定要那樣做，不然大家都跑去看電視的布袋戲了。」

青面的說也知道啦！我們中午最喜歡去麵店吃飯啦！可以一邊吃一邊看電

視布袋戲，可是我都沒有錢，回到家已經演好久了。可是青面的說也知道啦！

我笑一笑，不會回答，摸一下頭看青面的。

「你洗啊！」青面的好像突然想起來這裡不是要洗澡的嗎？自己終於解開那個鈕子，而且接連一直解下去，站了起來，把衣服從褲子裡拖出來，一邊對我喊：「儘管洗你的，不要拘束，不是在課堂上。」

「好！」

我好像被解放，趕快轉身下去水池；水今天好像比較熱，我生癬那裡剛才擦太大力，現在好像針在刺，我忍耐著，沉下去，一直浸到頸子，這才覺得比較安全，好像水是衣服，給我穿起來，沒有給老師看到，又好像在和老師不同國的地方，老師不能管到我。

「今天的水熱不熱？」老師脫下上衣，掛上去後問我。

「不怎麼——有、有比昨天熱一點。」

「你怕不怕熱？」

「有一點害怕。」

老師如果問我一句，他的脫衣就停下來，所以老師脫衣服脫得好慢，如果不是老師在問我我不敢洗，老師脫衣的時間我就洗好出去了。眞是要命，一直問，好在我已經浸在水裡，我可以偷偷在下面搓我那裡的癬，我偷偷的搓，偷偷瞄老師，看他有沒有看到。我忽然想到老師如果下來洗，不知道會不會像一般大人那樣：腿開開、蹲一半大力去洗「那裡」，我覺得大人那樣很難看，又有一點好笑，我想老師也是大人，大概也會那樣，就有一點要笑起來。我又想到：老師站在講臺兇兇的，脫光光不知道怎樣？我記得以前我們住在南部，和隔壁放牛的小孩，在圳溝玩水，看到公鴨很威風地追母鴨，他們就去追公鴨，把公鴨抓來拔毛，也沒有拔光光，只有拔掉尾巴的毛，再把公鴨放走，公鴨好像很丟臉似地，不好意思地逃走了，也不再去追母鴨，不知道怎麼，看到老師在脫衣，就想到公鴨在被拔毛，但是就是想不到老師會怎樣，老師也沒有在追母鴨呀！我想：普通兇的大概就普通一樣，比較兇的大概就比較不一樣吧？但是，不論怎樣，老師不知道是怎樣？我偷偷想這個，偷偷瞄老師，老師脫掉外衣後去脫外褲，跑出來很白很白的大腿，又瘦瘦的，就覺得怪怪的；長褲脫下來，小腿的肉也很白，上面長好多毛，黑黑的，好像爬螞蟻一樣，有一點恐怖。我偷瞄一眼，老師沒有看到，等到掛好長褲，好像想到我不知道在幹什麼，看到我這裡，我趕快閉起眼睛，假裝在享受，但從睫毛還可以偷看到老師，老師不知道，以爲我沒有在看他，停一下，想一想像決定什麼，又裝做沒有想什麼，去脫他的內衣。

哇！我們老師好排喔！胸部到背部薄薄的，好像洗衣的板，怎麼也在教體育？我看得呆呆，不小心老師也在看我，等到和老師互相看到時已經來不及躲掉，我怕一下，但是老師好像反而不好意思，笑一笑，用左手去搗在胸口，右手找一隻小臉盆走到池邊來，大概怕滑倒，走路好小心，我忽然想起來老師的樣子，哈哈，像電視的頑皮豹。

「住在這裡眞好。」老師好像對我說，又好像對自己說，但我看他對我笑，便想他是對我說，但我又不會回答這句話，因爲我想這句話沒有回答嘛！我便只好傻傻笑笑。

「你有沒有天天來洗？」老師勺一盆水，放在水池岸上蹲下來，不知幹什麼好，肩膀摸一下，才發現毛巾沒有拿下來，看我一下，好像等我回答，又好像站起來要去拿毛巾。

「比較冷天，沒有流汗就沒有洗。」

老師只等到我開口，沒有聽就去拿毛巾，毛巾在包包裡，濕濕的，用塑膠袋裝住。

「我教體育。」老師走回水池說：「天天要流汗，沒辦法，天天都來。」

老師在說他自己，我也不知道怎麼回答，也覺得不能笑笑，正在不知道要怎樣，好在老師又問：

「我怎麼好像沒碰見過你？」

「我也不知道。」我說。

「天天來洗，就不能去洗個人的，貴死了，又漲價。」老師好像在解釋什麼：「而且個人水池很髒，水池小，水不流通，有暗病的人才怕人看見去洗個人的，又不分男的女的，女人洗過男的也去洗，而且——」老師神秘地對我笑一笑：「有人在裡面賺錢，有一次，我還被敲門，問說要不要，去洗個人的，沒有也會被嫌疑。」

老師說完，笑笑看看我，又去看看旁邊別人，但是旁邊別人沒有怎樣，仍然一邊在沖水，一邊在搓，只是翻翻眼睛去看老師，老師的笑僵僵的，好像是剛剛的笑遺留在臉上沒有收去的，人家不要，又留回來對我：

「你洗好沒有哇！」老師用毛巾泡水擰乾，張開來去敷在臉上，一會兒放下，又去泡水，一邊又擰，一邊問我，隨後又不等我回答，又說：「我鼻子不好，會塞住，醫生說熱敷最好。」

我才泡一點點，老師就問我洗好沒有，我正不會回答，老師又說，我正好可以裝不回答，但老師又說鼻子的事情，我也不會回答，我不知道青面的爲什麼給我講這麼多他自己的事情，我有一點感覺他給我講這麼多的事情好像也在脫衣服一樣，多講一項，就好像多脫去一件衣服，我就覺得越怪，好像老師是一個什麼東西，會一層一層脫落掉的。因爲啊！我發現老師都不像在學校說話那樣都說「老師」了，老師好像一直都說「我」，我不知怎麼，突然覺得我如果不回答話，老師便變成一個人自己在講話，覺得那樣老師好可憐，好像會很難看，因此我的鼻子就好像自己大力地吸了兩下，試試看通不通；老師看我試鼻子，就說：

「你的行不行？」老師對我笑笑，我也不知道我究竟塞不塞，隨便搖搖頭，老師又說：「我的鼻子原來好好的，後來我的一個朋友的媽媽因爲鼻癌去世了，我就覺得鼻子塞塞的，就去看醫生，醫生不知道用什麼去鼻孔給我燒，以後就不行了……唔！你通常可以泡多久？」

老師在說他的鼻子，又停止不做什麼，說了鼻子，又問我，我覺得比較好答又比較不好答，就選擇後面問的回答：

「很久，到會流汗。」

「有時候我只沖沖，不敢泡。」

老師把水倒去沖腳丫，又勺子一盆，又沖沖腳丫，說：

「我常穿布鞋，布鞋不通風，都患香港腳，溫泉沖下去，好舒服，癢癢痛痛地。」

老師說著，就一直沖，還用手去扳腳趾，在腳趾中間搓，搓一搓又去沖。

「嘿嘿！好舒服喔！」

老師對我笑，有一點像我們小孩，臉比較不青。

「好在有溫泉每天泡，不然腳要爛掉了。」

老師話好像也沒有要我回答，我又不會和老師說話，老師就眞的變成一個人一直在說，旁邊新來洗的人，不知道老師在和我說話，都奇怪地看著老師，老師好像也感覺到了，忽然就說一句我應該要回答的：

「你們今天沒有功課嗎？」

「有喔，好多喔！」我趕快回答，因爲我看老師有點要讓人家知道他不是在自己說話的樣子，而且我害老師被人家誤會，也有點對不起老師，但是我的回答大概比較大聲一點，別的人都來看我，我比較不怕被別人看，因爲我是小孩子，我比較不好意思的是大概我回答的樣子有一點像回答老師的樣子，大家看我一下，馬上又去看老師，眼睛好像在疑問老師是不是老師。

老師看大家都去看他，趁勺水的時候，偷偷看一下自己的內褲，這一盆老師沖高一點，沖到大腿，把內褲沖濕一點點。

「很多趕快回去做……」老師好像在趕我，好像又感覺現在不是在課堂，有一點不能那樣說，所以又說：「泡那麼久行嗎？」

「可以，」我回答老師說：「個人池才有限時間，大池的隨便人家泡。」

「不是，我是說身體受得了嗎？」

「可以啊！浸著不要動，根本不會熱。」

「不會熱？」老師好像有點不高興，大概不高興我說根本不熱，老師不是說他太熱不敢泡嗎？老師好在只是不高興，不是在生氣，所以又說：「會把你的細胞燙死光光。」

我想到我那裡的癬，我就是要把癬泡死光光，所以我就偷偷說「正好！」但是只敢在心裡說，不敢說給老師聽到，老師看我沒有再說話，又說：

「你有沒有聽說過？溫泉泡太久，皮膚會爛；市場一個阿文師不是專門給人家治溫泉泡爛皮膚的病嗎？」

「是，但那是起來沒擦乾淨才會，阿文師來洗常常說給人家聽。」

「弄到髒也會，你要泡那麼久，不然——你到水頭那裡去泡。」

水頭水太熱，我不太敢泡，而且，我泡在水裡不能動太大，動太大會燙到受不了，就不能泡了。但是老師在說，好像在命令我，也好像是爲了我好才命令我，我便小小的動一動表示有聽他的話，但是老師看我只小小的動，大概想我不聽他的話，好像生氣起來，兇兇地又說：

「去啊！給你講這裡水尾，水不乾淨，沒聽到呀？嗯——」

我又聽到老師又在用鼻子講話，好像在上課那樣，怕起來，偷偷去看老師，但就被正在瞪我的老師的眼睛盯住，我最怕的那個眼睛，好像又有黑眼鏡戴上去，冷冷地，不知道要怎麼的樣子，我一看到那個眼睛就恐怖到傻傻，好像腳自己就大力移動起來，眼睛被老師盯住，神魂也好像被老師釘住，也不感覺燙了，也沒有注意旁邊人的腳，絆了一下，跌倒下去，沉一下，喝了半口水，臭臭鹹鹹的，拚力掙一下，水一攪一下子燙起來，我差不多是跳出來的，忍不住叫起來：

「哎喲！好燒！」

浴室的人看我狼狽，都笑起來，並且一邊看老師，老師就好像對著大家說話那樣說：

「你看，你皮都燙紅了。」

老師的眼睛有一點說：「你看！就不聽話！」的意思，但是嘴巴卻說那樣，好像在說我活該！我低頭去看，身體一直在冒煙，嘴巴吃到溫泉水，雖然一直吐，還是臭臭的，像口水乾了的味道。

「還不快去擦擦冷水！」

老師好像在罵我，又好像在關心我一樣地說。但是我其實還沒有浸夠，還想再浸，就又走向水池旁邊。

「不行！」

老師好像知道，我要再浸，停止勺水，瞪著我吼。

「人家，我要拿臉盆。」

老師一吼，我嚇一大跳，立刻假裝是在拿小臉盆要沖水，小小聲說。

我有在想這裡是洗澡間，老師又不戴黑眼鏡，而且，嘻嘻！只穿內褲，不要怕他，但是，老師好像就是老師嘛！好像獅子一吼大家自然都要怕，而且，後來一想：好險，好在可裝出去拿臉盆，不然老師記帳到上體育課不就慘了？

「擦擦就好。」老師好像覺得剛剛他太兇，所以現在就比較不兇地說：「天這麼冷，不要沖，而且你剛剛泡的毛孔都張得開開，一下子沖冷水會生病。」

我覺得很沒有意思，人家我每次都是用沖的，也沒有生病，人家這是習慣就好，用擦的根本就擦不乾淨，還會癢，去抓癢，抓破皮就會患洗溫泉的病，但是老師好像認爲他是好意，所以在浴室也在命令，我又不敢沒有聽，後天就要再上體育，老師開始好像很好，現在好像又很兇，那後天不知道會怎樣，多半是會很兇，那怎麼可以沒有聽？我懶懶去勺一盆水，蹲來下去擰毛巾，抬起眼皮去偷看老師，老師正用毛巾去撈水起來往身上擦，內褲都弄得濕濕，貼在身上，有一點像沒有穿一樣，害我看一眼緊張了一下下，我擦了兩把，覺得好像沒洗一般，還是想沖，老師雖然沒有看我，但一沖會有水跌下來的聲音，老師一回頭就會看到，那老師又會生氣，說他的好意我也不聽。我就趁老師沒有在看，偷偷移動到靠近冷水槽的一根柱子後面就沖起來，沖一盆，我不敢從柱子出來，等一下，探頭看老師沒有在看，溜出去，勺一盆又跑進柱子後面沖，我這樣沖，要沖十幾盆才會痛快，有一次人家就對我說我們小孩子洗半票，怎麼可以沖那麼多水，說自來水要錢的，但是我才不管，他們大人還不是沖更多，人家浴室貼不可以洗衣服，他們還在洗，沒有公德心，又在浴池旁邊的排水口小便，也在管人家。我現在才沖第二盆，還要沖很多盆，所以又探頭去看看老師有沒有在看我這裡，看到老師正好拉開內褲的鬆緊帶，把毛巾塞進內褲裡，專心地搓著，但是因爲穿了內褲不怎麼方便，看起來好像再掏什麼。我看老師沒有看到，跑了出去，勺盆水要回來柱子後面的時候，被老師看到了，但我還是把自己躲起來，可是我不敢立刻就沖，等了一下，再偷看老師沒有看到再沖下去，其實，我在想老師才沒有那麼笨，他一定聽到了聲音而知道了，不過我又再去勺第四盆水的時候，並沒有被老師罵，老師一定是知道的，水沖下去的聲音很大嘛！老師沒有再罵我，我就想老師一定是不要我沖給他看到就好，因爲他已經命命我不行沖，我再沖給他看到，就是故意給他不好看，我雖然還在沖，但是已經有怕他而躲起來，有怕他就好，「過得去就好了。」有一次我們上課排隊不好，他罵了我們之後，好像這樣說過。

「沖夠了沒有啊？」

我正在這樣想的時候，老師忽然這樣問，我還沒有回答，老師接著又說：

「浴室裡空氣這樣潮濕，吸太多也不好哩！你們小孩會受不了。」

老師說的我其實都知道，那些大人每次都會教新來的人。其實我已經在擦身體，可是我發現到拖板忘記在老師那裡了，正在想怎樣去拿回來；剛才給老師一罵，嚇一跳，忘記穿了，現在有一點怕去穿，老師……的內褲溼溼，好像沒有穿……而且，老師正在擦「那裡」，老師那樣說，我更不敢去穿，好像故意的……我想：反正不會丟掉，我在想：等穿好衣服再去穿，穿了趕快走，那時候，我有穿衣服，老師沒有穿，我會比較不會怕。我也不知道怎麼，好像衣服就是膽一樣，穿上去就比較有膽量。

我要去穿衣服，故意把臉盆大力丟下，使老師聽到，知道我去穿了，但是老師大概誤會我的意思，在我跑開時又說：

「咦！那是眞的呀！」

我沒有去看老師的表情，平時老師在「咦」的時候，眉毛都會突然從黑眼鏡框下面揚起來，我們最怕這樣，老師的眉毛好像會看東西，一揚起來，就會有人倒楣，好像老師要處罰人，先派眉毛出來看看是誰一樣。所以聽到老師在「咦」，我實在很怕，趕快跑去吊衣服的地方，趕快要穿，一面注意聽看看老師有沒有再說什麼，好在大概臉盆不是學校的，老師沒有再罵。

平常我沒有注意，大概平常我也不一定把衣服吊在這裡，因爲這裡是走道剛要進入浴池的地方。如果在浴池靠近外面這一個角落泡的話，會看不到自己的衣服，而且，這裡是走道，風從這裡吹進來，比較冷，所以比較少人吊衣服，大概我也比較少吊，所以沒有注意，我在注意聽老師有沒有在罵時，一邊在拿衣服要穿，才看到有一面鏡子吊在掛衣服的木條上面的牆壁上，那鏡子長長的，像我們坐的課桌那樣，有一半伸入浴室，一半在走道上，伸入浴室的那一邊有一點模糊，被水汽蒸了，但還可以看著穿衣服，還有，嘻嘻，竟可以看到人家在洗澡。……很多人，脫光光的被人家偷看還不知道，嘻嘻！

我一邊穿衣服，一邊偷偷看鏡子，結果把內衣的前面穿到後面去，脖子好像被勒住，很難受，我照一照鏡子，那樣很好笑，好像犯人一樣，我正要笑起來，看到老師站起來，緊張一下，就沒有笑起來，我偷偷轉一點頭，用勾的，從肩膀去看後面的老師沒有在看我，就大膽去看鏡子的老師，老師回到他吊衣服的地方，內褲因爲淋到水溼掉了，變成重重的，所以就有一點掉下來，我看到老師的上身一下子長起來，樣子怪怪的，我又看到老師褲子垂下來露出來的腰的地方好白好白……

哎呀！老師要脫褲子啦！我的心砰砰跳起來，有一點不敢看，怕老師就要變成不是老師了，趕快把頭低下來，但已經看到老師的三分之一的屁股的地方，卻又忍不住，偷翻眼再去看老師，看到老師好像想到了我，往這邊回頭看一下，我趕快往通道外邊縮一縮，沒有讓老師看到……不是！不知道有沒有被老師看到，因爲我怕的時候，眼睛離開鏡子，就沒有看到老師有沒有看到我，等我怕怕地再看鏡子的時候，老師已經浸入浴池到胸部的地方，老師動作怎麼這麼快呀？我覺得有一點好像生氣自己又好像失望有好像幸好……

我又站出來一點，看到鏡子裡面，浴客很多，脫光光，汽一直冒起來，使在鏡子裡看起來好像在很遠的地方，有的在泡水，有的在沖水，有的坐著，有的站著，也有蹲著的，有的脫光光才在做體操，也有脫光光還在抽菸的，大家不管別人，都很忙碌地在做事，很專心地，不怎麼講話，水面上黏著一絲一絲飛不起來的水蒸汽，脫光光的人走來走去，鏡子用框框框住，看進去，像是在孫悟空的書上看到的什麼妖精洞。

老師浸入水裡，我突然一下子找不到老師，在浴池中，每一個人只看到一個頭，有的黑黑，像被大水流走的小了一點的西瓜，有的光光，像丟在水裡的電燈泡，如果是光光的電燈泡就比較好認，老師卻是黑黑的頭，我認來認去，就是認不到，就把衣服全部穿好，想要去拿拖板，但是我覺得還是要把老師找到才好，不要去拿的時候，才看到老師就在旁邊，浴池的水清清，浸著也看得清清楚楚，等一下老師以爲我故意躲起來……我忘記了說把衣服一下子全部穿好，這樣，我現在站在鏡子前面找老師，就好像專門跑進來偷看人家洗澡的什麼狂了。我就有一點怕起來，趕緊找，我是站在鏡子中間稍微靠近外邊的地方，老師的位置是在鏡子的右下角，我在原來的地方沒有看到，就沿著右邊一個一個往左邊認，忽然！在鏡子的左邊靠近中央的地方——也就是我正對面的地方，一隻手從水池裡伸出來，對著鏡子裡的我的鼻尖的地方一直點著，我回頭一看：

哎呀！

我小小驚叫一聲，起腳就跑出浴室，老師原來已移到我背後，不知道已偷看我在偷看鏡子裡人家的洗澡多久了……

(三)負面心理與道德覺知、道德律令

綿被

劉吶鷗

作者簡介

劉吶鷗（一九〇五—一九四〇），本名劉燦波，出身臺南柳營劉家，鹽水港公學校畢業後進臺南長老教中學，未畢業即赴日就讀東京青山學院。一九二六年前往上海，曾就讀於上海震旦大學，結識戴望舒、施蟄存等，共同發展形成「上海新感覺派」。在上海，劉吶鷗是日文作品翻譯家，是中文小說家，是電影製片人，也出資開書店、出力編雜誌，並曾任汪精衛政府機關報《國民新聞》社長。其寫作自稱「新感覺派第二世」，《都市風景線》為其第一本短篇小說集；翻譯以橫光利一小說集《色情文化》、弗理契《藝術社會學》的翻譯，最為人所熟知；攝製的電影屬「軟片」性質，今大多已遺失。一九四〇年在上海被槍枝暗殺身亡，據傳是因為捲入黑幫糾紛，也有傳言是死於國民黨特務之手。今有康來新、許蓁蓁集其生前作品，合編為《劉吶鷗全集》。

文本

小鳳打著一陣寒抖走出後門。她覺得旗袍的袖子太短了，同時又覺得月光太亮了。像一隻被斷了尾巴的金魚在透明的玻璃缸內游泳著一般地，她縮著肩膀在那月明的夜街頭漫步著，想想如果月光可以吃得飽的話……

小馬路的夜街頭，過了淫慾橫流的前半之後，行人已經稀少了——特別是在這樣一個寒夜的晚上。小鳳精神恍惚地停停步步終於在電桿的陰影裡見到了一處稍爲避風的地點。對過的街燈下兩三個同業正在包圍著一個遲歸的夜行者。假如我跑上亮一點的地方去，也許可以像她們多拉幾個客人呢，她想。但她沒有那些勇氣，她覺得似乎陰暗的地方適配她一點。

忽的轉角處響出口笛有人來了，是一個工人風的青年。拉他吧，別錯過了機會呵，她想，於是嘴裡出一聲脆弱的「去吧！」便羞怯地伸手拉一拉他的袖口。

「不要吵！」

青年停著口笛，轉身過來發著性子。但卻碰著了她柔弱的乞憐的視線。他覺得小鳳兩面的頰紅搽得一邊高一邊低，在那藍青的月光現得一個怪好笑的歪著的臉。同時意識著口袋裡的兩塊洋錢。

「噢呀！你幾歲？十四，十五？」

……（駭異的眼光）……「我……忘掉了！」

「那怎麼行，傻瓜。連自己的年紀都忘掉了還要做什麼生意。……這樣，我這裡，只有兩隻洋，全給你，你帶我去不去？」

他摸出兩塊白銀來，放在掌中給她看。

其實，小鳳歪頭一想：有這裡頭的一塊也夠了，數目又何必去拘泥。她點點頭，吊起一對微笑的眼光，於是兩個人像新戀的情人一般擁抱著離開那夜半的街頭。

門開時，爲燈光吃了驚的耗鼠全在地板上搶著走。檯子上似乎翻倒了兩只碗。

「喂！別嚇殺人，爲什麼這麼多的耗鼠，是不是都是你的朋友？」

「對不住你。地方太小了。」

「你一個人？」

「不，媽剛纔同一個瘦長的男人出去了。大概又是過癮去了。你冷嗎？你坐一歇，我去隔壁倒杯開水來給你。」

「開水？不用麻煩了，我不怕冷！」

青年坐在小凳上摸摸剛纔上扶梯時衝痛了的頭皮順把眼睛向房內一轉。

一隻檯子，幾隻凳子，兩個木箱，壁上幾件舊衣衫，一條床只鋪著一條白布條……

「喂，不是開玩笑，怎麼被條都沒有？」（他睜大眼睛怪叫著。）

「被條？被條……眞對不起先生。你不是不大怕冷嗎？我可以使你溫暖……我來給你……」

「哼呣，小動物，你說得好……對啦，你等一等，我出去一歇就來。」

「但是。先生」

他飛也似的跑了，留著一陣快速地下樓的跫音在耳底。小鳳太失望了。她想他再也不會來了。他一定看她不起。她很難過，眞有點想哭出來。她怪她媽大前天不該讓那位瘦長的男人把她破被條帶去。對啦，他們爲什麼到現在還不回來呢？也許媽都跟人家跑掉了，留下她自個兒。那怎麼辦呢……小鳳就是到現在還未曾有過這樣一個不安。餓都不要緊，凍也不要緊，但這麼大的世界裡剩下她自己一個兒……她被極度的寂寞襲擊著，忍不住跑去窗邊看看天上的月亮。她覺得那月光，透亮亮，著實太無情了。她什麼也沒有力氣再幹，久久地在那裡望著，出神……

不一會，屋外好像有了足步聲，敢不是他跑回來了？她想著，轉身過去開門。眞的是青年回來了。他頰被冷風扇得紅紅，笑咪咪，喘呼呼站定在門口，而且腋下夾著一大綑的東西。

「先生，綿被……噢，這麼好看的花藍布被單。」

「毋，怎麼樣，好不好？」

「先生家裡的？」

「不，我的，老寄在朋友家裡頭長久不用它了。你瞧都有點爛了。」

「不要緊，我來給你縫補好了。」

「怎麼流著淚，你在這裡哭嗎？」

「沒有，不曉得怎的。也許看見這樣美的綿被，也許是看見你。」

她含淚微笑著，一面向他接下來鋪在床上。她好像自有生以來頭一次接到人家好意似的，眼淚只管汪汪地流。

青年把兩隻現洋塞在她手裡之後，他們倆個兒就像一對雙生的兄妹一般縮進被窩裡去。

天未明的時候，小鳳身邊感覺著強壯的身體的壓力，醒了。她很久沒有這樣好睡過。也許是暖的關係，也許是他守護著她，使她安了心。她充滿著謝恩的感情，仔細地觀玩著他的臉。粗大的輪廓，黑黝黝的皮膚，他覺得這個人似乎有點靠得住的。她想起被勁健的四肢緊束著時的歡樂。她記得自己彷彿是把身委給了哥哥的妹妹。

這時青年也醒了，睜大著眼睛。他好像馬上就要翻身起來。

「你醒了嗎？還早呢，再睡一會兒，忙什麼！」

「那麼你這麼早醒來幹什麼？」

「醒來看你。」

「看我怎麼樣？」

「看你像一個大孩子，沉迷迷睡得那麼好看。」

他微笑，不響，一會兒纔說：

「……我想今天去，到南方去！」

「南方在那裡？很遠嗎？」

「很遠。要坐船。坐我朋友的船。」

「南方很暖吧！」

「暖的地方很好！」

「當然嘍！」

「也許我幾時回來帶你去。」

「眞的嗎？」

「我說話還騙你嗎？……不過我想這樣子好不好？我這綿被送給你，你還我一塊錢。省得我今天再工作一天，身上有一塊錢，就可以去了。因爲我是坐我朋友的船哪！」

「一塊錢你要就拿去。綿被我不要你送。假如你用不著帶去。你就放在這裡，我來給你看管。」

「謝謝你——你，你這，小貓兒！」

他說著，雙手扶住她的頭只管搖——搖……

「……不過，你不要忘記了你有一條暖的綿被在我這裡，我等著你好了。」

「那我不會，小貓兒」

「你這樣說…不怕我家裡有耗鼠！」

「……傻，傻瓜！」

當小鳳送出青年的時候，天已經大白了。她回到房裡纔想起她忘記了問他的姓名。於是她便找出針來開始把被單破爛的地方補著——一面心內想想一塊錢，給媽拿去六角小洋，四角小洋買一件暖的汗衫，兩角小洋今天吃兩頓飯，還剩下幾十個銅板。

蜘蛛

李喬

作者簡介

李喬（一九三四—），本名李能棋，另有筆名壹闡堤，苗栗「客福佬」，新竹師範學校畢業。曾任教中小學、苗栗農工等校達二十八年。曾任《臺灣文藝》主編、臺灣筆會會長、行政院客委會委員、總統府國策顧問。曾獲臺灣文學獎、吳三連文藝獎、巫永福評論獎、臺美基金會社科人才成就獎、國家文藝獎、行政院客委會「客家文化終生貢獻獎」、真理大學「臺灣文學牛津獎」。已出版《李喬短篇小說全集》十一冊、《重逢夢裡的人——李喬短篇小說後傳》等短篇小說；《寒夜三部曲》、《埋冤「一九四七」埋冤》、《幽情三部曲》等長篇小說；也有文學論述、文化論述、劇本、敘事詩等著作，作品總計七百餘萬字。代表作《寒夜三部曲》有英日文譯本，公共電視曾拍成四十集連續劇，另有福臺語歌仔戲、客臺語舞臺劇演出。

文本

這是後街。橋下緩緩推移的污水，夕陽殘照下，呈現一灘灘灰白夾灰青的顏色——人群罪惡的洗臉水吧。

我來這陌生市區的後街，已經三次。當然，這種事，有一次，就有兩次，有三次，還會來第四次的。不過，這回讓警察當場抓到，「人贓俱獲」，明後天尊姓大名公諸報刊，對我某方面的無形後果怎樣，眞是不敢想像。雖然，連自己的妻子也不會關心這些的；她只會呼天搶地，舞剪刀動鑽子，或者上戶籍課辦理……。唉……

先提一件很可笑的閒話吧：我開始把「下流無恥」，由胡思亂想進到實際行動，是在廚房外面，發現蜘蛛網後。

關於雄蜘蛛完成繁殖任務後，就被妻子當作點心吸食的說法，是在遙遠的高中時候，生物課上聽過的。

這，一聽過就忘了。直到二十年後的最近，看到那蜘蛛，居然會常常想起這些。連帶地，那位乾乾扁扁黑黑瘦瘦的生物教師的模樣兒，也老在腦海成放射狀的突現突隱。那是一副看了使人很不舒服的形貌：枯灰的亂髮根根直豎，沒有一點油亮的面頰，配上灰灰深凹的眼珠，洞孔太大的鼻子，四季乾裂的黑紫雙唇……

嚇！掛在八卦形絲網上的黑蜘蛛，不就是這個長相嗎？平滑的脊甲，少肉的身架子；濃黑的頭蓋，粗糙的節腳，胸板，多毛的下顎下唇，恍惚裡，正是那位僕僕風塵的老生物教師！

可是，屈指算來，他早該衰老殘年啦，可沒資格和這個蜘蛛相比。那麼——我不知怎地，木然站在妻的豪華梳妝鏡前，端詳起自己來。

這是一樁不幸的聯想，不幸的比較。

我眨眨眼，想依時針方向轉動眼珠，卻因眼眶裡乾涸缺水，感到十分困難；我掀動鼻翼，鼻孔裡頭，黑毛既硬又粗；我的嘴不斷開闔，並把上下唇做左右相反方向的移動。這線條難看難看。我額頭上的橫溝，在睜眼時候，既多且深長，加上瘦削雙頰上的皺紋，眞像蜘蛛頭背的斑紋。

我舉起雙手，重重壓在蓬鬆的長髮上，然後使勁揪抓過短過小十分薄相的耳朵。

「喲！老得可以啦！還顧影自憐呢！」妻不暖不熱的話片，冷不防丟過來，人，不知什麼時候怒目金剛站在身後。

這時，鏡裡，出現一張白裡透紅，美艷動人的臉蛋兒，和一幅灰黃粗糙，無精打采的醜八怪。

「你很像……」她沒把話說完。

「蜘蛛！」我衝口說。

「嗯，眞有一點兒像嘛！」她笑顏如花。

我不敢回頭看她，也不好「抱頭鼠竄」；祇盯住鏡裡那雙大眼睛，暗暗吸一口氣，把肺葉塡滿。那是一對很美，很老練，很狡黠的眼睛；裡面嘲笑些什麼，燃燒些什麼；挑釁和冷冽，把頑強的熱情給掩藏著。

「我上班去啦。」我及時撤退。

「週末，你？」

「科裡很忙，有一個臨時會議！」我急瞟她一眼，低頭開門。

「哼！鬼相信，每禮拜六下午都開會？」

「唉！」我嘆氣的內容很複雜。

「你討厭這個家！討厭和我相處！」

「唉！」我嘆氣。我並不討厭什麼，只是想躲，想逃避哪。

「孩子去野了，你也開溜，把我丟在屋裡。我又不會吃掉你！」她的鼻音越來越重。

「別這樣。沒辦法呀！我會儘快回來。」我是半閉著眼睛說的。

她在門邊用最快的方式，想把憤怒的指控潑在我頭上，但我已經騎上腳踏車，聽不清楚了。這時我喉嚨嘴邊一直唸著「沒辦法」這三個字——一個像我這個年齡的男人，不得不常常要用上「沒辦法」這個字眼兒的。

雖然是這樣，我還是搖搖頭，伸手揉揉脖子，想趕走由於「沒辦法」引起的心底騷擾。可是我很難贏過它們；直到來到辦公廳，一室空寂的氣氛撲過來，我才意會到自己是怎麼來到這裡，同時才警覺，不知道出來的目的在哪兒。

我坐在自己的座位上，不到十秒鐘就以逃避的姿勢站起來走開。因爲桌上左右兩疊坐著時和頭頂齊高的卷宗，使人莫名其妙地呼吸困難起來。走到門邊，掛衣架旁的穿衣鏡赫然映出我的全身，我趕緊把視線挪開，然後轉頭翻身走出辦公廳。

霍地，一股不可過止的煩躁和無助感，把我的內內外外罩得緊緊地。

「回家去吧！」我朗聲告訴自己。這時候發出聲音是很需要的。

「不！不！因爲……」其實說不出所以然來。

我想到妻。我感到一絲涵義曖昧的歉疚和不安。

平心而論，妻是個很美的婦人。如果要挑剔，就是她不該在孩子長得很大了，卻一點都不衰老；豐滿而成熟，別人那種鬆弛老態，好像永遠不會侵蝕她光滑彈性良好的胴體！

「老兄，尊夫人這麼美，這麼……羨煞人吔！」朋友們半眞半假地說。

「喂，我看來老不老？」我誠心請教。

「比實際年齡少六、七歲——三十五、六的樣子。」

「不行啦！我發現近來老得好快！」

「嘿嘿！小心哪！別太貪，吃不飽的！」朋友笑得很不正經。

我也跟著打起響哈哈來，不過收尾卻成了苦笑的線條。因為我又想起妻，還有，她那可能是不懷好意，或者含有譏刺或無可奈何的淺笑。

不過，我要堅決聲明：我是個精力充沛，幹勁十足的人；我不容易被打倒的。

——不過，近年來，在某些方面好像不對勁兒。當然，我十分不服氣，而且深深懷疑，這會是我的責任。

「我要……」我好像隱約捉摸到自己深藏的意念了，或者說，自己往日一直在對自己裝聾做啞的那個念頭，現在找到了理由，就堂而皇之地「追認」啦。

「我沒有病，我沒有責任，一定是……」

「我要證明自己還年輕有為……」

「別人可以，我為什麼不可以？……」

眞理越辯越明，而我想我是藉著自辯自解來擾亂那撮莫名其妙的羞慚吧。

總之，我寄放好車子，買張南下的平快票跳上火車。

下了車，低著頭，在這個平時就耳熟能詳的陌生市區逛逛，然後溜到後街來。我始終在夢幻與瞢騰裡行動著，然而，心底是清醒著的，或者說，故意保持那份夢幻和瞢騰的感覺。

心跳加快了些，腳步有點遲疑，露在衣裳外的皮膚毛髮，感覺倏然靈敏起來。不過，大致說來，我還是十分沉著安詳的，畢竟，我是老練的中年人啦。

妻的笑臉，哭臉，零零碎碎地浮現腦際。

警察的手銬，警棍，記事簿，在妻的胸腹間轉圈兒……

「去你的！」我有一種被迫害的感覺，並憤然反擊。

這些困擾，眨眨眼就克服了。我亮出兩張藍面的鈔票。我選了一個和妻神情形貌完全相反的——楚楚瘦弱，還帶些稚氣的陌生人。

我很沉著，很冷靜。我也奇怪自己怎麼這樣沉著冷靜。

但是意識無法集中。我覺得很痛苦。我努力使自己快樂起來。我努力蒐集美好的感覺。

後來，我什麼都放棄。我讓自己無限地擴張著。沒什麼憂慮，沒什麼拘束，一種荒涼不見人跡的空曠，脫離價值意義的自自在在。一個人完全忘卻自我時，卻正是最清醒自覺的時分。

最後，痛苦串聯成快樂，快樂跌落在虛無裡；這時，痛苦和快樂同時消失。

夢幻昇起，瞢騰升起。但是這些再也掩飾不了什麼；現在已經不是羞慚和不安，而是旗幟鮮明的自責和明確的罪惡負荷了。

可惡的是，內心裡，因爲產生了這份責備和罪惡感而偷偷喜悅著。

「我絕不是十惡不赦的人哩！」這樣安慰自己。

這才是眞正的下流又卑鄙！

我突然對妻產生強烈的思念和需要，這是十分新奇的感覺。回途，我特地買了一枚精緻的銀色別針給她。

「這是給我的？」她手拿別針，凍結在半空，眞是大驚小怪。

「嗯……」我點點頭，且頭越垂越低，十分忸怩。我馬上警覺到可能引起的懷疑，所以冷冷地看住她；她顯然也體悟出我對她的誤會。

她軟軟地叫我一聲走到頭髮靠近我的鼻尖才停下來；張大圓圓眼睛，凝盯住我，眼眶裡水光隱隱。

我像受了催眠似地，伸手擁住她；我想自己這個動作，該有一半是造作的吧？

「阿倫……」她在我耳邊吁氣，濕濕熱的。

「美芳。」我漫應著。我什麼都混亂了。

「你好幾十年沒有這樣待我了……」

「我疲倦又衰老！」這句話純粹是一顆彗星，不知怎麼冒出來的。我抱歉地摟緊她的腰肢。我深刻地感覺出她肌肉的彈性，和所代表的意義。

這個晚上，是熱情之夜，我好像年輕二十歲。意外的是，妻懶慵地說：

「不對呀！不對……」

「什麼不對？」

「你突然送我小禮物，突然這樣熱情，變了另外一個人似地？」

「別針，走販拿到辦公室賣的——怎麼？」我的背脊，胸窩泛起一絲冷意。

「阿倫，你會不會是有對不起我的事，所以……？」

「所以，用熱情殷勤來掩飾？」我想到「先下手爲強」。

「是不是？你不打自招！」

「唉！女人！怪物！難養！」我被自己的叫喊嚇一跳。

我眞的怒火高燒。這時候最好是生氣吧。我想。

「唉！隨便你。只要偶爾對我好就好……」她幽幽地說。

猛一轉臉，正迎上她翻身伏臥動作的餘波；在柔和的粉紅色燈光下，我看她裸露的半個背板一眼，就趕快閉上眼睛。

我突然想起蜘蛛……

就在一牆之隔的外面，廚房的屋簷下，正有一個黑色蜘蛛凝然搭在八卦網中央，任冷風飄盪。我彷彿看見那猙獰的面目：頭背上的六枚單眼泛著藍光，四對胸腳，腳端帶著兩把勾爪，肛門周圍突起的疣子，正湧吐白絲。還有：不知什麼時候，爬過去一隻又小又醜的雄蜘蛛，緩緩舉起那隻末端膨大，內藏精液的觸肢，向雌蜘蛛伸過去……

就這瞬間，我感到手腳末梢冰冰的，並且迅速向上端侵襲。我成了硬硬冷冷的冰塊。

我在半睡半醒狀態中，游泳著。周圍是濃稠稠稀鬆鬆，使不上力的海，我努力往前划，往任何陌生的空間裡逃竄。胸膛的壓力，逼得我不得不全力衛護意識的清醒；而下腹間卻有一團火在燃燒，熏炙得我喘氣如牛。

人生果眞不是苦海嗎？生命的始終站間，誠然是一片慾海；我在苦海裡浮沉，我在慾海裡掙扎，於是「我」才好可憐好可憐地給襯托出來……

這以後，我又在某方面陷入無能爲力的苦惱之中。我開始冷靜地分析自己，反觀自己，並冷靜地面對並處理一些事情。

然而，不管我對自己施用什麼詭計，那種對擁有的能力，不斷走失的恐懼，和這種敏感帶來的驚慌，使我日夜憂鬱煩悶得像要發狂。

腦際，總是妻的笑容笑聲，總是妻豐滿晶瑩的胴體。我的心底隱隱作痛；

這是一道深見筋骨的傷痕，摸不到，制不住，只有做絕望的凝視吧。

「你並不。實際你還未衰老。例如……」那不知什麼時候就又抬頭，卻故做不知，悄悄壓抑著的意念，冒出頭來啦。

「我很痛苦……」我反覆給自己說：不是提醒，也不是訴恨，只是替自己找些理由，或紓解內心的緊張而已。

替自己累積些理由，找一個導火線，半有意半偶然地在家發一頓脾氣，然後再故做「孤雲野鶴」的姿態——和前回完全相同在夢幻與瞢騰裡行動著。我第二次來到這個後街。這次一秒鐘的猶豫都沒有。

我挑選另一個陌生人。前次那個陌生人也在小客廳裡，她們嘻嘻哈哈地賭著撲克牌；我剛進去時，她也站起來應徵；五、六個人，一樣的笑法，一樣的神情，她完全忘了我吧？前後相隔二個禮拜不到呀！我有一絲可笑的悲哀。

「這種事，一次或許是好奇，二次以上就是眞正的墮落！」

「唔唔……嗯嗯……」

「你完了，沒救了！」

「嗯嗯……唔唔……」

對內心的嘮叨，我只是冷冷地敷衍著。我沒有把自己看得很崇高，但也不想貶得很低賤；對於眼前展開笑的線條，實際上並不是笑，陌生人的也是一樣。

但是我的態度自始就是嚴肅的。好像從事一件統計分析，或者研究事件的原因、發展，結果一樣；我把自己當做解剖臺上的實驗品——又想起那位老生物教師說的：

「雌雄動物共同完成繁殖活動後，雄的以身殉職，這大概是古代生物遺留下的原始習性。現在只有蜘蛛、螳螂和蠍子三種動物，還是這樣。」

「好可怕！」

「雌的螳螂和蜘蛛，是一面交尾，一面吸食丈夫的——從頭部開始。」

「那怎麼行呢？」同學們譁然。

「可以。」老教師的臉頰，輕輕抽動一下：「雄螳螂只要保留第三對腳以下，沒有頭也還能完成任務。」

「爲什麼不逃呢？」不知誰大聲嚷。

「這是生物的自然律啊！」老教師好像在嘆息。

後來他還借題發揮，說了不少「勉勵」人類的話，尤其關於我們男人……

「男人有了孩子，不馬上犧牲，是要你負起比以身體供給子女營養更重、更久遠的責任！」他這樣下結論。

啊！現在想起來，那個老麵條桿仔的一番話，眞是語重心長，而且包容著無限的感慨吧？不過，去他的！如果現在見著他，我得提出嚴重的抗議，因爲他這話說得太絕啦。

「男女這樁事務，是什麼呢？」

「本來是件痛苦事況，荒唐的是，我們都要在這上面擠一點快樂。」

我仔細端詳陌生人痛苦的表情；心思，陀螺般轉動著，執著地迴旋著。

「我的表情和整個機體，也是痛苦的。」我想。

我細心體會，這人人心甘情願，像飛蛾撲燈，先天鄉愁地樂於經歷的痛苦。痛苦本身居然是魅力十足的吧？痛苦的某個形式，好像是生命的振奮劑吧？人，有時候，是爲痛苦而活著的……

「喂！人客，你在發呆，想什麼？」她突然提出抗議。

「我……？哦！沒有。」我十分抱歉。

「是不是想太太？看你，一定有太太，一定很美！」

「有。是的，很美。」我懶得說謊。

「那你爲什麼來這裡欺負人？」她好像有點醋意。

「唔……因爲妳也很美……」

「唔！你們男人呀！都是狗！」她咬牙切齒地。

「吃屎的……」我在心裡尖叫起來。

想到「吃屎的」，我馬上被太多的難堪和濃濃的悲哀淹溺著。我惱羞成怒，痛恨到了極點。

「你現在能發作嗎？」我提醒自己。

是的。我能向誰怎麼樣呢？我只能繼續自我摧殘，繼續毀滅自己。當我想到這是自作自受時，反而好過了些。

「喂，你生氣啦？對不起。」陌生人說。

「沒有嘛。妳很好。」

「我希望給人客快樂，快快樂樂。」

「快樂，沒那麼便宜啦。」我低頭整理領帶。

「你罵我？」她站得筆直，衣帶不整。像要咬人的表情。

我搖搖頭，我有急切抱緊她，痛哭一場的強烈衝動。

我失魂落魄地出來。冬日傍晚的天空，像死魚的肚皮，像抽乾的池塘底；和那橋下的污水同一個顏色。

現在，全身裡裡外外都鬆弛了，好像脫掉一身奇癢污穢的癩瘡皮。

性，是一種痛苦的顫動，由形成到解除的過程吧。我這麼想著。心裡有小時候捉迷藏發現人家那種喜悅。

我上火車時，下了一個決心：回到家，馬上把那隻蜘蛛打殺掉，並掃落那面八卦蛛網。

還有，其他一些改變：包括自己、妻子、和家庭……

可是，半個月不到，我又第三次「不知不覺」地逛到後街來……

切指記

楊青矗

作者簡介

楊青矗（一九四〇—），本名楊和雄，臺南七股港東村人，高雄中學附設補校畢業。一九七九年因美麗島事件入獄，一九八三年出獄，一九八五年應邀參與美國愛荷華大學國際寫作計劃。曾任臺灣筆會會長、敦煌出版社社長、總統府國策顧問。其工人小說在臺灣鄉土文學論戰成為討論對象，曾獲南瀛文學獎，著有《在室男》、《工廠女兒圈》、《工廠人》、《在室女》、《人間男女》、《楊青矗集》、《美麗島進行曲》等小說十餘冊，《在室男》、《在室女》、《人間男女》曾被改編拍成電影，此外還編有《臺華雙語辭典》、《臺語注音讀本》、《臺語語彙辭典》、《臺灣俗語辭典》、《臺詩三百首》等臺語文專書。

文本

趙銘生的女人開的百貨店，面朝菜市場，店後面連著他家的古屋，前院籬笆邊是菜市場店舖的後面，院子的右角還存著一口百年來的古井。

一家大小在店後面的飯間吃晚飯。血壓高鬧頭痛的趙老太婆躺在床上，孫子們叫她吃飯，她說不想吃，叫孫子們先吃。吃飯的動靜缺少銘生的聲音；老太婆爬起探頭看飯間，兒子沒有回來吃飯！

「銘生一定又去賭博了！」

一家大小默默吃飯，沒有一個回答的；銘生去賭博是常事，妻兒從不管他回不回來。

「你們都不去叫他回來吃飯？」

「叫也不會回來的。」媳婦說。

「都給我出去找！」

老太婆吆喝銘生的四個兒女放下飯碗，分別到他們父親可能去賭博的地方叫他回來吃飯。

素麗、鴻良、鴻基前後回來說沒有找到，各人上桌繼續吃各人的飯。

「在阿坤家賭，不回來吃。」最後回來的淑麗說。

「再去叫！」趙老太婆走到飯間，坐上椅子。

「他不回來再去叫還是不回來，我在那裡叫了好久。」淑麗坐上椅子端飯起來扒。

「素麗去！」銘生的女人叫大女兒去。

大女兒素麗是唯一關心父親的，其餘三個，你賭你的博，我吃我的飯，父親一去賭博就像脫離了父子關係似的不理他。

「賭得正熱，怎麼叫也叫不回來。」素麗回來說。

「夭壽死囝仔，叫不回來，伊祖媽去用拐杖給伊吃。」老太婆一氣起來血壓上升，太陽穴蹦蹦跳。

「不要理他算了！」媳婦說。

「我不理他，誰要理？他好像不是你們的什麼人，沒有一個要管他的。」老太婆拄著枴杖，幫助兩隻高尖的小金蓮；三隻腳憤怒地蹬蹬拐出去。頭殼裡彈著三弦丟丟痛。

到了阿坤家，她從屋後摸到窗口，往裡面窺視。屋內賭的和看的有七、八個人圍坐在地上的草蓆上，全神貫注在牌子上，她躡腳繞到門口摸進去，猝然舉起拐杖向低頭看牌的銘生身上打下去。全場的人抬起頭，慌張地亮著眼睛叫：

「銘生！你娘來啦！」

銘生看看他娘，老太婆的枴杖一起一落猛抽著：「賭要死的，叫不要回去！賭要死的，叫不要回去！叫不要回去，賭要死……」

銘生縮著身子躲到賭伴的身後。賭伴們閃開一條路把他拖出去：「趕快跑。」

銘生衝出了門，跑上院子，老太婆拄著枴杖，兩腳跨過門檻追出來，揮杖打了幾下，沒有打到；呀啊！拐杖向兒子背上摔過去，正好擊中。老太婆的尖腳奔上去，彎下身撿起拐杖，在後追著罵：

「賭要死的，不要跑！敢賭就不要跑！」

銘生跑上馬路，老人拄著枴杖一啄一啄猛追，像老烏龜在追狡兔。追不上，心火上升，頭激烈地抽痛，她仍拼命地追；衝力過猛，忽然兩腳相拐，砰！整個人跌倒在地上，四肢伸直直的，拐杖摔在一邊。

「銘生啊！你娘跌倒！」

「你娘跌倒！銘生啊！」

銘生掉頭一看。跑回頭來抱起老母。

「娘！娘！」

老太婆的臉色蠟黃，頭一直勾下去，銘生扶著她的頭，老人的嘴流出白滔滔的涎水，眼睛眨著眨著，闔了上去不再張開了。

「娘！」銘生看事態嚴重，張惶地搖著說：「娘！」

老太婆軟弱地哼了兩聲，叫不醒。賭伴們幫忙叫來了一台三輪車，把老太婆扶上車，銘生護著她送上鎮上的醫院。

醫生問完經過情形，診察完，收下聽診器，翻翻老太婆的眼皮看過眼睛後說：

「腦充血！」

「腦充血？」銘生目瞪口呆，愣了一會又問：「血筋斷了？」

「是的，土話叫斷血筋。」

「斷大的？或是小的？」

「大的，恐怕沒有什麼希望。」

「拜託你把她治好！」

醫生開好藥方，交給護士準備打針。銘生看看母親，臉孔暗黃，嘴一直流著口水，鼻孔像有鼻涕要流下來一樣，齁齁吸著氣；又像氣管被什麼堵住那樣，痛苦地一下一下齁齁喘著；剩下一口微弱的氣息，正在一步一步向陰間走去。

到了半夜，老太婆的病情惡化，醫生要銘生趕快僱車載回去，老人可能活不到天亮！

母親就這樣爲我而死？銘生苦苦哀求醫生讓她留下來盡量救活她！

「已經是無救了，留下來也沒有用。」醫生不耐煩地逼他運回去。

銘生僱車連夜把母親運上市內的省立醫院請求住院急救。老太婆奄奄一息，值夜醫生診察後勸他運回，已經是無救了！

銘生把母親運回家後，女人用白布蓋起廳堂的佛像，香案和八仙桌抬出外面，從房間裡挪出一塊榻榻米，兩頭用凳子墊著。讓母親躺在廳裡壽終正寢！

銘生打電報給在臺北經商的大哥銘安，又分別託人到兩個大姐和一個妹妹的家報喪。

他羞愧萬分，不敢去正視姐妹們；眼光偶一接觸，他們都含著一股不能饒恕的怒意瞟他。

屍體在哭聲中入殮後，他大哥、姊妹們和女人以黑衣袖口擦拭淚水，擤鼻涕，走出廳堂。銘生癱瘓地靠著牆角坐在地上，望著「壽」字的紅棺材發傻；燭影搖紅，紅得吸人心汁。母親就這樣躺在棺材裡釘上釘子了？紙錢的灰燼餘煙燻著棺材。銘生的眼眶蓄滿整泡的淚，一串串落在地上。

從十一、二歲起，他就常跟同伴賭牌，那時還小，母親管得嚴，很少有機會賭。結婚後在罐頭工廠當領班管女工，領了薪水就幾個晚上不回家。下班後直奔賭場，賭到深夜三、四點，身子受不了，躺在賭場的蓆子上睡一覺，天亮後從賭場上班。如果沒有被母親找到，把口袋裡的錢抓回去，就一直賭到輸光爲止。家裡的生活靠女人開百貨店的收入維持。二十多年來，好像是爲賭博而活，上班賺的錢做賭本；而母親的任務就是抓兒子賭博。一個偷偷摸摸躲著賭，一個到處偵查著抓。一抓到打幾下拐杖，押回家，幫忙女人整理店內的事。

「你女人說你你不聽，你賭死在賭場，人家也不管你了。將來我眼睛一閉，沒有人管你，我看你連房子、老婆、女兒都會賣來做賭本的！」

他想起老母常這樣罵他，咬緊牙根，雙手握拳擂打著胸口。

「娘！您爲我而死，我以後一定不再賭博了。娘，我對不起您，娘！」他跪著膝行到棺材邊，頭抵著棺材哭。

外面，他大哥和姐妹憤怒地議論老母因抓他賭博跌倒腦充血而死，他不敢出去碰他們的面。

「銘生，出來！躲在裡面做什麼？」銘安在外面嚷。

他抓起孝衣的衣角抹乾臉，低頭走出廳堂，姊妹一一避開視線。

「我問你，老人爲你賭博而死，你要賭到什麼時候才不賭？」銘安出盡丹田的力氣狂吼。

銘生看著腳尖。

銘安左右摑他兩個耳光，兩手搖撼他的雙肩問：「你說！你說！你要賭到什麼時候才不賭，當著娘的靈前說。」

做妹妹的把大哥拉開，大姊走過來手指戳著他的額角罵：

「人家死千死萬，你應該去替人家死。娘沒有一天不爲你賭博操心，結果生命也被你這個賭鬼收拾掉了！」

「他是四肢著地的畜牲一隻，何必費唇舌和畜生講話。我給你講，辦完事，除了靈，他照樣去賭。」二姊上來幫大姊助陣。

「也不想想，女兒都可嫁人了，再一、兩年就可做公了，原性還不改。」做妹妹的護著他，把他推開。

「跟他講好話沒有用，能改早就改掉了，我今天要打死他。」銘安衝過來猛摑他的腮幫。

他無言，看看大哥又垂下頭。

「呀啊！呀啊！」銘安不停地摔他的耳光。

「打死我吧！就一拳打死我，我害死了娘！」銘生說，聲音幽幽的。

「阿伯，求求您，不要打我爸爸了！」素麗跑過來抱住大伯，眼眶含著淚水。

銘生不忍看大女兒求她伯父的可憐相，轉頭避開視線；妻子站在廚房前啜泣。他瞥了妻子一眼，羞慚地移開視線向院子外面看：二女兒和兩個兒子，畏縮地站在籬笆邊；眞使妻兒們丟臉。他蒙著臉慟哭，返身跑進廳堂在棺材前喊：

「娘！我不賭了！」

「娘！我再也不賭了！娘！」

他哭喊一聲，頭就用力的叩一下棺材。越叩越響，越後悔越氣自己，索性叩叩叩叩，頭額猛擂棺材，像打急鼓一樣。

「娘！我太對不起您了！」他聲嘶力竭：「娘！您爲我操心一輩子，我再也不賭了！」

嘶喊不夠表達不再賭的決心；叩頭不夠出兄弟姊妹指責的氣；把心肝挖出來也不能使躺在棺材裡的母親復活！他猝然瘋狂地跑出廳堂，奔進廚房，在灶上拿了一把菜刀，再跑回廳堂，跪在棺材前，左手伸平放在棺材上，右手揮起刀子一剁！四隻指頭落在棺材下，刀肉吃進棺材板立著，外面的人追進來抓住他拿刀子的手，正是指頭迸起來的一剎那！

銘生看看左手：大拇指以外的四隻指頭，約在第二節的地方切得整齊劃一。血！泉水似的噴著。他的臉色慘白，一切都完了！一陣暈眩，身子倒向後面，被女人和姊妹們抱住。

「噯唷哦！怎麼會這樣呢！」女人戰慄著擂著胸口。

「趕快找一塊巾把手先綁起來！」銘安倉皇地說。

姊妹們撕了一塊做喪服用的白布一層一層包紮他的傷口，血一層紅過一層。銘安出去攔了一部計程車載他上外科醫院急救。

送葬的行列中，銘生舉著孝杖跟在捧斗挽棺的大哥後面。切斷指頭的左手，包著一團圓鼓鼓的白紗布，在黑色孝衣的襯托下格外的醒目。

賭博的欲念隨著傷口的痊癒在他心中消失了。每天下班後在家裡幫忙女人整理百貨店，賣去的貨寫信補，應退的打包交貨運退回，打開一件件點清、入帳，然後陳列好。他好像是一個贖罪的人，默默地把店裡整理得井然有序。

「素麗二十二歲了，在鎮公所工作，那些男同事都上了年紀了，可能沒有男朋友。如有媒人來說親已可以注意一下打聽打聽了，好給她選一個好婆家。女孩子長大了是不能留的。」一家人在客廳裡看電視，銘生向女人說。

「最要緊的就是千萬不能找到一個會賭博的。」女人瞅瞅銘生笑笑，轉向素麗說：「我跟你爸爸吃了二十幾年賭博的氣；他什麼都不管，只知道賭博，我一個女人擔當這家店，負起一家的生計，吃這二十幾年的苦，淚水都是往肚子裡流。有人給你介紹男朋友時，千萬要打聽好對方會不會賭博，不要走媽媽的覆轍。」

「爸爸這一年來不是很好了麼？」素麗說。

「我嫁他二十幾年來，只有這一年多來他才像個丈夫、像個爸爸。」

「不會啦！哪會那麼巧找到一個愛賭博的。」銘生說：「以前我好賭已經夠糟了，哪會那麼倒楣，女婿和丈人一樣狼狽。」

「你現在也知道你狼狽了？」女人啐他一口。

銘生笑笑。早就應該戒賭了，切斷四隻指頭是值得的。切指慘痛的情景猶在眼前，他望著電視的螢光幕黯然神傷。以前天天賭博，孩子一碰到爸爸都是黑眼對白眼。如今孩子們已把他當著爸爸看待了。

「孩子們一個跟著一個長大，這四、五年內他們的學費、結婚費是相當大的，以後不必開支的盡量節省，積一點錢準備著用。」上床時，女人說。

「店裡的收入做生活費用，我和他們姊妹的薪水都讓妳加會儲存起來。」

難得女人對他改變了態度，把兒女的事跟他商量，使他感覺到家庭的溫馨。以前連續賭三、五夜不回家睡，賺錢也不養家，家裡的大小事一概不管，女人一不如意就衝著他發牢騷：「跟你做夫妻，有丈夫和沒有丈夫都差不多。住旅館要走也得向下女付帳辭行；你！哼！來不打招呼，去不相辭；賺錢拿去賭博，飯白給你吃，人白給你睡，生了孩子還要我撫養。我前世是欠你多少債，這世竟還不完？」

銘生看看女人，幸好娶了這位認命肯吃苦的妻子，否則這個家可能撐不下。他感激地摟住女人，一年來天天在家睡，關店就上床，已養成習慣，女人不再咒罵他也養成了習慣。

女人撫摸他摟在她身上的左手，吻著他切斷的指頭。

「決心不賭，不要再去賭就是了，何必切斷？」

撫摸切斷的指頭已成她對丈夫表示愛憐的動作。過去除了新婚那一年多外，女人很少對他有愛的表示，那是嗜賭被她恨入了心所致，幾個孩子幾乎都在深更兩、三點從賭場回來，把她吵醒，在半求半強之下草草使她受孕的。

女人挪過頭來睡在丈夫的胸口上：

「孩子們一天天長大，你應該負起做父親的責任了，不要像以前，一上賭場，就不知道有家。」

「我的薪水不是都拿回來給妳了麼？」

經過親友的介紹，銘生夫妻倆幫大女兒找了一個開小鐵工廠的女婿，完成了素麗的婚事。

銘生參加鄰居招攬的環島旅行。遊覽車抵達臺東這一夜，吃過晚飯，洗完澡，他跟鄰居的旅客出去逛街，小山城沒有什麼好玩的，回到旅社剛九點多，五、六個同睡一間房間的人，沒有出去玩，買了一副象棋圍在一起賭「打三國」。

「銘生啊！來，來，湊一腳，湊一腳。」瘦猴蘇手出棋子，眼睛望著銘生叫。他是銘生的老賭伴。

「不要，我要睡覺了。」銘生裹著被躺上床。

「砍掉四個指頭了還敢賭？」在銘生家附近開餅店的老闆，吸著菸說。

「要賭還不是照樣賭。」上排牙齒都是金黃牙的老許說，忽然拍著床鋪大喊：「紅帥！」

「他如果敢賭，我可以送兩百元給他做賭本！」餅店的老闆說。

「銘生！我讓你。」銘生的同事老黃探頭叫：「有人給你出賭本，怕什麼？」

銘生向老同事笑笑，心想，要不是我已戒了賭，一定讓他白費兩百元。

「人家要睡覺了，你們怎麼好鼓勵人家賭博呢？」一個看賭的人說。

銘生翻過身，面向壁背著他們，驚叫聲、吃棋子的拍摔聲使他無法安靜，他轉過頭說：

「你們小聲一點好不好？」

「你睡你的，不要假正經。睡不著就起來湊一腳。」瘦猴說。

銘生躺了一個多鐘頭，毫無睡意；戒了鴉片的人，偶爾嗅到鴉片的煙香味，煙香薰得人心裡癢酥酥的；久已消失的賭癮在他心底冒芽滋生。睡不著，老躺著，骨頭怪不舒服。

他爬起來，挪到同事老黃的身邊坐下看老黃出棋了。

「你來當我的軍師，我一開場一直輸到現在。」

銘生看老黃出棋子毫無經驗，暗授老黃機密，老黃手氣逐漸轉好，出哪一個棋子全是銘生的主意，他變成拿牌的魁儡。

「有種你下來！我貼你兩百元，不要在那裡當什麼熊軍師。」餅店的老闆輸得冒了火。

「錢拿來！」銘生伸手要錢。

「拿去！」餅店的老闆很大方，抓起兩百元鈔票丟給他：「我看你敢賭？」

「你爸就賭給你看。」銘生接過錢，餅店老闆像被割了一塊肉，臉孔爲之失色：「我要用你的錢把你贏得囊空如洗。」

「起來！老黃讓我。」銘生豪氣沖天，推開老黃盤腿坐下來。

「要賭就賭大一點，輸一粒棋子十塊錢。」

「可以！」銘生看他搓棋子、疊棋。

點好前後番次，輪到銘生拿棋子，他伸出右手把棋子抓到胸前，左手挪過來要接過棋子翻開來，猝然警覺他左手少了四個指頭！恍然從夢中驚醒，從前每夜猛賭，都是十指齊全，現在抓起棋子竟少了四隻指頭！

「幹你娘，爲了賭博你使娘跌倒而死，發憤砍掉了四個指頭還賭？」餅店的老闆冷嘲熱諷。

銘生腦子裡浮起自己在母親的棺材前，揮起菜刀砍掉四個指頭的影子。四個指頭迸起來，菜刀立在棺材板上，血淋淋的染紅了廳堂，比棺材還紅！

……裹腳的老母親，佝僂著身子，拄著枴杖，踉踉蹌蹌地追；賭要死的，賭要死的！娘，我不賭了！我再也不賭！菜刀！切！指頭迸出來掉在地上，娘，我不賭了……

……還沒有下場時，怎麼沒想起！他想站起來，但既然跟餅店的老闆賭氣，又拿了他的錢，實在難於收場。

左手少了四個指頭幫不了右手的忙。銘生把棋子覆在腳前排成兩排，用右手一排一排抓起來看，靠豐富的經驗對和這方面特有的記憶；看一眼放下去，就能望著棋背記住下面的字。他把對、局、粒配好，等做頭的喊牌。

「單手的比雙手還快。」坐在銘生後面的老黃誇讚。

「他的工夫不是三年五年可學得到的，他下過二十多年的苦工磨練出來的。」黃牙老許說。

「砍掉指頭磨練的。」餅店的老闆吸了一口菸忙著湊棋子。

「少廢話！」銘生發了火。

賭運隨著他被激起的怒氣上升，節節大勝，餅店的老闆輸光了，他把兩百元丟還他。

砰！砰！砰！外面有人拍門。

「快收起來，警察來抽查。」下女的聲音。

六、七個人匆匆將棋子掃進被子裡蓋著，各人抓起腳前的錢揣進口袋裡。已經兩點多了，銘生數數錢，贏了一千六百多元，四年多沒有這麼晚睡了。躺上床，贏錢的興奮很快就過去了，眼睛疲勞得很，閉上眼，母親佝僂著身子，拄著柺杖，蹭蹬高尖的小腳追打他。拐杖擲過來擊中他的心窩，他嚇了一跳，張開眼睛看看，屋裡亮著暗黃的小燈，哪有母親的影子！剛剛闔眼寐了一下，母親就來抓賭了？

他輾轉反側，母親血管破裂，齁齁喘息的痛苦臉孔；妻兒睥視的眼神在思想中晃出。回去把晚上贏的錢買一臺彈簧床給女人睡，以後絕對不可再賭！

翌日，遊覽車遊覽花蓮附近各名勝地區，傍晚車子駛到花蓮市事先訂好的旅社休息。旅客三、五成群步向海邊欣賞夕暮的海景。銘生洗完澡，把毛巾裝回塑膠袋裡，對著鏡子梳頭，預備跟人家上海邊走走。

「喂！我們不要出去，買四色牌來賭。」餅店的老闆喊。聽說他向旅伴借了一千元。

「我去買，對面有一家文具店。」金牙老許說。

銘生怕被他們拉住湊腳，溜出房間，步出旅社大門。

「喂！銘生，你是主角，怎麼可以走？」餅店的老闆追出來叫。

「你昨天晚上贏，今天就要溜了？」金牙老許剛好買牌回來。

「我要出去走走。」

銘生跟遊客們走到海邊一塊樹林高地上，在暮色蒼茫中遠眺墨綠的海洋。海洋懶懶，船隻在海天相接的冥冥中游移。初春的天氣，海風呼呼吹散遊客的頭髮，衣褲隨風飄飄。樹梢蕭颯著呼應岩崖下浪濤澎湃的激岸聲。

銘生雙手插在口袋裡蹓躂，有手指的右手捏著袋裡昨晚贏的錢玩索。以前天天賭博的日子，一年到頭不時找人借錢做賭本。約定還錢的日期，常常沒有錢還人家，信用不好，要借幾百元的賭本，必須煞費苦心，向人低頭說盡好話。甚至騙人家說，家裡沒有錢買菜，或孩子生病沒有錢看醫生，先借用一下，領薪水時一定還。

而現在有錢卻放在口袋裡閒著！他把錢掏出來數數，昨晚贏一千六百多，要出來遊覽時女人給一千五帶在身邊，一共三千出頭。這麼多錢放在口袋閒著實在太可惜，不如把昨天贏的一千六百多做本錢，再跟他們賭。能再贏算是白撿的，輸了也就算了，反正這些錢是贏來的。

他看看少了四個手指頭的左手：切得整整齊齊的刀口，治好復生肉包成圓圓頓頓的錐頭狀。中間像裝東西的布袋口，一綁起來往四面輻射著數不盡的皺紋，每隻少了兩節指頭，宛如樹木被人砍掉後，留下一截光禿禿、缺乏生氣的樹頭。

因決心不賭才發狂切了指頭，那個年代已經遙遠了！

昨晚破了戒，第一次的賭運倒不錯。以後可能不會像以前那樣常輸光光的。不一定會因少了四個指頭而改變；再回去跟他們賭！逢場作戲，遊覽完回了家，不再賭就是了。

他掉頭回旅社。

四個賭四色牌的人，拿著牌子入了神。銘生不好意思說誰要讓我，坐在同事老黃旁邊當參謀。

「我讓你，我要出去吃飯。」

金牙老許站起來，銘生挪過去坐他的位子。

「少四隻指頭，怎麼賭四色牌？」餅店老闆說。

「我賭給你看。」

牌子分到他面前時，他以右手抓起來放在缺少四個指頭的手心上，用唯一的大拇指夾著，右手攤牌。但四色牌外，不如賭棋子那麼好拿；他把揀好的牌，覆放床上。人家出了牌，他再抓起來翻，單手忙不過來，賭伴們不耐煩等他出牌，一人一句催他，他心急，連輸三、四回。動作不伶俐，影響出來牌思考。他一面賭一面絞腦汁，想用什麼方法來代替左手拿牌。

「等我一下，我馬上來。」

他拍了一下大腿站起來，跑上櫃枱向女中借了一個空牛乳罐子，並請女中爲他裝八分滿的米在罐子裡。

他回到房間，坐回原位，把罐子盤在兩股間。

「你拿米來做什麼？」

「插牌。」他得意地笑笑。

「鬼聰明，我看你兩手都砍斷了也有辦法賭。」餅店的老闆說。

大家爲他的新發明哈哈笑。

他把牌子用右手拿起來一支一支沿罐子內邊插在米上。再對、局分插好。牌子一支挨一支插成半圓形，彷彿建築工事先圍起來的一排木樁。他高興有了能使他攤牌自如的新方法，喊出了宏亮的發牌聲。

「少得意，這樣插牌，像在死人的靈前插香一樣。」

「這是我賭博包贏的香爐，一定再把你贏光。」

他等的牌，一支一支在別人的手裡打出來。收場時他算算錢，贏了五百多元。

遊覽車往北旅遊，傍晚停在礁溪的一家旅社過夜。餅店老闆不甘被銘生贏了錢，又邀他賭。

「賭四色牌輸贏慢吞吞的，今晚改賭天九。」

「既然你甘心，隨便你買什麼牌來賭。」

餅店的老闆向人借錢來做莊。銘生起初幾回贏了幾百元，賭至半途急轉而下。他越輸越急，越押越多，到了十一點多，前兩晚贏的和自己帶在身上的全部輸光了。

「沒有錢起來換人！」餅店的老闆揮手要銘生換人。

銘生心有不甘，站起來讓在身邊看的人坐下他的位置。

他向老黃乞求：「五百塊借我，回去後一定還你。」

「輸就算了，不要賭了。」

銘生纏著老黃講好話，一副失志的可憐相，老黃為難地丟五百元借他。

「五百元總押！」他眉毛一豎，把錢壓在第二腳。心頭博博跳著。

第二腳拿上第一支牌來，他緊張地在後面覷。

「三點！六的來一支！」他大叫：「至尊！至尊！至尊！六點一支來！」

牌子一顯，竟是七點！

「七咬七！」做莊的摔下牌子，一下子就把第二腳的錢抓去。沒有錢賭了，他只好坐在旁默默地當賭蠟燭。

遊覽一個星期，賭五夜，銘生輸了兩千多。

銘生一心一意要撈回旅遊中輸去的錢。戒賭四年多中，他跟人家的金錢來往很守信用，向人家借個一千兩千，沒有人會懷疑他是拿去賭博用的。每天下午下班後，在家裡幫忙一些事，一有機會就瞞著女人溜出去賭，一個月下來，他積欠人家五、六千元的賭債。借錢給他的人，頭一兩次借他，有借無還，第三次他就借不到錢了。

他想盡辦法要還完賭債，以免女人知道他又在賭博。但除了薪水中抽一點起來繳利息，暫時安頓債主不要向他討錢之外，沒有其他的辦法。家裡的錢都是女人管，第二個女孩淑麗再半個月就要出嫁，女人向他姊妹借了五千，湊滿三萬元，加上男方送的聘金三萬，一共六萬元，要給淑麗辦嫁妝。

電視、電鍋已買回來好幾天了，還有八千多元沒給電器行。晚飯後，女人拿了一萬五千叫銘生去跟電器行算帳。剩下的錢買電冰箱運回來；國際牌的，照前天淑麗上電器行選好了的式樣買。

銘生把錢裝在褲袋裡，右邊的一疊一萬元，左邊的一疊五千元，騎上腳踏車出了馬路。

銘生一面踩著腳踏車，一面以少了四隻指頭的左手拍拍兩旁褲袋裡的錢；一下子就把錢還了，未免太便宜電器行，不如拿去賭場周轉一下，贏幾個錢來還賭債。他一路猶豫著，到了電器行的門口，他自語：「就去冒冒險。」用力蹬著車子衝過電器行，彎到戲院前，把車子寄在戲院的腳踏車保管處，攔了一部計程車直駛市郊一個流動性的大賭場。這個賭場每一下注都在千元以上，一場的輸贏三、五萬，那是小兒科。

銘生在連絡處下車，看守的「〇八」把他帶到田野樹林邊的一個雞場的草寮裡。屋內有兩場天九賭得正熱。銘生心跳急促，額角冒著一粒一粒亮晶晶的汗珠。他蹲下來愼重地研判每一個舉牌的人，手運的轉變。他覺得有充分的信心時手掏錢押注。兩個多鐘頭下來。他贏了七千多元。

夠還債了！他溜出賭場，丟四百元給「〇八」，叫「〇八」給他叫車。錢還完電器行，把電冰箱車回家後，他偷偷拿贏來的錢去還完債務。

「謝天謝地！給我一個自救的機會，以後我也不賭！」他自我發誓。

淑麗出嫁的前五天，下班後女人拿出二萬元給他，要去把前天淑麗和她未婚夫出去選好的摩托車牽回來，再上電器行買一臺洗衣機；日子快到了，先把這些大項的東西買妥，好準備別的事。

兩個褲袋裡的錢裝得鼓鼓的，銘生騎上腳踏車向鎮尾的摩托車行踩去。前天拿錢要還電器行之前的念頭吃髓知味地浮了上來。贏錢的餘興猶存，趁勝利的威風打下去，一定勢如破竹。

「一下子就拿去買太可惜，再拿去利用一下。」他充滿了信心，並且爲自己擅於利用錢的隙縫來週轉覺得很得意。

他照樣把腳踏車放在戲院前的保管處，攔計程車驅向市郊流動大賭場的連絡處。

今晚的場所轉移在甘蔗園邊一塊淡水魚塭的塭寮裡。賭注比前一次大得多。兩個打扮妖野、面目姣美的女郎一押就是三千五千，她們可能是舞女吧？賺錢容易，難怪！做莊的看起來是經歷過社會各種風險的大商人，一派老於世故的紳士風格。座前的黑色公事包，拉鍊一拉開，裝滿一疊疊亮眼的大鈔，可能有一、二十萬。

銘生小心翼翼的，三百五百地下注。那兩個女郎和其他的賭客不時以輕蔑的眼光看看他，他們的眼神譏笑他那麼寒傖也敢來這裡賭。

銘生口袋的錢一多，輸輸贏贏，取出放入亂的很。押注了二十幾次後，整個口袋裝滿鈔票紙堆，他一一把它掏出來，有的錢被揉成紙團，縐得像廢紙。他一張張理平，疊好，全部數了一遍，發覺已輸了五千多元！

銘生火狂了，兩頰熱烘烘，怎麼現在才發覺輸了錢，少五千多元，這樣回去，女兒的嫁妝——摩托車是買不成的！冒險押注大一點，也許可以救本。

「三千！」他把錢摔下去，推開他下注的這一腳讓他拿牌。

他用手指頭把握在手心的兩張上下牌推開一點點，覷了一下，下牌喊：

「九點！賠錢！」

「地對！總吃！」做莊的顯開牌，兩手一掃，把各腳的錢掃到，身邊拉開皮包的拉鍊把錢抓起塞進去。

銘生瞪著眼睛發顫，好！要就死快一點！

「五千！」

被吃。

贏的次數少，輸的次數多，沒幾回合，銘生帶出來要給女兒辦嫁妝的兩萬元輸光了！進來時鼓鼓的兩個褲袋，現在洩了氣，癟癟地貼在腿上。

他不敢回去，愁悶地看人家賭。收場時已經是深夜兩點多了。他沒有錢叫車。當官丟三百元給他，吩咐「〇八」叫車送他回去。

他站在市場邊的小巷口躊躇不敢回家。不回去明早女人一定到處找。在女兒要出嫁的當頭，這事一鬧出去，那實在丟臉！

夜甚深沉，他摸黑走進院子，遠遠就看到廳裡亮著燈，門沒有關。房間裡傳來淑麗的啜泣聲。女人聽到腳步聲從屋裡跳出來！

「你死到哪裡去？我託人到處找都沒找到。你根本就沒去摩托車行。錢拿來還我！要是給我輸了，你祖媽老命要跟你這個賭鬼拚！」

銘生向女人苦笑。

「不知見笑的畜牲，你還有臉回來？世間最沒有辦法的就是不知羞恥、無臉無皮的人。錢拿來！那是淑麗要辦嫁妝的錢，是男家的聘金，不是你賺的。拿來。」

「我明天向人家借來還妳。」

「兩萬塊不是少數，誰要把錢借給你這個賭鬼。砍掉了四隻指頭還敢賭，那麼沒有志氣，不如去跳海，或是去上吊。」

銘生看女人兇虎虎的，兩手叉腰，吼聲吵醒不少鄰居，開門探頭問深更半夜吵些什麼。有的人穿著褲頭站在籬笆邊看熱鬧。他惱羞成怒，抓起女人的頭髮，摑耳光，女人兩手攥住他抓頭髮的手，扭過頭來狠狠咬他一口。他痛得掙開手，女人的頭髮被抓散披在臉上，一手攏開頭髮，一手抓起身邊一把竹椅打他。

他避開，逃出院子外。

「你看死到什麼地方去，儘管去！這個家不需要你這個賭鬼。」女人跺腳摔椅子出氣，撩開蓋住臉的頭髮：「明天我打電話叫你們兄弟姐妹回來解決，一人走一路，誰也不要管誰。」

女人把門關起來，銘生在籬笆外聽到上門聲，女人關了廳堂的燈，腳步聲移進房間裡，母女在裡面嚎啕大哭，哭聲震撼著寂靜的深夜。

雞啼兩遍了！十月的初冬深夜，寒氣逼人。銘生坐在簷下抱著兩腳綣縮著發抖。後悔已挽回不了輸去的錢，明天就厚著臉皮去求姊妹們，一人湊幾千元，先借一下還女人給淑麗辦嫁妝。

「鴻良！鴻良給爸爸開門。」他凍得手腳僵硬，摸到兒子的房門口叫門。叫了好久，鴻良才起來開門，避開父親的視線，掉頭倒上床，拉上被子蒙住頭。

淑麗出嫁後，銘生常想撈回輸去的錢，但身上從來沒有那麼多錢好上那個大賭場賭。

跟女人吵架後，破戒賭博在家裡已成公開化了。女人像以前那樣不去管他！他再度沉溺於習慣性的賭癮中過活。

除夕夜，銘生覺得賭博是過新年的正當娛樂，吃過年夜飯後，他找出一個空罐子，裝上米，上賭場跟舊賭伴們賭四色牌。

除夕夜他沒有回家。

元旦一整天。他沒離開賭場一步。

初二早上他的兒子來賭場叫他：

「爸爸，今天是女兒和女婿回娘家拜年的日子，大姊和大姊夫、二姊和新女婿都來了。中午要辦酒席請新女婿，媽媽叫你回去。」

「初二了？」除夕夜出來，一直到現在還沒上床睡過覺，怎麼會是初二了？他望著米罐子裡的牌子發怔：「好，好，我等一下回去。」

打發兒子走後，回家的事，很快就被他忘掉了。

兒子第二次來叫，他照樣說等一下回去，等一下回去，結果仍舊沒有回去。

過午後，兒子帶著大女兒素麗來叫：

「爸爸，回家啦！新女婿快要回去了，不跟人家見面怎麼可以呢？孫子們也要見見阿公啊。」

銘生不回家，素麗纏著他不走。一連坐著賭了兩天兩夜沒有睡，使他頭昏腦脹，腰酸背痛，實在支持不下了。

他跟素麗回到家，淑麗和新女婿已經回去了。

他跟大女婿打過招呼後，躲進房間倒下床呼呼大睡。

銘生被素麗叫起來吃飯後，一家人在客廳裡談家常，他掏出兩百元，分給兩個孩子壓歲錢。

「阿公怎麼少了四個指頭？」大孫兒接過錢，看著阿公的左手問。

「阿公手癢，把它砍掉的。」女人抱起大孫兒過來坐在腿上。

「砍掉不痛啊？有沒有流血？砍掉就不癢了？」

「阿公的手砍掉還是癢的！」

銘生尷尬地笑笑。手指頭爲什麼剁掉，已是遙遠的事，切掉的鏡頭淡遠得幾乎要消失了。

「爸爸，輸還是贏？」素麗問。

「輸了！」

「輸多少？」

「一千多元。」

「一千多元如果都給兩個孫子壓錢，孫子會多麼高興！給人家贏了，人家也不會感謝你，自己又失眠又損神。」

銘生無奈地笑了笑。以前素麗還沒出嫁，他一出去賭博，素麗會到賭場勸他回家吃飯，回家睡覺。因他母親一到賭場就拿拐杖打他，所以素麗盡量勸祖母不要去找，由她去叫父親回來。素麗已經出嫁四、五年了，現在他出去賭博，家裡的人恨之入骨，沒有人要管他；他想念著素麗以前對他的關懷。

「爸爸，不要賭了，歲數大了，兒子也可以娶親了，將來人家打聽到你那麼愛賭，誰要嫁給你當媳婦。」

「不賭了，我眞的不賭了，賭博實在沒有用。」

銘生站起來伸伸懶腰，沒有睡飽，精神有點迷糊。點上一支煙，吸著走到院子裡散步，探頭看看古井，又抬頭看看屋簷。

「爸爸！你是不是又要去賭博了？兩夜沒有睡，再去睡覺吧。」

「不，剛吃飽飯，我在這裡走走。」

女兒的關心，他非常感動。是的，不應該再賭了！

銘生看素麗抱著孩子玩，趁她沒有注意，假裝上廁所，繞到屋後，拐向廁所後的田埂，再走上村子的巷子裡，吸著菸，一步一步在黑夜中朝上賭場的路走去。

㈣語言的倉庫與族群認同的差異、想像

女工悲曲（臺語詩）

楊華

作者簡介

楊華（一九〇六－一九三六），本名楊顯達（一說楊建），筆名另有器人、楊花等，原籍臺北，十七歲移居屏東市。日治時代臺灣文化協會重要成員，也是農民運動家，一九二七年因治安警察法違反事件，於臺南刑務所服刑期間寫成《黑潮集》。一九三四年參加臺灣文藝聯盟，翌年發表〈一個勞動者的死〉和〈薄命〉等兩篇勞工小說。一九三六年五月三十日因不堪貧病交迫懸樑自盡。其新詩有《黑潮集》、《心弦》、《晨光集》等，一般認為受中國新文學家冰心、梁宗岱影響。今人羊子喬編有《楊華作品集》。

文本

星稀稀，風絲絲，
淒清的月光照著伊
搔搔面，拭開目睭，
疑是天光時。
天光時，正是上工時，
莫遲疑，趕緊穿寒衣。
走！走！走！
趕到紡織工場去，
鐵門鎖緊緊，不得入去，
纔知受了月光欺。
想返去，月又斜西又驚來遲；
不返去，早飯未食腹內空虛；
這時候，靜悄悄路上無人來去，
冷清清荒草迷離，
風颼颼冷透四肢，

樹疏疏月影掛在樹枝。
等了等鐵門又不開，
陣陣霜風較冷冰水，
冷呀！冷呀！
凍得伊腳縮手縮，難得支持，
等得伊身倦力疲，
直等到月落，雞啼。

鴨母王

朱烽

作者簡介

莊松林，筆名朱烽、朱鋒、峰君、尚未央、康樂道、嚴純昆、進二、彬彬、赤崁樓客、牛八庄、己酉生、圓通子、嚴光森、KK、CH等，一九一〇年一月二十六日生，臺南市牛磨後人，臺南第二公學校、臺南商業補習學校（今臺南高商）、廈門集美中學畢業。日治時期臺灣文化協會、臺灣民眾黨、臺南市文化劇團、赤崁勞働青年會、臺南藝術俱樂部、《臺灣新文學》、《民俗臺灣》、ESPERANTO世界語協會成員；投身文化、農工運動的同時，也進行文藝創作、劇本編寫、民俗文物采錄、文藝刊物編輯等工作，身分多元，涉入既深且廣。戰後初期曾擔任《人民導報》記者；後任職於國民黨臺南市黨部，致力地方文史，參與創立臺南市文史協會，著有《南臺灣民俗》。

文本

時候已經是暮春了。

有一天早上，鴨母王從鴨寮趕著一大群鴨母，經過蜿蜒的小田畔，到二層溪邊去。到了溪邊，他揮一揮竹竿，把鴨母趕到溪底，直等到整群的鴨母都在那澄清的水面上悠悠地泅游著的時候，才離了溪邊，踱近在大樹蔭下去歇息乘涼。

過了一會，看看日頭也快要走近中天了。他只得準備著帶來的器具，在樹下炊起飯來。吃了飯，再在樹下歇了一下，便站起身，帶著碗箸，走下溪底洗滌去。

炎熱的太陽懸掛在空中，發散著強烈的光輝；溪埔是被曬得會燙熱腳底，悠悠不斷流動著的溪流，也被映照得如萬縷的銀光燦爛閃耀著。水是澄清徹底，水聲是潺潺地響著。當他蹲在溪邊，低下頭在洗滌那些碗箸，忽然望見下面映著一個奇怪的影──頭戴通天冠，身穿黃龍袍的影。起初以爲是什麼人在他身後，連忙把頭扭過去，但是，後面卻又寂然無影無蹤。

「咦，奇怪！」再低頭看下去，影兒依舊存在；他的心裏由不得疑慮起來了。他注視，他更加認眞地注視下去，誰知道越看越像自己。

「這或者是天意吧？」一時倒使他恍然大悟起來。雖然這樣想著，但心裡的疑團還是不解。

「嘎，試試看！」側著頭，沉思了許久，他才決然地站起身，把手裡的竹竿，望溪底泅游著的鴨一揮；於是，整群的鴨母都泅近溪邊，擺動著笨重的屁股走上溪埔來了。

「聽令，排成二大陣！」

接著他又大著嗓子發出這樣一道命令。

果然，這一大群小畜生，一瞬間，便排成二大陣了。秩序很整齊的，一點也不遜於曾經訓練的兵士。他隨後再三再四發令，那些鴨母都沒點差錯地聽從著。

「連這小小的無知的畜生都聽我的命令，哈哈！這莫非是天數吧！」在證實了他的推想之後，眞叫他快活極啦。

他一時歡喜得幾乎發了狂，手舞腳踏地把棒亂揮了一場，害得那一群小畜生，也忙得身疲力盡東奔西走地操練。

這晚上，因爲回想了日間所發生的事，在床上輾轉反側，足足一了一夜的眠。

翌日東方的天際方發了魚肚色，四處的雄雞正拉長著尖脆的聲音喔喔喔地啼叫著。他便一骨碌從床上起來，提著一隻籃子，出門到鴨寮收拾鴨卵去了。

「奇？」不道他的手伸入鴨母屁股下一搜，竟觸著兩粒卵子，不由得他驚奇起來：「莫不是二隻鴨母前後生在一處的？」但是經他逐一逐一檢過，才曉得確實每隻都生了兩粒。這時他的心裏更是歡喜，登時腦上又浮起了「天意」

二字，嘴邊不由溜出得意的微笑。

這些珍奇的消息——鴨會排陣，每天生二粒卵的消息，很迅速地傳遍全庄內了。

「呔！那小子在發瘋啦，說什麼鴨會排陣，一天生兩卵，鬼才信他媽的謊話。」

「可不是，自我出世至今五六十歲啦，還不曾聽見過呢。」

「哪有的事，還不是他在撒謊？」

起先大家都不肯相信，以爲他是故意撒謊說笑的。可是爲了好奇心的驅使，倒有幾個人於大清早就跑到鴨寮去看看，果見每隻鴨母都生下兩粒鴨卵，日間又跑去溪埔看他發號令，排鴨陣。

「嘎！很神異的，他一定是眞命天子。」因此全庄的人都敬重起他來了。

不久，不但就近的庄社，就是天邊海角的悲歌壯士，及奇僧怪俠，也都不遠千里，走來投他了。晚上他總留住那些人宿在家裡，刣鴨烹飪，飲酒議論起義大事。說也奇怪，任你昨夜殺了幾多請客，寮內的鴨依舊如數存在，不曾欠少一隻，這越發使那些投奔的門下客更爲驚異，心裏也就越越感服他了。

不上幾個月的工夫，跑來投他的人已經上數萬人了。兵器齊備，糧食充足。外面的聯絡也順調，所以一切起義的大事已經籌備得妥妥當當了。於是他才著手編制起部隊來，親身引率大軍，意氣揚揚地誓師南征去了。

那時，因爲天下太平頗久，一般昏官汙吏，自上至下，統統毫無顧及老百姓的艱困，只管苛求重歛，剝削了許多的金錢；一面每天不分晝夜地擁抱著妖嬌的美人，暢飲著助陽的醇酒，在桃色的春夢裡，悠悠閒閒地過著極度淫樂的生活。而大多數的老百姓倒是被剝削得賣衫當褲，呼籲無門。正在這箇當兒，老百姓聽見鴨母王快要到了，誰也都若大旱之望雲霓。

「把昏官汙吏統殺掉啊！」

「把那些毒害百姓的狗官殺個暢快啊！」

「殺去啊！殺啊！」

一時都壯了膽，拿起菜刀和竹竿，蹶起響應；和鴨母王協力，把一切害人障礙物打殺得乾乾淨淨。

好像是青天的一聲霹靂，那些昏官汙吏剛從朦朧的桃色的夢裡驚醒過來，立刻又被金童玉女拿著招魂幡，接引到極樂世界的天國去了。

一時勢如破竹，不費上一箇月的工夫，鴨母王已經把整個南方克服了。

＊　＊　＊

康熙六十年五月初旬，

有一天鴨母王引率了雄糾糾的大軍望著台南府進軍了。每個兵士的面上都泛著一層凱旋的氣氛，心理揣度著勝敗在此一戰的場面，不由得個個都捏緊著手裡明晃晃的戰器，步武堂皇地進到春牛埔。（當時還沒有城，現在可以算做城內了。）但是四邊靜悄悄的，沒有點兒動靜，也沒點兒緊張的樣子；這可反而使鴨母王莫名其妙了。他停著腳步，木偶般地佇立在那裡發呆。

忽然，離此一里多遠的地方——大埔，一時間鑼鼓喧天起來。遠望過去，那裏像聚集了許多人馬。

「喔！那不是官軍？」他猛著一驚，以爲是官軍趕來接戰。正待要開發，可是經了一番鎮靜地端詳，才明白，原來是一班梨園在那裡築棚開演，四邊周圍許多的老百姓，正看得興高彩烈。這時鴨母王的心裡更加疑惑起來，他正想：「這或者是四處伏兵，待機而發的空城計吧？」

他皺眉沉思了一會，才吩咐先開一門向天炮試看。

「隆——」

空中陡然響亮了一聲，大地開始撼動。那些看戲看得入神的老百姓，都嚇了一跳，才好像從迷夢中醒過來：翻頭一看，卻見發著炮聲的那邊來了一隊攜槍帶劍的兵士；在那光閃閃的槍林刀山底上面，還有一幅嵌著「朱大元帥」的旗幟，在空中飄搖著。

「嘩！」驚喊了一聲。

「不好啦。」

「逃命啊！」

正如俗語說的：「鯽仔魚吃著蘆藤水」般地，那些老百姓都慌慌忙忙拔起腳腿抱頭鼠竄了。就連正在戲棚上耀武揚威的舞台上的英雄，也都膽寒心顫，棄了甲，脫了盔，紛紛逃亡去了。

「哼，這般戲迷鬼，哈哈哈！」這時，使鴨母王看得不禁哈哈大笑起來。跟著他又發出一道「前進」的命令。一時戰鼓鼕鼕，戰旗飄蕩，大有撼天震地之慨地，在那塵埃蒙起之中猛進，到戲棚邊方才停止。可憐啊！適才喧嘩熱鬧的地方，轉瞬竟變成蕭條零落的荒野，棚的上下，戲冠戲服竹刀木槍是四處狼藉；周圍的一切都在恐怖之氣氛裡發抖。

「那東西——哈哈！」架上的通天冠和黃龍袍驀地投入鴨母王的眼簾，他目不轉睛凝視著，心裡更喜悅得狂叫起來了。他不忍釋手似的玩賞了一會，才把通天冠戴上頭上，再穿上黃龍袍；還小心地把週身巡視了一番，覺得心滿意足地搖搖擺擺跑起路來，也就儼然像個帝王的模樣啦。

「來！你們也都按照著官階等級，各把冠服穿戴起來吧！」鴨母王還發出了命令道。

一霎間，拾數個盛滿戲冠戲服的箱籠，都給拿空了。他又命部隊向街上開發去了。街道是很狹窄的，兩邊店鋪早把窗户密密地關緊著。路上冷清清的，不但沒有兵士或行人的蹤跡，就連那些無家可歸的癩皮狗，也不知躲到那裡去了。好像悲慘的末日臨到了似的，凡大地上的一切，都在恐怖裡顫慄喘息著、等待著最後的裁判。關在屋内的老百姓，忽受了這一驚，都忙鑽進被窩裏，全身縮做一團不住在瑟瑟顫抖，一心只憂慮著生命和財產。一面靈敏的耳朵又時時聽到路上的戰鼓聲，進軍的腳步聲，槍刀衝擊聲……越發使他們不安起來。有些膽子大一點的，爲要瞻仰瞻仰鴨母王的丰姿，和探望外面的動靜，倒也戰戰兢兢地移動腳步到門邊，從門縫窺探出去。

一隊一隊帶著殺氣凶凶的面孔，手裡拿著鋒鋩的鋭器的步伐英武的兵走過去，騎著一隻笨重的水牛的；後面還撐著一面旗幟，四邊跟隨著許多像扮戲子的人影。這些剛剛投進眼簾，又急遽地閃過去了。接著又是一陣一陣的兵不斷地前進。

* * *

鴨母王的第一著便先去佔領了道臺衙爲本部。但，衙内空洞洞的，早逃得連半個班頭衙役都沒有了。

部屬已定。各將便又領令出發去了。一時整個府城的街巷充滿了一隊一隊的兵馬，穿梭似的鑽來鑽去，正像走入無人之境；不上數刻工夫，全府城的重要機關——府衙，縣衙，鎮臺衙等都被佔據了。

後來接到各方面的報告，才曉得，府内文武官員因爲逐日接到南部戰敗的消息，早已懼怕萬分，最近再接到密報，說不日鴨母王將引率大軍進攻臺南府，更加慌張得不知所措。所以已經於昨夜便不漏聲息地攜眷帶屬，先自從鹿耳門搭船逃命去了。

全府既經完全佔領了。鴨母王這才發令收兵，出示民安。

跟著這臺南府陷落的消息急速地一傳遍了北部各地，北部也立即響應起來，暴動起來了。沒幾日的工夫，割了貪官污吏的首級來獻的，就有了好幾處。這一來，僅僅數日中間，整個台灣便歸鴨母王統一去了。

到這時，鴨母王才擇了一個黄道大吉日，假道臺衙築起天壇，戴穿著做戲的通天冠及黄龍袍，登壇受賀，正式登極踐位。稱爲中興王，把年號改爲永和，大赦天下，開始攝政。

那天晚上，整府整城的老百姓，家家戶戶，點燈結彩，歡天喜地地慶祝登極。一時全府燈火輝煌的像一座不夜城，男女老幼大熱鬧到更深夜半，才酣然走入睡鄉做他們的太平夢去了。

＊＊＊

鴨母王登極之前夜——

北京皇城内的欽天監，忽然發見天上出現一粒怪星。隨時奏上康熙君說：臺灣已經出了霸王，該有坐位三年之天數，請康熙君暫時退位三年。可是隔日再加一番嚴密的觀測，再發見了他是一位草包王，因爲穿了戲服登極，所以在位的福分，大概不上三個月。因此康熙軍只退了三天的位，同時並且決意派軍征伐。

這次出師，是任命藍鹿洲統率著。原來藍公是一位頗通曉兵法的將家，在大軍還未出發之前，他就先將攻打的要路發表出來。當戰船將駛出港時，還交給各船的主將各一封信；致意吩咐：「非至半路，千萬不許拆開。」於是各船才分散，望著出發前所差派的目的地衝風逐浪猛進。

直到半路，各船的主將才如命地把信掏出來折開一看，雪白的紙上只寫著：「全攻鹿耳門」這幾個字。便即時把羅針盤都轉向鹿耳門，加緊速度一直駛進去了。「現在臺南地方還留傳這一句俗語，『全攻鹿耳門（Lakgemng）』就是這個來歷」

鴨母王接到藍鹿洲攻打臺灣各路的消息，隨時派遣兵將守備各要路去了。六月十六日那天，清軍都已集齊，傾著全力進攻鹿耳門，於此，一場血戰也就開始了。

無奈在那裡守備的兵力太少，經不起清兵幾次的猛攻，不一刻就陷落了。鴨母王只得退守安平。但是，經此挫折，士氣已大爲沮喪，所以不久安平又陷落而被佔領去了。

「呀！我們中了奸計了。」鴨母王這才明白過來。

這時，安平既然陷落，而且自己的兵力又分派各要路去了，眼看臺南是非久居之地啦，只得引率殘隊走向諸羅去。在途中還被敵軍追擊了幾陣，雖驚惡爭苦鬥，結局打了敗仗，望北逃走去了。

有一天鴨母王帶著殘留部隊走入溝仔尾社。社內的頭目連忙走出來歡迎他，隨時開宴接風，並且答應號召附近庄社的壯丁援助。那晚鴨母王也就在那裡無事過了一夜。

原來這些頭目們早已經被清軍買收，而答應擒獲鴨母王的。可是鴨母王卻還蒙在被裏做他的「中興夢」，絲毫不知危險迫在身邊。

隔日早晨，楊雄同鴨母王率領部隊向月眉潭出發去了，一面楊旭才跑去密告清軍。當鴨母王和楊雄再回到溝仔尾的時候，天色已經黃昏了。忽然驟雨傾盆而下，地上積水汪汪奔流起來。

「怎麼好呢？這樣雨水，怎樣駐營？」鴨母王皺著眉頭問。

「把殘隊分開，宿於民家吧！」楊雄答。

他們倆還假意派一群鄉壯保護他，這一晚也就分開居宿於民家去了。

「殺！殺去！」

「將反賊捉縛起來呀！」

到了三更半夜，鴨母王忽聽見一聲震天的吶喊，從夢裏驚醒過來，已經被擒住了。到這時他才吐了氣說：

「啊，莫非是天數吧！」

自被押到北京去，以後關於他的消息就無從曉得了。

人家都說鴨母王入溝仔尾一定是末路。——臺南地方所傳說的「做了三日皇帝」的鴨母王就是台灣史上的朱一貴——

三月的媽祖

葉石濤著（日文）
陳顯庭譯（中文）

作者簡介

葉石濤（一九二五年十一月一日—二〇〇八年十二月十一日），生於臺南市白金町（打銀街），一九六五年定居高雄左營。日治時代就讀公學校前曾接受兩年漢文私塾教育，臺南州立第二中學校（今臺南一中）畢業，曾任日本作家西川滿主持之《文藝臺灣》編輯、日本帝國二等兵。戰後擔任國小教師四十六年，一九六五年一度辭教職，進入臺南師範學校特師科就讀；曾任文化總會副會長、國策顧問等職。白色恐怖統治期間，遭以「知匪不報」罪名，判刑入獄三年。一九九九年獲國立成功大學名譽文學博士，並兼任該校臺灣文學研究所教授。自十六歲開始從事小說創作的葉石濤，戰後更致力於文學評論、臺灣文學史著述，也寫散文並從事翻譯，其文學生命橫跨日治與戰後兩個世代，曾獲府城文學貢獻獎、臺美基金會人文成就獎、行政院文化獎、國家文藝獎，著有小說集《葫蘆巷春夢》、《臺灣男子簡阿淘》、《西拉雅末裔潘銀花》、《異族婚禮》、《三月的媽祖》；散文集《府城瑣憶》；文學評論集《沒有土地，哪有文學》；臺灣文學史著述《臺灣文學史綱》、《臺灣文學入門》等著作八十餘冊。後人編有《葉石濤全集》二十三冊，現臺南市設有葉石濤文學紀念館。

文本

被茅草掠破了的面頰滲出著血滴，律夫在他底腦海一隅尖銳地意識著然而繼續跑走。不能覺得這是來自恐怖，說得妥當些該是由自盲目的生的意志作用。爬出來了甘蔗田的他底眼睛疼痛地感覺到強光。這裡是懸崖的上面，是另一個世界。污濁的河水在三月炫耀的陽光底下，奇特地像條赤褐色的綢帶般穿流著。龍舌蘭和林投在黃沙上刺目地伸出了濃蔭的綠葉，沒有風也輕微地呼息著，荒蕪了的河畔，只有這些植物開著生命的饗宴，頑強地緊靠著大地。時而在青玉般深透了的天空，不知名的群鳥掠橫過，這時那些黑影就斑點似被嵌在大地上。律夫雖不息地走著，但總注視到群鳥飛翔的方向，而他的那一條弦似緊張的精神便不自覺地遲緩過來。律夫在黃昏以前必得到E鄉村，他雖然沒期待在那裡會有人來藏躲或庇護他，但至少對於他是從跑路的苦痛的解放。他們從N市不飲食地像被追迫的鹿群般拼命地求著安全的地方來。白天，他們感覺連那些樹木天空以及土壤也在睜開眼睛在守望著他們。這是否膽怯？不！是在行動後會發生的，對於生命熾烈的欲望，當同伴們逐漸地，到了躲藏的地方時，也說要庇護他，但律夫卻拒絕。這並不是由自作為一個領導者對於此次失敗難抑的自責的情緒，寧可說是欲望著徹底地貫徹誇張的英雄的行為。這不能一概地說是虛榮也許會說是來自他底性格，或許可以說是他的宿命罷了。昨晚律夫他像被趕出了的狗般到達了陰沉得令人害怕的鄉村。星兒默默地向大地投給冷涼的光芒，月暈像天空中開了的一朵花懸浮著。在律夫那由飢餓而昏迷的頭腦裡有透明的齒車在迴轉，他的感覺被行動和孤獨以及男性的誇耀而分散，一時他在夢的世界裡深醉著。但這種恍惚感卻不怎麼長久的連續，當他踏入了鄉村的邊際，而從鄉村裡的一角那古舊的掛鐘打了一下時。在暗闇中被人瞄準了槍。「誰呀！」的一聲在暗闇裡尖響了，律夫立刻覺悟了自己面臨到了死。瞬間，瘦削的木麻黃的葉子那戰慄聲清晰地叩了耳股……「我是我！」律夫吐出了不知名的話語便踢開了槍，乘著那戴了軍帽的男人的半身翻倒時，律夫迅速地翻著身軀跑下了散佈了石礫的路，沿著家屋的簷蔭跑走。那時木麻黃樹葉的顫抖聲便在他的腦海中不斷的細語，農家的白壁在夜色裡被感覺為巨大的窗子。然而為著要脫離這般的夜晚的記憶，對於他這充溢了陽光和顫動著生命的旋律的懸崖實是一種救助。在這裡有著白天的生活——律夫這般覺得。自從N市安全地逃出來，不斷地跑走了的三四天，實只有夜晚的世界在N市那三天的混亂，對於年輕的他，實等於三年的長久。他在這暫刻裡便傾老了。不但是他，對於凡在壓迫之中呻吟著的人們的確是充滿了狂喜和英雄主義的第三天；都市全體像在一個坩堝裡沸騰似混亂過。日常生活裡會發生的小小的計較，或是利益的衝突和煩悶，那時候便爲了一個目的而集中過。但那裡卻沒有思想性和指導性，他們沒有堅固的土壤——組織。當地三天軍隊開到室內而槍聲響鳴時，英雄們便像老鼠般偷偷摸摸地躲避了，律夫還記得一個老人家和他底年輕的兒子間發生了的故事；當革命波及了N市的早晨，老人家由感激而顫抖把武器給予他的兒子，一面流著淚，懸著微笑一面揉著手掌把兒子送出去鬥爭，但軍隊開到N市的下午，老人便痛罵了兒子而爲了恐怖臉色變青白，懼憂兒子的行爲會涉及到他的生命和財產。三天前的兒子被父親捧爲英雄，三天後的兒子便成爲罪種。律夫到了那時候才知道，花蕊已被蛀蟲吃掉。他們所認爲神聖的革命只不過是被敵人內部的黨爭利用的。他們的逃亡由此而開始——然而如今他獨自像離群的傷鹿般尋找著最後的安息所，但他始終不承認思想的失敗，他認爲是方法和組織以及民眾欠缺了指導的緣故。其實民眾卻像被灼熱的鐵，飢餓眞的把民眾鍛鍊得很強韌，可是始終沒有人使得他們的靈魂貫透意志……。的確夠年輕，對於現實的把握太差，亦沒有鬥爭的經驗，律夫雖不是一個單純地奉信英雄主義的男子。但總無法有統御情熱的奔騰，冷靜地思索的時間。革命從島的北部一直向大潮般洗盡了一切，頃間便到達了N市。律夫沒有任何種的計畫，立刻便跳進那激渦而被排流。那時的他只能其準理論——貧乏的公式主義而判斷，然而行動的意欲確像著一匹奔馬是那麼的緊迫。革命的浪漫主義便像由太陽光溫軟的葡萄酒似甜美地醉迷了他……。

大約走了好遠的路吧，律夫忽然由回想中醒過來，便停了腳。面頰的血已經凝固了。山崖已經盡頭，律夫來到沙丘的頂上，他所尋找著的鄉村在沙丘下那龍眼樹和竹林間突出了濁紅的屋頂。銳烈的草香撲進了鼻腔，從鄉村裡那雄雞的啼聲引誘來了懶惰的氣氛。律夫想著：「我命運的骰子便會投擲了！」至少這鄉村會得到被判的一個決定——他的死或生的決定。無論怎樣，這對於律夫是個決定。走在由沙丘到鄉村裡的，那反照著陽光的沙路，律夫感覺了復活的歡樂。在這美麗的大自然裡，只有自己一個人和陰慘的想念掙扎著的容姿眞有著難以解釋的不自然的地方——一面律夫這樣想著。向著太陽有刺針，呈現了指甲形葉子的龍舌蘭對於律夫便清楚地啓示了生命的雄壯。他不自覺地獨語著說，生是多麼好的！一會兒，律夫走到了一間農家門前，以粘土鋪圍了的打穀場靜穆地反照著陽光。律夫的眼睛刹那間注視於很大的水缸，好久被遺忘了的渴飢的感覺便一時地被叫還來，冷涼的水……。他那粗涸的舌頭觸到了水時恰如龜裂了的大地的吹收雨水，水灌入了他的胃中滲浸了腸壁。猛烈的飢餓的感覺瞬間便襲到。我還活著——律夫的眼前一切東西開始旋轉。紅色的屋頂，截斷了青色的一片和一朵彿爽的花……。水缸漸漸地膨脹而變成爲在黑暗裡帶了槍的士兵。律夫以爲是胃痛，但卻感覺到疲勞從腳狡猾地傳播於全身而後腦發麻……。這裡是酒館的一隅。律夫在矇矇的香煙的渦裡，喝著威士忌，有一條小狗在腳邊調戲。但不一會兒便躊躇在腳邊，小鳥似的怯懼著。當醉漢踢他時小狗就投給他茫然的視線。他那眸子裡有著靜止的時刻……律夫茫然地想著再喝了一口威士忌。肥胖的妓娼，以濁粗的聲音喝著「桃花泣血記」，而像律夫調戲，律夫便輕輕地打了妓娼的臉頰幾下，妓娼便故意地喊叫出來，這時律夫的心坎處便流出了血液，他想著，我這般地生活，我和妳眞的沒有其他的生活嗎？律夫的理性在醉迷裡凝視著。頃間，夜深了，那優美的手腕便放出在律夫的肩盤上，他著妻子向著律夫，在那爲了酒而蒼白的臉上浮起了一脈哀愁和對於律夫的愛情，不絕地以低聲細語。

「啊！妳是我的媽祖，妳的心裡充滿著慈憫呵！妳是我的媽祖」。律夫動著那硬直的舌頭反覆地執拗地向她傾訴。他的妻子是個瘦瘦的，精靈般細柔而有無限的媚麗。「是痛飲了酒的媽祖吧！」他開心地笑著。

「你對於任何一個男人——除去敵人——都是慰安的存在，所以妳是媽祖，妳養著這失業了的我，妳以肉慾的代價，讓我喝威士忌……」律夫遂哭泣地把頭依倚在她的胸部。他們回到房間，開起窗來。房間瀰滿著茉莉花的柔香。貓般把全身依在了律夫的她重覆著「媽祖婆？媽祖婆」。但這媽祖婆有一天爲了過勞，留著律夫而逝世，由此空虛和無聊的時刻便慢慢地圍繞了律夫。

「我和妳眞的只有這般生活嗎？」律夫每天思索著，他分析逝去了的妻子的悲慘的生活，解剖了自己的生活，有一天律夫到達了一個理論，便從複雜的思考的泥沼泳到了單純而裸體的神般，樸素的思想。「我復活而呼吸著！」律夫便大聲喊出來……。

「你醒了是吧！」平凡而潤亮的女聲響著。律夫茫然地掃視了四圍。木彫的偶像在香爐的後面投著愚鈍的嘲笑。

「你是倒在我家門前的，你想得起嗎？」

無表情的農民們圍著他，這裡是廟內，線香的味兒像發了黴似的，又引誘起幼年時的回憶。女人便屈彎，把律夫臉上的血漿拭取得很乾淨。女人的聲音從遠遠的被遺忘了的世界傳響過來，是的，這是我底那個豐滿的女人的聲音，律夫這樣的想著。

「這應該由你們來決定，如今我是個從N市逃出來的。或許我的名子你們也曉得。把我交出去吧！我不會麻煩你們的」律夫向著無表情的農夫這樣說。在那裡有著由勞動或被風雨，沙塵打得彎曲了腰肢的老農夫，由沙眼而蓄積了屎模糊的中年農夫，有著不像年輕而佈滿了皺紋的青年。他們的手土塊般的粗固，他們的肩頭俯曲，而他們的臉上只有那麼無表情和疲倦的眼色。律夫在心底深處感覺到想要向他們道歉的欲望——他不知怎麼樣，一種不自明的憂愁籠罩了他的心中。

「你豈不是殺了人？」老農夫嚴重地問著。

「你是做了好事的嗎？」脫盡了牙子的老婆，以枯燥的聲音問著。

「你爲什麼跑到這裡來？爲什麼你特地選了我們的鄉村呢？」一個年輕的農夫沉重地問著。

「我並沒有殺過人——但爲了大多數生存的必要，我希望能夠殺殺人。」

「你們也會覺得殺死了那種人是等於做了好事的。」

「我並不是特地選這裡來的。因爲沒有人要藏我，我也不想麻煩別人所以一直逃跑而爲了疲勞在這裡倒下來的……」律夫好像對自己問答似重覆著。他不願意強要人家同情，但事實他卻沒留著站起來而離開這鄉村的氣力。這時無表情的農夫們中間騷亂起來，因黃昏的逼近，黃色的壯嚴夕光，斜射了廟內。律夫的疲怠再一次的籠罩他，引誘他睡眠，他陷入死般沉重的夢裡……。意識的模糊使他辨不清偶像和農民的臉孔的區別，農夫們的說話聲猶如從偶像發出來。

「讓他睡吧，我信任他是善良的人……無論這樣這村裡沒有駐兵隊，外來人亦很少，危險不會很快地就來吧！」女人懇求似說明著。在睡眠的深淵裡掙扎，律夫聽那女人的聲音猶如從清泉裡湧出來的水聲，慰摸了他的傷心。——

啊！是我底媽祖的聲音，不……是另一個女人的聲音，我還活著！這時再來到懸崖上的律夫並不是單獨，崖上不再是荒涼，一片開滿了落花生的黃花。老農夫把全身依靠在鐵柄，遠望著天空的一方，白的雲彩。黃沙一動不動地在等候著雨……。留殘著稀少的龍舌蘭……，但現在這河畔上誇示生命的強壯的不僅是植物，有勞動著的農夫，有律夫，一群被情熱溫暖了的人們。太陽也在歡笑，汙濁的河水濕潤了大地，然而那健康而露出了胸部，給小孩餵乳的三月媽祖也在。律夫想著，大地開起花朵來了。大地屬於眞正的所有者，自由和勞動的詩也屬於我們。

第二編

生活體驗與日常文化

(一)日記、生活與文化

亡妻記（節選）

吳新榮

作者簡介

吳新榮（一九〇六—一九六七），臺南市將軍區人，曾負笈東瀛學醫，返臺後定居佳里區經營佳里醫院。一九三〇年左右開始發表新詩，與北門地區文藝青年成立「佳里青風會」、「臺灣文藝聯盟佳里支部」，展開文學創作生涯，領導鹽分地帶推動臺灣文學運動，也使鹽分地帶成為新詩的重鎮。其後半生更戮力地方文藝的蒐集整理，足跡遍及臺南各個角落，舉凡寺廟神考、民俗典故、鄉里沿革、平埔文化、聚落形成、民間故事、俚諺，甚至前人碑記史蹟等，皆一一登載史冊，完成《臺南縣誌稿》、《金唐殿善行寺沿革誌》、《南鯤鯓廟代天府沿革誌》、《南瀛文獻季刊》。張良澤將其作品編為《吳新榮全集》，又有呂興昌編訂《吳新榮選集》。佳里區中山公園特樹立紀念雕像。

文本

一、逝去之春

日記是生活的寫照，
日記是心靈的過濾器；
日記是遺留給子孫的悲歡記錄，
日記是樸質無華的人生檔案。

三月二十七日　晴

昨夜正在和一位友人下圍碁，突然接到從妻的娘家六甲打來的電話，告訴我雪芬自九點洗澡後便陷入昏迷。我放下一切，連忙雇車直奔六甲，到那裏已過了十一點。雖是僅僅一個鐘頭的路程，但我焦急的心情，使我覺得好像費了好幾個鐘頭似的。自從接電話以後，我心裡就有一種不祥的預感，想這想那，但又自慰著，總不致於一病就不起吧！頂多躺在床上訴苦，而還能聽我將這兩天來所發生的種種趣事告訴她：諸如前幾天在祖居將軍庄整理墓地時，由高祖母那一墓穴裡發掘了名貴的翡翠手鐲，或前天晚上在酒家差點失去理智和一個日本警察動起武來等等。然而一到六甲，看到她的症狀之重，使我大吃一驚，她已全身發白，奄奄一息。據岳母說，當初訴苦說上腹部疼痛，立刻由内兄（她的大兄當醫師）給她打鎮痛劑數針，然而貧血情形依然未見好轉，因此另請李醫師給她打林格氏液及葡萄糖針，這才像現在這樣恢復了點神志。我看了不能放心再給她連打數針強心劑，但症狀仍然不能轉好；神志雖然尚清楚卻無力說話。對我的問話她只能說「艱苦！」，我問她：「知道我在妳身旁嗎？」「是的，可是不想說話。」我認爲這樣下去不是辦法，所以向她提議：「索性到台南去怎樣？」「不這樣還要怎麼辦？」她卻答得很明晰。但我把這事和她内兄商量時，他認爲甚有不宜，於是除請來李醫師外，再請陳醫師來會同協力診治，結果大家一致同意我所診斷的腹内出血，但認爲如此情形是不能開刀手術，必須先設法由台南請來輸血能手的醫師。然而病人不等我們設法，症狀一直惡化。最後再給她打林格氏針時，因爲吸收很壞，我就知道已沒有辦法了。我問她：「有什麼要說的話？」她說：「沒有。」一會兒又說：「什麼都黑暗了。」這是她最後很吃力吐出的一句話；接著就是典型的陳施氏呼吸，我想最後給她愛吧，於是用力吻她的頰，她似乎也有感應地三次緊握著我的手，而後撒手西歸了。……時間是今晨零時十五分。妻享年僅有三十一，就結束了她的一生。右手傍爲我、左手傍則是內兄，右腳邊爲岳母、左腳邊是她的妹妹，頭邊是李及陳兩位醫師，周圍則爲南星等五個孩子圍著。她已離開了他最親愛的丈夫，離開了她的母親、兄妹、孩子們，而走向黃泉之路。孩子們哭得很厲害，可是我覺得現在不是流淚哭喊的時候，必須先將遺體處理。於是先把剛才打針黏貼的兩膊，胸部及兩腿等十三個部位的絆創膏取掉，然後給她化妝，以後抱上汽車。五個孩子隨後坐上來，一直哭喊得很厲害的孩子們，等車開走後就停下來了。這氣氛使我錯覺今天是我由她娘家接她回來似的，所不同的是平常都是白天，而現在卻是夜半三更。上弦月淒然地懸在西空，她雖然還有一點體溫，但身體已如軟綿，嘴也閉著不會說話。這使我猛然覺得她確實已死了。回想起來，她是二十三號那天，趁孩子們春假高高興興地回娘家的。那天爲了她的健康，我曾叮嚀過，她卻回答說：「萬一有什麼事情發生，有家兄在，不會有問題的，請放心吧！」車走到佳里家門口，讓孩子們先下車後，我猛然覺得我所抱著的她，已經是死去了，我的眼淚便像堰上的泉水般地湧了出來。我叫醒父親請示該把她葬在祖居將軍庄，或這情思深長的佳里爲宜？結果決定後者，因爲她自入吳門十數載，與我相處幾乎不出佳里一步。這樣決定了以後，就打開小雅園的大門，把靈位安放在正廳。現在我在妻的靈前寫這一篇日記，和已經默默無語的她說話……。

雪芬啊！妳是偉大的母性，因爲妳已替我養育了五個愛兒；

雪芬啊！妳是偉大的家庭主婦，因爲妳在這複雜的大家庭裡，把一切都整理得有條不紊；

雪芬啊！對於我，妳是偉大的妻子，因爲有妳，我才無後顧之憂地盡力去工作。然而雪芬啊！安心地往天堂吧！五個愛兒的養育責任我會全部接替下來。唉！唉！妻啊！安息吧！往極樂淨土的西天去吧！我的人生今後該有大轉變哪。

回到佳里，好在大姨從前天就來家裡，所以能得到她的種種幫忙。首先派人到將軍庄通知我母親及叔父；不久徐清吉君趕來幫忙發出給親戚朋友的訃聞，其他葬式事宜也都勞煩他的安排。天明，街上聽到消息的人開始騷動起來，有人說：「玩笑不要開這麼大，哪有這種事！」而引起了爭吵。有的人特地來探知眞相以後便哭起來。

雪芬啊！此刻已近午夜，昨夜的現在，妳正不斷的喊著「非常痛苦」，又說：「像這樣苦，不如快一點死掉。」現在妳已安息在寢棺裡了。妳的丈夫和由臺南馳來的妳的二兄，和我的親友徐清吉、陳清汗、吳天梓諸君，都圍在妳的寢棺守靈過夜。

雪芬！爲了妳，今天我替妳做了最後的最好的種種事情。

早晨就和徐清吉君到這街上唯一的棺材店，選購妳的寢棺，結果有兩邊刻著「福壽」僅有的福州杉料棺材，做爲妳永遠的住處了。我又請妳生前最尊敬的王先生來爲妳遺體做最後的醫學上的處理。唉啊！妳的遺體仍像妳的名字一樣，純白和妳活著無異。我和妳二兄請「地理師」到新公共墓地來爲妳卜定永久宅地。這位地理師的正確的指南針和我們的科學智慧恰好一致。

今天住在這街上的人聽到妳的死訊，不論認識與否都哭起來。尤其市場那邊正在配售的婦人們，聽到妳的急逝，大都無心等待配售，黯然自散，而住在鄉下的來看過病的人，都整日絡繹不絕地爲妳上香。下午六點，我爲妳做最後的化妝，悲哉！妳的身體已經冰冷而硬化如石。近九點時，舉行入殮儀式，由善行堂請來的五、六位和尚爲妳誦經。「婆仔」正把一塊白布要掩在妳的臉上時，我又叫她再掀開乙次給我看。雖然我這樣徘徊依戀，但永別妳的芳容的時刻終於到了，現在我在妳靈前寫這日記，妳如有知也會替我悲慟吧！

電動馬

葉笛

作者簡介

葉笛（一九三一—二〇〇六），臺南人，本名葉寄民，詩人、文學評論家和翻譯家。臺南師範學校（現國立臺南大學）畢業，一九六九年赴日本求學、任教，並逐步推動臺灣文學與文化、思想之研究，一九九三年回臺定居，專事臺灣文學研究與翻譯。譯有芥川龍之介、楊逵、龍瑛宗等作家作品多篇，著有詩集、散文集、評論集多部。著作和譯作已由國家臺灣文學館輯成十八卷《葉笛全集》，總結了作家一生筆耕的成果，其意義正如許達然在〈總導讀〉所言：「使我們能有系統地讀他在臺灣文學發展史上對詩和散文創作、臺灣文學研究、臺灣文學和日本文學翻譯和欣賞方面的奉獻和貢獻」。

文本

百貨公司玩具部裏面、門口、擠著一大批小國民。

小國民們都各自在吸引住自己的玩具面前或注視，或玩弄著，精神貫注，熱情而忘我。

「玩具是孩子的生命……」

我這麼說並非故作驚人之語，也不是標新立異，要把小孩捧上天。興許我們大人早已淡忘自己在稚齡時，會爲一件深愛的玩具，輾轉難寐，夢魂縈繞的事吧。

人雖然由於所生的，所賴以成長的生活環境不同，而其日後的興趣、志向、生活態度有所不同，但在孩提時代對玩具所表現的熱情，古今中外都是大同小異的。暫且不說小孩子們對玩具如何，你只消看一下小姐、婦人們在櫥窗前駐步凝視，久久不離去，或在化妝品櫃台前，挑三撿四，忘記駸駸而逝的時間的模樣，便不難下個定論：大人尚且如此，何況小國民！那麼，至少你會肯定：對小孩子來說，玩具是一種不可或缺的鹽吧。說來這種理解是大人對孩子應有的態度，深邃的愛心。

當我掃視著玩具店門裏門外的孩子，思索著這種漫無邊際的問題時，玩具店門口一排三匹電動馬空出了兩個空位。唉呀，這些小傢伙眞夠厲害，眞夠活潑輕捷，說時遲，那時快，等在前邊的孩子，以令人不能相信的速度衝了上去，四、五個孩子當中的兩個勇敢的小英雄便搶上了座位，面露歡欣得意之色，喜滋滋地坐在馬背上了。

我感到泉湧般的興趣，打定主意要花一點時間來研究一下小英雄們的搶奪戰。

不一會又空出了一個座位。

「快！快去搶！」

我的身邊響起一個婦女帶點鼓舞、督促、興奮的聲音。側過頭，我看見那個女人正以右手推動自己孩子的後背。那個孩子順勢向前奔去，踉蹌了一下，差點沒跌倒，這時，倏然，從那踉蹌了的孩子右邊竄出一個似乎大一點的孩子。他右手揪住馬的耳朵，以左胳膊擋住被母親推上來的孩子，一腳跨上了馬背，其快速，眞令人瞠目結舌哩。那被擋駕的孩子，剎時，愣在那裏，接著垂頭喪氣地走回母親身旁。

「啪！」

一個巴掌響在孩子的後腦勺。

「沒路用，搶都搶輸人！」

孩子的臉在母親慍怒的吼聲裏，由沮喪轉爲畏怯，再轉而爲似乎自慚和認命的悲苦……。

哎！眞的，那一巴掌彷彿打在我的頭上。

我看了看旁邊那個無知的可悲的母親。

我又看了看母親身旁畏縮得無以復加，默默無語，叫人心痛的孩子。

我環視周遭，腦際又浮現起適才的一場爭奪戰。

周遭既熱鬧又繁華，是的，繁榮得令人覺得悲哀、絕望。

這是個大人教小孩子搶的世界。

這是個搶得到什麼算什麼的世界。

啊，啊，搶的世界。

我的心沉落於這白晝的黑暗中，迷失了方向，四面八方都是黑暗的深淵……。

但，我卻發覺自己站立在人、車熙來攘往的、白晝的大街上，孤獨的……。

我不知將往何處去！

一九九〇年二月二十六日晨於東京

編註：發表於《新地文學》一卷二期，一九九〇年六月五日

抹茶的美學

林清玄

題解

選自《迷路的雲》。寫作者旅遊日本，品賞日本茶道的經過，由茶道哲學引申到人生與文化的感想，兼寓「禮失求諸野」之嘆。篇中引述許多釋家典故，用親切平易的筆法說出來，很容易被讀者接受。

作者簡介

林清玄（一九五三―），高雄縣旗山鎮人，世界新專電影科畢業，現專業寫作。曾經獲得吳三連文藝獎、中山文藝獎、國家文藝獎及國內各大報文學獎。著有《迷路的雲》、《金色印象》、《紫色菩提》等。

文本

日本朋友堅持要帶我去喝日本茶，我說：「我想，中國茶大概比日本茶高明一些，我看不用去了。」

他對我笑一笑，說：「那是不同的，我在臺北喝過你們的功夫茶，味道和過程都是上品，但它在形式上和日本的不同，而且喝茶在臺北是獨立的東西，在日本不是，茶的美學滲透到日本所有的視覺文化，包括建築和自然的欣賞。不喝茶，你永遠不能知道日本。」

我隨著日本朋友在東京的大街小巷中穿梭，要去找喝茶的地方，一路上我都在想，在日本留了一些時日，喝到的日本茶無非是青茶或麥茶，能高明到那裡去呢？正沉思間，我們似乎走到了一個茅屋的「山門」，是用木頭與草搭成的，非常的簡單樸素，朋友說我們喝茶的地方到了。這喝茶是處所日語叫Sukiya，翻成中文叫「茶室」，對西方人來講就複雜一些，英文把它翻成Abode of Fancy（幻想之居），Abode of Vacancy（空之居），或者Abode of Unsymmetrical（不稱之居），光看這幾個字，讓我赫然覺得這茶室不是簡單的地方。

果然進到山門之後，視覺一寬，看到一個不大不小的庭園，零落的鋪著石塊大小不一，石與石間生長著短捷而青翠的小草，幾株及人高的綠樹也不規則的錯落有致。走進這樣的園子，人彷彿走進了一個清淨細緻的世界，遠遠處，好像還有極細極清的水聲在響。

日本的園林雖小，可是在那樣小的空間所創造的清淨之力是非常驚人的，幾乎使任何高聲談笑的人都要突然失聲不敢喧嘩。

我們也不禁沉默起來，好像怕吵醒鋪在地上的青石一樣的心情。

茶室的人迎迓我們，進入一個小小玄關式的迴廊等候，這是距離茶室還有一條花徑，石塊四邊開著細碎微不可辨的花。朋友告訴我，他們進去準備茶和茶具，我們可以先在這裡放鬆心情。

他說：「你別小看了這茶室，通常蓋一間好的茶室所花費的金錢和心血勝過一個大樓。」

「爲什麼呢？」

「因爲，蓋茶室的木匠往往是最好的木匠，他對材料的挑選，和手工的精細都必須達到完美的地步，而且他必須是個藝術家，對整體的美要有好的認識。以茶室來說，所有的色彩和設計都不應該重複，如果有一盆眞花，就不能用有畫花的畫，如果有用黑釉的杯子，就不能放在黑色的漆盤上；甚至做每根柱子都不能使它單調，要利用視覺的誘引，使人沉靜而不失樂趣；或者一個花瓶擺著也是學問，通常不應該擺在中央，使對等空間失去變化……」

正說的時候有人來請去喝茶，我們步過花徑到了眞正的茶室，房門約五尺，屋檐處有一架子，所有正常高度的成人都要低頭彎腰而入室，以對茶道表示恭敬。那屋外的架子是給客人放下所攜的東西，如皮包、雨傘、相機之類，據說往昔是給武士解劍放置之處。在傳統上，茶室是和平之地，是放鬆歇息的地方，什麼東西都應放下，西方人叫它「空之居」、「幻想之居」是頗有道理。

茶室裡除了地上的爐子，爐上的鐵壺，一隻夾炭的火鉗，一幅簡單的東洋畫，一瓶彎折奇逸的插花外，空無一物。而屋子裡的乾淨，好像主人在三分鐘前掃了十遍一樣，簡直找不到一粒灰——初到東京的人難以明白爲什麼這樣的大城能維持乾淨，如果看到這間茶室就馬上明瞭，愛乾淨幾乎是成爲一個日本人最基本的條件。而日本傳統似乎也偏向視覺美的講求，像插花、能劇、園林，甚至文學到日本料理，幾乎全講究精確的視覺美，所以也只好乾淨了。

茶孃把開水倒入一個灰白色的粗糙大碗裡，用一根棒子攪拌，碗裡浮起了春天裡松針一樣翠的綠色來，上面則浮著細細的泡沫，等到溫度宜於入口時她才端給我們。朋友說，這就是「抹茶」了，喝時要兩手捧碗，端坐莊嚴，心情要如在廟裡燒香，是嚴肅的，也是放鬆的。和中國茶不同的是，它一次要喝一大口，然後向泡茶的人讚美。

我飲了一口，細細地用味蕾品著抹茶，發現這神奇的翠綠汁液苦而清涼，有若薄荷，似有令人輕冽的力量，和中國茶之芳香有勁大爲不同。

「飲抹茶，一屋不能超過四個人，否則就不清淨。」朋友說：「過去茶道所定下的規矩有上百種，如何倒茶、如何插花、如何拿杓子、拿茶箱、茶碗都有規定，不是專業的人是搞不清楚的，因此在京都有『抹茶大學』專門訓練茶道人才，訓練出來的人幾乎都是藝術家了。」我聽了有些吃驚，光是泡這種茶就有大學訓練，要算是天下奇聞了。

日本人都知道，「抹茶」是中國的東西，在唐朝時候傳進日本，在唐朝以後我們的祖先喝茶就是這種攪拌式的「抹茶」，而且用的是大碗，直到元朝蒙古人入侵後才放棄這種方式，反倒在日本被保存了下來。如今日本茶道的方法基本上來自中國，只是因時日既久融成爲日本傳統，完全轉變爲日本文化的習性。

現在我們的茶藝以喝功夫茶爲主，回過頭來看日本茶道更覺得趣味盎然。但不論中日的茶道，講的都是平靜和自然的趣味，日本茶道的規模是十六世紀時茶道宗師利休所創，曾有人問他茶道是否有神秘之處。他說：

「把炭放進爐子，等水開到適當程度，加上茶葉使其產生適當的味道。按照花的生長情形，把花插到瓶子裡，在夏天時使人想到清爽、冬天使人想到溫暖。除此之外，茶一無所有，沒有別的秘密。」

這不正是我們中國人的「平常心是道」嗎？只是利休可能想不到，後來日本竟發展出一百種以上的規矩來。

在日本的茶道裡，大部份的傳說都是和古老中國有關的，最先的傳說是說在西元前五世紀時，老子的一位信徒發現了茶，在函谷關口第一次奉茶給老子，把茶想成是「長生不老藥」。

普遍爲日本人熟知的傳說，是禪宗初祖達摩從天竺東來後，爲了尋找無上正覺，在少林寺面壁九年，由於疲勞過度，眼睛張不開，索性把眼皮撕下來丟在地上，不久，在達摩丟棄眼皮的地方長出一棵葉子又綠又亮的矮樹。達摩的弟子便拿這矮樹的葉子來沖水，產生一種神祕的魔藥，使他們坐禪的時候可以常保持覺醒狀態，這就是茶的最初。

這眞是個動人的傳說，雖然無稽卻有趣味，中國佛教禪宗何等大能，那裡需要藉助茶的提神才能尋找無上的正覺呢？但是它也使得日本的茶道和禪有極爲深厚的關係。過去，日本偉大的茶師都是修習禪宗的，並且以禪宗的精神用到實際生活形成茶道——就是自然的、山林的、野趣的、寧靜的、純淨的、平常的精神。

另外一個例子可以反映這種精神，像日本茶室大小通常是四蓆半大，這個大小是受到《維摩經》的一段話影響而決定的：《維摩經》記載，維摩詰居士曾在同樣大的地方接待文殊師利菩薩和八萬四千個佛弟子，它說明了對於眞正悟道的人，空間的限制是不存在的。

我的日本朋友說：「日本茶道走到最後有兩個要素，一個是微鏽、一個是樸拙，都深深影響了日本的美學觀，日本的金器、銀器、陶瓷、漆器、甚至大到庭園、建築都追求這樣的趣味。說到日本傳統的事物，好像從來沒有追求明亮光燦的東西，唯一的例外，大概是武士的刀鋒吧！」

日本美學追求到最後，是精密而分化，像是京都最有名的苔寺「西方寺」，在五千三百七十坪的面積上，竟種滿了一百二十種青苔，其變化之繁複，差別之細膩，眞是達到了人類視覺感官的極致——細想起來，那一百二十種的青苔的變化，不正是抹茶上翡翠色泡沫的放大照片嗎？

我們坐在「茶室」裡享受著深深的安靜，想到文化的變遷與流轉，說不定我們捧碗而飲正是唐朝。不管它是日本的，或中國的，它確乎能使人有優美的感動，甚至能聽到花徑青石上響過來的足聲，好像來自遙遠的海邊，而來的那人羽扇綸巾、青衫藍帶，正是盛唐衣袂飄飄的文士——呀！我竟爲自己這樣美的想像而驚醒過來，而我的朋友雙眼深閉，彷彿入定。

靜到什麼地步呢？靜到陽光穿紙而入都像聽到沙沙之聲。

我們離開的時候才發覺整整坐了四個小時，四小時只是一瞬，只是達摩祖師眼皮上長出千千億億葉子中的一片罷了。

㈡感官知覺與旅行體驗

南方的海

蔣勳

作者簡介

蔣勳（一九四七—），祖籍福建長樂，生於西安，成長於臺灣。中國文化大學歷史學系、藝術研究所畢業。一九七二年負笈法國巴黎大學藝術研究所，一九七六年返臺。曾任《雄獅美術》主編、任教於文化大學、輔仁大學、臺灣大學、淡江大學、東吳大學，並曾為中山大學、政治大學、東華大學駐校藝術家，擔任東海大學美術系創系系主任七年。現任《聯合文學》社長、並與趨勢教育基金會執行長陳怡蓁共同主持中廣《藝文Fun輕鬆》節目。現專事寫作、繪畫、藝術美學研究推廣。舉辦個展、聯展二十餘場，著作有詩集、散文、小說、藝術史、美學專論、畫冊、有聲書等數十種，作品多次獲獎。

文本

丫民：

我收到你的信，知道你去了南方。

你信中說到空氣裡海的氣味，使我想起了昆布、海藻、貝殼、牡蠣，或魚族身上鱗片和濕滑的黏液。當然，還有鹽，潮濕的、在空氣裡就飽含著的鹽的氣味，使一陣陣吹來的風，像一匹垂掛在空中飛不起來的、沉重的布，沉甸甸的，可以擰出鹽來。

你說：閉起了眼睛，就聞到風裡帶來一陣一陣海的味道。

我想像你的樣子，閉起眼睛，深深吸一口氣。深深吸一口氣，鼻腔裡都是海的氣味。喉管裡也是，那氣味逐漸在肺葉裡擴張，充滿肺葉裡每一個小小的空囊，每一個空囊都因此脹滿了，像許多小小的海的氣泡。氣泡上上下下浮動著，像海浪一樣洶湧澎湃著。

ㄚ民，氣味是什麼？是空氣裡最細微最小的存在嗎？

我張開眼睛，看不見氣味；我伸出手去抓，也抓不到氣味。

但是，氣味確實存在，散布在空氣的微粒中，無所不在。

我們常常被不同的氣味包圍著。

如果在南方，你就被海洋的氣味包圍了。

我相信，你還沒有看見海，還沒有聽見海，那一陣陣的海的氣味就襲來了。

氣味無所不在，氣味也無遠弗屆。

你覺察到嗎？動物的嗅覺非常敏銳，牠們似乎常常依靠嗅覺裡的氣味找到食物，也常常依靠嗅覺裡的氣味警覺到危險。好像在街上流竄的狗，總是在街角和電線桿下嗅來嗅去，有人告訴我，狗在牠跑過的地方便溺，是在留下身體的氣味，用這些散布的氣味，聯結成自己的勢力範圍。這個故事使我想了很久，人類的勢力範圍，從個人、到家庭、到國家，也都有防衛的邊界，用圍牆、瞭望站、堡壘、鐵絲網、各種武器和警報系統，多是視覺上可見的邊界。狗的邊界竟是嗅覺的邊界嗎？在生物的世界，還有物種是依賴著嗅覺存活與防衛自己的嗎？

小時候常蹲在地上看昆蟲，昆蟲來來去去，有一種敏捷，像螞蟻，好像有一種嗅覺的準確，好像靠氣味溝通，連成一條浩蕩的行列，組織成嚴密的結構，只是我一直遺憾著，對牠們氣味的世界所知甚少，我卻也因此開始省視許多動物身上存留的敏銳的嗅覺經驗。

你記得五代人畫的一幅《丹楓呦鹿圖》嗎？在一片秋深的楓林裡，一頭大角麋鹿，昂首站立，牠似乎覺察到空氣裡存在著不是同類的體嗅。牠在空氣中辨認那氣味，逐漸靠近，越來越濃，越來越確定。可能是一頭花豹的氣味，遠遠就在空氣中傳出了警訊，使麋鹿可以朝不同的方向奔逃。

麋鹿依靠空中散布的氣味，判斷危險的存在，遠比牠聽到或看到更早。嗅覺發布的警告，往往在聽覺視覺之前，當然，也更在觸覺與味覺之前。

嗅覺彷彿是最不具體的感覺，氣味是最不具體的存在。但是，卻是最機警的感官，也是最纖細的存在。

對許多家庭來說，蟑螂和老鼠是最頭痛的東西，食物怎麼儲藏，好像都會被牠們找到，但是也不得不佩服，這些昆蟲動物嗅覺的敏銳。我在想，我們還有多少用嗅覺尋找物件的能力？

丫民，我想像你在海洋的氣味裡沉迷陶醉的模樣。

海裡除了鹽的鹹味，還有一種腥。

鹽的鹹味接近味覺，但不是味覺，不是經由口腔味蕾感受到的。

鹹，是空氣裡潮濕的水分中飽含的鹹。

腥，好像比較難理解。

我想像，腥是許多許多大海裡死去的魚類、貝類、海藻類的屍體的氣味的總和吧。

我去過一些漁港，剛捕撈上來新鮮的魚，帶著一種活潑生猛的氣味，和腥味不同。腥味好像是死去已久的魚的屍體在空氣中持久不肯散去的憂傷怨憤。

一片大海裡，有多少死去的魚的屍體？分解了，被腐蝕了，化成很小的部份，還會被蝦蟹啄食，被蟲豸吸吮。最後，沒有什麼會被看見，好像消逝的乾乾淨淨，但是，氣味卻還存在，氣味瀰漫著，好像證明那存在沒有消失，反而更強烈。

氣味是生命最後，也最持久的堅持嗎？

所以，丫民，你聞嗅到的海洋的氣味，是多麼古老的記憶。

是的，空氣裡嗅覺的記憶，人類的語言和文字最難以描寫的一種感官，卻這麼眞實地存在著。

古老的埃及人，很早就使用了香料。從植物中提煉的香精，用小瓶子貯存著，女人們盛裝時，把特別設計的小瓶子藏在髮髻中，便一直散發著使男人察覺，卻找不到來源的氣味。

氣味好像與本能的記憶有關。

許多動物是靠著氣味尋找交配的對象的。

因爲肉體上一種特殊的性腺的分泌，使雌雄的動物有了欲望，有了發情與交配的季節。

在視覺聽覺的選擇都還不強烈的時期，人類是否也曾經像動物一樣，依靠著嗅覺尋找交配的伴侶？

在路上，看到貓狗相遇，注意到牠們總是習慣性地嗅聞彼此的下體，辨識交配的對象。

人類也有過那樣的階段嗎？

嗅覺是更貼近原始本能的記憶嗎？

ㄚ民，我閉著眼睛，回溯向自己嗅覺最初記憶的深處。

我不知道什麼時候，在在母親的子宮內成了胎。我不知道什麼時候，那細小的胚胎有了感覺。我的視覺、聽覺、味覺，都還在懵懂中，一切混沌曖昧，那時，我是否能夠嗅到什麼？

我最早的嗅覺，是母親的身體嗎？

我好像浮游在水中，我已經有了觸覺嗎？

丫民，我都不確定，我只是想模仿你，閉起眼睛，像一個包圍在海洋中的胎兒，用那樣眞實的方式去感覺海，感覺外面的世界。

是的，我最初嗅覺的記憶，是母親的身體。

我是母親哺乳的。我常常在嗅覺裡尋找母親身體的記憶。我吸吮母乳時，眼睛是閉著的，我感覺到母親厚實穩定的胸脯，微微呼吸的韻律；我感覺到母親的體溫，像暖暖的洋流，一波一波襲來；這些觸覺的記憶，一直非常清楚。但是，有一些記憶，比較不具體，好像是一種氣味，我可以閉著眼睛，完全放心，相信母親這麼近，我被一種難以形容的氣味包圍著，是母親身體的氣味。

大了以後，我跟母親很親。母親常笑我，說我吃完了奶，安心趴在她胸前睡著了，睡得香甜，但是，母親把我遞給別人，一換手，我即刻警覺了，便大哭起來。

所以，母親身體的氣味是很具體的嗎？

母親又說，我長到很大，斷了奶，卻還是要在手中攢著一塊擦奶的布，才能安穩睡著，布一抽掉，便又驚醒了。

母親的身體在我嗅覺裡的記憶如此持久嗎？

初生的動物，總是用口鼻鑽在母體懷中索乳，眼睛是閉著的。

ㄚ民，是不是我們的視覺用得太多了，總是用眼睛看，遺忘了，也忽略了視覺之前，許多更原始的感官。

我在印度的文化裡，感覺到許多嗅覺的開啓。

印度教的寺廟總是充滿了氣味。燃燒的各種香木粉末的氣味，熱帶濃郁的花香的氣味，從鼻腔衝進，好像衝上腦門，把邏輯理性的思維都趕走了，視覺便有些恍惚迷離起來。

好像只要視覺一恍惚，原始官能細微的末梢，便纖細地蠕動起來。喝了酒，或陶醉在官能裡的人，好像總是瞇著眼，視覺也總是模糊朦朧的。視覺是通向理性的窗口嗎？關閉了視覺這一扇窗，我們就可以找回潛藏的原始官能了。

印度教寺廟裡熱帶的香料、香花、熟透的果實，好像是一種催眠，使人搖蕩著進入一個被嗅覺氣體瀰漫的感官世界。

我去過印度的鹿野苑，佛陀第一次說法的城市，靠近恆河，我走到河邊，路的兩邊，有些微火光，我走近看，是構木成床架，燃燒屍體。屍體四周，佈滿供奉的香花。木材嗶嗶剝剝，火光跳躍，撲面而來的是一種氣味，肉體腐爛的氣味，油脂燃燒的氣味，花的濃郁的甜香，混雜著毛髮皮膚的焦苦的氣味。

我閉著眼睛，靜靜站立，丫民，我覺得第一次嗅到生死的氣味，這麼眞實，所有生存過的欲望，變成花香，柴火的乾烈，肉體裡油脂、毛髮、皮膚，隨著火光，化成煙灰，這麼複雜的氣味啊！

所有的生命，不論如何存在過，最後都變成一種氣味吧，停在空氣中，久久不會散去。

氣味消失，大概就眞的消失了罷！

所以！我這麼沉溺在一些氣味裡，是因爲懼怕消失嗎？

在母親臨終的床前，我把她的身體抱在懷中，我俯在她耳旁，念誦《金剛經》：「無我相、無人相、無眾生相、無壽者相。」我好像要安慰母親，沒有什麼是永恆存在的。但是，丫民，在那一刹那，母親忽然變成一種氣味，包圍著我，充滿著我。

她沒有消失，她轉換成非常小的一種我看不到、摸不著的存在，變成了無所不存在的氣味，隨我走去天涯海角。

好像，最貼近我們記憶底層的感覺，常常是嗅覺，像母親、像生死，像故鄉。

什麼是故鄉的氣味？

丫民，我說的故鄉，並不是國家，國家是沒有氣味的，但是，故鄉常常是一種氣味，一種忘不掉的氣味。

我相信故鄉的氣味是很具體的。

我記得的是家門口青草地裡鵝糞和鴨糞的氣味，夏天午後，被曬得炙熱的土地，忽然被一陣暴雨激動起來的塵土的氣味，灰撲撲、帶著溫度的氣味。颱風過後，一條大河裡漂來的冬瓜清新的氣味，屍體脹滿的死豬肉體的氣味。我一閉起眼睛，那些氣味就活躍了起來。

家門口有一口甕，家家户户都把剩下的菜飯倒進去，傍晚時分，收集豬食的人，推著板車，把甕裡的菜飯倒進大桶裡，大桶滿了，搖搖晃晃，空氣中便瀰漫起許多食物餿酸複雜的氣味，好像吃飽了以後，打了一個嗝，從胃裡釋放出來的熱撲撲氣味。

下午市場收攤以後，我走過空空的、一個接一個攤位。砧板上留著死去豬肉的味道，一點殘存的血腥的味道，招來一群蒼蠅。其實用視覺看，看不見什麼，並沒有血跡，所以，昆蟲是比我們的嗅覺更敏銳的嗎？

我瞇著眼睛，走過去，魚販的味道很明顯，好像那些蝦、蟹、蚌、牡蠣、烏賊都還在、都變成看不見的魂魄，散布在空中。

還有青蔥的氣味，蒜的氣味，薑的辛烈的氣味，我停了一會兒，空氣中停留著九層塔的氣味，芫荽的氣味，蘿蔔的氣味，以及藕根的氣味，很淡，很悠長的藕香，對自己的存在非常自在從容的氣味。

在收攤以後的市場，那些氣味，停留在空中，好像彼此對話，好像記憶著、論辯著他們曾經存在過的肉體，然而肉體已經消逝了，肉體已經一一昇華成了氣味。

丫民，我在想，有一天，我的肉體消失了，我會存留下一種氣味嗎？會是什麼樣的氣味呢？

我童年的故鄉有淡水河和基隆河兩條河流的氣味，河岸邊泥濘的氣味，林投樹和欖仁樹的氣味，密密的林木裡，吊著貓狗屍體的氣味，招潮蟹一坑一坑洞穴潮濕鬱悶的氣味。

颱風來臨之前，空氣裡特別沉靜的氣味，我一路走過，田埂上有新蛻去的蛇皮的氣味，有泥鰍和鱔魚黏滑的氣味。

一種紫色的豌豆花在竹架上綻放的氣味，含笑在中午十二時濃郁不散的甜甜的香氣，跟茉莉不一樣，茉莉好像更遠、更淡，在腳跟下迴旋，若有若無的氣味。

丫民，籬笆邊種了一排扶桑，綠色茂密的葉子，花很紅，像一種喇叭形的吊鐘。我喜歡把鼻子湊近花心裡，深深吸一口氣，甜熟的氣味，即刻沁透入鼻腔。

故鄉的記憶，是那麼多揮之不去的氣味，交錯著，一點也不雜亂，好像歸在記憶檔案裡的資料，一點都沒有遺漏，隨時一按鈕，就一一出現了。

我第一次離開故鄉，忽然發現周遭的氣味變了，好像時差一樣，故鄉的氣味，也會在夜裡忽然醒來。在異地的夜晚，以爲沉睡了，以爲遺忘了，那氣味卻忽然浮起，使你無眠。

原來，鄉愁也是一種氣味。很長一段時間，我在睡夢中，忽然會嗅到一種嗆鼻的味道。很辛辣，鹹而且苦，從熱油中爆炒，升騰起熱烈刺激的臭辣，我嗆到鼻眼都是涕淚。好像是隔壁在用熱油大火爆花椒、辣椒、豆豉、鹹魚。我醒過來，真的涕泗橫流。但是，什麼都沒有，而那種氣味，那麼頑強，不肯消失。

我去過一條溪谷，兩岸都是薑花。我坐在運送林木的大卡車上，海口方向吹來長長的風。薑花的氣味，像一片細細的絲綢，在我身體四周飄拂纏繞，我仰著頭，閉起眼睛，那遠遠的薑花的香，來來去去，是這麼真實的故鄉的氣味。

我覺得童年也是一種氣味的記憶。

我的童年，有許多果樹氣味的記憶。夏天暑熱的午後，廟埕後有一顆巨大的龍眼樹。我從小學翻牆出來，背著書包，爬上龍眼樹，躲在密密的枝葉裡。外面日光葉影搖晃，隱約聽見老師或母親尋來，在樹下叫著我的名字，但那呼喚的聲音，被蟬聲的高音淹沒了。我一動不動，找到一處適合蜷窩身體的枝椏，好像變成樹的一部份，而那時，龍眼樹密密的甜熟的氣味就包圍著我。我閉起眼睛，好像在假寐，也像在作夢，夢裡一串一串纍纍的龍眼，招來許多蜜蜂果蠅。我童年的夢，很甜很香，好像一整個夏天都窩在那棵樹上，包圍在濃郁的氣味裡作了一個醒不來的夢。

丫民，童年充滿了氣味，泡在鹽水裡楊梅酸酸的氣味。鳳梨削皮時刺激口液的氣味。甘蔗田裡，甜而燥熱的氣味。用草繩綑紮的大冰塊沁涼的氣味。泡在井水裡剛撈起來的西瓜冰冽的氣味。芒果樹和荔枝樹的氣味。端午節懸掛在門口菖蒲與艾草的氣味。母親說，那氣味可以阻擋妖魔邪祟，還有雄黃調在高粱酒裡的氣味，好像也可以除邪祟。

或許，民間一直相信，生活裡的氣味，都可以避除邪祟吧！

但是，記憶裡學校好像是沒有氣味的。

校長每天朝會的訓話，總是沒有氣味的，因此，也很難記憶。我記得的校長的氣味，其實是他頭髮上油油厚厚的髮蠟的氣味，他說的話，我都不記得了，我單單記得他頭髮上的氣味。我有時想畫一張小學校長的畫像，那時我會閉起眼睛，努力回憶他頭上髮蠟的氣味，而不是他口中每一天重複的訓話。丫民，使一個人走向藝術的，不是教訓，而是一些身體深處揮之不去的感覺記憶吧。

我徜徉在母親、故鄉、童年、交錯的氣味裡，像浮盪漂流在一片看不到邊的大海中。丫民，你從南方回來的時候，要帶回來海的氣味好嗎？

旋轉門

方中士

作者簡介

方中士（一九六〇年—），生於屏東市，現居臺南市，高雄師範大學國文研究所畢業，曾任教於美和護專，現任南臺科技大學通識教育中心講師。曾獲文薈獎、教育部文藝創作獎、星雲人間文學獎。目前因黃斑部病變，視力嚴重受損。〈旋轉門〉為其獲第十屆文薈獎（二〇一一年）作品。

文本

「你還是到大廳訪客休息區等我，外頭很熱呢。」我有些猶豫地說：「我可以在這裡等。」外頭一絲風也沒。「走吧！」林鳳儀說，語氣堅定而溫柔。我輕握她沁涼的臂肘，隨她前行。

「小心！前面是大廳的旋轉門。」我還沒會過意來，左臂就碰上轉動的門扇；倏的，她已經進入，我還停留在必須挪步的玻璃隔門裡。手掌一離開玻璃門，我本能地往前跨一大步，然後就失去方向感，得等她過來牽引。

「來，這裡坐，我一會兒就下來。」林小姐不像之前的那位陪同義工。不多話，行進時不會像抓布娃娃一樣，也不會一下子太親暱地直接握著我的手，而是讓我搭她的肩或握她的臂肘。我不習慣也不喜歡搭義工的肩膀行走，尤其是女性——夏天女子肩上可觸及的胸衣肩帶讓我不自在。而林小姐總讓我輕握她的臂肘處，冰涼涼的觸覺，清晰而舒坦地前行，穿梭於人群，上下轉彎，適切的距離，且給我難得的自主感。想起有一回和三位視障朋友搭林小姐的車南下臺中，或許是大家無法看窗外景色，只得不斷找話題，一路上話說個不停。當一位視力已沒入全黑境地的朋友談他的旅遊經驗和從其中獲得的滿足時，我插嘴說：「我很佩服還能珍惜並享受旅遊樂趣的人，我還沒到用想像建構世界與不時自我對話的境地。是不是我的盲不夠盲？我還是習慣在仍記得方位區域出入，林小姐載我的時候，會告訴我街道名稱；不過，上了高速公路就不同，一路直行，就算告訴我經過了哪些地方，我也只是感覺到時間的流逝，即使到了臺中，我只覺得彷彿到住家附近而已。」

「來！可以出發了，今天可得走高速公路呢！」沒幾步，又是那惱人的旋轉門，這回後頭似乎有人跟著，剛感覺到外頭熱氣時，背部被門撞了一下，我趕緊跨步，向右蹦了一步才抓到林小姐的手臂。

心思變複雜變得容易矛盾成了視力不行後的心理壓力；我想，這也可能會帶給身邊的人壓力。近來覺得最難過的是睡醒時眼前仍漆黑一片，知道該起床了，但睜開眼皮和沒睜開一樣。黑夜永遠延續似的而陽光失去喚醒人的意義。

見面時老愛抬槓的朋友電話裡談了完全失去光覺的感受，我只能嗯嗯地讓他一說超過一小時。掛上話筒，我扭開已很少用的桌燈，盯著眼裡如細縫的微弱光暈發楞。

嚴守規律是自己的個性也是現在的生活之道。關了鬧鐘，七點正，起床，上廁所，盥洗，先一杯冰開水。打開電腦，接上網路電臺，讓二十四小時古典音樂由高品質重低音喇叭輕快地流洩整個房裡。走上跑步機，半小時的劇烈運動，不曉得是爲了健康還是爲了有一個人在這大都市的狹小公寓裡活下去的勇氣？一定得讓自己維持健康！吃可以簡單：一日只剩兩餐——早上沖泡牛奶加麥片；午餐則是由附近自助餐店送來的愛心餐盒。

淡然寡味，很好很省事；衣著只要乾淨，不必再理會顏色樣式了；頭髮呢？前幾年已改理小平頭，理一次可頂半年。室內清潔，只要不發出異味不讓地板膠黏成片即可。越來越簡單，不需什麼吸塵器、名目繁多式樣各異的清潔用品甚至不必掃帚、畚箕、拖把，一條不穿的汗衫加一桶清水，既可擦拭全家又可以熟悉這住所的每一物件的位置和距離。

但我仍害怕生病怕上醫院更怕與這世界眞的完全斷了聯繫。固定每星期來一次的阿姊就說：「你得說需要什麼，不要每次問你都說不需要；久了，我都不知道來你這裡幹嘛？」我不想多作解釋，總還是給她一樣的回答。反正家裡像水杯之類的日常用品早換成壞不了的塑膠製品，哪會常要更換呢？幾個塑膠杯，自個用或偶爾招待來訪的朋友，怎需要更換沒壞的東西？一塊品質好的香皀，頭、臉、身軀，一路塗抹到底，對我而言儘夠了！六塊裝的香皀夠一整年用，諸如此類，我眞的沒法向她提出什麼需要。眞的，我眞的愈來愈無法理解人們為什麼需要那麼多東西。可是一位朋友說工商業要繁榮就得刺激消費，為了刺激消費就得讓商品不斷翻新，但這是維持文明延續下去的必要之惡。沒有現在的文明，像我們這樣的人能生存嗎？我對這論調無言以對。

這一年多來，姊姊來時不再像以前只會在一陣如旋風般的打掃過後悶坐著看我許久沒打開的電視機。她現在比較能接受我簡單的生活，坐在我身旁叨叨絮絮；即使沒話題，她也能有一搭沒一搭的隨意說說生活裡的小見聞，諸如：住家附近新開張的寵物店竟然賣綠色大蜥蜴、樓下停車時看見一輛從沒見過的斑馬條紋車、社區公園有兩位老人打起架來……。我喜歡聽她說這些閒事，為鼓勵她，我會進一步要求她形容的更清楚，什麼顏色？綠是什麼樣的綠？西瓜綠或稻秧綠？斑馬車的車主是辣妹？怎麼個辣法？扭打還是互相揮拳？「不是啦！一個追著另一個繞圈子。」，「那不該叫打架。」我說。

阿姊說：「該叫小孩來跟你學作文。不過，別扯遠了，那位常來帶你外出的義工林小姐怎樣？你和她不都喜歡讀書嗎？上回和她一起下樓時，她說很佩服你，說你既懂得安排生活又有學養，你說怎樣？」

「能怎樣？別給我找麻煩，也別讓人家尷尬。拜託以後別再提。」總算還是親姊姊，嘀咕些什麼她不可能一直陪我下去之類的話後，可眞的不再提林小姐。

前天臨睡前想找另一條褲頭寬些的長褲，不知怎的竟拉開原屬妻子的抽屜。仍有一縷幽香似的，指尖觸撫妻子留下的幾件衣褲。那黑暗中的縫邊、線條、花紋、圖樣……湊近眼前，五年前留下的衣物竟有體香如蛛絲隨風起，牽引出模糊的影像——午後金黃斜陽裡她背光的臉龐和冷硬決絕的分手理由、梳妝鏡前穿著雪白絲質睡袍的遙遠身影、早餐前提著花灑給陽臺幾盆茉莉澆水的小婦人模樣……怎麼沒法有讓人愉悅甚或興奮的影像？她的容貌似乎隨時光和消逝的視力而隱遁遠離。我慶幸是在自己生活開始不方便前和她協議離婚，避開了成爲別人因不忍離棄盲人的心理負擔，但其實也有內疚的時候，明白是自己忘了她是活在明眼人的世界卻要她理解甚至是配合因視力不方便而逐漸降低生活需求的我。不想成爲別人的負擔的心理反而成爲她最大的心理陰影。

自己的身體消失在視覺裡，卻在觸覺裡重新體認。入睡前，身體好似漂浮在意識汪洋的小舟，感覺不到任何可以下錨停泊的地方，總是上下左右晃盪到漂到失去最後意識時才沉沉入眠。於是說不上是享受還是種沉溺？洗澡的時間不斷加長，每日次數也增加到兩三次以上；手握蓮蓬頭，上上下下沖洗全身各部位，成了虔誠的儀式；不自覺地觸摸手腳的指甲，稍一長過指尖或趾端肉或弧度不夠圓滑，便無法自抑地找來指甲剪專注地修剪一番；每回洗澡到忘神的情況或收攏桌上指甲屑時總有些是否有了強迫症的憂慮。看不見會不會使身體的意識變得更清晰而使人更難忍受孤獨？

十點鐘，運動時間。跑步後，滿身大汗，浴室沖澡；提醒自己注意時間，別又失神。十二點前下樓等林小姐。自己竟爲了即將和她見面有些焦躁有些不安，這好嗎？這對嗎？我想看看自己一定有的靦腆笑容。

提早十幾分鐘下樓。出了電梯，向左約十步，到公寓大門。外頭有明顯的熱氣。我已站在明與暗的界線。從背包拿出手杖，抖開折疊的手杖如盲劍客寶劍出鞘。避開大門口那排參差停放的機車，那是伺機而出的刺客。正午陽光熾熱，頭頂和手臂有熾熱的感覺，然而光感卻是柔和美好——比在身後安全熟悉但只能偶見飄忽光點的家美好，我必須承認這點，別老說自己最愛待在家裡。約二十步外的巷口，一座盆栽榕樹左側立定。這裡避開停車格，免得像上回收起手杖後被想停車的人猛按喇叭。

「你可以在家裡等我，或者在公寓大門裡等呀！來，我們走吧！」我還是喜歡自己的名字被人叫出，尤其是林小姐。回想起早上她來接我和剛才走出辦公大樓旋轉門時的情景，覺得自己好似困在繞個不停的旋轉門內。她的確不像之前另一位義工，還沒出聲就抓住自己的手臂，一路嘰嘰呱呱地向前走，讓自己像個被照顧也被約束的小孩。而她，是握著的沁涼臂肘。

「今天走二高，比較方便。我記得你曾說不喜歡上高速公路的感覺。」車子上高速公路後她說。我輕嗯一聲，爲了她還記得閒聊時提過的感覺而窩心。「上回從我辦公室出來時，你好像情緒不太對，爲什麼？」她的語氣是一種沒有壓力的關懷。我悶了一陣子後，囁嚅地說：「是一種突然被隔開的感覺。」聲音很細。我轉過臉看車窗外。「以後如果有旋轉門，我會和你一起穿越。」聲音不大但很清楚。

我提醒自己今晚要記得打通電話給前妻了。我想感謝她寄來旅行時錄下的各地聲音的風景，感謝她爲我介紹風景的旁白，豐富的聲響和心靈的共鳴爲我推開一扇又一扇的旋轉門。

第三編

社會差異與和諧共榮

(一)科技社會與文化交流
(二)階級差異與社會融合
(三)城鄉差異與社會文明
(四)弱勢關懷與族群融合
(五)教育體制與集體記憶
(六)集體社會的病灶診斷與對治藥方

㈠科技社會與文化交流

「不要臉的人」之告白

季季

作者簡介

季季（一九四四年生），本名李瑞月，雲林二崙人，一九六四－一九七七年為專業作家，一九八八年美國愛荷華大學「國際寫作計畫」作家。曾任《聯合報》副刊組編輯、《中國時報》副刊組主任兼「人間」副刊主編、時報出版公司副總編輯、《中國時報》主筆、《印刻文學生活誌》編輯總監；現為專業作家。著有小說集《屬於十七歲的》、《異鄉之死》、《月亮的背面》；散文集《夜歌》、《攝氏二十－二十五度》、《寫給你的故事》、《行走的樹》、《我的湖》；傳記《我的姊姊張愛玲》（與張子靜合著）、《奇緣此生顧正秋》等二十餘冊。主編時報文學獎作品集；民國六十五年、六十八年、七十五年、七十六年年度小說選（爾雅版）；一九八二年臺灣散文選（前衛版）等十餘冊。

文本

吾友愛亞十二月六日在「人間」發表〈心事上臉〉，歡喜述說臉書（facebook）上的友人無遠弗屆，相濡以沫一團和樂；看來彷彿是新世紀新共和國裡的理想家庭。讀著讀著，不覺臉影幢幢，興起也來寫篇近期與臉書糾結的心事告白。首先想到文章的篇名，隨之也想起久無音訊的小說前輩水晶先生。上世紀六〇年代，水晶那篇〈沒有臉的人〉傳誦一時，歷時四十餘年而盛名不衰。近幾年臉書狂潮席捲大半個地球，像我這樣至今未加入弄潮兒之列者，的確可謂「沒有臉的人」。然而沿用前輩篇名，恐會惹來文友掠美之譏，還是稍做調整吧。腦袋裡幾條神經轉了轉，「不要臉的人」豁然蹦出。嗯，這篇名似乎比前輩那篇更契合眼下實況，我的心立即好歡快的對著頭頂的大腦道了一聲：「讚」！

——眞的「讚」啊；我何止是「沒有臉的人」，根本是個「不要臉的人」

我之成爲「不要臉的人」，若要細說從頭，彷如從我雲林故鄉注入臺灣海峽的濁水溪口往東溯源至海拔三千多公尺的合歡山頂，長途跋涉難免冗長而費時，暫且看看溪口周邊的海景，哼唱幾句雲林二崙人的小曲就好。

半個多月前，有個文友設宴晚餐，座間十人涵蓋老中青三代，紅酒佳餚歡聚三小時。爲了回饋主人遠路而來，席間說了一些類似猜謎遊戲的星級笑話，並囑在座諸友切莫外傳，以免侵犯著作權。哪知其中一友以爲這囑咐也算笑話一則，立時笑向對面的青年學生H說：「有什麼關係嘛，你回去就上臉呀，先把橋慢慢搭好……。」她這一說，引得左一句右一句爭相說臉，興奮得一雙雙筷子擱在桌面忘了舉起。坐我右手邊的中年詩人C，於是以他的學者身分舉起手道：「現在我來統計一下，我們在座十人，除了我之外，沒有上臉的請舉手。」眾友霎時靜默下來面面相覷，睜大眼睛看著另一舉手的人；那個人啊，就是我！

C欣欣然拍著我的肩頭道：「只有妳和我是同一國的，我們並不孤單。」坐我左手邊的散文家F立即轉過臉來，以戲謔的表情對我們兩人笑道：「但這顯示你們老啦，落伍啦，上臉是流行，跟得上流行才年輕呀。」我老神在在答道：「老不老，不是用上臉來決定的，落不落伍，也不是用流行來區隔的。即使是老而落伍，如果不求人不犯法，也不必感到羞恥呀。」

我一說完，主人舉起杯來打圓場道：「來來，喝酒，喝酒！」——似恐兩岸就要對打。

喝了酒，老中青又熱絡舉起箸來品嚐川揚名菜。「文思豆腐」端上來時，

H圓溜溜的眼睛瞪著我說：「可是臉書上眞的有個季季耶，我以爲眞的是妳，一看到就去按個讚，後來才發現那個季季根本是另一個人。妳如果去上臉，那個人就不好意思冒用妳的名字啦。」其他人亦附和說，他們也看到了「季季」，按了「讚」卻都無回應，心想「季季怎會那麼傲慢？」進去查看她的基本資料，才知彼「季季」是個年僅十七歲的女學生……。

剛拿到花甲執照的F又以戲謔的表情睨著我笑道：「哎喲，人家可眞是年輕啊！才十七歲呢！」我也回以戲謔的表情睨她一眼：「哎喲，難道妳沒年輕過？」老中兩代於是齊聲笑道：「是啊，是啊，我們都年輕過！」三個青年學生不便附和，默然而尷尬的笑看我們口角春風。——凡間生命莫不由幼而壯，由盛而衰，誰的路不都是一樣嗎；我一向是被人說老不惱怒，被笑落伍不自卑，看人十七歲青春盎然亦不羨慕。

臉書上有個「季季」這件事，半年多前就有幾個朋友輾轉相告。我並不以爲意。畢竟我不曾爲「季季」這筆名註冊登記，在法律上沒有專利權；你上孤狗家敲上關鍵字，「季季紅」「季季欣」「季季報」不絕如縷……。至於臉書上那個只有十七歲的「季季」，我只能說絕不是我；「她」在臉書上的發言等等，肯定是與我無關的。

然而「不要臉」的困擾每日無止，不容否認也至今未能擺脫。

我有兩個伊媚兒信箱，幾乎每天都會收到識與不識者來信邀我加入臉書，內容無非是你有四十二個朋友在臉書找你；本周你有八個朋友將要過生日；你的朋友最近拍了一些很美的照片，你在臉書可以看到更多更精采的；你的朋友彭大海將要出版本世紀最經典的小說，現在先傳第一章的第一段給你欣賞；甚至還有臉貌近似的fuckbook混淆其中……。一切直接的宣告，赤裸的語言，誇大的宣傳，水仙花的自我，五顏六色的影像，全都穿門越户不請自來。我使用電腦雖已十年，一直有意的讓自己停留在簡單的基礎階段，不知如何防堵這些訪客，只能費時費神去殺掉那些冰冷的臉。

網路世界確實無奇不有，誰都能隨興各取所需；電腦於我則只是一種生活工具。每天早上打開它，看了信箱之後瀏覽一下新聞及各報副刊，其餘時間不是專心寫稿就是忙著看稿，都需保持完整的思考；哪有餘暇去臉上與人閒聊，宣告本日生活瑣訊，或汲取一些可能眞的偉大卻對我無用的資訊？（就如299或399吃到飽，只是讓你吃太飽且吃得太胖……。）——有時接個無聊人的電話都可能中斷思考半小時，何況臉上那諸多也許會讓人耽溺半天的閒聊！

我是父母的大孩子，從小接受的教育是誠實和務實：「愛老實，袂講白賊話」；「愛做有用的人，袂做無路用的代誌」是父親常掛嘴邊的話。父親已去世多年，他的話早已化入我的血肉，年長之後更不想做「無路用的代誌」；甚至電視也已三年沒有開過（不知壞了沒），其他種種娛樂更沒時間耽溺。譬如今年評了將近二十個文學獎，長篇、中篇、短篇、散文，像個讀稿機從一月讀到十二月初，連創作的閒暇都沒有（僅寫了五篇約定的書評和一篇散文）。如此緊迫繁忙，每天打開信箱還得費時去殺那些臉書來信，眞覺無趣又無奈。讀文學獎稿件和自己創作的意義固然有別，讀到有才華的新人作品仍是滿心歡喜的，犧牲自己的創作也還值得。如果犧牲創作去上臉，似乎太對不起自己。一個出版界的朋友告訴我，「臉書」最具體的功能是「賣書」；臉友讚來讚去，粉絲團越讚越大，銷量立時激增。一個新聞界友人說，上班時間很無聊，隔個半小時上去和臉友聊聊就覺輕鬆多了。還有些文友則像愛亞在〈心事上臉〉裡說的，一個人在家時，入了臉書便有許多近悅遠來的朋友，「孤寂落寞就都離去了。」……。

但我仍然站在臉書門外，無意芝麻開門。

我珍惜生命裡所有剩餘的時光。如果不必讀稿，我只想專心的創作。如果一時不想創作，那寶貴的閒暇時光我只想安靜的看書。我從不覺得孤獨等同於寂寞，亦不覺得一個人在家寂寞，因爲每一本書裡都有生命，各種生命的臉在眼前移動，各種生命的言語迴響在身邊。他們可能和臉書上的許多人一樣居於地球的極遠之處，但我在書裡和他們相遇時，他們是那麼近的在我的手中，讓我看到行走，爬山，耕作，划船，擁抱，親吻；聽到交談，呼喚，唱歌，哭嚎……。

所以，我只看書，不上臉書。

這是選擇題，而非是非題。

希望臉書的友人諒解這「不要臉的人」的告白。

與我同一國的詩人C，想必更能理解這告白的眞義。

牛津後記

瓦歷斯・諾幹

作者簡介

瓦歷斯・諾幹（Walis Nokan，一九六一—），漢名吳俊傑，曾使用筆名瓦歷斯・尤幹、柳翱，臺中和平鄉泰雅族Mihu部落（今自由村雙崎社區）人，屬北勢群（Pai-Peinox）。臺中師專畢業，曾任教於花蓮縣富里國小、臺中縣梧南國小、臺中縣和平鄉自由國小、靜宜大學、國立成功大學臺文所、國立中興大學中文系。一九八五年開始發表原住民族議題相關之散文與論述，一九九〇年與利格拉樂・阿烏創《獵人文化》雜誌，一九九二年更名為「臺灣原住民人文研究中心」，一九九四年返回雙崎部落定居，著力書寫原住民族在近代臺灣歷史的記憶與傷痕。其創作廣涉各文類，曾獲時報文學獎等多項獎項，著有散文集《永遠的部落》、《番刀出鞘》、《想念族人》、《迷霧之旅》；詩集《泰雅孩子・臺灣心》、《山是一座學校》、《伊能再踏查》、《當世界留下二行詩》；短篇小說《城市殘酷》等。

文本

今年二月初春的新年時節，我並沒有在臺灣熱烈迎接虎年，許多朋友都知道我遠赴英倫，喜孜孜地在桃園空港登上長榮航班，差一點就在飛機上歡唱新年快樂歌。事實上，我是應牛津聖安東尼書院前來做一次有關臺灣原住民族當代問題的報告，我與阿烏每人各報告一場，其餘的時間任我們打發。後來我下榻於牛津，牛津就是Oxford，Oxford是個擁有悠久歷史的古城，這是大家都知道的事了。

在英倫三週，印象最深刻的還是牛津這一座歷史之都。先前我曾經對聖安東尼書院的友人說想看看牛津的「社區總體營造」，他反問我什麼叫社區總體營造？當我乘著機場Bus來到曉霧中的牛津時，目睹一幢幢百年以上的紅磚古建築物時，我才知道牛津根本不知道什麼叫做社區總體營造，而是他們已經營造並且深化在日常生活幾百年了，我日後遊歷在英倫各地，則不得不佩服英人對「本土」的熟稔與重視，不禁令我對詢問社區總體營造一事汗顏多多。在這期間，牛津的大學博物館（University Museum）最是讓我印象深刻，雖在旅遊導讀中說明，它是一所館藏動物學、昆蟲學、礦物學和地質學等各類的收藏館，我依然看到了許多有關世界人類學的豐富收藏。

二月十九日的下午，我與阿烏在稍見溫暖的寒風中進入University Museum，一進大學博物館，眼見一座約三層樓高的巨大恐龍骨骸昂然站立，許多老師帶領著小學生「觀察」、「研究」各式動物骨骸，彷彿是一座巨大的校園，原來這是一座有關動物學的收藏館。往裡走，浩瀚的收藏品再次襲奪我們驚異的眼睛，我與阿烏自然選擇與世界原住民族有關的事物觀看，由於本館的收藏過於豐富（乃至於顯得有些龐雜），通常它們被大分類標示牌收攏在一起展示，舉凡各民族衣、食、住、行、娛樂、祭典乃至於細微到人體的毛髮一應俱全，令人不得不感嘆（這個時候我們自然更多的是感慨！）這個曾經自認爲日不落帝國的文化霸權是如何霸權霸到各色人家的屋內房裡。參觀到了三樓，是有關世界各地武器的收藏品，我們到亞洲區，眼睛自然先尋到臺灣這塊島嶼，阿烏很驚訝的看到了排灣族的青銅刀，突然感慨地說排灣族的寶物早在一兩百年前就流落各地，我嚅嚅以待。接下來換作我的眼睛發亮起來，我居然在牛津看到了少見的Litux（泰雅族小刀），標示牌上書寫著來自臺灣中部山區，牌邊並附有一幀泛黃的黑白照片，一位蓄鬍的歐洲冒險家與四位平埔族人坐在一起，神情愉快至極，座位後面竟然也立有三位泰雅族人，臉上紋面歷百年時光仍然在相片上清晰地展現著歲月的光芒，我的戀慕之情從手觸光潔玻璃鏡面的緩慢動作或可照鑑。我仔細地看著族人發出愉悅而不失嚴肅的神貌，中首一位族人竟然肖似我的父親，只差我的父親沒有紋面，這讓我湧起陣陣的悸動。

返臺之後我將所見告知父親，特別是大學博物館形似父親的那張照片及展示的Litux。父親沉下眼，彷彿通過歷史的甬道，接續著某些片段的記憶般，父親鄭重地說：「也許那就是你的曾祖父也就是我的祖父。」我問，這是怎麼一回事？父親指著南向的地方說，你知道新社（臺中縣東勢鎮對面）有個蜜蜂山（Mumu Vangag）吧！以前告訴過你的，這件事跟蜜蜂山有關係也是你的祖父當年在Piyanan（我們家族的舊居地）告訴我的，你的祖父曾經對我說過，蜜蜂山是我們在Lrliun Peinox（泰雅族北勢群）一年一度春天採蜜的地方。

父親說有一年的春天你的曾祖父帶Mgani Gaga（共食團體）走了一天一夜的路來到蜜蜂山的山腳下，沒有想到路口已經掛上了編結的茅草（這表示已經有其他族人先到），原來是南投眉原（Bngala）地區的泰雅族人捷足先登。你曾祖父想到走那麼遠的路要是空手而回，是會被Mgani Gaga恥笑的，所以大膽地繞過茅草來到蜜蜂山，山上只剩下爲數不多的蜂窩，正要採蜜的時候，眉原泰雅族人的砍殺聲就從山脊傳了過來，你曾祖父只好棄窩而逃，曾祖父選擇東面的山林緩坡離去，跑了三天三夜，終於來到平埔族的新社地盤，因爲天氣寒冷加上祖靈落下雨水，你曾祖父此時也患了Malaliia（瘧疾），還好遇到該社的頭目，平埔族的頭目說你吃下這一粒花生一般的藥丸吧，說來神奇，曾祖父吃完藥丸休息三天，身體又開始恢復了山豬一樣的體魄，曾祖父感謝平埔族頭目的搭救，反問著怎麼會有這個神奇的東西，原來這藥丸是一位歐洲的冒險家送給頭目的。曾祖父依照Lrliun Peinox的傳統，對著平埔族頭目說再過一個月亮的輪迴（一個月），會親自帶著感謝的物品，也希望能在那個時候遇到冒險家。

過了一個月，曾祖父帶著釀米酒、Sinu（大型動物的獸肉），也帶著腰間珍視的Litux，果然，那位擁有神奇藥丸的冒險家也來了，大家相談甚歡，最後曾祖父拿著Litux送給了冒險家說：「這隻Litux是代表恆久的友誼，但是我希望一百年後，你的孫子的孫子可以送回給我孫子的孫子，來證明這一段情誼。」

這時我赫然想到，也許我來到牛津正是在冥冥中趕赴歷史之約，可惜我並沒有見到冒險家孫子的孫子，否則就可以見到當年在異國所搭救的曾孫我了。

父親用衰老的手掌拍了一記我的頭顱說：「這樣，你知道了嗎？」那一記手掌的拍打聲將我從尚未適應的時差中敲醒，我趕忙來到百尺之遙的老家父親處，請他依照泰雅族夢兆的傳統爲我解夢，父親輕描淡寫地說：「這沒什麼，雖然你的腳離開了部落，可是心還在這裡啊！」

就是這麼一回事，各位讀者，你們知道了嗎？

㈡階級差異與社會融合

送報伕

楊逵著、胡風譯

作者簡介

楊逵（一九〇五－一九八五）台南新化人，本名楊貴，另有筆名楊健人，是台灣日據時代重要的左翼作家和社會運動家。一九一五年進入新化公學校（現新化國小）就讀，一九二一年畢業，一九二二年考入台南州立第二中學（現台南一中）。一九二五年，二十歲赴日本進入東京日本大學文學藝能科夜間部，受三十年代日本左翼風潮的影響，留日期間曾參與勞工運動、政治運動，並參與文化研究會。一九二七年，由於台灣農民運動愈演愈烈，日方壓制台人的運動更形嚴峻，楊逵曾因異議發言遭日警逮捕，直至日本戰敗，楊逵前後為日警逮捕十次，楊逵對社會正義的思考和獻身文化理想的改革角色，一直帶有豐富的批判色彩。不論戰前或戰後，台灣現代史所歷經的國家官僚、資本經濟體和殖民地壓迫史，人民經常在受迫情境中企圖掙脫，楊逵終生執著改革的角色，也無懼統治階級的壓迫。一九四九年以後，國民政府來台，楊逵曾因起草〈和平宣言〉並刊登於《上海大公報》在國共內戰的氣氛底下，遭到國民政府以叛亂為由，監禁綠島十二年。一九六一年，刑滿出獄，楊逵和妻子葉陶在台中東海大學經營「東海花園」，前輩作家堅毅的身影依舊，為台灣過去歷史所遭遇的不平待遇，作為見證者。重要作品：如《送報伕》、《鵝媽媽出嫁》、《壓不扁的玫瑰花》等，除了小說之外，亦有歌謠戲劇等創作，早期日據時期的作品出土不易，由於戒嚴體制和白色恐怖的禁聲，使得日據時期的作品要直到七十年代才有機會面世，而八十年代重要的編選集，有張恆豪編著的《楊逵集》，進入新世紀，史上最為完整保存楊逵生平手稿和相關著作的全集彙編面世，歷時五年之久的彙編巨作，主要由中研院彭小妍編著的《楊逵全集》，包括日文作品翻譯的校注，未定稿的重刊，歌謠集的整編，均可透過完整的全集內容，領略前輩作家的精神風貌。

文本

「呵！這可好了！……」

我想。我感到了像背著很重很重的東西，快要被壓扁了的時候，終於卸了下來似的那種輕快。

因爲，我來到東京以後，一混就快一個月了，在這將近一個月的中間，我每天由絕早到深夜，到東京市底一個一個職業介紹所去，還把市內和郊外劃成幾個區域，走遍各處找尋職業，但直到現在還沒有找到一個讓我做工的地方。而且，帶來的二十圓只剩有六圓二十錢了，留給帶著三個弟妹的母親的十圓，已經過了一個月，也是快要用完了的時候。

在這樣惴惴不安的時候，而且是從報紙上看到了全國失業者三百萬的消息而吃驚的時候，偶然在××派報所底玻璃窗上看到「募集送報伕」的紙條子，我高興得差不多要跳起來了。

「這可找著了立志底機會了。」

我胸口突突地跳，跑到××派報所底門口，推開門，恭恭敬敬地打了個鞠躬。

「請問……」

是下午三點鐘。好像晚報剛剛到，滿房子裏都是「咻！咻！」的聲音，在忙亂地疊著報紙。

在短的勞動服中間，只有一個像是老闆的男子，頭髮整齊地分開，穿著上等的西裝，坐在椅子上對著桌子。他把煙捲從嘴上拿到手裏，大模大樣地和煙一起吐出了一句：

「什麼事？…」

「呃……送報伕……」

我說著就指一指玻璃窗上的紙條子。

「你……想試一試麼？……」

老闆底聲音是嚴厲的。我像要被壓住似地，發不出聲音來。

「是……的是。想請您收留我……」

「那麼……讀一讀這個規定，同意就馬上來。」

他指著貼在裏面壁上的用大紙寫的分條的規定。

第一條第二條第三條地讀下去的時候，我陡然瞠目地驚住了。

第三條寫著要保證金十圓。我再讀不下去了，眼睛發暈……。

過了一會回轉頭來的老闆，看到我那種啞然的樣子，問

「怎麼？……同意麼？……」

「是……是的。同意是都同意，只是保證金還差四圓不夠……」

聽了我底話，老闆從頭到腳地仔細地望了我一會。

「看到你這付樣子，覺得可憐，不好說不行。那麼，你得要比別人加倍地認眞做事！懂麼？」

「是！懂了！眞是感謝得很。」

我重新把頭低到他底腳尖那裏，說了謝意。於是把另外鄭重地裝在襯衫口袋裏面，用別針別著的一張五圓票子和錢包裏面的一圓二十錢拿出來，恭恭敬敬地送到老闆底面前，再說一遍：

「眞是感謝得很。」

老闆隨便地把錢塞進抽屜裏面說：

「進來等著。叫做田中的照應你，要好好地聽話！」

「是，是。」我低著頭坐下了。從心底裏歡喜著，一面想：

——不曉得叫做田中的是怎樣一個人？……要是那個穿學生裝的人才好呢！……

* * *

電燈開了，外面是漆黑的。

老闆把抽屜都上好了鎖，走了。店子裏面空空洞洞的，一個人也沒有。似乎老闆另外有房子。

不久，穿勞動服的回來了一個，回來了兩個，暫時冷清清的房子裏面又騷擾起來了。我要找那個叫做田中的，馬上找住一個人打聽了。

「田中君！」那個男子並不回答我，卻向著樓上替我喊了田中。

「什麼？……哪個喊？」

一面回答，從樓上衝下了一個男子，看來似乎不怎樣壞。也穿著學生裝。

「啊……是田中先生麼？……我是剛剛進店的，主人吩咐我要承您照應……拜託拜託。」

我恭敬地鞠一個躬，衷心地說了我底來意，那男子臉紅了，轉向一邊說：

「呵呵，彼此一樣。」

大概是沒有受過這樣恭敬的鞠躬，有點承不住罷。

「那麼……上樓去。」說著就登登地上去了。

我也跟著他上了樓。說是樓，但並不是普通的樓，站起來就要碰著屋頂。到現在爲止，我住在本所（東京區名，工人區域）底××木賃宿（大多爲失業工人和流浪者的下等宿舍）裏面。有一天晚上，什麼地方底大學生來參觀，穿過了我們住的地方，一面走過一面都說，「好壞的地方！這樣窄的地方睡著這麼多的人！」

然而這個××派報所底樓上，比那還要壞十倍。

蓆子底面皮都脫光了，只有草。要睡在草上面，而且是髒得漆黑的。也有兩三個人擠在一堆講著話，但大半都鑽在被頭裏面睡著了。看一看，是三個人蓋一牀，被從那邊牆根起，一順地擠著。

我茫然地望著房子裏面的時候，忽然聽到了哭聲，吃驚了。一看，有一個十四五歲的少年男子在我背後的角落裏哭著，嗚嗚地響著鼻子。他旁邊的一個男子似乎在低聲地用什麼話安慰他，然而聽不見。我是剛剛來的，沒有管這樣的事的勇氣，但不安總是不安的。

——我有了職業正在高興，那個少年爲什麼這時候在嗚嗚地哭呢？……

結果我自己確定了，那個少年是因爲年紀小，想家想得哭了的罷。這樣我自己就安了心了。

* * *

昏昏之間，八點鐘一敲，電鈴就「令！令！令！」地響了。我又吃了一驚。「要睡了，喂。早上要早呢……兩點到三點之間報就到的，那時候大家都得起來……」

田中這樣告訴了我。

一看，先前從那邊牆根排起的人頭，一列一列地多了起來，房子已經擠得滿滿的。田中拿出了被頭，我和他還有一個叫做佐藤的男子一起睡了。擠得緊緊的，動都不能動。

和把瓷器裝在箱子裏面一樣，一點空隙也沒有。不，說是像沙丁魚罐頭還要恰當些。

在鄉間，我是在寬地方睡慣了的。鄉間底家雖然壞，但我底癖氣總是要掃得乾乾淨淨的。因爲我怕跳虱。

可是，這個派報所卻是跳虱窠，從腳上、腰上、大腿上、肚子上、胸口上一齊攻擊來了，癢得忍耐不住。本所底木賃宿也同樣是跳虱窠，但那裏不像這樣擠得緊緊的，我還能夠常常起來捉一捉。

至於這個屋頂裏面，是這樣一動都不能動的沙丁魚罐頭，我除了咬緊牙根忍耐以外，沒有別的法子。

但一想到好容易才找到了職業，這一點點……就滿不在乎了。「比別人加倍地勞動，加倍地用功罷。」想著我就興奮起來了。因爲這興奮和跳虱底襲擊，九點敲了，十點敲了，都不能夠睡著。

到再沒有什麼可想的時候，我就數人底腦袋。連我在內二十九個。第二天白天數一數看，這間房子一共鋪十二張蓆子。平均每張蓆子要睡兩個半人。

這樣混呀混的，小便漲起來了。碰巧我是夾在田中和佐藤之間睡著的，要起來實在難極了。

想，大家都睡得爛熟的，不好掀起被頭把人家弄醒了。想輕輕地從頭那一面抽出來，但離開頭一寸遠的地方就排著對面那一排的頭。

我斜起身子，用手撐住，很謹愼地（大概花了五分鐘罷）想把身子抽出來，但依然碰到了佐藤君一下，他翻了一個身，幸而沒有把他弄醒……

這樣地，起來算是起來了，但要走到樓梯口去又是一件苦事。頭那方面，頭與頭之間相隔不過一寸，沒有插足的地方。脚比身體佔面積小，算是有一些空隙。可是，脚都在被頭裏面，哪是脚哪是空隙，卻不容易弄清楚。我仔仔細細地找，找到可以插足的地方，就走一步，好容易才這樣地走到了樓梯口。中間還踩著了一個人底腳，吃驚地跳了起來。

小便回來的時候，我又經驗了一個大的困難。要走到自己的鋪位，那困難和出來的時候固然沒有兩樣，但走到自己底鋪位一看，被我剛才起來的時候碰了一下翻了一個身的佐藤君，把我底地方完全佔去了。

今天才碰在一起，不知道他底性子，不好叫醒他；只好暫時坐在那裏，一點辦法也沒有。過一會，在不弄醒他的程度之內我略略地推開他底身子，花了半點鐘好容易才擠開了一個可以放下腰的空處。我趕快在他們放頭的地方斜躺下來。把兩隻腳塞進被頭裏面，在冷的十二月夜裏累出了汗才弄回了睡覺的地方。

敲十二點鐘的時候我還睜著眼睛睡不著。

＊　＊　＊

被人狠狠地搖著肩頭，張開眼睛一看，房子裏面騷亂得好像戰場一樣。

昨晚八點鐘報告睡覺的電鈴又在喧鬧地響著。響聲一止，下面的鐘就敲了兩下。我似乎沒有睡到兩個鐘頭。腦袋昏昏的，沉重。

大家都收拾好被頭登登地跑下樓去了。擦著重的眼皮，我也跟著下去了。

樓下有的人已經在開始疊報紙，有的人用溼手巾擦著臉，有的人用手指洗牙齒。沒有洗臉盆，也沒有牙粉。不用說，不會有這樣文明的東西。我並且連手巾都沒有。我用水管子的冷水沖一沖臉，再用袖子擦乾了。接著急忙地跑到疊著報紙的田中君底旁邊，從他分得了一些報紙，開始學習怎樣疊了。起初的十份有些不順手，那以後就不比別人遲好多，能夠合著大家的調子疊了。

「咻！咻！咻！咻！咻！」自己的心情也和著這個調子，非常地明朗，睡眠不夠的重的腦袋也輕快起來了。

早疊完了的人，一個走了，兩個走了出去分送去了。我和田中是第三。

外面，因爲兩三天以來積到齊膝蓋那麼深的雪還沒有完全消完，所以雖然是早上三點以前，但並不怎樣暗。

冷風颯颯地刺著臉。雖然穿了一件夾衣，三件單衣，一件衛生衣（這是我全部的衣服）出來，但我卻冷得牙齒閣閣地作響。尤其苦的是，雪正在融化，雪下面都是冰水，因爲一個月以來不停地繼續走路，我底足袋（相當於襪子，但勞動者多穿上有橡皮底的足袋，就可以走路或工作了）底子差不多滿是窟窿，這比赤腳走在冰上還要苦。還沒有走幾步我底腳就凍僵了。

然而，想到一個月中間爲了找職業，走了多少冤枉路，想到帶著三個弟妹走途無路的母親，想到全國的失業者有三百萬人……這就滿不在乎了。我自己鞭策我自己，打起精神來走，腳特別用力地踏。

田中在我底前面，也特別用力地踏，用一種奇怪的步伐走著。每次從雨板塞進報紙的時候，就告訴了我那家底名字。

這樣地，我們從這一條路轉到那一條路，穿過小路和橫巷，把二百五十份左右的報紙完全分送了的時候，天空已經明亮了。

我們急急地往回家的路上走。肚子空空地隱隱作痛。昨晚上，六圓二十錢完全被老闆拿去作了保證金，晚飯都沒有吃：昨天底早上，中午——不……這幾天以來，望著漸漸少下去的錢，覺得惴惴不安，終於沒有吃過一次飽肚子。

現在一回去都有香的豆汁湯（日本人早飯時喝的一種湯）和飯在等著，馬上可以吃一個飽——想著，就好像那已經擺在眼前一樣，不禁流起口涎來了。

「這次一定能夠安心地吃個飽。——這樣一想，腳上底冷，身上底顫抖，肚子底痛，似乎都忘記了一樣，爽快極了。」

可是，田中並不把我帶回店子去，卻走進稍稍前面一點的橫巷子，站在那個角角上的飯店前面。

昏昏地，我一切都莫名其妙了。我是自己確定了店子方面會供給伙食的。但現在田中君卻把我帶到了飯店前面。而且，我一文都沒有。……

「田中君……」我喊住了正要拿手開門的田中君，說，「田中君……我沒有錢……，昨天所有的六圓二十錢，都交給主人作保證金了。……」

田中停住了手，呆呆地望了我一會兒，於是像下了決心一樣。

「那麼……進去罷。我墊給你……」拿手把門推開，催我進去。

我底勇氣不曉得消失到什麼地方去了。……

好容易以爲能夠安心地吃飽肚子，卻又是這樣的結果。我悲哀了。

「但是，這樣地勞動著，請他墊了一定能夠還他的。」這樣一想才勉強打起了精神。吃了一個半飽。

「喂……夠麼？……不要緊的，吃飽呵……」

田中是比我想像的還要溫和的懂事的男子，看見我這樣大的身體，還沒有吃他底一半多就放下了筷子，這樣地鼓勵我。

但我覺得對不起他，再也吃不下去了，雖然肚子還是餓的。

「已經夠了。謝謝你。」說著我把眼睛望著旁邊。

因爲，望著他就覺得抱歉，害羞得很。

似乎同事們都到這裏來吃飯。現在有幾個人在吃，也有吃完了走出去的，也有接著進來的。——許多的面孔似乎見過。

田中君付了賬以後，我跟他走出來了。他吃了十二錢，我吃了八錢。

出來以後，我想再謝謝他，走近他底身邊，但他底那種態度（一點都不傲慢，但不喜歡被別人道謝，所以顯得很不安）我就不作聲了。他也不作聲地走著。

回到店子裏走上樓一看，早的人已經回來了七八個。有的到學樣去，有的在看書，有的在談話，還有兩三個人攤出被頭來鑽進去睡了。

看到別人上學校去，我恨不得很快地也能夠那樣。但一想到發工錢為止的飯錢，我就悶氣起來了。不能總是請田中君代墊的。聽說田中君也在上學，一定沒有多餘的錢，能為我墊出多少是疑問。

我這樣地煩悶地想著，靠在壁上坐著，從窗子望著大路，預備好了到學校去的田中君，把一隻五十錢的角子夾在兩個指頭中間，對我說：

「這借給你，拿著吃午飯罷，明後日再想子。」

我不能推辭，但也沒有馬上拿出手來的勇氣。我凝視著那角子說：

「不……要緊？」

「不要緊。拿著罷。」他把那銀角子擺在我膝頭上，登登地跑下樓去了。

我趕快把那拿起來，揑得緊緊地，又把眼睛朝向了窗外。

對於田中底親切，我幾乎感激得流出淚來了。

「生活有了辦法，得好好地謝一謝他。」

我這樣地想了。忽然又聽到了「嗚嗚！」的哭聲，吃驚地回過了頭來，還是昨晚上哭的那個十四五歲的少年。

他戀戀不捨似地打著包袱，依然「嗚嗚！」地縮著鼻子，走下樓梯去了。

「大概是想家罷。」我和昨晚上一樣地這樣決定了，再把臉朝向了窗外。過不一會，我看見了向大路底那一頭走去，漸漸地小了，時時回轉頭來的他底後影。

不知怎地，我悲哀起來了。

那天送晚報的時候，我又跟著田中君走。從第二天早上起，我抱著報紙分送，田中跟在我後面，錯了的時候就提醒我。

這一天非常冷。路上的水都凍了，滑得很，穿著沒有底的足袋的我，更加吃不消。手不能和昨天一樣總是放在懷裏面，凍僵了。從雨板送進報紙去都很困難。

雖然如此，我半點鐘都沒有遲地把報送完了。

「你底腦筋眞好！僅僅跟著走兩趟，二百五十個地方差不多沒有錯？……」

在回家的路上，田中君這樣地誇獎了我，我自己也覺得做得很得手。被提醒的只有兩三次在交叉路口上稍稍弄不清的時候。

那一天恰好是星期日，田中沒有課。吃了早飯，他約我去推銷定户，我們一起出去了。我們兩個成了好朋友，一面走一面說著種種的事情。我高興得到了田中君這樣的朋友。

我向他打聽了種種學校底情形以後，說：

「我也趕快進個什麼學校。……」

他說：

「好的！我們兩個互相幫助，拼命地幹下去罷。」

這樣地，每天田中君甚至節省他底飯錢，借給我開飯賬，買足袋。

*　*　*

「送報的地方完全記好了麼？」

第三天的早報送來了的時候，老闆這樣地問我。

「呃，完全記好了。」

這樣地回答的我，心裏非常爽快，起了一種似乎有點自傲的飄飄然心情。

「那麼，從今天起，你去推銷定户罷。報可以暫時由田中送。但有什麼事故的時候，你還得去送的，不要忘記了！」老闆這樣地發了命令。不能和田中一起走，並不是不有些覺得寂寞，但曉得不會能夠隨自己底意思，就用了什麼都幹的決心，爽爽快快地答應了「是！」田中君早上晚上還能夠在一起的。就是送報罷，也不能夠總是兩個人一起走，所以無論叫我做什麼都好。有飯吃，能夠多少寄一點錢給媽媽，就行了。而且我想，推銷定户，晚上是空的，並不是不能夠上學（日本有爲白天做事的人辦的夜學）。

於是從那一天起，我不去送報，專門出街去推銷定户了。早上八點鐘出門，中午在路上的飯店吃飯，晚上六點左右才回店，僅僅只推銷了六份。

第二天八份，第三天十份，那以後總是十份到七份之間。

每次推銷回來的時候，老闆總是怒目地望著我，說成績壞。進店的第十天，他比往日更猛烈地對我說：

「成績總是壞！要推銷十五份，不能推銷十五份不行的！」

十五份！想一想，比現在要多一倍。就是現在，我是沒有休息地拼命地幹。到底從什麼地方能夠多推銷一倍呢？

我著急起來了。

第二天，天還沒有亮，我就出了門，但推銷和送報不同，非會到人不可，起得這樣早卻沒有用處。和強賣一樣地，到夜深爲止，順手推進一家一家的門，哀求，但依然沒有什麼好效果。而且，這樣冷的晚上，到九點左右，大概都把門上了閂，一點辦法都沒有。

這一天好容易推銷了十一份。離十五份還差四份。雖然想再多推銷一些，但無論如何做不到。

累得不堪地回到店子的時候，十點只差十分了。八點鐘睡覺的同事們，已經睡了一覺，老闆也睡了。第二天早上向老闆報告了以後，他兇兇地說：

「十一份？……不夠不夠……還要大大地努力。這不行！」

事實上，我以爲這一次一定會被誇獎的，然而卻是這付兇兇的樣子，我膽怯起來了。雖然如此，我沒有說一個「不」字。到底有什麼地方比奴隸好些呢？

「是……是……」我除了屈服沒有別的法子。不用說，我又出去推銷去了。這一天慘得很。我傷心得要哭了。依然是晚上十點左右才回來，但僅僅只推銷了六份。十一份都連說「不行不行，」六份怎樣報告呢？……（後來聽到講，在這種場合同事們常常捏造出烏有讀者來暫時渡過難關。可是，捏造的烏有讀者底報錢，非自己剮荷包不可。甚至有的人把收入底一半替這種烏有讀者付了報錢。當然，老闆是沒有理由反對這種烏有讀者的。）

第二天，我惶惶恐恐地走到主人底前面，他一聽說六份就馬上臉色一變，勃然大怒了。臉漲得通紅，用右手拍著桌子。

「六份？……你到底到什麼地方玩了來的？不是連保證金都不夠很同情地把你收留下來的麼？忘記了那時候你答應比別人加倍地出力麼？走你底！你這種東西是沒有用的！馬上滾出去！」他以保證金不足爲口實，咆哮起來了。

和從前一樣，想到帶著三個弟妹的母親，想到三百萬的失業者，想到走了一個月的冤枉路都沒有找到職業的情形，咬著牙根地忍住了。

「可是……從這條街到那條街，一家都沒有漏地問了五百家，不要的地方不要，定了的地方定了，在指定的區域內，差不多和捉虱一樣地找遍了。……」

我想這樣回答，這樣回答也是當然的，但我卻沒有這樣說的勇氣。而且，事實上這樣回答了就要馬上失業。所以我只好說：

「從明天起要更加出力，這次請原諒……」除了這樣哀求沒有別的法子。但是，老實說，這以上，我不曉得應該怎樣出力。第二天底成績馬上證明了。

那以後，每天推銷的數目是，三份或四份，頂多不能超過六份。這並不是我故意偷懶，實在是因爲在指定的區域內，似乎可以定的都定了，每天找到的三四個人大抵是新搬家的。

「因爲同情你，把你底工錢算好了，馬上拿著到別的地方去罷。本店辦事嚴格，規定是，無論什麼時候，不到一個月的不給工錢。這是特別的，對無論什麼人不要講，拿去罷，到你高興的地方去。可憐固然可憐，但像你這樣沒有用的男子，沒有辦法！」

是第二十天，老闆把我叫到他面前去，這樣教訓了以後，就把下面算好了的賬和四圓二十五錢推給我，馬上和忘記了我底存在一樣，對著桌子做起事來了。

我失神地看了一看賬：

每推銷報紙一份五錢
推銷報紙總數八十五份
合計四圓二十五錢

我吃驚了，現在被趕出去，怎麼辦，……尤其是，看到四圓二十五錢的時候，我暫時啞然地不能開口。接連二十天，從早上六點鐘轉到晚上九點左右，僅僅只有四圓二十五錢！

「既是錢都拿出來了，無論怎樣說都是白費。沒法。但是，只有四圓二十五錢，錯了罷。」這樣想就問他：

「錢數沒有錯麼？……」

老闆突然現出兇猛的面孔，逼到我鼻子跟前：

「錯了？什麼地方錯了？」

「一連二十天……」

「二十天怎樣？一年，十年，都是一樣的！不勞動的東西，會從哪裏掉下錢來！」

「我沒有休息一下。……」

「什麼？沒有休息？反對罷？應該說沒有勞動！」

「……」我不曉得應該怎樣說了。灰了心，想：

「加上保證金六圓二十錢，就有十四圓四十五錢，把這二十天從田中君借的八圓還了以後，還有二圓二十五錢。吵也沒有用處。不要說什麼了，把保證金拿了走罷。」

「沒有法子！請把保證金還給我。」我這樣一說，老闆好像把我看成了一個大糊塗蛋，嘲笑地說：

「保證金？記不記得，你讀了規定以後，說一切都同意，只是保證金不夠？忘記了麼？還是把規定忘記了？如果忘記了，再把規定讚一遍看！」

我又吃驚了：那時候只是耽心保證金不夠，後面沒有讀下去，不曉得到底是怎樣寫的……我胸口「東！東！」地跳著，讀起規定來。跳過前面三條，把第四條讀了：

那裏明明白白地寫著：

第四條、只有繼續服務四個月以上者才交還保證金。

我覺得心臟破裂了，血液和怒濤一樣地漲滿了全身。

睨視著我的老闆底臉依然帶著滑稽的微笑。

「怎麼樣？還想交回保證金麼？乖乖地走！還在這裏纏，一錢都不給！剛才看過了大概曉得，第七條還寫著服務未滿一月者不給工錢呢！」

我因爲被第四條嚇住了，沒有讀下去，轉臉一看，果然，和他所說的一樣，一字不錯地寫在那裏。

的確是特別的優待。

我眼裏含著淚，歪歪倒倒地離開了那裏。玻璃窗上面，惹起我底痛恨的「募送報伕」的紙條子，鮮明得可惡地又貼在那裏。

我離開了那裏就乘電車跑到田中底學校前面，把經過告訴他，要求他：

「借的錢先還你三圓，其餘的再想法子。請把這一圓二十五錢留給我暫時的用費。……」

田中向我聲明他連想我還他一錢的意思都沒有。

「沒有想到你都這樣地出去。你進店的那一天不曉得看到一個十四五歲的小孩子沒有，他也是和你一樣地上了鉤的。他推銷定户完全失敗了，六天之間被騙去十圓保證金，一錢也沒有得到走了的。」

算是混蛋的東西。

「以後，我們非想個什麼對抗的法子不可！」他下了大決心似地說。

原來，我們餓苦了的失業者被那個比釣魚餌底牽引力還強的紙條子釣上了。

我對於田中底人格非常地感激，和他分手了。給毫無遮蓋地看到了這兩個極端的人，現在更加吃驚了。

一面是田中，甚至節儉自己底伙食，借給我付飯錢，買足袋，聽到我被趕出來了，連連說「不要緊！不要緊！」把要還他的錢，推還給我；一面是人面獸心的派報所老闆，從原來就因為失業困苦得沒有辦法的我這裏把錢搶去了以後，就把我趕了出來，為了肥他自己，把別人殺掉都可以。

我想到這個惡鬼一樣的派報所老闆就膽怯了起來，甚至想逃回鄉間去。然而，要花三十五圓的輪船火車費，這一大筆款子就是把腦殼賣掉了也籌不出來的，我避開人多的大街走，當在上野公園底椅子上坐下的時候，暫時癱軟了下來，心裏面是怎樣哭了的呀！

過了一會，因為想到了田中，才覺得精神硬朗了一些。想著就起了捨不得和他離開的心境。昏昏地這樣想來想去，終於想起了留在故鄉的，帶著三個弟妹的，大概已經正在被饑餓圍攻的母親，又感到了心臟和被絞一樣地難過。

同時，我好像第一次發現了故鄉也沒有什麼不同，顫抖了。那同樣的是和派報所老闆似地逼到面前，吸我們底血，剮我們底肉，想擠乾我們底骨髓，把我們打進了這樣的地獄裏面。

否則，我現在不會在這裏這樣狼狽不堪，應該是和母親弟妹一起在享受著平靜的農民生活。

到父親一代爲止的我們家裏，是自耕農，有五平方「反」（日本田地計數，爲一平方町的十分之一）的田和五平方「反」的地。所以生活沒有感到過困難。

然而，數年前，我們村裏的××製糖公司說是要開辦農場，爲了收買土地大大地活動起來了。不用說，開始誰也不肯，因爲是看得和自己底性命一樣貴重的耕地。

但他們決定了要幹的事情，公司方面不會無結果地收場的。過了兩三天，警察方面發下了舉行家長會議的通知，由保甲經手，村子裏一家不漏地都送到了。後面還寫著「隨身攜帶圖章。」

我那時候十五歲。是公立學校底五年生，雖然是五六年以前的事，但因爲印象太深了，當時的樣子還能夠明瞭地記得。全村子捲入了大恐慌裏面。

那時候父親當著保正，保內的老頭子老婆子在這個通知發下來之前就緊張起來了的空氣裏面，戰戰兢兢地帶著哭臉接續不斷地跑到我家裏來，用了打顫的聲音問：

「怎麼辦？……」

「怎麼得了？……」

「什麼一回事？……」

同是這個時候，我有三次發見了父親躲著流淚。

在這樣的空氣裏面，會議在發下通知的第二天下午一點開了。會場是村子中央的媽祖廟。因爲有不到者從嚴處罰的預告，各家底家長都來了，有四五百人罷。相當大的廟擠得滿滿的。學校下午沒有課，我躲在角落裏看情形。因爲我幾次發見了父親底哭臉甚爲耽心。

鈴一響，一個大肚子光頭殼的人站在桌子上面，裝腔作勢地這樣地說：

「爲了這個村子底利益，本公司現在決定了在這個村子北方一帶開設農場。說好了要收買你們底土地，前幾天連地圖都貼出來了，叫在那區域內有土地的人攜帶圖章到公司來會面，但直到現在，沒有一個人照辦。特別煩請原料委員一家一家地去訪問所有者，可是，好像都有陰謀一樣，沒有一個人肯答應。這個事實應該看作是共謀，但公司方面不願這樣解釋，所以今天把大家叫到這裏來。回頭大人（日據時期台胞對警察的稱呼）和村長先生要講話，使大家都能夠了解，講過了以後請都在這紙上蓋一個印。公司預備出比普通更高的價錢……呃哼！」這一番話是由當時我們五年生底主任教員陳訓導翻譯的，他把「陰謀」、「共謀」說得特別重，大家都吃了一驚，你望望我我望望你。

其次是警部補老爺，本村底警察分所主任。他一站到桌子上，就用了凜然的眼光望了一圈。於是大聲地吼：

「剛才山村先生也說過，公司這次的計劃，徹頭徹尾是爲了本村利益。對於公司底計劃，我們要誠懇地感謝才是道理！想一想看！現在你們把土地賣給公司……而且買得到高的價錢，於是公司在這村子裏建設模範的農場。這樣，村子就一天一天地發展下去。公司選了這個村子，我們應該當作光榮的事情……然而，聽說一部分人有『陰謀』，對於這種『非國民』，我是決不寬恕的？……」

他底翻譯是林巡查，和陳訓導一樣，把「陰謀」、「非國民」、「決不寬恕」說得特別重，大家又面面相覷了。

因爲，對於懷過陰謀的余清風、林少貓等的征伐，那血腥的情形還鮮明地留在大家底記憶裏面。

最後站起來的村長，用了老年底溫和，只是柔聲地說：

「總之，我以爲大家最好是依照大人底希望，高興地接受公司底好意。」說了他就喊大家底名字。都動搖起來了。

最初被喊的人們，以爲自己是被看作陰謀底首領，臉上現著狼狽的樣子，打著抖走向前去。當上面叫「你可以回去！」的時候，也還是呆著不動，等再吼一聲「走！」才醒了過來，逃到外面去！

在跑回家去的路上，還是不安地想：沒有聽錯麼？會不會再被喊回去？無頭無腦地著急。像王振玉，聽說走到家爲止，回頭看了一百五十次。

這樣地，有八十名左右被喊過名字，回家去了。

以後，輪到剩下的人要吃驚了。我底父親也是剩下的一個。因爲不安，人中間騰起了嗡嗡的聲音。伸著頸，側著耳朵，會再喊麼？會喊我底名字麼？……這樣地期待著，大多數的人都惴惴不安了。

這時候，村長說明了「請大家拿出圖章來，這次被喊的人，拿圖章來蓋了就可以回去」以後，喊出來的名字是我底父親。

「楊明……」一聽到父親底名字，我就著急得不知所措，屏著氣息，不自覺地捏緊拳頭站了起來。——會發生什麼事呢？……

父親鎮靜地走上前去。一走到村長面前就用了破鑼一樣的聲音，斬釘截鐵地說：

「我不願意賣，所以沒有帶圖章來！」

「什麼？你不是保正麼！應該做大家底模範的保正，卻成了陰謀底首領，這才怪！」

站在旁邊的警部補，咆哮地發怒了，逼住了父親。

父親默默地站著。

「拖去！這個支那豬！」

警部補狠狠地打了父親一掌，就這樣發了命令，不曉得是什麼時候來的，從後面跳出了五六個巡查。最先兩個把父親捉著拖走了以後，其餘的就依然躲到後面去了。

看著這的村民，更加膽怯起來，大多數是，照著村長底命令把圖章一蓋就望都不向後面望一望地跑回去了。

到大家走完爲止，用了和父親同樣的決心拒絕了的一共有五個，一個一個都和父親一樣被拖到警察分所去了。後來聽到說，我一看到父親被拖去了，就馬上跑回家去把情形告訴了母親。

母親聽了我底話，即刻急得人事不知了。

幸而隔壁的叔父趕來幫忙，性命算是救住了，但是，到父親回來爲止的六天中間，差不多沒有止過眼淚，昏倒了三天，瘦得連人都不認得了。

第六天父親回來了，他又是另一付情形，均衡整齊的父親底臉歪起來了，一邊臉頰腫得高高的，眼睛突了起來，額上滿是崘子。衣服弄得一團糟，換衣服的時候，我看到父親底身體，大吃一驚，大聲叫起了出來：

「哦哦！爸爸身上和鹿一樣了！……」

事實是父親底身上全是鹿一樣的斑點。

那以後，父親完全變了，一句口都不開。

從前吃三碗飯，現在卻一碗都吃不下，倒牀了以後的第五十天，終於永逝了。

同時，母親也病倒了，我帶著一個一歲、一個三歲、一個四歲的三個弟妹，是怎樣地窘迫呀！

叔父叔母一有空就跑來照應，否則，恐怕我們一家都完全沒有了罷。

這樣地，父親從警察分所回來的時候被丟到桌子上的六百圓（據說時價是二千圓左右，但公司卻說六百圓是高價錢）因爲父親底病、母親底病以及父親底葬式等，差不多用光了，到母親稍稍好了的時候，就只好出賣耕牛和農具餬口。

我立志到東京來的時候，耕牛、農具、家裏的庭園都賣掉了，剩下的只有七十多圓。

「好好地用功……」母親站在門口送我，哭聲地說了鼓勵的話。那情形好像就在眼前。

這慘狀不只是我一家。

和父親同樣地被拖到警察分所去了的五個人，都遇到了同樣的命運。就是不做聲地蓋了圖章的人們，失去了耕田，每月三五天到製糖公司農場去賣力，一天做十二個鐘頭，頂多不過得到四十錢，大家都非靠賣田的錢過活不可。錢完了的時候，村子裏的當局者們所說的「村子底發展」相反，現在成了「村子底離散」了。

沉在這樣回憶裏的時候，不知不覺地太陽落山了，上野底森林隱到了黑闇裏，山下面電車燦爛地亮起來了，我身上感到了寒冷，忍耐不住。我沒有吃午飯，覺得肚子空了。

我打了一個大的呵欠，伸一伸腰，就走下坡子，走進一個小巷底小飯店，吃了飯。想在乏透了的身體裏面恢復一點元氣，就決心吃了一個飽，還喝了兩杯燒酒。

以後就走向到現在爲止常常住在那裏的本所底××木賃宿。

我剛剛踏進一隻腳，老闆即刻看到了我，問：

「哎呀！……不是臺灣先生麼！好久不見。這些時到哪裏去了。……」

我不好說是做了送報伕，被騙去了保證金，辛苦了一場以後被趕出來了。

「在朋友那裏過……過了些時……」

「朋友那……唔，老了一些呢！」他似乎不相信，接著笑了：

「莫非幹了無線電討擾了上面一些事麼？……哈哈哈……」

「無線電？……無線電是什麼一回事？」我不懂，反問了。

「無線電不曉得麼？……到底是鄉下人，鈍感……」

雖然老頭子這樣地開著玩笑，但看見我似乎很難爲情，就改了口：

「請進罷。似乎疲乏得很，進來好好地休息休息。」

我一上去，老闆說：

「那麼，楊君幹了這一手麼？」

說著做一個把手輕輕伸進懷裏的樣子。很明顯地，似乎以爲我是到警察署底拘留所裏討擾了來的。當時不懂得無線電是什麼一回事，但看這次的手勢，明明白白地以爲我做了扒手。我沒有發怒的精神，但依然紅了臉，不尷不尬地否認了：

「哪裏話！哪個幹這種事！」老頭子似乎還不相信，疑疑惑惑地，但好像不願意勉強地打聽，馬上嘻嘻地轉成了笑臉。

事實上，看來我這付樣子恰像剛剛從警察署底豬籠裏跑出來的罷。

我脫下足袋，剛要上去。

「哦，忘記了。你有一封掛號信！因爲弄不清你到哪裏去了，收下放在這裏……等一等……」說著就跑進裏間去了。

我覺得奇怪，什麼地方寄掛號信給我呢？

過一會，老頭子拿著一封掛號信出來了。望到那我就吃了一驚。母親寄來的。

「到底爲了什麼事寄掛號信來呢？……」

我覺得奇怪得很。

我手抖抖地開了封。什麼，裏面現出來的不是一百二十圓的匯票麼！我更加吃驚了。我疑心我底腦筋錯亂了。我胸口突突地跳，一個字一個字地讀著很難看清的母親底筆跡。我受了大的衝動，好像要發狂一樣。不知不覺地在老頭子面前落了淚。

「發生了什麼事？……」

老頭子現著莫名其妙的臉色望著我，這樣地問了，但我卻什麼也不能回答。收到錢哭了起來，老頭子沒有看到過罷。

我走到睡覺的地方就鑽進被頭裏面，狠狠地哭了一場。……

信底大意如下：

——說東京不景氣，不能馬上找到事情的信收到了。想著你帶去的錢也許已經完了，耽心得很。沒有一個熟人，在那麼遠的地方，一個單人，又找不到事情，想著這樣窘的你，我胸口就和絞著一樣。但故鄉也是同樣的。有了農場以後，弄到了這步田地，沒有一點法子。所以，絕對不可軟弱下來，想到回家。房子賣掉了，得到一百五十圓，寄一百二十圓給你。設法趕快找到事情，好好地用功，成功了以後才回來罷。我底身體不能長久，在這樣的場合不好討擾人家，留下了三十圓。阿蘭和阿鐵終於死掉了。本不想告訴你的，但想到總會曉得，才決心說了。媽媽僅僅只有祈禱你底成功，在成功之前，無論有什麼事情也不要回來。……

這是媽媽底唯一的願望，好好地記著罷。如果成功以後回來了，把寄在叔父那裏的你唯一的弟弟引去照看照看罷。要好好地保重身體。再會。……——

好像是遺囑一樣的寫著。我著急得很。

「也許，已經死掉了罷……」這想頭鑽在我底腦袋裏面，去不掉。

「胡說！那來這種事情。」我翻一翻身，搖著頭出聲地這樣說，想把這不吉的想頭打消，但毫無效果。

這樣地，我通晚沒有睡覺一會，跳虱底襲擊也全然沒有感到。

我腦筋裏滿是母親底事情。

母親自己寫了這樣的信來，不用說是病得很厲害。看發信的日子，這信是我去做送報伕以前發的，已經過了二十天以上。想到這中間沒有收到一封信，……我更加不安起來了。

我決心要回去。回去以後，能不能再出來我沒有自信，但是，看了母親底信，我安靜不下來了。

「回去之前，把從田中君那裏借來的錢都還清罷。順便謝謝他底照顧，向他辭一辭行。」

這樣想著，我眼巴巴地等著第二天早上的頭趟電車，終於通夜沒有合眼。從電車底窗口伸出頭去，讓早晨底冷風吹著，被睡眠不足和興奮弄得昏昏沉沉的腦袋，陡然輕鬆起來了。

「這或許是最後一次看見東京。」這樣一想，連××派報所底老闆都忘記了，覺得捨不得離開。昨晚上想著故鄉，安不下心來，但現在是，想會見的母親和弟弟底面影，被窮乏和離散的村子底慘狀遮掩了，陡然覺得不敢回去。

這樣的感情底變化，從現在要去找的不忍別離的田中君底魅力裏面受到了某一程度的影響，是確實的。

那種非常親切的，理智的，討厭客氣的素樸……這是我當作理想的人物底模型。

我下了××電車站，穿過兩個巷子，走到那個常常去的飯店子的時候，他正送完了報回來。

我在那裏會到了他。

原來他是一個沒有喜色的人，今天早上現得尤其陰鬱。

但是，他底陰鬱絲毫不會使人感到不快，反而是易於親近的東西。

他低著頭，似乎在深深地想著什麼，不做聲地靜靜地走來了。

「田中君！」

「哦！早呀！昨天住在什麼地方？……」

「住在從前住過的木賃宿裏。……」

「是麼！昨天終於忘記了打聽你去的地方……早呀！」

這個「早呀！」我覺得好像是問我，「有什麼急事麼？……」

所以我馬上開始說了。但是，說到分別就覺得寂寞，孤獨感壓迫得我難堪：

「實在是，昨天回到木賃宿去，不意家裏寄了錢來了。……」

我這樣一說出口，他就說：

「錢。……那急什麼！你什麼時候找得到職業，不是毫無把握麼？拿著好啦！」

「不然……寄來了不少。回頭一路到郵局去。而且，順便來道謝。……」

覺得說不下去，臉紅了起來。

「道謝？如果又是那一套客氣，我可不聽呢……」他迷惑似地苦笑了。「不！和錢一起，母親還寄了信來，似乎她病得很厲害，想回去一次。……」

他馬上望著我底臉，寂寞似地問：

「叫你回去麼？」

「不……叫不要回去！……好好地用功，成功了以後再回去。……」

「那麼，也許不怎樣厲害——」

「不……似乎很厲害。而且，那以後沒有一點消息不安得很……」

「呀！有信。昨天你走了以後，來了一封。似乎是從故鄉來的。我去拿來，你在飯店子裏等一等！」說著就向派報所那邊走去了。

我馬上走進飯店子裏等著，聽說是由家裏來的信，似乎有點安心了。但是，信裏說些什麼呢？這樣一想，巴不得田中君馬上來。

飯館底老闆娘子討厭地問：

「要吃什麼？……」

不久，田中氣喘喘地跑來了。

我底全神經都集中在他拿來的信上面。他打開門的時候我就馬上看到了那不是母親底筆蹟，感到了不安。心亂了。

不等他進來，我站起來趕快伸手把信接了過來。署名也不是母親，是叔父底。

我底臉色陰暗了。胸口跳，手打顫。明顯地是和我想像的一樣，母親死了。半個月以前……而且是用自己底手送終的。

我所期望的唯一的兒子……

我再活下去非常痛苦，而且對你不好。因為我底身體死了一半……。

我唯一的願望是希望你成功，能夠替像我們一樣苦的村子底人們出力。村子裏的人們底悲慘，說不盡。你去東京以後，跳到村子旁邊的池子裏淹死的有八個。像阿添叔，是帶了阿添嬸和三個小兒一道跳下去淹死的。所以，覺得能夠拯救村子底人們的時候才回來罷。沒有自信以前，絕不要回來！要做什麼才好我不知道，努力做到能夠替村子底人們出力罷。

我怕你因為我底死馬上回來，用掉冤枉錢，所以寫信給叔父，叫暫時不要告訴你……諸事保重。

媽媽

這是母親底遺書。母親是決斷力很強的女子。她並不是遇事嘩啦嘩啦的人，但對於自己相信的，下了決心的，卻總是斷然要做到。

哥哥當了巡查，蹧蹋村子底人們，被大家厭恨的時候，母親就斷然主張脫離親屬關係，把哥哥趕了出去，那就是一個例子。我來東京以後，她底勞苦很容易想像得到，但她卻不肯受做了巡查的她底長男我底哥哥底照顧，終於失掉了一男一女，把剩下的一個託付給叔叔自殺了。是這樣的女子。

從這一點看，可以說母親並沒有一般所說的女人底心，但我卻很懂得母親底心境。同時，我還喜歡母親底志氣，而且尊敬。

現在想起來，如果有給母親讀……的機會，也許能夠做柴特金女史那樣的工作罷，當父親因爲拒絕賣田而被捉起來了的時候，她不會昏倒而採取了什麼行動的罷。

然而，剛剛看了母親底遺囑的時候，我非常地悲哀了。暫時間甚至勃勃地起了想回家的念頭。

你的母親在×月×日黎明的時候吊死了。想馬上打電報告訴你，但在母親手裏發現了遺囑，懂得了母親底心境。就依照母親底希望，等到現在才通知你。母親在留給我的遺囑裏面說她只有期望你，你是唯一的有用的兒子。你底哥哥成了這個樣子，弟弟還小，不曉得怎樣……

她說，所以，如果馬上把她底死訊告訴你，你跑回家來，使你底前途無著。那她底死就沒有意思。弟弟我在鄭重地養育，用不著耽心。不要違反母親底希望，好好地用功罷。絕對不要起回家的念頭。因為母親已經不是這個世界底人了……　叔父

「看不到母親了。她已經不是這個世界底人了。」這樣一想，我決定了應該斷然依照母親底希望去努力。下了決心：不能夠設法爲悲慘的村子出力就不回去。

當我讀著信，非常地興奮（激動），心很亂的時候，田中在目不轉睛地望著我，看見我收起信放進口袋去，就耽心地問：

「怎樣講？」

「母親死了？」

「死了麼？」似乎感慨無量的樣子。

「你什麼時候回去？」

「打算不回去。」

「……？」

「母親死了已經半個月了……而且母親叫不要回去。」

「半個月……臺灣來的信要這麼久麼？」

「不是，母親託付叔父，叫不要馬上告訴我。」

「唔，了不起的母親！」田中感歎了。

我們這樣地一面講話一面吃飯，但是，太興奮了，飯不能下咽。我等田中吃完以後，付了賬，一路到郵局去把匯票兌來了，巒巒地把借的錢還了田中。把我底住所寫給他就一個人回到了本所底木賃宿。

一走進木賃宿就睡了。我實在疲乏得支持不住。在昏昏沉沉之中也想到要怎樣才能夠爲村子底悲慘的人們出力，但想不出什麼妙計。

……存起錢來，分給村子底人們罷……，也這樣想了一想然而做過送報伕的現在，走了一個月的冤枉路依然是失業的現在，不用說存錢，能不能賺到自己底衣食住，我都沒有自信。

我陡然地感到了倦怠，好像兩個月以來的疲勞一齊來了，不曉得在什麼時候，我沉沉地睡著了。

因爲周圍底吵鬧，好像從深海被推到淺的海邊的時候一樣，意識朦朧地醒來的時候也常常有，但張不開眼睛，馬上又沉進深睡裏面去。

「楊君！楊君！」

聽見了這樣的喊聲，我依然是在像被推到淺的海邊的時候一樣的意識狀態裏面；雖然稍稍地感到了，但馬上又要沉進深睡裏面去。

「楊君！」

這時候又喊了一聲，而且搖了我底腳，我吃了一驚，好容易才張開了眼睛。但還沒有醒。從朦朧的意識狀態回到普通的意識狀態，那情形好像是站在濃霧裏面望著它漸漸淡下去一樣。一回到意識狀態，我看到了田中坐在我底旁邊。我馬上踢開了被頭，坐起來。我茫茫然把房子望了一圈。站在門邊的笑嘻嘻的老闆，望著我底狼狽樣，說：

「你恰像中了催眠術一樣呀……你想睡了幾個鐘頭？……」

我不好意思地問：

「傍晚了麼？……」

「哪裏……剛剛過正午呢……哈哈哈……但是換了一個日子呀！」說著就笑起來了。

原來，我昨天十二點過睡下以後，現在已到下午一點左右了……。整整睡了二十五個鐘頭。我自己也吃驚了。

老頭子走了以後，我向著田中。

他似乎很緊張。

「眞對不起。等了很久罷……」

對於我底抱歉，他答了「哪裏」以後，興奮地繼續說：

有一件要緊的事情來的……昨天又有一個人和你一樣被那張紙條子釣上

了。你被趕走了以後，我時時在煩惱地想，未必沒有對抗的手段麼？一點辦法沒有的時候又進來了一個，我放心不下，昨天夜裏偷偷地把他叫出來，提醒了他。但是，他聽了以後僅僅說：

「唔，那樣麼！混蛋的東西……。」

隨和著我底話，一點也不吃驚。

我焦燥起來了，對他說：

「所以……我以爲你最好去找別的事情……不然，也要吃一次大苦頭。……保證金被沒收，一個錢沒有地被趕出去……。」

但他依然毫不驚慌，伸手握住了我底手以後，問：

「謝謝！但是，看見同事吃這樣的苦頭，你們能默不作聲麼？」

我稍稍有點不快地回答：

「不是因爲不能夠默不作聲，所以現在才告訴了你麼？這以外，要怎樣幹才好，我不懂。近來我每天煩惱地想著這件事，怎樣才好我一點也不曉得。」

於是他非常高興地說：

「怎樣才好……我曉得呢。只不曉得你們肯不肯幫忙？」

於是我發誓和他協力，對他說：

「我們二十八個同事的，關於這件事大概都是贊成的。大家都把老闆恨得和蛇蝎一樣。……」

接著他告訴了我種種新鮮的話。歸結起來是這樣的：

「爲了對抗那樣惡的老闆，我們最好的法子是團結。大家成爲一個，同盟罷×……（忘記了是怎樣講的）」同盟罷×……說是總有辦法呢。「勞動者一個一個散開，就要受人踏蹋，如果結成一氣，大家成爲一條心來對付老闆，不答應的時候就採取一致行動……這樣幹，無論是怎樣壞的傢伙，也要被弄得不敢說一個不字……」這樣說呢。而且那個人想會一會你。我把你底事告訴了他以後，他說：

「唔……臺灣人也有吃了這個苦頭的麼？……無論如何想會一會。請馬上介紹！」田中把那個人底希望也告訴了我。

說要收拾那個咬住我們，吸盡了我們底血以後就把我們趕出來的惡鬼，對於他們底這個計劃，我是多麼高興呀！而且，聽說那個男子想會我，由於特別的好奇心，我希望馬上能夠會到。

向被人踏蹋的送報伕失業者們教給了法子去對抗那個惡鬼一樣的老闆，我想，這樣的人對於因爲製糖公司、兇惡的警部補、村長等陷進了悲慘境遇的故鄉底人們，也會貢獻一些意見罷。

聽田中說那個人（說是叫做佐藤）特別想會我，我非常高興了。

在故鄉的時候，我以爲一切日本人都是壞人，恨著他們。但到這裏以後，覺得好像並不是一切的日本人都是壞人。木賃宿底老闆很親切，至於田中，比親兄弟還……不，想到我現在的哥哥（巡查），什麼親兄弟，不成問題。拿他來比較都覺得對田中不起。

而且，和臺灣人裏面有好人也有壞人似地，日本人也一樣。

我馬上和田中一起走出了木賃宿去會佐藤。

我們走進淺草公園，筆直地向後面走。坐在那裏底樹蔭下面的一個男子，毫不畏縮地向我們走來。

「楊君！你好……」緊緊地握住了我底手。

「你好……」我也照樣說了一句，好像被狐狸迷住了一樣。是沒有見過面的人。但回轉頭過來看一看田中底表情，我即刻曉得這就是所說的佐藤君。我馬上就和他親密無間了。

「我也在臺灣住過一些時。你喜歡日本人麼？」他單刀直入地問我。

「……」我不曉得怎樣回答才好。在臺灣會到的日本人，覺得可以喜歡的少得很。但現在，木賃宿底老闆，田中等，我都喜歡。這樣問我的佐藤君本人，由第一次印象就覺得我會喜歡他的。

我想了一想，說：

「在台灣的時候，總以為日本人都是壞人，但田中君是非常親切的！」

「不錯，日本底勞動者大都是和田中君一樣的好人呢。日本底勞動者反對壓迫台灣人，蹧蹋台灣人。使台灣人吃苦的是那些像把你底保證金搶去了以後再把你趕出來的那個老闆一樣的畜生。到台灣去的大多是這種根性的人和這種畜生們底走狗！但是，這種畜生們，不僅是對於台灣人，對於我們本國底窮人們也是一樣的，日本底勞動者們也一樣地吃他們底苦頭呢。……總之，在現在的世界上，有錢的人要掠奪窮人們底勞力，為了要掠奪得順手，所以壓住他們……。

他底話一個字一個字在我腦子裏面響，我眞正懂了。故鄉底村長雖然是台灣人，但顯然地和他們勾在一起，使村子底大眾吃苦……

我把村子底種種情形告訴了他。他用了非常深刻的注意聽了以後，漲紅了臉頰，興奮地說：

「好！我們攜手罷！使你們吃苦也使我們吃苦的是同一種類的人！……」

這個會見的三天後，我因為佐藤君底介紹能夠到淺草家一家玩具工廠去做工。我很規則地利用閒空的時間……（原文刪去）

幾個月以後，我把趕出來了的那個派報所裏勃發了罷工。看到面孔紅潤的擺架子的××派報所老闆在送報伕地團結前面低下了蒼白的臉，那時候我底心跳起來了。

對那胖臉一拳，使他流出鼻涕眼淚來——這種欲望推著我，但我忍住了。使他承認了送報伕底那些要求，要比我發洩積憤更有意義。

想一想看！

鉤引失業者的「募集送報伕」的紙條子拉掉了！

寢室每個人要佔兩張蓆子，決定了每個人一牀被頭，租下了隔壁的房子做大家底宿舍，蓆子底表皮也換了！

任意製定的規則取消了！

消除跳虱的方法實行了！

推銷一份報紙工錢加到十錢了！

怎樣？還說勞動者……！

「這幾個月的用功才是對於母親底遺囑的最忠實的辦法。」

我滿懷著確信，從巨船蓬萊丸底甲板上凝視著台灣底春天，那兒表面上雖然美麗肥滿，但只要插進一針，就會看到惡臭逼人的血膿底迸出。

壁

簡國賢原作、宋非我編譯

作者簡介

簡國賢（一九一三—一九五四），桃園人，為臺灣知名的劇作家及藝術創作者，曾就讀東京大學哲學系。戰後與宋非我、江金章、王井泉、張文環等人，成立「聖烽演劇研究會」，一九四六年六月九日在台北市中山堂首次推出《壁》和《羅漢赴會》。他另外為「雙葉會」編作的《阿里山》（一九四三），也是台灣新劇發展上另一重要劇作。在「二二八事件」之後及「白色恐怖」期間，簡國賢轉為地下活動，一九五三年被捕，翌年被槍決於台北馬場町。

文本

時間：民國卅五年的春季

所在：台灣北部的一個城市

人物：陳金利（大商賈）（藍按：演出時改爲錢金利，由矮仔財扮演。）

陳妻

店員
女僕
醫生
僧侶
許乞食（勞動者）
許母
小孩
以外參加跳舞的男女數名

舞台佈置：當中一層壁。以這一片壁做爲境界，分開成了兩種環境——左邊是陳金利的房子：靠牆囤積著米和麵粉，堆積如山。房裡還布置得很精緻奢華，古玩擺得玲瓏耀目。
右邊是許乞食的房子：只有一張沒有蚊帳的舊睡床，和一張靈桌。情景黯淡。

幕開時：陳金利的房子那邊，明亮輝煌。陳金利正在一邊打算盤，一邊數著鈔票。

陳金利：（獨白）五萬五千六百元……再來一個八萬三千元——還有四萬一千

兩百二十元……又一條十四萬六千元，一共是三十二萬五千八百二十元……再算一次（重算一次）……到底還是不錯。錢，像洪水一樣地溢進來，作生意眞和變把戲一樣。嘻嘻。（獨自狂笑）（其妻上）。

陳　妻：獨自一人，笑著什麼呀？

陳金利：嘻、嘻……妳知道嗎，三十二萬五千八百二十元，妳聽清楚，三十二萬五千八百二十元呀……這是本月裡，賺到的錢哪。

陳　妻：噯唷，怎麼能賺得這麼多呢？

陳金利：是麵粉跟糖。一袋二百五十元的麵粉，漲到五百四十元。還有，一袋三百元的糖，也漲到一千四百元。

陳　妻：那些米呢，還沒有脫手嗎？

陳金利：還要漲啊！因爲要提高市價，所以暫時還不想賣出去。這可說是在自由經濟時代裡，最有趣的把戲。妳可知道嗎？米要是漲到一斤二十塊錢的話，我們可以再賺多少呢？我們倉庫裡的米，是一斤三塊錢買來的，那麼一斤就有十七塊錢的利益。一袋是一百斤，就可以賺到一千七百元了。在倉庫裡，算它一千兩百袋吧！現在就用一千七百元的一千兩百倍來算，足足可以賺到兩百萬元（人手）。我的太太，米要是眞的漲到一斤二十元的話，我們這二百萬元的利益是跑不掉的呀！——嘻嘻。

陳　妻：喝！會賺得這麼多？

陳金利：那一定會。把東西買進來，把它囤積起來，鈔票自然會再生了鈔票。我們的本錢就和活動力旺的女卵巢一樣，這樣物價波動的時期，正是我們最好的受胎期呢！哈哈——

陳　妻：（甜甜蜜蜜的）那麼金利，你既然賺了這麼多的錢，應該要打一支金鐲子給我了。

陳金利：金鐲子？不是已經有了？

陳　妻：沒有一對的話，帶起來很不勻稱的，你還是再給我打一支吧。

陳金利：再打一支給妳，倒也可以，不過——妳要答應我一件事才行。

陳　妻：（板起面孔）又是那麼一套，你是不是又要教我答應你拉進一個女人來？

陳金利：聰明！立刻教妳猜著了。

陳　妻：你這「活動力」也眞「旺盛」！你們男人，爲什麼都是這麼輕薄的，多賺了幾個錢，便想在女人身上發洩。

陳金利：我問問妳，比方這裡有兩個軍人，一個掛著動章，一個卻沒掛著動章，妳要尊敬哪一個？

陳　妻：我當然是尊敬那個掛著勳章的，因爲他看起來有點威嚴。

陳金利：（高興起來）說得不錯！有錢的人討小老婆，也就完全好像是掛起著勳章，能夠顯得威嚴，有錢的人討小老婆，也就是在提高他的架子。只有這樣才算能夠誇耀世上的。要是掛在胸脯上燦爛輝煌的裝飾，是軍人的動章，那麼小老婆，也就是闊人的動章啦！我現在已經是一個闊人了，不妨讓我也來掛上一個動章吧，這樣才配稱是闊人呢。

陳　妻：像那種動章嗎，哼！倒不如丟到泥溝裡去。（粗暴地）

陳金利：妳別來得那麼凶狠哪，我們就好好地商量吧！唉！妳看，從來妳喜歡什麼，我都答應妳什麼。譬如妳說要做衣服，我馬上就做給妳；說要吃水果，我也立刻派人特地到嘉義一帶去買來給妳吃。我待妳這樣的誠意，有時候妳也該有答應我所要求的義務才是。怎麼，咱們可以來通融通融一下嗎？我還可以跟妳立約：我把那女人娶進門以後，仍舊要尊重妳的地位的，始終沒有兩樣。

陳　妻：當眞的嗎？

陳金利：我可以向菩薩發誓，一定遵守所約。這樣妳也可以看出，我是一個信用的人。

陳　妻：好！給你在外面尋花問柳，把家裡撇下不管，那也不是道理，也許到不如這樣——

陳金利：只有這樣做，才配得說是爲了我。

陳　妻：可是，我有什麼益處呢！

陳金利：別這樣說吧，太太好吧？我們就來通融通融吧，妳要是答應下來，妳要什麼，我就可以買給妳什麼。

陳　妻：先把金鐲子買來再說吧。

陳金利：這樣，可是答應了？

陳　妻：不！也還是先把金鐲子買來再說的。金鐲子是要進行這件事的前提條件，並不能成爲說妥這件事的保證條件。

陳金利：這麼說來，金手環的任務，只能弄出這件事的結頭緒，並不能擔負完成這件事的責任嗎？

陳　妻：是的，不錯。

陳金利：好吧！我明白了，那麼我就買給妳吧，爲了我親愛的妻子。

陳　妻：別說是爲了你親愛的妻子，其實是爲了你親愛的勳章吧。

陳金利：說是爲了勳章，就未免太教我難受了。

陳　妻：你不是那麼說的嗎？

陳金利：——（欲哭不成）

陳妻：那麼，我到金瑞山金鋪子去了，鐲子的分量要由我自己定呀。

（妻退場）

陳金利：（獨白）這張「派司」眞不容易弄到，讓她盡量揩油也還得不到批准。

（陳金利點起洋火抽菸。）

（女僕端飯上場。）

女僕：老爺，飯來了。

陳金利：唔！（頓裝威嚴）

（女僕把飯擺在桌上。）

陳金利：又是紅燒魚，炸肉片，肉絲湯，還有炒飯！妳怎麼老是弄得這樣油膩的東西，要來撐破我的肚子呢？

女僕：因爲老爺都喜歡油膩的東西。

陳金利：我看到油膩的東西立刻就要嘔出來。昨天晚上，喝了三個地方，醉得吐過兩次。今天早上還能夠吃這些東西嗎？

女僕：對不起！

陳金利：拿醬小菜跟稀飯來，把這些膩死人的炒飯倒給雞子吃。

女　僕：這樣好的東西倒給雞子吃？
陳金利：倒給雞子吃。
女　僕：老爺，您的腦經也該活動一下，我們一天做到晚的人吃山芋粥——
陳金利：我是愛好動物的！
女　僕：同時又是一個藐視人類的。
陳金利：妳照我說的辦就是了。
女　僕：好，倒給雞子吃，就倒給雞子吃，照您這愛動物的說的辦。
醫　生：陳先生，好！
陳金利：喔！吳先生，來得正好。
醫　生：您是哪兒不舒服。
陳金利：胃口不好。
醫　生：喔！是的。那麼肚子敞開給我看看。
（陳敞開肚子給醫生。醫生一邊診察，一邊詢問。）
醫　生：這是胃擴張。
陳金利：胃擴張？！
醫　生：是的，因爲酒菜吃得太多了，把胃撐得太大了，東西一消化，那胃就反而鬆了下去了，這種病，是一種闊人的共通病症。哈哈——

陳金利：當眞的？（呆住了）

醫　生：狼吞虎嚥可不是好玩的。您又是有點胃酸過多，酒是不能入口的。

陳金利：不過，酒，這於我是比三頓飯還來得要緊，如果戒了起來，那麼在這世上，有什麼意思呢？先生。

醫　生：不！那絕對——喝不得的——不過，您如果不要命，那還有什麼話說！

陳金利：——（嘆息）

醫　生：還是讓我來給您打一針吧。

陳金利：這也需要打針嗎？

醫　生：既然提出皮包來了，沒打一針回去，成個什麼醫生。喔！又說起笑話兒來了。其實呢，打一針是很可以壯壯胃的。

陳金利：那麼，就請您輕手些，因爲我很怕打針……（有點畏縮）

醫　生：像這種怕痛的毛病，也是一般闊人的共通病。（醫生拿起針來。）

陳金利：請您輕輕地打吧。

醫　生：您放心吧，把眼睛閉上。（替他打）

陳金利：……（醫生把注射針拔出。）

陳金利：噯唷，疼得很！（高聲叫）

醫　生：針拔出來了，您才叫疼！

陳金利：喔！謝謝您！我疼得直出汗哪。（揉著胳臂）吳先生，您用過晌飯了沒有？

醫　生：這麼早出來，當然還沒用過。

陳金利：那好極了！咱們一塊兒吃吧。

醫　生：我也就是這樣才來的，因爲您這裡常有很珍奇的酒菜，哈哈——

陳金利：喂，（向後吩咐）吳先生要在我們這邊吃飯，快一點預備出來。（女僕在裡面回答。）

醫　生：近來的生意好哇，發了一筆大財了吧。

陳金利：託福！託福！不過賺了一點吧了。

醫　生：別說一點兒吧，您可以說是賺得太多了。您別擔心吧，我是不敢跟您分利的。聽說，這兩、三個月裡已經給您賺到了一百多萬了。

陳金利：不過是謠言吧了。

醫　生：是的，一般的商人，雖然就是賺了一百萬，他也要說不過賺了二、陳金利：不，絕對沒這回事。

醫　生：看了別人家發大財，使我也想把醫院的招牌，改爲公司，做一做商人。因爲做醫生賺的錢，沒有商人那麼好。

陳金利：並不見得，先生。我看生意沒有比做醫生更好了！一支幾毛錢的針，打了下去，您可以要到幾十塊錢，這可不是加九加十一的生意嗎？

醫　生：不！不！從前是可以的，現在藥價都漲了，可是我們給病人的，可不能要得那麼貴。

陳金利：不過做醫生這行，總是很舒服的。像我們這種做生意的人，是多麼的傷腦筋呀。比方說看一種東西會漲，把它辦進來。要是觀察錯誤，落了價，就要賠錢。做醫生呢，就不必吃這樣大虧。有時假如看錯了病症，誤投了藥方，也沒有人追究他的責任。就是死了，那也只會怪病人的命該完蛋，沒人敢來怪做醫生的。像這樣不負責任的生意，是再也找不到的。老實說，在這世上，好像是給人醫死的總比給人醫活的醫生多。喔！話又說開了，對不起！其實呢，吳先生可算是一位給人醫活的醫生，所以我才放心地請您來。

醫　生：這也難說，我與其說是給人醫活的醫生，倒不如說是給人醫不覺死的。

陳金利：給您這樣一嚇……就要教我擔心剛才打的那針了。

（有點放心不下）

醫　生：那我可不能負責，哈哈……

陳金利：（苦笑）先生，這是眞的嗎？

醫　生：哈哈——您放心吧！剛才那藥針是於身無害，於病無關的葡萄糖呢。

陳金利：葡萄糖可以醫好胃擴張？這我還是頭一次聽到的。

醫　生：世上是常有偶然的事的。

陳金利：這就是醫術嗎？（稍微發呆）

醫　生：那才是妙處呢！

（女僕端酒菜上。）

女　僕：請用飯。（退場）

陳金利：沒有什麼好菜，請您別客氣吧。

醫　生：喝！多麼珍貴的菜呀。磨菇、罐頭干貝。（挾進嘴裡）哼！味道兒很好。魚子兒，這也很不錯。

陳金利：讓我來敬來您一杯。（給醫生斟滿一杯，戀戀不捨地摸著酒瓶。）

醫　生：謝謝您。現在讓我來回敬您一杯。

陳金利：先生——我——（客氣起來）
醫　生：別裝假吧。龍王辭水的。
陳金利：不過，我剛剛被宣告戒酒了呢。
醫　生：沒關係！沒關係！一杯酒是不礙事的。
陳金利：可是……
醫　生：我可以擔保，絕對沒有關係。（斟酒）
陳金利：眞的嗎！（乾了）
醫　生：好，來得對勁！（再斟）來吧！乾杯！
陳金利：盡量地喝吧，吳先生。
（兩人相碰玻璃杯。又喝。）
（這邊漸漸地暗下來，許乞食那邊的房子轉亮。）
（許乞食正橫臥在床上，一位盲目的母親，靠在床邊，手裡正編著草鞋。）
許乞食：媽，我要喝點茶……（咳嗽）
許　母：沒有茶葉了——白開水倒有……
許乞食：白開水也好哪。
（母親倒開水來。）

許乞食：媽，謝謝您！（起來）

許　母：好一點了嗎？

許乞食：還是咳嗽，又發燒呢。（咳嗽）

許　母：這怎麼辦呢，已經去請過醫生了，大概就要來了吧。

許乞食：反正肺的毛病，是立刻好不了的。

許　母：別那麼說吧，我們只要相信菩薩，一定會得到保佑的。

許乞食：媽，我這樣病下來，躺了四個月了，不孝得很，教您這樣受累——

許　母：你又說什麼呢，就要好了。這次好起來，千萬不要再那樣捨命地做，每晚做到深更半夜，才把身體弄壞的。

許乞食：這樣捨命地幹，要是人家能夠體諒我們，那我還是可以忍苦幹下去的，您看，這樣一病倒下來，工廠裡那狐狸精，從沒來看過一次病。（咳嗽）——能做工的時候，一天十三、四個鐘頭，就跟使喚牛馬一樣，等到做不動，就像捨棄廢紙那樣，唔！人情，人情本來就是這樣輕。

許　母：實在的，工廠裡的老闆，也太薄情了。不過，好壞菩薩是看得見的，認眞做事的人一定會得到保佑。

許乞食：媽，菩薩的保佑，那是靠不住的——咳咳……

許　母：你怎麼說這些瘋話呢。

許乞食：媽，您看吧，在這世間裡，認眞孜孜做事的，絕對得不到好的報應。而那些會欺騙人、會布弄人家、有野心的人們，倒確確實實地安樂享福。正直的人！總是受人踐踏，受人白眼而已。

許　母：沒有這樣的事，如果信仰菩薩，一定——

許乞食：媽，菩薩是假的，您知道嗎，正直的人，是吃著山芋和豆渣。那些不正直的，都吃著白米飯。眞是矛盾極了。咳咳……

許　母：別這樣吧！太過於興奮是不可以的。還是睡下來，好好地安靜休息吧。

（母親按著乞食睡下，自己又編起草鞋，這時，陳金利的店員上場。）

店　員：許大哥，你的身體，比較好了吧？

許乞食：唔！是隔壁林先生麼？謝謝你，還是老樣子啊！咳咳……

（欲要起身）

店　員：嘿，還是睡著吧，請隨便，別起來。

許乞食：好吧，對不住，那麼就這樣——（半臥）

店　員：實在是一樁很難說的話，不過是奉著主人的吩咐，所以跑來——

許乞食：又是搬家的事麼？

店　員：是的。因爲主人不斷地催促，所以再來告訴你。聽說這一間房子，無論如何，一定要收回做倉庫。

許乞食：你所看見的，我現在是一個患病的身體，要是稍微好一點的時候，我馬上就找房子搬家。請你把這點意思，回覆你的主人吧。

店　員：可是他說，現在一定就要搬出去，說是因爲要買點東西囤積，苦著沒有地方堆。

許　母：對不住得很，請你照應照應我們，以你林先生的面子，替我們向你的老闆，求求一點原諒，再慢些時候吧。並且，現在就想搬吧，一下子，也不容易找得到房子——

許乞食：還是費你心，請你回去告訴你的主人吧，等到我的病，稍微好一點的時候，一定另外找房子搬家。

店　員：我也是得著主人的吩咐，不得已才特地跑來告訴你們，其實，我也是很同情你們的。

許　母：給林先生也太麻煩了，眞對不住。

店　員：別這樣說吧，我也是貧窮人，所以很瞭解貧窮人困苦的地方。好吧！我回去，一定照你們的話，回覆主人。那麼許大哥，請你珍重吧。

（退場）

許　母：這怎麼辦呢？

許乞食：媽，這就是現實啦。

（這時孩子進來，手裡拿著香菸箱子。）

小　孩：我回來了。

許　母：醫生呢？

小　孩：前次的要錢，還沒還給他，所以說，這一回不來了。

許　母：是麼，太辛苦你了。今天香菸賣得很多嗎？

小　孩：也沒有多少，才賣了四十五元。

許　母：也好，已經有近十元的利益了。

（孩子靠近許乞食旁邊）

小　孩：爸爸，好一點了嗎？

許乞食：阿仁嗎，好多了。

小　孩：唔！爸爸，您趕快好了，我們一道出去做工。

許乞食：好——好——（淌淚）

小　孩：爸爸，您怎麼了？

許乞食：沒有什麼。

小　孩：噫！爸爸，剛才我經過隔壁的時候，看見雞柵裡的雞子，正吃著飯呢。多麼好吃啊！這世界怎麼這樣奇怪，人吃不到飯，雞子有飯吃——爸爸，雞子比人還偉大呀。

許乞食：——

小　孩：噯唷！肚子餓了。祖母，有什麼給我吃。

許　母：家裡只有山芋。

小　孩：多麼沒有味的東西！不過，肚子餓了，且忍著吃吧。

（接著祖母遞給的山芋，小孩子津津有味地吃，許靜靜地暗自擦著眼淚。）

（這時候許乞食的場面暗淡下來，燈光又亮在陳金利的房子。）

店　員：他說，等到他的病，稍微好些的時候，立刻去找房子搬家。

陳金利：這樣說，他的病要是一輩子好不了的話，那麼就一輩子不搬了嗎？

店　員：他又說，無論如何，要請主人做點情，寬諒他，給他稍微延些日子。並且，現在就想搬，也找不到房子。

陳金利：說什麼廢話，房子得租期，已經在兩個月前期滿了，眞是不知趣的東西。

店　員：實際也很可憐，就讓他們多住些時候吧。

陳金利：什麼可憐？我們才可憐呢，如果沒有倉庫，東西就沒有地方堆放。將來物價要漲了，一定要蒙到很大的損失。我們應賺的錢，白白地讓它錯過，那我們才可憐呢。他別把這些話當理由，我可不睬他。

店　員：是。（惶恐地）

陳金利：知道了嗎？好，你去吧。

（店員退場。）

（陳金利開無線電。）

（稍停。）

（僧侶出現。）

僧　侶：阿彌陀佛，你好嗎，陳先生。（出現一種殷勤怪態）

陳金利：（關上無線電）唔！師父嗎，阿彌陀佛，來得正好。

僧　侶：仍舊一樣，宏財大展吧。

陳金利：託福師父。這都是師父，替我行了種種的祈禱，才能有這樣的地步。

僧　侶：那很好。這都是你一片赤心，所應得的賞賜，今天能夠發財，就是所收的報酬。

陳金利：今天又是什麼風，把師父吹到這邊來？

僧　侶：今天，爲著要修理廟宇，所以特地下山來，想跟陳先生商量。

陳金利：原來是這樣，好吧。說起要修理菩薩的廟宇，我會吝嗇地拿不出錢來嗎？師父，你等一等，我立刻開一張支票給你。

（僧侶閉著眼睛，獨自唸起佛經。）

陳金利：阿彌陀佛——師父，這一張，請你收起來。

僧　侶：妙哉，妙哉。剛剛拙僧正在誦經，禱告菩薩，闡明你的信心，同時祈求保佑你，賺得更多的錢財。

陳金利：多謝多謝。不過，這點小數目……

僧　侶：（看支票）唔唔，這個——你也知道，目前的材料、工錢，都漲得很高……如果能夠多添二萬元的話——我一定再向菩薩懇求，包你一定賺到這個數目的百倍以上。

陳金利：這是眞實的嗎？

僧　侶：不相信，是得不到的。

陳金利：師父，老實告訴你吧——我還有一千二百袋的白米，存積在倉庫裡，如果一斤漲到二十元錢的時候，我立刻就可以再賺到二百萬元。現在由師父說，我要是再增加二萬元，就有百倍的利益回手，這個數目，恰巧和我的希望吻合……師父，可眞靠得住？

僧　侶：不會錯的，我可以向菩薩說明，一定叫白米漲到二十元一斤，你放心吧。

陳金利：一定不會落空嗎？

僧　侶：我已經説過，不相信，是得不到的。

陳金利：好吧。在增加二萬上去，（開支票）連這一張，一共是四萬元了，師父，就請你收起來。

僧　侶：菩薩對於你的信心，一定也非常歡喜。

陳金利：師父，還有要勞煩你的事——

僧　侶：是拙僧的力量所能做到的話，我都願意聽一聽。

陳金利：可是——這種問題——嘻嘻——。

僧　侶：是女人的事嗎？

陳金利：喂！師父的眼光眞不差，一句話就抓到了靈魂的深處。實在説，我想娶進一位小老婆，可是——大老婆總是不答應——所以想託師父你，能不能替我去説説看。

僧　侶：（裝出一點威嚴）關於女色這件事，本來是要多少警戒，同時天下間也沒有以女色傳道的佛法。佛陀經的第三戒，也有「淫不可」的一條。色即是空，色就是很空洞的東西，切不可被它迷住。看你的臉色，的確浮現出一層發悶的陰影，這都是愛慾所形成的。你現在正爲著愛慾所追逐。好像一隻跑進環套的兔子，越掙扎，越使結子束得緊，結果，跟跑進自滅的道路一樣。有了一個老婆，不可以不感到滿足，受了別個女人所迷，這是不對的。

陳金利：不過！師父，我放棄不了那個女人。

僧　侶：放棄不了的事，把它放棄了，這才是覺悟的眞理。能夠這樣做，人間才能長遠生存，才會開始接近大悟之道。

陳金利：我要近眞理，倒不如去接近那個女人。師父，你的說教，可說是堂堂的理由。當僧侶眾多的現在，像師父這般偉大的說教者，我還沒有領教過。

僧　侶：並不見得是這樣——

陳金利：不，我不是撒謊。

僧　侶：對的，我也常常這樣自信。

陳金利：所以說，師父眞是現代唯一的說教者。

僧　侶：眞批評得不錯。

陳金利：可是，我就不相信，現代數一數二的說教者，就沒有辦法，說服我的大老婆。這豈不是給師父發揮手段的好機會麼？

僧　侶：話雖是這樣說，可是——

陳金利：師父，請你幫忙吧。以你的說教，好好地說服我的大老婆。過去，我曾聽到有人這樣告訴我，在亞美利加的地方，有一派叫做「摸盧蒙」宗教，他們是主張一夫多妻制。說是盡量地多娶老婆，這才是忠實於神的舉動。就是說，神創造了許多的靈魂，把它放到宇宙去。這些靈魂只是在宇宙間來往地徘徊，找不到居住的地方。這個時候，如果有男女的愛，結晶產生的小孩子養出來的時候，靈魂使馬上鑽進孩子的肉體裡，開始它們安定的生活。所以娶得很多的老婆，養出許許多多的小孩，就是替靈魂造房子一樣。神好像也說過，如果會播殖，應該盡量地生。照這樣一看，光只娶一個老婆，那是違背了神的本意了。

僧侶：唔！這個宗教很好，很合理——我該把佛教來放棄，加入這派宗教吧！因爲是一夫多妻主義啊！哈哈——

陳金利：嘻嘻——就是這一點啦。可是師父，這個有很漂亮的。（翹起小指）

僧侶：這個是什麼？（翹起小指）

陳金利：師父，別裝傻吧！是這個呀。（以二手畫出女人豐滿的姿態）

僧侶：在哪裡？（身體趨前）

陳金利：師父難得下山來，所以，有時也讓愛慾的火焰來烘一烘，豈不好嗎。

僧侶：哈哈——煩惱即是菩薩。

陳金利：師父，你如果說服了我的老婆，我一定帶你去。我的老婆很尊敬你，所以由師父去說，一定馬到成功。

僧　侶：不過，我先問你，這個果眞很美麗嗎？（翹起小指）

陳金利：這還是新發掘的東西，同時是一朵十七花朵含蕾的時候。

僧　侶：哈哈——好吧，我來接受這件差事，由我來說服你的太太。不過，這個一定不可以失信。（再翹示小指）

陳金利：你放心，就像登上船，一切都由我老大來掌理。這以外，還有一件事，師父。

僧　侶：又有事！怎麼這樣多。

陳金利：師父，實在是——物價還有漲的傾向，所以想買些東西堆起來，目前因爲沒有倉庫，感到很困難。本來預備把隔壁的房子，收回自己用，總是不搬出去。所以希望師父去替我說一說，不知道師父——。

僧　侶：是隔壁那位阿有婆嗎？我認識，我認識。她也很誠心，沒有盲目以前，常常到我廟裡去進香。

陳金利：那更湊巧了，師父，就麻煩你走一趟。

僧　侶：好吧，我去看一看吧。

（這邊又暗下來。）

（許乞食的房子重亮，母正在靈桌前唸經，僧侶入。）

僧　侶：阿有婆在家嗎？

許　母：是誰呀？請進來。

僧　侶：是我，圓覺寺的謝圓諦。

許　母：唷！是師父。這是什麼風吹來的，眞難得——

僧　侶：我剛從這邊過，所以順便近來望望你們。

許　母：是麼，請坐，只是地方太骯髒——（推移椅子）

僧　侶：別客氣吧。（拉出手帕，拍著衣服，同時裝出一副難堪的臉）多麼不乾淨的地方——

（獨語，吐一口痰。）

許　母：什麼呢？師父。

僧　侶：不！沒有什麼。是說眼睛不自由，覺得很困難嗎？

許　母：是的，不過近來也習慣了。所以也不感到怎麼不自由。只是不能到外面走走，總感到很遺憾。

僧　侶：那太可憐了——

許　母：許久以來，都沒上廟了，很對不住。

僧　侶：哪裡的話，在家裡念經也是一樣，別擔心吧。

許　母：師父，我雖然在家裡，可是我每天早晚，都誠心地唸經。同時祈禱菩薩，賜給我們的生活，稍微安樂一點。我每天編著草鞋。我的兒子，現在是病倒了，在還沒生病以來，每天也很早就上工，一直做到很晚才回來。像這種日子，眞是一點快樂都沒有，不知道是不是我的誠意不足呢？

僧　侶：我們人生，本來是有個定數。經過三代，一定要輪迴轉世一次。人生的行爲，可以分爲過去、現在和未來。要進輪迴轉世，也是依照人生的行爲，就是根據業因，有的昇往西天，有的墜落地獄，有的生爲餓鬼，有的變爲畜生，有的就投胎到人類來。播下麥種，長出來的一定是麥，種下茄子，收穫一定也是茄子。也就是這種原理，如果一個人，前世作惡非爲，那麼這一世必定遭到報應，一定會受罪痛苦。在往生界的門前，有往生富貴人家的，也有往生貧賤的人家。也有往生健康的人，也有往生病弱的人。這都是照自己過去所做所爲的「因」，行善的人，一定往生好的地方，去享福。過去不積德的人，一定投到痛苦的地方去，一生得不到幸福。一切都是自做自招的。就是自業自得，因果應報。所以說，妳現在是這樣地貧窮，這都是前世用的太奢侈，報應在這世。妳的盲目，也事前是跟人吵嘴給誰把眼睛挖了去，這世才這樣。

許　母：這是眞實的嗎？

僧　侶：我這一張嘴會胡說嗎？前世的事，已經過去了，那也沒有什麼辦法，這世非積點德行不可。第一，非順從不可。別人家說的話，絕對要聽從。譬喻說，租了一間房子，房主人一朝要收回自己用的時候，妳不搬到別的地方，這樣就是沒有順從的美德。這樣的行爲，來世應當會受到責罰的痛苦。

許　母：師父的話，我想是不會錯的，不過——

僧　侶：唔！忘記了告訴妳，你們弄得這樣貧窮，都是和這間房子家風水不對的緣故。這也是一種緣故，住在家風不合的房子裡，那是要愈發貧窮，常常要生出不幸的事。像妳兒子的病，也是家風不對。所以，早些搬家，我想比較好——這是我的一片婆心。

（許乞食起來）

許乞食：什麼是婆心，你這個惡臭的糞蛆！狗東西！你這隻隔壁所飼的惡狗！得著隔壁主人的唆使，想來咬我們嗎？你這隻狗，任你怎麼吼，我們都不怕。

（大聲喊嚷）

僧　侶：什、什麼！說我是惡狗——

許　母：乞食，你熱狂了嗎，怎麼說這些瘋話。這位是圓覺寺的謝師父呀。很有資格的人啊。

許乞食：你這個人面獸心的惡棍！什麼是因果報應！又什麼是自業自得！又是什麼家風！像你這種畜生，才會要被扔進地獄的油鍋去。以菩薩當資本做生意的糞蛆！我們因爲沒有錢給你，大概就不會在菩薩面前替我們求福吧！那些用金錢可以買到祝福的菩薩，把祂扔到垃圾桶裡去吧。

許　母：乞食，你爲什麼胡說八道呢？

僧　侶：罪過！罪過！你這個樣子，一定要惹起菩薩的生氣！一定要下十八層地獄。

許乞食：滾出去！你這個僞善者、狗奴才、金錢所飼的野狗。像你這種東西，跨進門來，連門檻都給你弄骯髒了，滾出去！給我滾出去。（悲叫，伏在靈桌哭。）

（僧侶逃去。）

（母靠近許乞食，撫背安慰。）

（這邊又暗下來。）

（陳金利的房子明亮。）

陳金利：說得怎麼樣了，順利嗎？

僧　侶：兇哉！兇哉！眞是一個可惡的東西——眞是一個不了解事物的奴才——

陳金利：出了什麼事了。

僧　侶：說我是你飼的惡狗，就給他們追了出來。

陳金利：那太可惡了，讓我直接去跟他交涉。（欲出）

僧　侶：（拉住陳）太急了，事情是做不成功。應該冷靜一些，想個計策才對。等到不得已的時候，就叫幾個流氓把他強迫出去就好了。

陳金利：這也是一種辦法，說不定還收得快。

僧　侶：本來嘛，一個是半截身子沒進棺材的男人，和一個盲目的女人，根本不是我們的對手。同時，跟這樣的人來較量，也太失去了我們的資格。像這種事，交由流氓去辦就夠了。

陳金利：想不到師父你，也有這麼多的權謀術策。

僧　侶：像這樣簡單的事——

（僕人抓著孩子上場，孩子的臉上，沾滿飯粒。）

男　僕：唉——唉——這，這個小東西——跑，跑進雞，雞柵裡去——所以——把、把他——捉進來。

陳金利：什麼？豈不是隔壁的小鬼嗎？

僧　侶：喂！小鬼，你跑進雞柵裡去幹什麼？

小　孩：——

僧　侶：想盜雞子嗎？

陳金利：好大膽的東西，眞不像鬼，青天白日，也敢幹這種盜雞的行爲。

僧　侶：小鬼，是你自己想盜呢，還是誰教你這樣做的？

陳金利：老實講出來，要不然就縛起來，吊在天井裡。

小　孩：沒這樣的事。

陳金利：不是你自己想盜？

小　孩：不是。

陳金利：那麼是媽媽、或許是爸爸叫你做？

小　孩：也不是。

陳金利：要不然，怎麼跑進雞柵裡去？

小　孩：——

陳金利：你就跟你爸爸一樣狡猾。

小　孩：——

陳金利：不說嗎？你這個狡猾的東西。（打小孩嘴巴）

小　孩：請你別打，我說了。

陳金利：那麼，快說。

小　孩：我是進去吃飼雞的白飯。

陳金利：飼雞的白飯？胡說八道。

小　孩：是眞的，因爲飼雞的是白飯，所以很想吃。我每天在家裡，只是吃山芋。

僧　侶：謊話，你想把雞子盜出去，賣了換錢吧。

小　孩：不，是實在的。

陳金利：盜飼雞的白飯吃？眞是從來還沒遇到的餓鬼。馬上叫你家裡的人來，等在那邊！

小　孩：好伯伯，請你別叫吧。原諒我，我再也不敢這樣，請你們原諒我。

陳金利：盜賊住在鄰近，會麻煩人家，那不行，非通知你家裡的人不可。

僧　侶：對的，應該這樣。

小　孩：好伯伯，寬恕我吧。（哭）

陳金利：把隔壁的混蛋喊過來。（向男僕）

男　僕：是——是。（退場）

陳金利：喂！阿英，把點心拿來。

（後邊有女僕的回聲）

陳金利：請等一等，點心就來了。

僧　侶：唔！肚子裡也有點餓了，就吃些點心吧。

陳金利：家裡做的「燒賣」，味道很不錯，你嚐嚐看。

僧　侶：到你家裡來，可說無論什麼時候，都有東西吃。

陳金利：好說，好說，其實也不一定。

僧　侶：說起盜，眞是有針那麼細，也有錐子那麼大。也有剪斷自來水管盜去賣的，也有專趁黑暗的時候，盜吻女唇的桃色盜賊。也有把衙門裡的公物，帶回家去，當爲自己東西用的融通盜賊。更有專去盜收女人內褲爲樂的癡愚賊。還有，抓住了小盜一看，說什麼我是警官、我是軍人，反而受他責罵的滑稽盜賊。也有結黨襲擊列車的強盜。也有這種盜吃飼雞的白飯的小鬼。哈哈！說是人的大拇指，指紋各有不相同，像這種盜的種類，也眞是形形色色。

（女僕捧點心進來。）

女　僕：等久了，那麼請用吧。

僧　侶：（急急地舉起筷子）唔！這個味道眞不錯，連舌頭都要吞下去。

陳金利：好吃。

僧　侶：能夠吃好吃的東西，眞幸福呀。我在山上都是吃素，難得下山來，也才稍微盜吃一點點。眞太沒意思。這就是和尚生意呀！哈哈——

陳金利：你忘了嗎？吃是福，睡是樂呀。

僧　侶：像這種吃，已經是滿足了。可是，睡的樂還沒有，非想個方法解決不可。

陳金利：師父的性子，意外的那麼慌張。今晚剛好在家裡舉行舞會，等會完了，我帶你去粉面櫻唇的菩薩那邊。讓你跟美麗的菩薩，一道念涅槃經，昇往極樂世界去往生。嘻——

僧　侶：眞的嗎？那麼這以前，讓我來替你說小老婆的事。

陳金利：請你費力吧。

僧　侶：哪裡的話，我還得請你照應。哈哈——

（僕人帶許乞食上場。）

僕　人：帶、帶來了。

小　孩：爸爸！（跑去依在父親身邊）

陳金利：許先生，聽說你剛才氣派很驕傲吧！（譏刺的口調）

僧　侶：不信菩薩的人，所教養的孩子，都是這樣的。我常常這樣說，茄子樹哪裡會長出黃瓜呢。

陳金利：盜賊住在鄰近，會給人家麻煩，我家裡的倉庫，不知道何時有失盜的危險。還是趁這個時候，給我搬出去。

僧　侶：這樣也才不會害羞。

陳金利：要是沒有錢，搬家費我來付也可以——

許乞食：不要你的錢，我們搬。

陳金利：什麼時候？

許乞食：晚上！

陳金利：今天晚上！？

許乞食：是！不會錯。（堅決地）

（這邊又暗下來）

（許乞食的房子復亮。）

（黯淡的燈光。）

小　孩：爸爸，寬恕我吧，我做錯了。（在靈桌前哭）

許乞食：阿仁，好了，別哭吧。——阿仁，你不想吃飯嗎？

小　孩：唔！我不要吃了。

許乞食：阿仁，要吃的話，你就告訴我吧。爸，可以買給你吃。

小　孩：爸爸也沒有錢，算了吧。

許乞食：有，爸爸還有點錢，咳咳……

小　孩：要是有錢，還是先還藥錢吧。

許乞食：好，那不要緊。爸爸讓阿仁去賣香菸到現在，還不曾給你吃一頓好吃的東西，今晚來補吧。阿仁，你告訴爸爸，歡喜吃什麼。

小　孩：眞的嗎？爸爸。

許乞食：你別管，你說，喜歡吃什麼。

小　孩：我——我想吃白飯。

許乞食：還要什麼。

小　孩：還有豬肉——

許乞食：還要什麼。

小　孩：好，要那麼多嗎？

許乞食：你別再問這個。

小　孩：那麼再來一個油炸豆腐——

許乞食：唔！很好。這裡還有八十元，你先還去二十五元藥錢，多下來的，你到對過喬賣屋去，叫他送三碗白飯，其他錢都買豬肉和油炸豆腐。請他送過來。

小　孩：眞的去買不要緊嗎？

許乞食：爸爸說不要緊，你就儘管去。

小　孩：那麼，我去買啦。（孩子退場）

許　母：乞食，今天晚上，你到底怎樣了？如果要買，也不可以把袋裡的錢都倒出來——還有，如果買回自己燒，也可以省一些。再不然，阿仁和你二個人吃就好了，何必也買我的份兒，這不是太花費了嗎？

許乞食：我想請媽媽也一道吃。

許　母：吃豬肉，也太浪費了。

許乞食：可是，媽，有時也得讓我盡點孝道才是。

許　母：你爲什麼這麼說呢。

許乞食：不！沒爲什麼。咳咳——（稍停）媽，您還記得我很小的時候吧。有一次，因爲媽不給我零錢用，一賭氣，就偷偷地鑽進床底下——後來，到了晚上還不出來，害得媽媽東尋西找，連茶飯都無心嚐。（回憶似的）

許　母：的確是這樣，好像比阿仁大兩年，對的，那是九歲的時候，老實給媽急慌了——

許乞食：還有——也是那年吧，我跑去游泳，媽知道了，給媽打了一頓，這些印象，現在還明晰地浮現在眼前。

許　母：因爲你不知道，水裡是有水鬼，那時候，你夠使我擔心呀——

許乞食：從那時候到現在，已經是過了二十五年了，眞快呀！人生眞像一場春夢，日月的流逝，竟是這般地無情。

許　母：是的，我也年老了。

許乞食：可惜我不能照顧年老的媽，眞是不孝的很。（很寂寞的樣子）

許　母：晚上你眞的有點變了，爲什麼都說這些話呢？

許乞食：媽，乞食出世三十四年以來，不能給媽享點幸福快樂，請您寬恕我不孝吧。

許　母：講些什麼呢？

許乞食：媽，請您原諒我。

許　母：原諒你什麼呢？你那麼認眞做事，雖然不能得到幸福，這都是我們命裡注定的。貧窮那也好，本來呢一個人的命運，並不是人的力量所能改變。我是很感到滿足。

許乞食：媽，這是實在的嗎？您不怨您沒用的孩子嗎？

許　母：那是眞的。

許乞食：媽——（擦著眼淚）

送　麵：飯送來了。（搬上飯肉）謝謝。（退場）

（孩子和送麵的上場）

許乞食：阿仁，你再到麵館去一趟，沒有醬油啦。

（稍停）

小　孩：好，我去拿。（退場）

許乞食：媽，請您靠近一些，一道吃吧。

（許乞食拉開抽屜，拿出一包藥，摻進三碗白飯裡。）

許　母：謝謝你。（靠近桌子）

（時鐘正敲八下。）

（稍停。）

（孩子拿醬油上場。）

小　孩：爸爸，醬油拿來了。

許乞食：唔！乖孩子，趕快吃吧。

小　孩：很好吃的樣子。（靠近飯桌）

（孩子和母親開始吃飯。）

許　母：阿仁，豬肉多吃點吧。

小　孩：不，豬肉要留給祖母吃。

（許乞食整理附近的東西，很不能鎮靜。）

小　孩：爸爸，您也一道吃吧。

許　母：飯要趁熱的時候吃才好。不然，要弄壞身體的。

許乞食：沒有關係，我馬上就吃。（阿仁把豬肉挾進祖母的飯碗裡。）

許　母：阿仁，你有沒有吃豬肉？

小　孩：有，我吃很多。（稍停）嚇！祖母，白飯有點苦味。

許　母：唔！眞的，有點苦。

（稍停）

小　孩：爸爸，我的肚子有點痛——

（許乞食抱起阿仁。）

許　母：怎麼啦，阿仁。

小　孩：祖母，痛極了。（掙扎）

許　母：乞食，你眞的——

許乞食：媽，原諒我。

許　母：清醒點，阿仁。

許乞食：阿仁，你的母親馬上就要來接你去。唔！阿仁，你再忍耐些時候——

在和平的世界那邊，有阿仁所愛的白米飯。那是很多，很多，正等待著你去。

小　孩：爸——祖母——（氣絕）

許　母：我的肚子——肚子——（倒地）

許乞食：（抱起母）原諒我吧！媽！除了這樣以外，再沒有其他比較好的辦法了。在這廣茫的世間裡，是不容許我們居住，連一片薄薄的牆垣，稍微遮住當前風浪的人情都沒有。媽，現在雖然痛苦，可是等到閉上眼睛的時候，馬上就可以脫離殘酷的現實，才會離開可怕的魔手。原諒我吧！媽！我跟在後面就來了。

（母氣絕，許乞食把二個死骸排置妥當。站在恍茫了些時候。最後，靠近桌子坐下，把飯端起來。當這時，陳金利的房子也明亮，同時奏著華爾滋的音樂，婆娑起舞。其間還夾雜著猜拳的聲音。舞台形成了光明繁華、和悲慘冷淡的對比。）

許乞食：（聽到隔壁浮幻喧囂的聲音，憤然站起，把桌子打翻）歡樂的聲音。（走近當中的壁）壁呀！壁，在你這一層壁的那邊，是堆積著和房子一樣高的米，盡其奢侈繁華，像是一處極樂的世界。也是你這一層壁的這一邊，是一個遇不到白飯的餓鬼，非切斷自己生命不可的地獄。

只有這一層壁的遮隔，情形是這樣不同。唔！壁是這麼厚，又這麼高——唔——想打破這層壁，可惜我的拳頭太小我的手太細。唔！壁呀！壁，爲什麼這層壁不能打破呢？唔！壁呀！壁。（悲喊）（許乞食以頭衝壁，血流倒斃。這時月光從窗子照進來，照在悽慘的死骸上。隔壁的房子，音樂正達高調，有的高舉酒杯，高歌青春的戀歌，有的熱狂飛舞。這種情形延續有些時候，幕慢慢地閉上。）

——原刊於《聯合文學》第十卷第四期，一九九四年二月。

首演資料

時間：一九四六年六月九——十三日

地點：台北市中山堂

導演：宋非我　　編譯：宋非我

原作：簡國賢　　舞台監督：辛金傳

舞台裝置：簡煥陽　　燈光：洪明堯、柯培墻

效果：蘇三郎　　布景製作：太陽畫房

演員：

錢金利：張福財（矮仔財）
店　員：澄清
醫　生：宋綠竹
許乞食：宋非我
小　孩：宋子午

錢妻：碧雲
女僕：素貞
僧侶：陳財興
許母：碧珠

三城鄉差異與社會文明

溺死一隻老貓

黃春明

作者簡介

黃春明（一九三五年生），生於宜蘭羅東「浮崙仔」，筆名春鈴、黃春鳴、春二蟲、黃回等，屏東師範學校畢業。曾任小學老師、記者、廣告企劃、導演等職。近年除仍專事寫作，更致力於兒童劇及歌仔戲的編導，此外亦陸續擔任過東華大學、成功大學、中央大學、政治大學及臺東師範學院等大專院校駐校作家。曾獲吳三連文學獎、國家文藝獎、時報文學獎、東元獎及噶瑪蘭獎等。現為宜蘭人的文學雜誌《九彎十八拐》雜誌發行人（二〇〇五年創辦）、黃大魚兒童劇團團長（一九九四年創立）。創作多元，以小說為主，另有散文、詩、兒童文學、戲劇、撕畫、油畫等創作，作品曾被翻譯為日、韓、英、法、德語等多國語言。小說《鑼》於一九九九年入選「臺灣文學經典三十」小說類。

黃春明以小說創作進入文壇，雖被譽為鄉土作家，但在不同的時期展現出不同的寫作風格。

作品關懷的對象包括鄉土小人物、城市邊緣人，九〇年代則特別關注老人族群。著有小說《看海的日子》、《兒子的大玩偶》、《莎喲娜啦．再見》、《放生》、《沒有時刻的月臺》等；散文《等待一朵花的名字》、《九彎十八拐》、《大便老師》；童話繪本《小駝背》、《我是貓也》、《短鼻象》、《愛吃糖的皇帝》、《小麻雀．稻草人》等，還有一本關懷幼兒成長的童話小說《毛毛有話》，文學漫畫《王善壽與牛進》；另編有《鄉土組曲》等書。

文本

小地理

這縣分在本省算起來是偏僻的，省府把它列爲開發地區。街仔就是這個縣分裡的一個小鎮，人口大約有四、五萬。年輕人在自己的縣境裡，在鄉下人的面前，總喜歡挺著類似自負的胸膛，表明自己就是「街仔人」，年紀稍大的就比較懂得謙虛，最多露著某種優越感的笑容點點頭。鄉下人也總喜歡把女兒嫁到街仔的事情，用很大的氣力告訴在旁的朋友。雖然聽者的耳膜被震得發濁，他們還是覺得應該。要是他們也有個出息的女兒（他們這樣想），能從田舍嫁到街仔；當然，要是兒子從街仔娶個媳婦回來，那更使他們感到光榮，不管以後的生活變得怎麼，至少開始的時候，同樣是興奮得大聲說話。

街仔距離大都市只不過七、八十公里，交通方面火車也好、汽車也好，都非常方便。每天來來往往的人還不少，最多四個小時就可以往來的路程，當天去辦完事，當天就可以回來。因此，很多大都市的流行，街仔人還算跟得上。迷你裝也在此地的小妹的膝蓋上二十公分的地方展覽起來，阿哥哥的舞步也在此地年輕人的派對裡活躍。年長的一輩也在流行一種怕死的運動，如早覺會之類的對身體健康有幫助的。前不久有人在清泉村發覺了泉水塘有不少的小孩子在游泳時，這些在社會上稍有名氣而肚皮逐漸肥大起來的男士們，每天早上天一亮就騎車去泡泡泉水。後來他們發現自己的皮帶孔，一格一格地往後縮的效果後，去的人便比以前多起來了。同時大家都去得很勤，可以說是風雨無阻。後來他們不只是去泡泡泉水，至少都能踢幾腳像是在游泳那樣。這些人有的是醫生，有的是銀行的高級職員，也有律師、學校校長、議員、大老闆等等。這地方扶輪社的會員幾乎都參加，除了大衛和湯姆；他們一個是裝義腿的，另一個是先天性的佝僂。

清泉村這個名字的由來，就因爲村裡有一口兩分多地大的、屬於水利會的泉水塘而得其名。其實清泉村裡隨便在哪裡挖它三四尺至五六尺深，就可以得到一口泉湧不斷的帶有微微甜味的清水。這裡六十多户人家就像冒出地面來的泉水那樣淳樸，更像泉湧不停的泉水那樣勤勉地耕作著四十多甲田地，還有鼓仔山的山坡地。這裡的水田向來沒有旱象，但是好多年來此地仍然是一個窮鄉僻壤的地方，這也就是淳樸的主要原因。這裡離開街仔只有兩公里半路，因爲在山邊，從街仔來的路有些坡度，再加上沒通車的關係，街仔人總覺得清泉是很遠的一個地方。

天掉下來了

當年蓋祖師廟時才種在旁邊的榕樹，經過六十多年後，一百二十坪的廟地都被樹蔭遮蓋了一大半。而那長年累月都在蔭影底下的紅瓦屋頂，長出一層茸茸深綠的苔蘚草。另一半在陽光下的，還可以看出頗有年資的紅瓦來。因爲這個緣故，他們都直接地叫清泉祖師廟爲陰陽廟。這個變化的過程，一直活在村子裡的阿盛伯他們四五個老人家，就是看著這種變化衰老過來的。當時他們攀吊在運蓋廟的紅磚的牛車後面，還挨了牛車伕的籐鞭哩。現在村子裡只有他們最老了，每次廟裡的祭拜，都是他們幾個人在主使村子裡的人怎麼去做；其中以阿盛伯爲主要的領導人物。一年當中是遇不到幾次祭拜的，在其餘漫長的日子，幾個老人就聚集在廟裡的邊廂，冬天時把門帶上，每人提著小火籠子烘暖，夏天就把門打開，涼風必定從邊廂經過，把象徵著此地的虔誠的烏沉檀香的香火帶到天上去。他們大部分都是談論著過去，縱使是反覆的，他們還是不厭其煩地陶醉在早前與貧苦掙扎的日子；過去的總是叫人懷念，尤其他們幾個，在這晚年的時日，也只有這些才叫他們覺得驕傲，明天誰都沒有把握，說不定明天自己就不來廟裡了。可不是？去年還有七八個，只有一年的光景，就走了一半。本來門楹內左側的石墩是天送伯的位子，現在它已經失去坐著溫暖了的微溫，變得冰冷透心了。天送走後，火樹伯來揀這個位子坐了一天，當天晚上天送就到火樹的床頭給他託夢，並憤怒地向他討回這個石墩的位子。從那天起火樹伯的肛門就生了痔瘡。這件事情是整個村子裡的人都知道。火樹伯的痔瘡後來搞得很慘，吃了幾十種藥，敷了幾十種藥，連坤田家的祖傳祕方都不見效。最後火樹伯才聽幾個老朋友的勸告，拖著半條命，由家人抬到天送的靈前燒香道歉。阿盛伯卻以老大的身分，在靈前責罵了天送一頓說：天送，你生前很明朗的，爲什麼做了神以後變得這樣氣短？你、我、火樹，咱們大家都是穿開襠褲子時就在清泉長大的老朋友，爲了坐了你的石墩，你就忍心折磨他半死，其實那石墩又不是你的，那是廟裡的，那是祖師公的……。當時在場的很多村人的臉上都駭然失色，像是天送伯就眞正在場接受火樹伯的道歉，也在挨阿盛伯的責罵一樣。說也奇怪，一個禮拜後，火樹伯的痔瘡竟然痊癒了。但是兩個月後，突然好好的死了。那當然這個石墩就沒有人再敢在上面坐了，在清泉村人的心目中，這個石墩已經有了一個專有的警戒名詞——痔瘡石。

除非有重大而不可抗拒的事情，這幾個邊廂閒談老人是不會無故缺席的。雖然現在只剩下他們四五個，也只有這四五個人談起話來才不用解釋，並且興趣和話題都是相通的。所以吃過午飯以後，到廟裡閒談的事，已經變成了他們生活的一大部分。

這天下午，牛目伯、蚯蚓伯、毓仔伯、阿圳伯都來了，只差阿盛伯還沒有來。平時都是他來得最早的，就算是遲到，三點多鐘了也應該來啊？他們幾個心裡惶惶的很不習慣，不管談什麼話題都中斷了。

「他沒怎麼樣吧？」有人不安地說。

「早上我還看到他牽牛在圳溝墘吃草哩。」

「哪裡，早上我也在圳溝墘放牛，就沒見到他。你順著圳溝到下尾去，我倒看到了。」

「啊！對，不是早上，那是昨天。」那人馬上承認自己的健忘。

「會不會生病？」

「我想不會。昨天還好好的。早上我在圳溝墘放牛，還遇到他的大媳婦抱一大堆衣服去洗。要是他生病，她也會告訴我啊！」停一停，「她什麼都沒告訴我。沒什麼吧。」

「那就怪！失蹤了？」牛目笑了笑，但是馬上又收斂起來。大家沉默了好一會兒。

「對了！幹伊娘哩！」蚯蚓突然叫起來：「前天他不是說要到街仔擇日館看日子，想擇一個吉日改灶嗎？他說他家的灶，柴火燒得兇。」

「哈哈——我想起來了。」阿圳咧開嘴笑了一陣才說：「我這個頭殼壞了啦，和田底石頭一樣，應該揀掉！早上就是他要上街仔的時候，我們才在井邊碰頭的。」

「幹伊娘哩！眞的？」

「一點也不錯，就是田底石頭一個！」毓仔伯半玩笑地罵著。

「但是去街仔擇日也該回來啊！」

「會不會死在半掩門仔的床鋪上？」蚯蚓打趣著說。

「幹！眞的那樣就好囉——老囉——」

「你也不年輕。」

「是啊！我是說我們都老囉——不對？」

阿盛伯沒在，在他們裡面就像是缺了酵母似的，大家談得並不很投機。以往的話題大部分都是由他引起。慢慢地，在涼風的吹拂下，他們都紛紛打起瞌睡來了。

西廂邊的這棵神樹——就是大榕樹，正是結籽的六月，每一顆榕樹籽都熟透得發紫，稍稍一碰就落地跌碎。樹下鋪滿了一層碎開的樹籽，發出香甜而又略帶酸的霉味，叫人聞起來並不討厭。一群靈活的小畢羅，在這枝椏在那枝椏地，像矯健的手指在琴鍵上彈奏一連串的頓音那樣地跳躍著鳴唱。樹籽成了一種快活的旋律，「波答波答」地落下來。蚯蚓帶來的兩個六歲大的雙生孫兒，每個人各騎一隻門口的石獅子，手抱牢石獅子的脖子也都睡著了。

阿盛伯從街仔急急地趕回來。他心裡不停地焚燒著，越想快一點趕回清泉，越感到路長，像有什麼和他在作對似的，他心裡咒詛著：那清泉不就完了嗎？我絕不讓他們這樣做，絕對不能。快點回去告訴他們。他兩步併一步地趕，坤池的田過去就是啞巴的田，再過去是紅龜的，紅龜的田過去就是龍目井和清泉國校分班。阿盛伯來到龍目井這口天然大泉井的時候，還特地抄進來看看井和四周的環境，且憤恨得自言自語地說：「要是眞的讓街仔人這樣做，清泉的地理都完了。這未免太惡毒了！這是天大地大的事，他們竟敢打這主意！幹！」他急急地掉頭就向廟裡跑。

阿盛伯一跨進祖師廟的西廂就大聲地嚷起來：

「嗨！我看睏鬼還能纏你們多久。」

他們都被這不尋常的叫嚷驚醒過來，再看到阿盛的模樣；除非是什麼重大而不幸的事情發生，否則那貼在臉中央的半邊紅蓮霧果是絕不褪色的，看那樣子，兩個鼻孔還不夠他喘氣，半開著的嘴唇顫得很厲害。

「鬼姦著這麼大聲嚷！」蚯蚓被嚇醒而有點惱怒，但他馬上看清阿盛的神色和平時不同，轉口氣打趣著說：「我們還以爲你在後街仔的半掩門仔不回來了呢。」他本能地用手拂去睡著時淌下來的口水。

「什麼事這麼晚才回來？」阿圳問。

阿盛一下子癱在竹椅子上，當背碰到靠背的剎那，又彈跳起來坐著說：

「我們絕不能讓他們這樣做！這樣我們清泉不就都完了嗎？」他把手一攤開隨即眞的癱下來了，那樣子像是他盡了最大的力氣說了這句話。

他們幾個互相望了望，蚯蚓性急地說：

「怎麼搞的，你這個老頭！即使你帶回來什麼壞消息要我們像你這樣難過，你也應該說清楚啊！是不？沒頭沒尾地來一句『完了！』就躺下來，誰知道發生什麼事？」

幾隻注意著蚯蚓的眼睛又集注著阿盛伯。

阿盛長長地嘆了一口氣：「街仔人想來挖掉我們清泉地的龍目。」他的話使大家愣住了。

「這怎麼說？」

「就是每天早上來池塘游水的那些人，他們籌集了三十萬元，要在我們井邊做一個游泳池。」阿盛看到剛剛緊張地愣住了的他們，現在反而顯得沒什麼的樣子，心裡又變得急惱，「怎麼？你們不關心這件事嗎？」

「做一個游泳池有什麼不好？」阿圳說。

「怎麼沒有什麼不好！第一，傷著我們的地理。你要知道，清泉村所以人傑地靈，都是因爲這口龍目井的關係。我做小孩的時候就聽我祖父這麼說的。」

「是啊！這個道理誰都知道，但是做一個游泳池在井邊有什麼關係？」

「所以說啊！牛目你不要埋怨別人笑你憨。你想想看，那個游泳池的水都是靠馬達從井裡抽水，要是水一下子被抽光了，龍目就枯了怎麼辦？清泉不就完了嗎？」

大家又互相望了望點點頭。

「是啊！這可嚴重。」牛目說。

「你們都忘了？大風颱那一年，不知道誰丟一綑稻草在井裡，結果我們整村的大大小小都眼痛，幸虧那一次丟的是稻草，要是撒了一把刺球子，清泉人都死光了！」阿盛看到他們臉部的表情開始罩上困憂，心裡才升起一種應該的沉重的滿足，「所以說，」這是阿盛最愛拿來做開頭或是肯定結果的話的三個字。「龍目裡裝一個馬達在裡面，我們怎麼受得了！」

「你的這個消息當眞？」大家的目光都集注到阿盛，他們不但深信這個不祥的消息，心裡已開始蒙上一層深沉的憂慮，但是他們邊寄望著否定的可能，而由蚯蚓伯這樣問。

現在阿盛原來負著這消息回來的重負，由大家的分擔，使他顯得安舒了許多，他說：

「不知在什麼時候，他們拿了這裡的水去化驗，結果認爲這裡的水太好了。傻瓜，清泉龍目井水當然好，還化什麼鬼驗。但是水好並不是要他們來做游泳池啊！」

「那我們必須極力反對到底！」毓仔伯過於激動地說，連口沫都濺到別人的臉上。牛目用平淡的動作將對方濺過來的口沫輕輕地抹掉說：

「那當然，那當然，我們絕對反對！」

毓仔伯也舉手抹掉他臉上的什麼。

「還有一個理由，你們要知道：當游泳池開放的時候，那些來游泳的街仔人，不管是男的女的，只穿那麼一點點在那裡相向，誰知道他們腦子裡在想什麼。我們清泉向來就很淳樸很單純的，這麼一來不是教壞了我們清泉的子弟？把我們清泉都搞濁了嘛！」

阿盛看到他們默默地點著頭又說：「所以說我們很有理由反對。」

這時一直沉默在憤怒中的阿圳伯也提出一個理由說：

「再說，讓龍目看了這些不正經穿衣服的男女也是不好的，這樣地龍整身都會不安起來。」

「對啊！那我們有三個大理由了，想想看，還有什麼其他的理由我們好反對。」

蚯蚓衝動得跳起來說：

「還要什麼理由！這三個理由已經就等於天掉下來了！」

就在這個同時，蚯蚓伯的孫子有一個從石獅子上掉下來哇哇地哭叫起來，而他最後嚷的「天掉下來了！」這句話巧得就像因小孫兒跌下來而叫的。

民權初步

村民大會的晚上，向來就不曾參加開會的這幾個老人，倒很早就來到謝村長曬穀場臨時布置的會場，坐在最前一排板凳上等著開會。

因爲全村的人都知道這晚的村民大會是這幾個老阿伯等不及的，其實也是他們急切地等待著要知道反對在龍目井地方建游泳池是不是能夠生效。所以來參加開會的人反常的踴躍。一家人有的來了好幾個都有。當會場已經擠滿了村民的時候，指導機關和列席機關的人員都還沒到。謝村長把家裡收音機正播放的歌仔戲節目開得很大聲。

本來這種會在這些人總是覺得沒什麼意義的，要不是有那麼規定每一户必定派一個人參加，在開會前蓋個章，開會後又蓋個章證明到席，那是不會有人參加的。結果這次不然。他們覺得眞正需要這個會來解決他們的問題，而這問題又是一天一天緊緊地壓迫過來。每個來開會的人心裡都有些激動，要是再經過激發，就會成爲一股狂潮的趨向。阿盛伯他們屢屢回頭看看緊挨在後頭的村民，臉露著笑容點著頭表示欣慰。

沒有任何時候使他們幾個像這天晚上感到這種安全感，至少在這個時刻村民都同他站在一邊，內心的優越就如面對著什麼敵人都不怕而高喊著：來吧！他媽的，逃走是狗養的！牛目對幾個老兄弟說：喂！不要老讓年輕的認爲我們老了沒用，晚上咱們老人家表現給他們看看。他們都同時點了點頭表示幹。

村幹事把國旗掛好以後就不見了，後來村長也不見了。本來預定七點半開會，時間過了二十多分鐘，村民也沒什麼表示，他們聽《陳三五娘》的歌仔戲節目正聽得津津有味。快八點的時候，收音機突然中斷，群眾的心亦突然頓挫了一下，村幹事和村長就從房子的正門走出來，兩人都有點顯得像跑了一段路而喘息。

群眾裡面有人喊著要開會，村長站到一只箱子上面，有點口吃地向群眾說馬上就要開會，希望大家安靜。村幹事還不時轉頭看看路口那邊，最後一次他看到路口那裡有人影走過來，他興奮得喊來了來了，所有的村民也轉過頭往路口那邊望，有的還站起來，害得就要走進會場的一批人，忽然止步，站著觀望了好一會裡面的動靜，才慢慢地一步一步地走進會場。村長趕快跳下箱子，跑過去一一和那些人握手，然後引他們走進會席。

鄉長竟然也來了，使村民感到意外的是，除了劉巡佐以外，還來了五位陌生的外地警察，巡佐的臉還是和平時一樣地露著笑容，而那五位陌生的警察的臉色就不大對勁，另外還有三個穿西裝手拿扇子的紳士，而那三支紙扇子都是相同的；後來經村長的介紹才知道都是特別的來賓。

等他們坐定位子的時候，已經是八點三十分了；今晚什麼都反了常似的，以前都是他們先來等村民。村幹事看到三個紳士當中的那個胖子點頭以後，就拉開嗓子喊：「村民大會開始——」在還沒接著喊主席就位，蚯蚓就碰阿盛伯的肩膀要他上來說話。阿盛伯眞的一下子就站起來一邊喊著說：「我有話要說……。」

村幹事爲了要保持開會的程序不受打岔，有意不理阿盛伯的話，而把下一句的口令更大聲地喊：「主席就位——」但是阿盛伯看到臺上沒人理他，於是他叫村長的名字說：「喂！鴨母坤仔，開會前我就告訴你我今晚有話要說嘛！」這時候很多人忍不住都笑了，連那五個臉繃得緊緊的警察也趕緊笑了一下。謝阿坤村長在臺中間轉過臉向阿盛憤怒而無可奈何地瞪了他一眼。阿盛還以爲鴨母坤仔錯怪他，所以他又接著說：「眞的嘛，幹！我明明和你說了嘛！」又引起一陣轟笑，村幹事立刻走過來，把嘴湊近阿盛的耳朵，阿盛說右邊不行，你到左邊來。村幹事就在阿盛的左耳低聲的說：「你知道嗎？那個胖子是一個大人物哪，你不能開玩笑擾亂開會呢！」

阿盛伯很不高興這種威脅，又大聲地嚷：「什麼？我開會說話叫擾亂開會？」村幹事很尷尬地又湊近他的耳朵客氣地說：「你誤會了我的意思了，等一下我們要你說話的，現在還沒到你說話的時候，那時候我一定會告訴你好吧！」阿盛伯點了點頭還是很大聲地說：「我怎麼知道還沒到說話的時候。」他用力碰蚯蚓一下：「幹你娘咧！都是你叫我起來說話。」蚯蚓也大聲地說：「我怎麼知道！」兩個差點吵起來。村幹事馬上打圓場說：「好了好了，你們有話留著等一下我請你們發表。」

他們的情形一直引起村民的好笑。阿盛伯在每次激起群眾的笑聲時，就要回過頭去巡一下發出笑聲的這些臉孔的表情是不是還是和他站在同一邊，結果每一次都好像受到鼓勵，而他就越變得帶憨帶粗起來了。

村長的那一段國語的開場白使這幾個老人感到十分不滿，因爲他沒聽懂鴨母坤仔在說什麼。接著那三個紳士也都上臺說了話，但這在老人家的眼裡只是一連串難耐的比手劃腳而已，鄉長和村長是一樣的，最後連巡佐也上臺說話了。

阿盛伯以爲還要等那五個警察都說完了話才會輪到他，他埋怨地向蚯蚓說：「伊娘哩！坐都坐駝了背還輪不到咱們說話。」再沒等多久，村長請阿盛伯起來說話之前，用本地話說明了一段，說剛才主委已經說得很詳細，爲了清泉的發展，各方面熱心促成在井口建游泳池的事，就要付之實現，希望本地方的人要配合完成。有了游泳池以後，這裡還要通車，分班又要獨立，清泉很快地就會繁榮起來。聽了這些話，臺下沒有一個村民鼓掌。

阿盛終於站起來了，一陣熱烈的鼓掌聲跟著掀起，他回過頭看看村民，面對著臺上先以挑戰式的口吻發表了一篇聲明。他說：「請你們回去告訴街仔人說清泉的阿盛伯說的，他們要游泳的話，請回到家裡的浴盆裡游泳去吧！」這句激動的話，不但引起爆笑，同時贏得了雷動的掌聲，阿盛伯自己也莫名其妙地懷疑哪來的靈感。接著又說：「不要妄想在清泉建游泳池，清泉的水是要拿來種稻米的，不是要拿來讓街仔人洗澡用！」鼓掌的聲浪把他老人家的話揚得更激昂：「清泉的人不稀罕通車，我們有一雙腿就夠了。我們只關心我們的田、我們的水……。清泉的地理是一個龍頭地，向街仔的那個出口，就是龍口，學校邊的這口井就是龍目，所以叫龍目井，清泉的人從我們的祖公就受著這條龍的保護，我們才平平安安地生活下來。今天居然有人要來傷害龍目，清泉人當然不會坐著不理。」

他回過頭問村人說：「對不對？」所有的村民興奮跳躍起來。臺上的人心裡都暗暗地驚訝阿盛伯的煽動能力。牛目側過身來向阿盛伯說：「老傢伙，是不是祖師公找你附身做童乩？」阿盛伯說：「我不知道。我一直覺得腦筋很清楚嘛。」

會完後，阿盛伯被村長請到村長家的大庭和幾個特別來賓見面，他們的話都由村幹事來翻譯。主委很欽佩地向阿盛伯說：

「老阿伯，我眞佩服你說話的口才。」

「哪裡，你們過獎了，我是沒讀過書的，連一字是一橫也不知道。」

「沒有讀書能有這麼好的口才更是了不起。」

「不敢當不敢當，見笑見笑。」阿盛伯：「孔子公說的話我倒聽人說幾句，那就夠我用了。」

主委和旁邊的人交談了幾句，阿盛伯就問村幹事他在說什麼？

「他說你很能說話啦。」幹事又替他們翻譯。

「不要那麼說，我只是據理說話，老老實實以理論理，情理是愈辯愈明。眞金不怕火，你說對不對？」

「老阿伯，我有一句話要問你，請你老實講，到底你爲什麼會這麼勇敢，並且這麼極力反對這件事，在背後是不是有人唆使你這樣做？」

阿盛很不高興地一下子就回答說：

「沒有！」

「那麼你爲什麼要這麼激烈地反對呢？」

阿盛伯毫沒有考慮地且驕傲地說：

「因爲我愛這一塊土地，和這上面的一切東西。」

第一回合

順發營造商標到這一座長五十公尺，寬二十五公尺的游泳池工程，第一天就在清泉村遭遇到困難，他們在村子裡找不到一個臨時工來挖土。第二天他們才從別的地方僱來了五十名的男女工人來挑土。阿盛伯他們幾個整天執在工地和營造商的人周旋，結果招來了警察的干涉，他們都受到觸犯法律的警告。

阿盛伯心裡覺得很是不滿，爲什麼別人來侵犯我們的行爲會受到法律的保障，而我們的正義卻剛好相反觸犯法律？他們幾個老人紛紛回去發動了一批男人，每個人手裡都握著棍棒或是劈刀，往工地這邊趕過來。工地這邊的人見了這情形，丟下了扁擔和簸箕就跑離工地。阿盛伯帶來的這一批人，把散亂在工地的這些工具集成一堆，放了一把火就把它燒了。

火猛烈地燒著，這批人圍著火光，心裡一股勝利的喜悅令他們感到新鮮的光榮，不一會兒他們的外圍又圍來婦孺的村民，對他們的敬慕，而使他們也不覺得那英雄姿態的昂然，無形中溢出來。在人群裡面的阿盛伯大聲地說：「逃走了就算了，就算他好狗命。光讓他們看清泉村的顏色，看他們以後是不是還來動這裡的一根草。」這時只聽外一層的人叫：「來了！來了！」，在還沒來得及看清楚之前，十多個武裝的警察，乘一部消防車已經趕到了。

警察迅速地跳下車，一下子就刺進人群的核心，再向外推展分割開群眾，這些農夫們都被繳械了，然後一個一個地送上車；這一連串過程就像演習那麼順利。阿盛伯卻自動地跟著上了車，一起被送到街仔那裡的分局去了。原地還留幾個帶械而臉帶笑容的警察，安慰著其他村人要他們安靜地各自回到家裡去。

事情經過村長和鄉長多方的奔跑，營造商方面說，只要能保證事情不再發生，並保證工地的工作人員的安全，他們很樂意和解。當晚很晚了，他們才有計畫地被放了出來。每一個人似乎都受了很大的驚嚇而臉都縮了。回到清泉後，這種緊張的情勢仍然沒有消滅，他們心裡始終牽掛那份留在分局的口供筆錄和指模，不知以後還會有什麼麻煩的事情發生。這種顧慮的恐懼心，反而回到家見了大小之後跌得更沉。現在他們確實感到懊悔不及，再怎麼想到龍目或是整個清泉也激不起一絲力量來反抗，甚至於有人連隱藏在意識裡的意志也沒有了。想起來他們自己也不明白，當時怎麼會那麼衝動，只聽阿盛伯吆喝一聲，大家一窩蜂地就跟著湧上去。但是他們誠然不知道，阿盛伯正為他們敢為著清泉挺胸出來而感到驕傲。雖然他以禍首的名分被拘留在所裡過夜，他仗靠著心裡那份安慰，倒使他的態度顯出一種宗教性的安之若素。

從他把熱愛清泉的意念付之於行動之後，他多多少少察覺到自己的變化，他不再覺得自己沒有事做了。而這件事情是比自己更重要，沒他別人不可能去做，也可以說一種信念寄附在阿盛的軀殼使之人格化了的，無形中別人也會感到阿盛伯似乎裹著一層什麼不可侵犯的東西。以往那些俗氣在他的身上脫落，且和一般人形成崇高的距離；這在熟悉阿盛伯的人，或和他認眞談過話的人都有這種感覺。

阿盛伯自己就覺得自己說話完全和以前不同了。每一句話說出來都是讓自己那麼驚奇，好比說有人特別來想改變他的觀念，問及清泉的水有多好？阿盛伯的眼睛就露出神奇的光彩，彷彿看到另一個世界地說：「要是你能和魚說話的話，你問我們清泉裡的魚好了。不然你看看清泉的魚那種快樂樣子，你即可以得到正確的回答。那不是我阿盛告訴你的。」這種語句不但他自己，連在旁的人都有點迷惑。而能察覺到自己的變化的那份感覺力，卻逐漸地減去，那簡直微妙得出奇，忠於一種信念，整個人就向神的階段昇華。阿盛伯大概就是這種情形，已經走到人和神混雜的使徒過程。

半夜，阿盛伯被人請到另一個較爲寬闊的房間，一踏進門就發現那晚村民大會來列席的貴賓，就是坐在中間的那個胖子。他們都對阿盛伯很客氣，讓他坐在一張桌子前面的籐椅子上。有人替他倒茶、送香菸，他們想替他做筆錄。這之前那胖子向阿盛伯做了一番解釋，說分局並不是拘留你，只想讓老人家冷靜冷靜。事情本來很單純，但是散播迷信煽動群眾差點鬧出流血案件的事，是法律所不許可的。由於老人家的動機純良，這邊願意把大事化小事，小事化沒事，希望老人家回去好好抱孫享福。阿盛伯冷冷地謝了一番，就開始回答做筆錄的口供。

「你叫什名字？」

「許阿盛。」

「今年幾歲？」

「閏年不算七十九了。再活也沒有幾年了。」

在旁的人都笑了。其中有一個人說：

「那你應該好好享受享受晚年啊！爲什麼還要管閒事？」

阿盛伯很輕鬆地說：

「因爲我知道我再活也沒有幾年了，現在有閒事不管，以後就不再會有機會了。」突然改變嚴肅的口氣：「閒事不閒事，那要看什麼人在看這件事。我，我不以爲然。」

問口供做筆錄的人趕緊接著問：

「你爲什麼要反對在清泉建游泳池？」

阿盛伯把三大理由說了出來，還做了不少的補充。

「你爲什麼要聚衆滋事？」

「我聽到，清泉在那麼多人爲了建造游泳池，每拋一下鋤頭落在它身上的呻吟，我一個人無力挽救，只好找清泉的人集合起來阻止他們。」

「你知道你這樣做會構成什麼罪嗎？」

「這和關係著整個村莊的地理有關係嗎？……」

「我希望你只回答我所問的問題。我再問你，你知道你這樣做會構成什麼罪嗎？」

「我不知道。」

「……。」

「……。」

天快亮了，阿盛伯的精神仍然很好。他們悄悄地用吉普車把他送回清泉。

陳大老的孫子

工程積極地進行著，阿盛伯已經失去了村人行動上的支持，他孤獨而焦灼地蒼老了很多。雖然家人騙他離開清泉到臺北親戚家，但是由他對抽水馬桶的陌生和隔閡，當晚他肚子裡逼著一股內壓回到清泉，一進家門連話都沒說就直衝到豬圈裡的茅房。幾個老友對這件事消極起來。眼看游泳池的工程一天一天積極地進行著，他想要是不趁早阻止，就算土挖好而被他阻止成功，那時候填土才是麻煩的工作咧，想了想，他現在不再直接去阻止這項工程了。他想應該用間接的方法找人事關係，能找一座泰山來個壓頂，什麼事情都能解決。可是以阿盛伯的條件，根本就不可能有什麼大人物之類和他有任何交情。

在失望之餘，他忽然想到陳縣長來。他還記得很清楚，陳縣長在競選時，冒著大汗來到清泉，曾經熱烈地和他握過手，口口聲聲拜託拜託，並且答應他說：「要是他當了縣長，以後他有什麼困難都可以找他解決。」陳縣長的運動員也說：「只有選他做縣長才是明眼人，因爲他是不會開空頭支票的。」阿盛伯不但自己投他的票，他還義務叫別人投他的票。那時他一直感動於他自己粗俗的手被一隻肥大而細膩的手實實地握住的感覺。

對！我怎麼不去找陳縣長呢？他曾經答應我有困難可以找他。陳縣長的祖父在滿清的時候叫陳大老爺，我祖父以前就是陳大老爺的佃農，早前巡撫來點兵查糧的時候，祖父、父親他們都要去充臨時兵員的，只要我見了陳縣長說出我們以前也是你家的佃農，他就會領情吧！阿盛伯想到這裡又找到一線希望。第二天上午，他換了一身乾淨的衣服，到街仔的縣政府找陳縣長去了。

好容易闖了幾關才摸到縣長室的大辦公廳門外，他看四周的氣派，心裡暗自歡喜一番。縣長畢竟是一個大人物，這麼不容易找，又是在這麼嚴肅的地方，一定管很多人。只要他一答應還怕什麼事情不成？門外的小姐告訴他說縣長在裡面開會，叫他最好下午來。他說他願意等他開完會。他可以說是等得很開心，因爲他認爲愈不容易見的人物一定是偉大的。

最後終於見到縣長了。他行了很深的禮，而沒見到縣長的回禮，小姐在外面已經告訴過他，說縣長最多能和你談十分鐘的話，所以他聽了之後心裡有點焦急。十分鐘要談完這件事到底要從何處談起？他想應該先讓陳縣長知道一點人情關係。縣長請他坐下來，他開頭就告訴縣長說：「我們許家早前也是陳大老爺的佃農哪！」他滿懷著希望想看到縣長領了情的表情。結果他只聽到縣長從鼻孔哼了一聲，低著頭翻閱紅卷宗裡面的一大疊公事。

這使阿盛伯愣了一陣，好一會兒，縣長才抬頭鼓勵他說話。他說話的時候，縣長還是埋頭在公文堆裡，一張一張機械地翻一張蓋一個章，這樣，連看都不必看，因爲太多了連蓋章就需要很久的時間，等阿盛伯把主要的話都說完了，在等縣長的回答時，縣長還忙著蓋章。對這件事縣長的印象是土地和工程的糾紛，所以他考慮要交給哪一部門去處理，社會課呢？民政課呢？建設課呢？還在考慮中縣長就按鈴叫小姐進來，然後小姐把阿盛伯帶到建設課去了。

結果阿盛伯在建設課鬧了一陣笑話碰了一鼻子灰，再也摸不到門路應該去找哪裡才適合。他疲倦地回去清泉，對陳縣長的偶像都幻滅了。他在路上還不斷地反覆著咒罵著說：「幹！那就是陳大老爺的孫子，要是讓陳大老爺知道了一定會流目屎的！」

貓不是狗

從阿盛伯失去村人行動上的支持以後，他的信念亦不能完全付之於行動。剛開始的那種宗教型的人格就漸漸失掉了。當游泳池完全落成的那一天，他也完全恢復到以前的鄙俗了。許多人圍在游泳池的鐵絲網外，看著裡面嬉水熱鬧的情形。很多村子裡的小孩子向家人吵著要一塊錢去游泳。年輕人應該到田裡去工作的，有很多人把鋤頭放在一邊，望著裡面的奶罩和紅短褲在那裡構想而出神。

這些阿盛伯都看在眼裡，心裡十分難受，他一邊受痛苦的煎熬，一邊在游泳池外徘徊了一陣。最後他瘋狂地闖入裡面，大聲地叫嚷著說：「要脫嘛就乾脆像我這樣脫光！」說著他真的把身上的衣服都脫了。小姐們被嚇得吱吱叫著爬上來，男孩子們卻笑著拍手鼓掌。這時候阿盛伯來一個倒瓶式的姿勢，跳入深水的地方去了。他連狗爬式都不會，等很久沒見他浮上來的時候，在場的人才不覺得好笑。當兩個小姐急忙跳下去把他拉起上來，那已經遲了一步，阿盛伯只留一個名字，什麼都沒有了。

笑聲

出殯那一天，阿盛伯的家人要求游泳池關閉一天；阿盛伯的死到底是爲了這座游泳池。出葬時棺材必須經過游泳池的門口。管理游泳池方面的人答應了，同時在門口還橫披著一塊大黑幕。但是，當棺材經過游泳池前，四周的鐵絲網還是關不住清泉村的小孩子偷進去戲水的那份愉快地如銀鈴的笑聲，不斷地從牆裡傳出來……。

(四)弱勢關懷與族群融合

最後的獵人

拓拔斯・塔瑪匹瑪

作者簡介

拓拔斯・塔瑪匹瑪（布農族語：Tuobasi Tamapima，一九六〇年生），漢名田雅各，南投縣信義鄉布農族Loloko部落（人和村人倫部落）人，高雄醫學院醫科畢業，以臺灣原住民醫療服務為職志，曾服務於臺東蘭嶼、高雄那瑪夏、桃源鄉、臺東長濱鄉衛生所。就讀高雄醫學院時，加入阿米巴詩社，並於一九八二年以短篇小說〈拓拔斯・塔瑪匹瑪〉獲校內南杏文學獎。曾獲吳濁流文學獎、賴和醫療文學獎。著有《最後的獵人》、《情人與妓女》、《蘭嶼行醫記》等。

文本

傍晚，比雅日在柴房蹲著劈木材，眼神露出老人樣的痴呆，斬斷的木頭沒有以往乾淨，鬚鬚地像老鼠啃過的生豬肉。有時劈歪了，斧頭砍入泥土裡，他愈做愈煩，於是雙手托著斧頭，蹲著發呆。

「比雅日，快點好不好，火要熄了。」

比雅日身旁打盹的獵狗突然跳起來，豎起兩個大耳板，前腿半蹲，後腿拉直，擺出攻擊的姿態。比雅日依然低頭看著劈木頭遺下的薄木屑。獵狗伸長背脊，抖了幾個冷顫，又懶懶地躺下。

帕蘇拉坐在小椅子上看到這幕景像，就要開口大笑，但看到自己的男人毫無反應，又氣又恨，她回到火爐旁取暖。

「比雅日，你想念誰啊？你是聾子嗎？如果你聽我的話到平地做臨時細工，買幾件毛衣，現在就不需爲冷天劈木材，快快丟兩枝木頭過來。」說著並把小椅子丟到他腳前，右手插腰站了起來，咬緊牙齒，露出常被小孩調侃的大門牙。獵狗仍然懶懶地躺著。

「幹嘛發起脾氣？帕蘇拉，你把孩子的椅子摔在地上，上天將會懲罰我們，假使弄斷椅子的腳，可能會咒我們生下斷腳的孩子。」比雅日撿起椅子，順手丟三枝木頭給帕蘇拉。

去年夏天，她第一次懷胎，經過兩個月細心養護，有天夜晚不幸流產。比雅日同時也製好那張椅子，本來準備將來給孩子當禮物的，現在他看到椅子愈覺傷心，撫著椅子的四個腳，查看是否受到創傷。

「把椅子藏好，下次妳懷孕時再拿出來。」他將椅子藏在曬小米的臺架上，穿上夾克，然後走近帕蘇拉旁，伸開十指就近火堆取暖。今年冬天他依然穿舊夾克，袖子原來是乳白色，現在已看不出當年它在櫥窗時令他喜愛的樣子，背後破了兩個大洞，是他打獵時滑倒被木頭穿破的，但他不曾有丟掉它的念頭，反而愈來愈喜歡它。

「如果不是你家流傳詛咒的血、附有魔鬼的身子，今晚我不必蹲在火旁取暖，她應該是個女兒，現在應該長這麼大了，抱著剛好在兩個乳房之間。獵人、獵人，都是你的祖先。」她的聲音顫抖地罵道。

「不要吵，請妳不要再講，過去就算了，相信我們一定會有孩子。」比雅日話還沒說完就叫起獵狗，快速跑出去，差點踢到他丟進來的木頭，一瞬間就跑出火光可達到的地方。

「出去就出去，不要回來。」

自從那次帕蘇拉流產以來，他們無法找出流產的眞正原因，於是開始敵人似的生活，互相冷言嘲語，比雅日怪她的子宮沒有耐性，她怪他的種子適應能力差，加上她對比雅日的巫婆世家和祖先的咒語一直感到恐懼。半年以來她已習慣了比雅日的出走，半夜後比雅日會自己回來。

霧水開始籠罩整個部落，濕氣由牆縫緩緩噴進屋內，帕蘇拉縮著小肚與頸子，但無法與寒冷繼續抗衡下去，她反鎖房門，獨自回房鑽入被窩裡。

雲靄愈積愈厚，宛如雪崩那般猖狂地從山上滾下來，比雅日跟在獵狗後面，深怕走出小徑而跌入水溝裡，有次他跌進水溝，第三天才把鼻涕止住，他一直認爲那是痛苦的故事。他從木窗探頭看看帕蘇拉是否已睡著，然後慢慢推開大門，見到房門已反鎖，就倒在長椅上，獵狗也爬上椅子與他相擁而睡。

比雅日無法入眠，想著雪崩、寒凍的空氣，那不就是野獸也下山來的時候嗎？於是他下定決心乾脆明天上山去打獵，家裡的氣氛簡直使他快窒息，壓得他失去了勇氣，他閉上眼睛把應帶的獵具想一遍，子彈藏在倉庫，鐵絲、袋子、火柴……，把這些在腦裡準備妥善之後，便安然睡著了。

凌晨，雲霧漸漸逃離山谷，向四周擴散，好像害怕人們知道是它們造成冰凍的夜晚似的，公雞叫聲此起彼落，男人劈柴的聲音與獵狗吠聲，也趁太陽未出來同時奏起，此時已有幾戶人家點起柴火，煙囪上吐著黑煙，在這裡從來沒有人想到黑煙會造成空氣污染，因爲部落的人相信黑煙會隨著雲升上天空。

帕蘇拉坐在火爐旁，以乾竹子與木炭生火，烤紫色皮的地瓜，她無意叫醒椅子上的比雅日，火燄愈燒愈烈，她正把快烤黑的地瓜翻身，飯鍋蓋被蒸氣噴到地上，發出尖銳的響聲，比雅日和獵狗同時被驚醒。

「伊凡，去廚房看看，是不是老鼠偷吃剩飯。」

「來來，伊凡，是我啦，連你也對我兇巴巴！」

「帕蘇拉，你已經起床了，今天我要上山，昨天晚上我做了一個夢，就如爸爸他們相信『巴哈玉』，獵人的夢絕對不會撒謊，你幫忙準備米和鹽巴，可要在森林渡過兩個晚上。」比雅日起身跟在伊凡後面對差點嚇昏的帕蘇拉說道。

「算了，不要再提託夢的事。你的祖先就不會託夢給你生孩子。」

比雅日於是自己動手，收拾打獵必備的東西。帕蘇拉夾住已熟透的地瓜，用口吹吹，在手裡拍拍。

「拿去吃罷，希望你捉到活的山鹿，賣給山腳下那個客家老板，你家的牆壁應該塡補了，如果春天以前不能整修房子，我眞的會回到我爸爸那裡，到時你別後悔。」

他笑笑，臉上出現冷冷的表情，右手提起背囊，把伊凡抬到機車汽油桶上，然後開動車子離去。

十二月的清晨，氣候凍寒，樹葉枯黃，山坡多了幾種色彩，由山谷到山峰，顏色由漆黑漸漸棕黃而亮白，像一幅童畫，沒有整齊劃一的設計，看來雜亂，但卻令部落的人不得不稱讚它們美妙的組合。土地乾裂，部落的人一直渴望著下雨，不再管天氣是否寒冷，他們只想著雲層快點轉黑，以解除冷且乾的空氣。東方的天空由粉紅漸漸泛白，比雅日在小路上穿梭，他個子高大，臉上長了一臉鬍子，像懶惰的農夫整理的草地，高低不平，眼窩深且寬、鼻樑兩側淺淺兩道溝痕，濃密的眉毛常隨著表情而變形，往往停在憂愁的形狀。他有七個姐妹，他是唯一的男丁，從他母親身上吸取最多的營養，胳臂堅強，現在家裡只有他們夫婦。他身穿著寬大天藍色的長袖毛衣，墨綠色長褲，黃色的長雨鞋，褲子上半部到處是縫縫補補的痕跡，他繼續加快車速，毫不在意冷風的吹襲。

比雅日擴展他寬大的胸板，用力吸一口濕濕的空氣，越過吊橋之後就離開了部落的視界。他愉快地再加快車速，車子在碎石路上碰碰跳跳，他故意駛過凹凸地，前輪跳離地面時把屁股抬高，伊凡很不安地趴在油桶上，他卻十分舒爽。

經過一家雜貨店前，那沾滿灰土的櫃子裡沒有幾樣貨品，但一年四季從不缺酒類與檳榔，老板是一對客家夫婦。

「嘿，俺要兩瓶米酒，三包青檳榔。」他停下車，以客家話向老板叫道。

「你要買什麼？關上引擎再告訴我好嗎？」老板把頭伸出門外，露出滿是皺紋的頸子，像烏龜般害怕地問比雅日。

「兩瓶米酒、三包檳榔，聽到沒有？」

「知道啦，怎麼不買高粱呢？我有賣金門的高粱酒，我自己也喜歡喝，米酒太淡了。」

「不要。烈酒是給快死的人喝的，留著吧，賣給那些悲傷的人，酒精可以洗去他們的痛苦，我只要清淡的老米酒，這是三十元。」比雅日摸摸口袋，幸好只有這三十元。

動身之前，他再檢查袋子裡的東西，鹽、火柴、米酒、檳榔，然後點點頭讚美自己的謹慎，且滿足於擁有這些可養活他在森林裡的糧食，他感到活潑、強壯且快樂，他重新發動引擎。

下霜季節來臨，田裡的稻桿收回倉庫，年輕人都下山尋找臨時工作，補貼寒冬的取暖物品，多年以來，比雅日一直固執著他父親傳襲的念頭，不是農夫就是獵人，他知道他父親就因爲固守這個原則，因此他小時候不曾有過愉快的冬天，皮膚皸裂的情形他永遠記得，看到同年齡的玩伴穿著布鞋在草地石堆上玩耍，更加憎恨他父親。秋末，他要勤奮地撿木柴，一到冬天，全家人圍著發黑煙的火爐，閉眼取暖，即使天天有山豬、飛鼠可吃，也轉不過他望著窗外的頭，他曾經埋著可怕的想法，父親年老無助時，他要報復，冬天時只管去打獵，不去理會柴房是否堆滿乾柴，但他已經沒有機會。

前年冬天帕蘇拉要他籌些錢，預備買些冬天降臨的嬰孩所需物品，他興趣十足地找工作，找到搬運貨物的臨時細工，做了五天，老板因缺錢要辭掉一個人，偏偏選上強壯、勤快的比雅日，他氣憤地離開，忘了帶回一件長褲和工資八百元。從此他不再打消他父親的遺囑，農夫，獵人是他永不滅的印記。

太陽已升高到四十五度，在二千多公尺海拔高的森林裡，緯度已不是決定溫度的主要因素，路過陽光射不進的樹蔭時，他總夾緊兩腿加速越過樹林的影子。

「伊凡，你冷不冷？在森林裡你將不會寂寞，那裡的一聲一響都會激起你的野性。嗚呼！比雅日，你不會後悔吧！讓那混帳女人一個人寂寞地呆在家裡，可憐的帕蘇拉，哈！」他對著山谷大喊大叫，他喜歡幹這種勾當，或唱自編的罵人歌，甚至對著山下小便或放個屁，他的仇敵都在這裡被他凌辱，然後他的恨意便完全解除。

一路上，人煙無跡，除了站得直直的扁柏，他覺得很好，現在他看到人就感到厭惡，尤其是女人。他在一個破破的工寮前停車，工寮危悚地座落在路旁，白鐵皮鋪成的屋頂已變成銹紅色，扁柏堆成的牆看來還能撐住屋頂，防止雨水的滲透，但不能抵擋寒氣。獵狗跳下車查看屋內的情況，也許屋裡有山豬正在避寒，工寮旁有不間斷的水聲，發出緩慢且低沈的音響，水道粗如比雅日的小腿，泉水流過雪地，冰涼中還帶點甜味，比雅日摘下一片山芋葉摺成漏斗，撈泉水喝，然後坐到路中央曬太陽。

太陽正直射整片森林，比雅日靜靜地坐著，伸手往袋子裡摸索，他摸到裝有液體的瓶子，有一股強烈的熱氣在他的胸膛中翻騰，從袋子拿出米酒，用前臼齒拔開瓶蓋，蓋子還沒落地，酒已流到他的喉嚨。

「不行，不能喝太多，它不會醉倒我，但喝多了肚子會餓。」比雅日對著伊凡說道。

他又倒一口，來回在口中漱著，酒精在口裡四處擴散，然後讓酒慢慢流進食道，再喝一嘴，鎖上瓶蓋，一絲不止的熱氣把他弄得興奮起來，耳朵漸漸變紅，尤其是眼睛，頸子以上映出喝酒的訊號，難怪他一直無法瞞過他的女人。

「汪汪……。」伊凡突然跳起來跑向前。

比雅日臉上浮現出獵人本能的警戒，那並不是人類感到生命受威脅時的緊張害怕，而是他恐怕自己沒有完成攻擊的準備。他靈巧地躍出沈重的第一步，跟著伊凡的影子追去，伊凡停在路邊面向雜林吼叫，原來是一隻紅鳩。

「算了，伊凡，射殺紅鳩會破壞獵人的運氣，中午以前我們要越過這山頭，才能在日落前到達山洞。」

他喚回獵狗，然後踮步走回來，身體變得輕快起來，他對自己的敏捷和伊凡的機警感到滿足，認爲獵人當中只有他擁有這份聰慧，部落裡已經沒有這般好的獵人。

他跳過一灘泥水，右腳踏到一片潮濕的綠色苔蘚，他的左手恰巧頂著地，否則就會像小孩子翻筋斗，然後在水中打滾，他趕緊伸直腰，轉頭看看四周，拍一下左手掌的泥土，好像害怕別人看到這種窘像。他悄悄地回到車上，他害怕著打獵的禁忌，如果滑倒，就不需繼續上山打獵，即使在森林周旋幾天也不會有收穫。

走過坡度很陡的彎路，空氣愈來愈冰，地面已凍得堅硬，天空像撒下冰粉，迎面來的水氣打得比雅日的兩頰紅痛，陣陣輕微的顫慄從腳底傳到頸子來，比雅日拉上衣襟。兩點鐘方向一座山頭覆著白雪，雲水製造了更多的飄雪，過了二十五個大彎路，陽光已透不進這地區，比雅日打開車燈慢慢行駛，路旁可以清晰看見昨晚醞釀成的殘雪，路面被融化的雪水弄濕了，行車更加不穩定，他的手一直顫抖著。

他躍過海拔三千多公尺高的產業道路，轉到面向西北的山路繼續行駛，太陽已經在西邊等著，他開始走下坡，比下坡時更費力，但車速快，經過檢查哨，看到小屋附近無人影，他大膽地溜過去。這哨站是爲了監視盜林的不肖之徒而設的，禁獵的法令頒布之後，它不再是獵人休息的中途站，警察的態度也變了，不再和路過的獵人親切的招手，害得獵人猜不著那警察的爲人，比雅日把機車停靠路邊，那兒已有兩臺機車停靠那裡。

比雅日開始點數袋子裡的東西，這段下坡路一直要到山谷，所以到這裡他尤其特別小心。走進一條獵路，放眼一望無際的箭竹林、草叢及黑壓壓像電線桿立著的松樹幹，十幾年前一場大火災，把森林燒成沙漠，現在已成爲一片草原，只有從仍站立的炭木才看得出這裡原是一片森林，獵人常對年輕獵人說，當林務局砍走貴重的原木，就放把火重新種植新樹苗，年輕人未必會相信林務局如此愚笨，但相信一定不是獵人造成的災禍，他們曉得森林裡的生命佔了大地生命的一半，其中大部份與獵人息息相關，比雅日確信他爸爸不會做出這種傻事。

他一面跑一面吹口哨，偶而即興唱山歌，步伐輕快且有規律，他停在一粒大石頭下，草原中這是唯一的陰涼處，他由石縫中拿出一瓶米酒瓶子，裡頭有將近一半的水，草原上沒有泉水，但有滴不完的露水，瓶子裡的水就是每夜積成的露水。

喝了兩口，瓶底有些蠕動的幼蟲，但他裝做沒看見，這兩口水可以幫助他走過這片草原，他坐下來吹著山風，抱住伊凡的兩腳，躺下避開太陽。

「人類最糟糕了，而女人又是最混蛋，比起你伊凡，女人沒有你的忠心和馴服，當然我不會與你結婚，我願意與你常在一起。」他摸著獵狗的頭說道。

「但是我對女人還是有興趣，我比較喜歡多愁善感的女人，厭惡樂觀的女人，帕蘇拉不曾爲我的出門擔心，有一次我吞下橄欖核，她翻起白眼對我說，明天早上它會掉在大便坑裡。如果女人像森林多好，幽靜而壯麗，從森林內，從森林外，尤其從高處俯瞰森林的美麗是綠色和諧的組合，像牧師講道詞中伊甸園的世界，帕蘇拉，妳算什麼，妳只像秋天發紅的楓葉，冬天過後就失去媚力。」比雅日心裡想著。

然後低著頭自言自語：「我那女人如果有一天變得令人討厭，我還有這森林。」

伊凡突然似被什麼東西驚醒，疾速翻身拔腿往下衝，比雅日也跟著跳起來。伊凡最怕蛇，比雅日以爲附近有蛇出現，他尚未搞清楚發生什麼狀況，向前望，原來有一個人跨大步走上來。

看那人走得步伐太不尋常，走路的姿態過於誇張，他後面是不是有女人，他看來多可愛啊！多肉的胸膛看起來很曖昧，他一定很溫柔，縮小腿的樣子看來很年輕，只可惜神色憔悴像養路的老兵，比雅日看著他一面想著。

「嘿！平安，原來是大獵人——比雅日。」伊凡跟那人走上來。

「平安！路卡，你的呼吸停了嗎？怎麼沒聽到你大聲喘氣，森林酋長，我的伊凡還喘著呃，你的背囊中一定裝滿肉塊？」比雅日兩眼轉個圈，斜看路卡看來空空的背囊。

「帕蘇拉的脾氣又發作了嗎？可憐的比雅日，你圓大的胸肌竟然無法讓她變乖？你不應娶她。」

「路卡！不要故意談你背囊以外的事，難道你要試探祖先的詛咒嗎？走向上坡的獵人應該分塊肉給下坡的獵人，你應知道我祖母的故事，五個獵人親自送大塊肉上門來，才解除他們身上的詛咒。」

「背囊裡只有一隻松鼠，可能只有一歲，小得不能剖開，分給你的不夠你餵狗，算了吧！」

「來森林前你做些什麼夢，有沒有什麼『巴哈玉』，我來解說使你難堪的打獵。」

「那晚我夢見家裡有喜事，族人大吃大喝，吃城市那種放在漂亮瓷碗的菜，喝彩色的酒，那眞是個好夢，我以爲可以抓幾隻山鹿回家。」

「森林酋長，大家不該這樣稱呼你，你腦殼裡的東西不屬於酋長，摸摸你的耳朵，形狀是不是不一樣？像長在枯木的木耳，軟軟的且沒有力氣。」比雅日吞口水繼續說道。

「你既然大吃大喝，而且在大城市，怎麼可能用精緻的盤子盛野肉呢？那當然是不敬的。」

「最近我的運氣不好，也許……」

「動作快的獵人是不受運氣影響的！」

「你這趟打獵，也許像我一樣，背囊空空，只帶一身的疲勞回家，森林已經沒有什麼東西了。」路卡被比雅日鄙視的青臉氣昏，並暗暗地詛咒他。

「你的詛咒沒有用，它嚇不倒我，從小就跟著我爸爸的獵槍四處打獵，沒有一次背囊是空的，更何況野獸不可能因家庭計劃而被迫結紮，所以你那樣咒我是不對的。不然我只看看你的松鼠的樣子就好。」

路卡知道比雅日不會放過他，無法逃離他的糾纏，把背囊卸下，打開讓他瞧。

「路卡，這麼小一隻你還要帶回家嗎？如果是我早就在森林裡自己吃掉，免得回部落讓別人譏笑，就說到森林玩玩而已。」

「我只是想給孩子們吃，不需要太大。」

「牠比你剛才用手比的更小一點，算了，我應得的部份不要了。」

路卡氣得快哭出來了，他知道比雅日是部落裡有名的獵人，因此不再與他計較。

「比雅日，我要趕路，不能跟你再抬槓，等著瞧吧。」路卡迅速拿起背囊，悻悻地離去。

比雅日撫摸兩腮看著路卡搖擺的臀部想著：我的臉不怎麼燙，我沒有生氣吧！獵人最忌諱被人知道沒捕到獵物，我不是故意的，早上到現在他是我唯一遇上的好人，怒氣不該弄痛他的心，也許我們可以坐下來，喝半瓶酒，唱唱森林的故事，可以談談山底下討厭的人，罵一罵那些棕色皮膚的公務員，他們的脊椎眞變化多端。

「喂，路卡，告訴我女人，我會背大塊肉回部落。」比雅日大聲喊，要路卡把話帶回，但路卡再也沒有回頭。

比雅日站在原地許久，路卡漸漸消失在草叢裡，於是比雅日收拾東西繼續趕路，速度變得緩慢。

一路上從草叢走過柳杉林、楓樹林，比雅日不再注意火紅的楓葉，也不再注意腳下沙沙作響的落葉，更不曾回過頭，比雅日到達山洞時黃昏已過去。他卸下背囊，坐在石頭上喘著。

「自己原諒自己吧，今夜可以玩得痛快，哈哈。」他用雙手拉開兩邊的嘴角大笑，恨不得有面鏡子，對著鏡子把臉整理成笑臉。此時夜已降臨整個森林，他站起來，把背囊裡的東西掏出來檢查，檢查發現無誤之後，把預藏的槍拿出來擦亮，以粗鐵通槍管，將槍管裡過冬的螞蟻趕出來，獵槍的例行檢查完畢，套上槍藥帶子，起身沿著山谷在兩岸峭壁搜索。

晚上正是皮膜動物活動的時間，山谷是他們滑行的園地。在山谷穿梭約一小時光景，比雅日聽到遠處鬼號的山豬，距這山谷至少二公里以上，飛鼠低飛時也發出鳴叫聲，似乎牠們體力過剩，嚷著不曾停住，比雅日一直沒有機會放槍。

比雅日疲倦極了，四肢愈來愈沈重，他開始放慢腳步，腿酸、心神不定，頭腦漲得很痛，差點往後栽倒，腸胃不停地抽動，胃酸欲吐出，但又不自主地吞回去，嘴唇乾裂，舌尖不斷地伸出嘴外，濕潤發黑的嘴唇，一股冷風掠過他的胸膛，肚子縮得更小，緊緊握住槍托，他恨恨地想，只要一隻飛鼠，他就滿足了。

在一處寬二平方公尺的平臺上比雅日坐下來休息，他注意搖晃的杉樹枝，眼睛出現帕蘇拉烤地瓜的景象。於是放下朝天的獵槍，想著，早知道厚著臉皮向帕蘇拉討地瓜，現在就可以撿些木頭，再烤熱，好好吃一頓，不必受這種痛苦。

「伊凡，我們不要想帕蘇拉手中滾燙的地瓜，我絕對不會對自己說，留在家該多好。」他咬緊牙關對著伊凡說道。

比雅日起身繼續往樹林裡搜索，一面喃喃自語，喪失警戒心，他已餓得失去了控制，破口大罵道：「混帳，我的天啊！飛鼠快點出來，不要躲在洞裡，獵人餓死在森林是森林的恥辱……。」

不知不覺地走到河床來。他跨大步伐跑到水邊，倒下來把嘴伸到水裡喝水，河水冰冷，弄疼他蛀了蟲的大門牙。他利用月光的照明，找到一個河水的支流，撿一些樹枝、樹葉與細土，把另一個水道的水擋住，好讓水道的水流乾，不到五分鐘光滑的石頭一個個冒出來，留下幾處水坑，比雅日很輕鬆地抓了十幾條手掌大的魚，看不清抓到什麼魚，幸好森林沒有不可吃的魚。

比雅日不再感到寒冷，就在不遠的地方，有一處溫泉水窟，獵人喜歡談論的公共澡堂，走到水邊來，他搭起木頭來，點燃木頭烤魚，月亮漸漸移向天空的正中央，比雅日已吃飽，而且不見魚骨頭。

一陣陣尖叫，高呼、卡車喇叭聲似的嘶吼，唱撒布爾伊斯昂的鳥也不停地叫著，牠們開始由樹頂往這山谷活動，在月光不再照明山谷之前，牠們陸陸續續鑽入樹幹裡的洞穴及山洞，牠們喜歡居住在洞穴裡，和人類一樣沒有安全感。

硫磺形成的煙幕使得他的鼻子感到不舒適，烟火加重對眼睛的刺激，眼球抹上一層淚水，比雅日熄了炭火，靜靜等候下來喝水的山鹿。突然一個黑影滑過他頭上，那黑影就要伏在他頭上，他往上看，零零亂亂的星星點綴著天空，原來是一片烏雲遮住了月光。他縮回下巴，努力想著昨晚到底有沒有夢的暗示，今天忙了一天，連一點值得懷疑的兆頭都沒有，他深信沒有夢的寄託，就如盲人在森林走路，他放下槍，鎖上保險，套上蓋子，以防露水沾濕火藥。

溫泉蒸發的水氣漸漸聚集成薄霧，冉冉驅散在樹林間，被晚風吹動在半空中形成漩渦，月亮在漩渦裡翻轉，使得森林越來越模糊。比雅日脫掉長雨鞋，把大衣及褲子用小石子壓在地上，然後撈一手掌的水，往前胸和額頭潑水，拍拍銹紅色的胸肌，引起全身一陣子的顫抖，但他仍得意於身體的結實，然後迅速躲入溫泉裡。

「來，伊凡，下來泡水，消毒今天的倒霉運，今天累了一天，疲勞會跟著汗珠一起排泄出去。」比雅日叫獵狗也下水，但伊凡吃飽就躺著睡著了。比雅日走到水深之處，恰巧水淹到第六個頸椎骨，他把手洗洗，洗去魚腥味，用力搓頸子和胸大肌，全身用手磨了一遍，就找一個椅子大的石頭，坐著看月亮標示的時分。

十二月是比雅日出生的月份，布農族的曆法裡，十二月份是打耳祭的季節，男人帶未成年的男孩操練弓箭，在月光下射樹上吊著的山豬耳朵。突然間他想到他父親曾在這裡說過一件故事。

從前部落裡有個男人叫拓跋斯・搭斯卡比那日，有一次出外工作時將嬰兒留在樹蔭下，工作做完回來，孩子變得像曬乾的野葡萄，全身紫黑色而且乾皺，那時天上有兩個太陽，他對著太陽破口大罵，誓死要報復。出發尋仇之前，他在屋前種植一棵橘子樹，留下他年輕的女人，帶著弓箭前往最接近太陽的山頭，經過若干個冬天，族人不知他的下落，然而他的女人不曾變節。有一天的早晨，天空顯得比以往柔和，原來另一個太陽已被拓跋斯射中了，成爲現在的月亮。拓跋斯離開之前，月亮對他說：人類從今以後要以月亮爲生活的時間標準。當拓跋斯回到部落，那棵橘子樹正好結果子，他成爲族人嚮往的勇士，他的女人也成爲族人所稱讚的婦人。

「哇！好威風的名字。」比雅日想著，如果帕蘇拉沒有流產，不論是男或女，一定取名拓跋斯。

月亮已開始走下坡，比雅日緊縮頸子，不敢再想那故事，此時野獸都玩夠了，就將回巢洞裡休息。比雅日趕緊跳出來，穿上衣服走回山洞，且重新架起火堆取暖，今晚，他特別早睡。

早晨，比雅日醒來，拍下頭髮上未被陽光蒸散的露滴，他撿起一些枯葉和乾樹枝，堆在昨夜至今未熄的餘燼上生火，他還有三條魚，他一面烤一面想著，帕蘇拉一個人在棉被裡會不會冷，她是否也想到我昨晚睡不好。他下定決心，今天一定要獵到山豬、山羌。帶回家討好帕蘇拉。

有一片枯葉飄到火堆裡，他尚未確定是何種樹葉，樹葉也燒了大半，剩餘的已看不出它的原形，他抬頭往上望，一隻母猴正好走過去，他的肌肉卻毫無反應，好像手中就要烤熟的魚減低他對母猴的慾望，他繼續烤魚。

他吃掉兩條烤魚，將魚骨頭丟給伊凡吃，然後清理背囊，發現紙裡的鹽被汗水溶掉了一大半，他走回山洞，抓一把儲備用的鹽，裝妥之後，提起獵槍開始在森林裡搜索。

冬天的雨量少，而且山頭下著冰雪，河面上露出零零散散的石頭，比雅日不必費心脫去長褲，輕易地跳石過河，伊凡則游泳上岸來。他和伊凡又穿過一片草叢、山谷，開始走入原始森林，這裡已屬於比雅日的獵場，他擁有三個山頭，和一處水源及共用的溫泉，獵人們有這種槍下的規令，誰也不能擅入別人的獵場，事實上獵人不敢不遵守，因獵場裡有各式各樣的陷阱，闖入他人獵場，也就等於一隻動物一樣，也有被獵捕的可能。

伊凡重新追著深且新鮮的足跡。比雅日蹲下查看，他確定是隻獨自散步的山羌，五公斤多重，昨晚路過這裡。他緊跟著足跡，不到五公尺，大部份的足跡被山豬踏壞了，而又躲入柳樹林裡，比雅日也跑進去，這一帶鋪滿了石子與石片，再進去有一處寬闊的黑泥土空地，這裡有更多的足痕，到處是山羊、山豬的糞便，有一處像似窩巢的凹地，除了留下糞便，還有一撮黃棕色的毛，比雅日撿起來聞一聞。

「伊凡，快上來，這裡昨晚有野鹿住過，看住牠的腳。」

零亂的足印使得伊凡原地打轉，無法突穿，只好離開柳樹林。

他口渴且兩腿酸痛，他跨過一棵巨大倒下的樹幹，枝葉已腐爛得看不出叫什麼樹，長滿黃褐色片狀的靈芝，比雅日找一片當椅子坐，正當他擱下獵槍時，伊凡在草叢裡大叫。

就在二十公尺處，比雅日架起射擊姿態，但草堆裡毫無動靜，全身戒備的情況下，每條神經變得敏銳起來，他聞到一種怪味，不是腐木散發的味道，他跑進草堆裡，發現一隻閉口的狐狸，看來死前不曾發出聲，看來牠寧可死在陷阱裡，而不願被老鷹啄死。

他早已料到狐狸肚子長了蛆，他熟練地剖開腹膜，他儘量不看，把腹腔裡的東西割掉，往草堆丟掉，他把清理好的狐狸裝入背囊裡，此時已日正當中。

再走過去是一片人造林，他叫住伊凡不要前進，他知道那裡不會有任何奇蹟，於是他決定往另一山頭繼續尋找獵物。

天氣漸漸轉熱，陽光像筆直的杉樹幹直直插入大地，此時比雅日已看不到頭的影子，他在一棟櫸木樹蔭下卸下背囊休息，他沒有預備中餐，也沒有食慾，就拿兩個小石子在手掌心玩著。

一大早到現在不見走動的野獸，他歸罪於森林的日日縮減，他想到再過幾年森林到處是人聲、車聲，動物會因森林的浩劫而滅跡，從此獵人將在部落裡消失，森林是最後能使他得到安慰的地方，比雅日愈想愈孤獨，但他也爲森林感到不平，應該把發福的公務員帶來山上，深探森林的秘密，也許他們眞的是因森林的奧妙而恐懼，就像主管深怕每個部屬健壯、聰穎的成長，應該讓他們獨自在林中聽鳥、風、野獸和落葉的聲音，再走進山谷，瞻望雄偉的峭壁，脫下鞋子，腳踏純淨的泉水，欣賞未享受人類廢物的魚優美地游水，牠們單純的一點都不怕人，他們會理悟這謎般的森林，然後像獄裡將判刑的犯人一樣，懊悔當初爲何不把眼光放亮一點。如果那些人看重的不單單是原木的粗細……。

不久，他漸漸進入恍惚的境地，像喝過一瓶米酒後的忘我狀態，神經放得更鬆，此刻如有隻狗熊來襲，將他吃進食道之後，他才發現自己的難堪，他努力睜開眼睛，但森林的寧靜、暖和的陽光和令人倦怠的樹蔭，接連不斷地包圍他，他終於被森林的魔法催眠了。

太陽很快地越過大樹，從他的腳底緩緩輾到他臉上，他被強光驚醒，以爲是螞蟻爬上眼睫毛。起身之後，他顯得慵懶無力，突然想到治療疲勞、憂愁、各種疑難雜症的特效藥，於是喝下昨天剩餘的米酒。

他覺得體內的精力正慢慢恢復，血液在心臟火辣辣地奔竄，眼睛愈來愈敏銳，暗自得意於酒後的年輕，他感到很滿足。

午後，山谷變得淒清幽涼，山風彈動樹枝，落葉和折斷的樹枝發出沙沙聲，擾亂比雅日的聽覺。他放輕腳步，儘量不再增加聲音的干擾，最後他還是失望，山風愈吹愈烈，他走過一處山稜，一處臺狀草坪，依然沒有一點動靜。

他鑽入藏青色模糊的樹林裡，因爲光線太暗，比雅日慢慢地走，他邊走邊想著他的帕蘇拉，想到她熟睡時的美態，她的豐滿影姿重新在比雅日腦中浮現，變得動人美麗，且每夜親切地歡迎他回床，把他壓得幾乎粉碎……。

比雅日腦海裡不斷地浮現帕蘇拉的影子，眼看太陽就要下山。突然一隻山羊由林裡竄出，停在離比雅日前三十公尺處，瞪著他。

發痴的比雅日被突然出現的龐然物所驚嚇，伊凡也嚇呆似的停頓了一下，山羊乘這段時間跑進草堆而消失。

「伊凡，怎麼不追呢？」

比雅日搖搖頭，自言自語說道：

「眞可惜，帕蘇拉喜歡吃山羊的小腸，黃昏之前一定要打到獵物，不然回家得不到帕蘇拉的歡心，那路卡也許會在路上等我，想調弄我。」

他又折回去，格外注意四周的動靜，他一心一意想抓隻山羊回家，因此更加小心搜索。

山風在山谷流竄，把熱氣帶走，他感覺到黃昏就要來臨了，心裡越發著急，他走到山谷，沿著河床逆水而上，突然他望見五十公尺遠處的石頭後方，有個黑黃色細長形狀的東西，擺動的方向、頻率與附近的草不同，直覺上那是野獸的尾巴。他倒下仆伏前進槍已開好保險，伊凡也看了，就要衝去，被比雅日制止。

「噓！不要急，這次不能再讓牠跑掉。」他儘量小聲地叫住伊凡。

他爬了約二十公尺遠。牠正要走向山崖，比雅日不待牠露出全身，扣下板機，子彈落在牠的頭胸，牠以右腿蹬地，似乎想要逃走，但是伊凡在牠倒地前就咬住牠的脖子，四肢不停地抽動，眼睛仍張開著，心跳愈來愈微弱，不久牠不再掙扎，那是一隻公的山羌。

比雅日傲然抬頭，撫著槍洋洋得意地想，大獵人是不靠運氣的。他把山羌由伊凡口中奪取，兩手稱稱重量，他非常滿意牠的肥大，裝入背囊，口中歡呼歌唱獵得山羌的歌，連跑帶跳地走回山洞。

回到山洞之後，他將獵槍用布袋包好，拿一個小紙團塞住槍口，埋在土裡，避免猴子來搗亂他的獵槍，清算背囊裡的東西，然後輕鬆愉快地回家。

晚上。他留在一棵老松樹下紮營，兩隻小腿已走酸，但心情一樣激昂，他想到羌肉可以給帕蘇拉補身體，流產之後，她的豐滿也隨併被沖走，而且她沒有再吃到山上的佳餚，羌肉足夠使她再肥起來，他砍下松樹的樹枝，在月光下可看清滴下的油脂，他點上火，捲曲身子睡著了。

昨夜他睡得很平靜，宛如死亡那麼安祥，他起來之後，才發現他已在海拔二千多公尺高的山上。

他收拾背囊，向火堆灑一泡尿，不留一點星火，然後快步走到產業道路，路上舖了一層薄冰，他愈走愈緩慢，感覺到胸部難以擴展，氧氣似乎輸送不到大腦，頭感到昏眩，他兩邊的太陽穴汗水不斷流出來，內衣及長褲也濕了，最後的三百公尺，他花費了二十分鐘才到達摩托車停靠的地方。

比雅日高興地把機車由草堆裡拉出來，前天那兩輛機車已不見，他踩了好幾次發動桿，拍下油門上的霜，始終不能開動，他開始懷疑前天不高興的路卡，再踏三次後引擎發動了，然後把伊凡拉起放在油桶上。

快接近檢查哨時，一位衣冠畢挺的警察匆忙跑出來，趕緊放下柵欄。

比雅日心驚膽跳看著那矮小的警察，他到底要幹嘛？他尚未想妥如何擺脫他各種盤問，機車已駛到那警察前。

警察先生約六十來歲，白髮已在耳邊漫延，眼睛瘦小，看來不很慈祥，左眼是鳳眼，眉毛細短，比雅日更驚訝的是他圓形狀的鼻翼，呼氣時像尋找食物的山豬，比雅日愈看愈覺得好玩，他發現警察的皮膚細白，可以猜出他不是臺灣人，鼻樑好像斷崖突然陷落，令人悚然。

「喂，番仔，看什麼鬼東西？你是幹什麼的咧？是打獵還是放火的？」

「我是人倫部落的人。」比雅日提高嗓子壓抑心裡的害怕，兩掌緊握著。

「你說什麼？你的國語太差了。」

「我來山上採蘭花，順便到森林玩玩，打開柵欄好嗎？請相信我。」

「這位大膽的獵人，進來我要你登記，我不會放過說謊的人。」

警察的胖臉逐漸佈滿鄙視的氣色，故意把胸章貼近比雅日的眼前，他是一條一星的大人，黑色制服很新，而且燙得直挺，看來像是巡佐以上的官人，他順手拔走機車的鑰匙，走進矮小漆黑的屋子。

比雅日眼看無逃走的機會，搖搖頭無奈地下車，跟著進屋子裡，頭差點碰上門。

屋裡沒有電燈，但有一具舊式黑色電話筒，看來警察剛吃過早餐，書架上擺了幾本簿子和漫畫，四周牆上沒有什麼裝飾，只有一面擺著香火的肖像，再進去是他的臥床，廚房還冒著煙火。

「看什麼？進來，你叫什麼名字？」

「比雅日。」

「警告你，不要開玩笑，我要的是國語名字。」

「哦，全國勝，住在人倫部落。」

警察一一記錄在本子上。

「禁獵的法令早已頒定，你一定知道，『媽裡卡比』，你膽大包天來違反法律，來破壞森林。」警察邊罵邊走近電話筒。

「你如果不承認，不講清楚，一通電話，你就可以直接住進監牢裡，那裡會自理安排。」

「是的，我是去打獵，但是用陷阱捕獵，我沒有獵槍。」比雅日的熱汗未乾，現在又冷汗夾背。

「操媽裡卡比，你讀過書嗎？眞不知廉恥，老實說，你的獵槍射中什麼東西。」他看到比雅日的背囊染了血污，更提高他的嗓子。

「你怎麼知道我有獵槍？你有聽到槍聲嗎？」

「當然有，不但如此，還聽得出那支是無照私槍，不是嗎？」

比雅日嚇得魂不附體，最近從村長口中聽說又有槍礮管制的法令。他無意間看到盤子裡的肉，看來像是路卡獵到的松鼠，他懷疑路卡告他的狀，他又想到路卡也許和自己一樣，然後以松鼠賄賂，才得以解脫。比雅日出現可怕的遐想，如果眞的是路卡搞的鬼，一定要斬斷他的腿。

「喂，你們殘忍成性的山地人，本性難移，政府讓你們無憂無慮，免於外患，你們反而好吃懶做，骯髒不守法，你不懂法律嗎？應該把你們獵人都關進牢裡，好好教育一番。」

比雅日認了，他是獵人，獵人不能說一句假話，所以他一直不答話，他只是急著要回家。

「我這個人很仁慈，因爲我不忍心動物被你們濫殺，所以不得不逮捕你，不管你有沒有獵槍，你盜取森林的產物，可說是小偷，法律不容許小偷存在。」

雲氣漸漸透進屋內，路上的雪逐漸加厚。警察看他不答腔，全身仔細打量一番，比雅日身材高大，至少高他一個頭，留著長長鬆散的黑頭髮，腰繫一支彎刀，警察看了心寒，口氣急遽緩和下來。

「你來森林打獵是什麼動機？你一定有苦衷，山下應當不缺肉，我則每天等柴車上來，才有新鮮的魚肉。」他指著外面吊著一小塊的乾豬肉。

「不是我貪吃，我跟太太吵架，她看不起我，笑我找不到工作，所以突然對森林熱衷起來。」

「好了，說說看你背囊有什麼東西？」

「一隻狐狸，一隻山羌，和其它小東西，山羌是給剛流產的女人補身體的。」比雅日看警察不再刁難，一五一十地告訴他。

「其實要你坐牢，我於心不忍，不然這樣好啦，你把獵物留下，這樣我好交差，你就可以平安無事。」

比雅日聽到警察不再追究，他爲了想快回家與帕蘇拉重聚，他害怕帕蘇拉眞的回她娘家，但他更害怕監獄的安靜，於是忍痛把山羌拿給警察，自己獲准擁有那隻狐狸。

「拿去，督揮。」比雅日用布農話咒他，暗想即使沒有獵槍他還會再來，然後接住車鎖，快速離開。

「喂！老兄，慢走，改個名重新做人吧，不要再叫獵人……。」

當鐘聲響起時——給受難的山地雛妓姊妹們

馬烈亞佛斯．莫那能

作者簡介

馬烈亞佛斯．莫那能（一九五六年生），漢名曾舜旺，臺東達仁鄉排灣族安朔部落人。國中畢業後，因眼疾無法如願進入師專、軍校就讀，後從事捆工、砂石工等勞力工作。現眼睛已經全盲，以按摩維生。曾被邀到美國愛荷華及日本訪問。一九八九年獲「關懷臺灣基金會」獎助。著有詩集《美麗的稻穗》、口述史《一個臺灣原住民的經歷》。《美麗的稻穗》（一九八九年）是臺灣原住民第一本漢語詩集。二〇一〇年六月，莫那能正式加入中華人民共和國中國作家協會，成為首批加入中國作協的臺灣作家之一。

文本

當老鴇打開營業燈吆喝的時候
我彷彿就聽見教堂的鐘聲

又在禮拜天的早上響起
純潔的陽光從北拉拉到南大武
撒滿了整個阿魯威部落

當客人發出滿足的呻吟後
我彷彿就聽見學校的鐘聲
又在全班一聲「謝謝老師」後響起
操場上的鞦韆和蹺蹺板
馬上被我們的笑聲佔滿

當教堂的鐘聲響起時
媽媽，你知道嗎？
荷爾蒙的針頭提早結束了女兒的童年
當學校的鐘聲響起時
爸爸，你知道嗎？
保鏢的拳頭已經關閉了女兒的笑聲

再敲一次鐘吧，牧師
用您的禱告贖回失去童貞的靈魂
再敲一次鐘吧，老師
將笑聲釋放到自由的操場

當鐘聲再度響起時
爸爸、媽媽，你們知道嗎？
我好想好想
請你們把我再重生一次……

檳榔妹妹

羅葉

作者簡介

羅葉（一九六五－二〇一〇年），本名羅元輔，宜蘭縣人（出生於花蓮，然而身分證為宜蘭），臺灣大學社會學系畢業。就讀建國中學時，曾擔任校刊《建中青年》編輯，開始新詩創作，〈蟬的發芽〉為此時期代表作。就讀臺灣大學社會學系時，曾主編臺灣大學法學院刊物《臺大法言》，並投身學運，創辦地下刊物《自由之愛》。大學畢業後，先後任職於《南方》、《民進報》、《新新聞》、《自立晚報》、《香港明報》等，並曾於華岡藝校、永和社大、宜蘭社大任教，曾獲全國學生文學獎、教育部文藝創作獎、聯合報文學獎新詩大獎、中央日報文學獎、中國時報新詩獎、林榮三文學獎新詩首獎等。一九九八年，因遺傳性多囊腎宿疾併發腦中風，手術後回宜蘭養病，參與創辦宜蘭慈心華德福教育實驗國民中小學，二〇一〇年初病逝。著有《蟬的發芽》、《我願是妳的風景》等新詩集。

文本

妹妹啊妹妹！豔陽下我看見你

亭亭玉立成一株裸露的檳榔
正對著車水馬龍揮手送笑；
在街頭、路口、人行道，
在交通流量豐滿盈溢的好望角，
你挺胸、擺臀、甩髮如情慾解放的
銅像，教所有過客們減速瞻仰。

大家不懂你販售臺灣口香糖
卻又在人肉伸展臺上展示服裝；
褻衣、乳罩、丁字褲，各式各樣
私密的剪裁強迫曝光的質感；
大家不懂你電眼送波危害公安——
春風般搖曳起羽狀扇葉，搖曳起
棕櫚科的身段常綠喬木的翅膀。

警察先生爲你戴上「西施」桂冠
卻無絲毫光環；縣市首長們

效法劉邦入咸陽與你約法三章；
道德重整委員會想對你個案專訪，
善良風俗怕你著涼，紛紛慷慨解囊，
像不容拒絕的冬令贈衣救濟清寒，
關愛的布料悶得妳皺眉奉還。

是的，妹妹，妳不畏寒，
怕冷的是這世界虛弱的敏感。
你唇銜著荖花源源散發胡椒香，
身披蔞葉暖如南臺灣太陽，
亞熱帶笑容鮮綠發亮，幼齒的血汁
灰紅微澀，回甘中瓦解燥熱，
毒癮般教人渴望一口吞下！
如同早年啊妹妹！你獻身跳入
南華文化父系社會的胃囊。
那時鄉紳們喜愛帶你往來酬酢——
在茶店酒樓，你是稱職的陪客；

在原住民歡宴貴賓的木盤內，
你是盟約的觸媒、酣談的口沫；
在民俗偏方中你剖腹煮水可驅蛔蟲；
在李時珍的藥典裡你更妙如仙丹
「醒能使之醉，醉能使之醒。」

而在福爾摩沙經濟起飛的大道上，
你伴隨著卡車司機穿越長夜，
爲體力透支的島嶼提神醒腦；
你點亮七萬農家的燈火，
餵養著底層社會二百餘萬口，
又在世貿組織大軍壓境的時刻
領銜演出本土第一經濟作物……

然後啊妹妹，你始未料及，
在全新上市的世紀裡，追求健康
飆成一種迫切的道德觀！

當曖昧的階級歧視廣泛被採用，
綠寶石的你齧咬成爲紅唇族
最最致命的口腔殺手，
尊嚴如癌細胞般飽受譴責。

輿論爲你爭吵成熱帶氣旋，
見風轉舵的資本市場靈機一動
紛紛倒戈，決定剝開你
鞘形馬甲內的乳白穗花肉，
涼拌或熱炒雌雄同株新料理；
大規模攔腰截取半天筍，
爲頭昏腦脹的島嶼降火解渴。

輿論的氣旋迅速擴增爲強颱，
颳過雄性動物腥羶的腦海，
席捲政治波濤，激起女權聲浪；
這兒匆忙搶修倫理的堤岸，

那裡疾聲呼籲要遏止土石流
自霓虹櫥窗內向外氾濫；
省道上市街旁，塵埃喇叭如官員
企圖從文化經濟人權面著眼，
爲你規劃起轉業方案……

眾生喧嘩中，妹妹啊！唯獨
你沉默，像暴風眼一般無話可說。
透明櫥窗內妳如女星名模，依舊
用身體工作，換取勞動的價格；
霓虹燈管勾勒出一幅後現代畫框
暗夜中你像光溜溜的高腳椅
兀自等候，等候觀眾短暫的停留

但沉默或許埋藏了更多話要說；
譬如隱瞞著父母貼補家用，譬如
低學歷找不到像樣的工作，又譬如

趕在開學註冊前湊足年年高漲的學雜費，
並爲嗷嗷待哺的食衣住行育樂
預作準備，以便對抗大有爲政府
幫也幫不了你的通膨魔咒……

於是啊妹妹！你以自己作祭品
將這透明櫥窗擺設成供桌，
在這虔誠祈求中，你繼續被栽種、
採收、與加工，高纖維質的果肉
被一道道銳眼解剖、夾料、
盒裝出售，塞進嘴裡咀嚼、咀嚼、
又咀嚼，盡情吸吮青春的汁液
再一口吐掉！
那滴濺在我偶爾路過的鞋面——
那隱隱作痛的殘渣可會是你
無聲的吶喊，你燙紅的血？

(五)教育體制與集體記憶

魯冰花・7

鍾肇政

作者簡介

鍾肇政（一九二五—），桃園龍潭客家人，日治時代淡江中學、彰化青年師範學校畢業。戰後雖曾就讀臺灣大學中文系，卻因戰爭末期服兵役時高燒所造成的聽力障礙而只好輟學。曾任龍潭國小教師、東吳大學東語系講師、臺灣客家公共事務協會理事長、總統府資政。曾主編《文友通訊》、《臺灣文藝》、《本省籍作家作品》、《臺灣省青年作家叢書》、《臺灣民眾日報》副刊等。曾獲中國文藝獎、吳三連文藝獎、國家文藝獎、二等景星勳章、總統文化獎百合獎、二等卿雲勳章。是開啟臺灣大河小說創作第一人，長年筆耕不輟，重要著作有《臺灣人三部曲》、《濁流三部曲》、《魯冰花》等，《魯冰花》、《臺灣人三部曲》第三部《插天山之歌》曾改編拍成電影。在文壇，鍾肇政與葉石濤齊名，兩人被稱為「北鍾南葉」。桃園縣政府文化局目前已出版《鍾肇政全集》三十八冊。

文本

一年一次的全縣國校兒童美術比賽轉瞬就迫在眼前——下星期一。而今天已經星期五，代表人選必需決定，才能在明天發表。

廖大年校長下令在第七堂課下課後，召開各課長、學年主任會議。郭雲天是實際負責人，當然要列席。他以爲從初選錄取的每學年兩名候選人中選出一個，是椿很簡單的事，他本來就覺得這樣的會議根本就是多餘的。校長所以要開這樣的會，主要似乎在給那些老資格的同事們一點面子，諒來與會的人們也不可能有多少意見，只不過是一種程序，或者說形式罷了。他想。

他準備好每一個候選學生的作品，依時來到校長室。

校長室原本是一間教室，中間有道屏風，把室內隔成兩部份。其中一部份兩面被幾架書櫥圍住，一角有校長的辦事桌，旁邊還有一套籐沙發，是會客用的。另一部份放著一張長型會議桌，牆壁上掛滿了錦旗和各種圖表。

參加會議的人們陸續來到，除了郭雲天外，是校長、教導、四個課長，三個學年主任——其餘三個學年主任由課長兼，一共是十個人。

校長簡單致詞後，由郭雲天說明每學年兩名學生的優劣，提示他們的作品。說明完就提名其中之一爲學校代表，然後由大家來決議。一年級和二年級的代表，由於候選人中並沒有特出的只好從作畫的態度、速度、毛病少等幾項條件來作爲選拔的依據；很快就照郭雲天的提名通過。

可是到了三年級，問題來了，並且還不期然地掀開一場激辯。

郭雲天說明完，提名古阿明爲代表。訓導課長徐大木馬上起立表示異議。徐課長首先自謙對美術科並沒有多少研究，但也不忘表明自己積十年以上的美術教學經驗。他主要論旨是：

「……我想各位老師都能夠一目了然，這邊的幾張畫和那邊幾張的優劣，是不用任何人來說明的。剛才，郭老師好像把古阿明小朋友說成天才兒童，這一點，各位恐怕也不一定能夠同意。我們來看看古阿明的這些畫，它們都不自然，不正確，幾乎看不出所畫的是什麼東西。相反的，讓我們看看林志鴻小朋友。這些畫的形狀、線條、色彩、大小、遠近、明暗，沒有一點不是明明白白正正確確。我差不多要以爲就是讓林志鴻代表六年級也一定不會差到哪兒去。因此，我很不明白，我們爲什麼不可以選林志鴻爲三年級的代表。」

郭雲天心中著實吃了一驚，這話實在是他沒有預料到的。徐老師幾天前還謙虛地說由他一個人決定就好，怎麼現在竟會說出這樣的話呢？雲天沒有工夫細加琢磨，只有先答辯。他說：

「剛才我已經說過林志鴻的畫是沒有自我，是古板的。這裡我願意再補充幾點。徐老師所主張的林志鴻的優點，好像可以用個『像』字來概括起來。小朋友有他的眼光，他們怎樣感覺就怎樣畫，他們願意怎樣表現，就讓他們怎樣表現。跟實物的形態相像不相像，這是不大要緊的。我常常說，如果要像，我們有照相機就夠了，根本都不要畫畫。」

郭雲天的話未完，徐大木就起身發言：

「這一點，我個人是不能同意的。照相的像跟繪畫的像是不一樣的。照相的像只是像，繪畫的像卻在像的上面另外還有個美。不像的畫，我眞不曉得到底有什麼用處。美術是美的藝術，畫得像，我們就知道畫的是什麼，這樣就能產生美感，美感也就是美術的生命。而且在小朋友們的眼光裡，對一件物體的感受，也不見得就跟我們成人不同。紅的是紅的，藍的是藍的。古阿明的這些畫簡直叫人糊塗，根本不能產生美感。」

徐大木坐下來，郭雲天不得不再起立說明。以下是他們兩人的辯論。

「徐老師說，美感是藝術的生命，這話是正確的。但是，到底怎樣才算是美感呢？這是很抽象的概念，我也不能說清楚。不過我可以打個比喻。例如一個女人，有人認爲美，有人卻相反。這就是說欣賞的觀點不同，結果也會產生差異。對一件兒童繪畫的評價，我認爲要看力的表現，或者說一種主張。小朋友們有了某種主張，然後用他們獨特的方式表現出來，這才能算是好的作品。

單單拿一個像字來作評判的尺度，這顯然是不充分，也是不合理的。」

「就畫論畫，古阿明的這些作品，我倒看不出那裡有力，有主張，有自我。這些顏色都太駁雜，好像是個色盲兒童隨手抓了根蠟筆就塗的。他確是用力的塗，難道這就表示有力量嗎？還有這些線條一點也不均勻，有的太粗，有的又太細。總之一句話，太不自然。」

「這一點，我認爲這些是古阿明訴之直覺的表現，正是有主張的、有自我的，也就是有價值的藝術品。小朋友對特別感覺興趣的事物，加意地描繪，細心地刻畫，努力地表現。其他部份就給忽略，而輕輕地帶過。徐老師認爲這不自然，其實我以爲這才算眞正的自然。這就是兒童自己的表現方式，是創作，不折不扣的創作。眞正的創作也就是藝術。描摩出來的，拘泥於形式型態的，沒有兒童感情的表現的，便不能算是藝術。從這一點來衡量林志鴻的畫，便可知道他是描摹實物而表現，是沒有價值的。」

「郭老師這些話，我覺得是說不過去的。我沒有受過美術訓練，我只不過是稍爲喜歡，因此我搬不出理論來唬人。不過事實擺在我們眼前，比方古阿明的這一幅人物畫，頭這麼大，手和腳這麼小，面上看不出表情。這種情形只說是三、四歲的小孩畫的；古阿明只能畫三、四歲的小朋友畫，正好證明他的畫是如何幼稚可笑。讓他來當三年級的圖畫選手，豈不是要鬧出大笑話嗎？」

「古阿明還有三、四歲的眼光，這正好證明他有特殊的觀察眼光。西洋的許多大畫家……」

「請郭老師別搬出什麼大畫家，我想三、四歲小孩的眼光是幼稚園小朋友所需要的。我們是在選拔學校三年級代表，而不是選幼稚園的代表啊。」

這時，校長制止郭雲天起來發言，他說：「這兩個小朋友的確很成問題。徐老師和郭老師這樣爭下去，恐怕也不能得到結論。現在，這個，雙方的意思大家都明白了。好像都很有道理。這個，不如讓別的老師也發表意見，說不定還有別種的看法。這個，李教導，請發言。」

李金杉的瘦長身子坐在椅子上搖晃了幾下，最後才不大情願地起身說：

「校長，各位老師，剛才徐郭兩位老師的話。我覺得都很有道理，我非常欽佩。這些高論，我認爲要不是有深刻的研究，是說不出來的。我個人對美術教學，可以說是外行人，本來是不應該發表意見，其實也沒有什麼意見。不過，我個人覺得徐老師所說的好像比較合理。我們總要看得懂的畫；像古阿明那種看不懂的，我懷疑是不是眞的有價值。因此我的意見是選林志鴻小朋友爲三年級的代表比較恰當。不過我這話絕不是因爲徐老師是老同事，所以附和他，郭老師是較生疏，所以不同意。這一點要請郭老師原諒。」

李金杉確實是老到的教師，說話圓滑，大家都不由點點頭。

校長還徵求了其他各位老師的意見。他們多半沒有意見，不過也有三位對徐老師的見解表明同意。而支持郭老師的，卻一個也沒有。

校長面臨抉擇，顯出困惑來了，摸摸鼻下的鬍鬚，考慮了一會兒，最後還是不得不下結論。

「那麼這個，」校長說：「三年級的代表，我本人也沒什麼意見。不過，這個，各位老師當中贊同徐老師的比較多，所以這個，我想決定由林志鴻小朋友來參加好了。當然，這個，林志鴻小朋友畫得比較，比較不夠有力量。不過這個，郭老師已指導了這麼久，相信一定可以爭取到好成績的。所以這個，如果他得了好成績，仍然是郭老師的功勞。那麼……」

「校長！」郭雲天忍不住站起來阻斷了校長說：「我很不禮貌，可是請讓我再說一點。」

校長伸出手制止，可是郭雲天還是說下去。

「我並不是爲了功勞，我認爲這回的比賽，我們學校能夠得到第一名的，就只有一個古阿明。林志鴻是不可能得第一名的。我敢保證。請校長和各位老師再考慮一下。」

「哦，這個。」校長似乎有些拿不定主意地說：「郭老師認定如果古阿明小朋友來參加，一定可以得到第一名嗎？」

「是！」郭雲天肯定地說。

「我們一切爲學校著想，所以這個，如果古阿明一定可以得到第一名，那我們就應該重新考慮了。」

校長說完掃視了一周。

「校長。」徐大木嘴角泛著淺笑說：「我年年都參加縣的美術比賽，我敢說對比賽的情形是相當熟悉的。老實說，我們學校的美術教學並不能算十分成功，因此水準也不能算很高。我們只要想想各班級的美術教學情形就不難明白，部份老師有時不免要用美術課的時間來補習國語算術或者常識什麼的。直到比賽近了，這才來個臨時抱佛腳的訓練。這個樣子，自然沒有辦法跟人家比了。今年的情形也一樣，雖然由能幹的，而且又是專家的郭老師來指導，可是到底時間太短，恐怕一時也不容易收到很好的效果。並不是我有意小看我們自己的學生，實際情形是這樣，因此任何一位小朋友參加，我還是以爲不要存太高的期望才是的。」

這一番話，使得校長、教導和每位老師頻頻點頭。只有郭雲天逐漸露出著急和痛苦來。

「可是徐老師忽略了天才，」郭雲天又表示：「天才是不大需要指導的，他們有特別敏銳的感覺，往往自己會摸著門路，古阿明就是這樣的天才兒童。

美術訓練的第一天，古阿明所畫的一幅天狗吃月，我並沒有指導一言半句，但已經是很了不得的好畫。我差不多可以肯定地說，如果去年參加縣的比賽，已得過第一名了。」

「這話可眞奇怪。郭老師不曉得憑什麼說這樣的話。好像我們去年就在本校的許多同事，校長、教導、各位老師都是睜眼瞎子。我眞不禁要認爲郭老師有意侮辱大家了。」

徐大木說。他那矮胖的身子微微顫動著，似乎有些激動，但顯然在壓制著，不使爆炸。

郭雲天正想起立，校長伸出雙手阻止了他並說：

「好了好了。說下去怕要不好聽。這個，照多數老師的意見，三年級代表決定爲林志鴻小朋友。請郭老師原諒。時間不多了，請郭老師依程序進行吧。」

郭雲天明白大勢已去，只好忍住滿肚子委屈，草草說出四、五、六各年級的人選，順利決定了代表。

校長宣佈閉會後，因爲已過了下班時間，與會的老師們都匆匆離開會議桌退出。只有郭雲天獨自留下來。

起先，郭雲天還裝著鎮靜，收拾那些圖畫，不過老師們退盡後，他就停下手頹然坐下來。古阿明那憨笑的臉和活潑矯健的身影，成了銀幕上的特寫鏡頭般映現在他眼簾裡。接著是林志鴻略爲蒼白的面孔……

從隔壁的辦公室裡，時而傳來談話聲。同事們好像一個個下班去了，最後終於靜下來。郭雲天憤激的心情也隨著逐漸地安定下來。

「郭老師。」校長也收拾好要下班了，從後頭叫了他一聲。

「不早了，該回家了。」

「好的。」

「我很抱歉，也非常遺憾，希望你一定要諒解我的苦衷。」

「哪裡的話。校長，我只是很惋惜，也爲我們學校惋惜。」

「我很高興聽到你這麼說。這個，你雖然只是幫一個短期的忙，可是這麼替學校設想，我非常感激的。那麼我走了，眞抱歉。再見。」

「再見。」

郭雲天的心情現在完全靜止下來，而且心湖裡的渣滓也很快地沉澱下來，變得澄明清澈。

他明瞭了李、徐兩人對校長的影響力之大。不僅校長，恐怕對所有的同事們都有著很重大的影響力。在這種環境裡，校長一定是不好做的。

很久以來，郭雲天就聽到校長有意退休。在傳聞裡，有人說他是年老體衰，不堪勝任。六十歲了，而且身體也確實不能算強健，也該是告老的時候了。然而實際上可能有部份原因是僚屬的壓力，教他感到心灰意冷。老校長的性格又那樣軟弱，難怪只有急流勇退一途了。

如此想來，翁秀子所說的李、徐兩人在走「有力人士」的門路，都不是沒有理由的，他們一定是做著聯合陣線的策動。這麼一來，徐之極力反對古阿明而擁林志鴻，又李之大力附和，都是有其遠大用意的。總之一句話，這就是社會，就是任何一個圈子裡都不可避免的明爭暗鬥。設想到此，郭雲天就憬然有所領悟了。

但是，這一點只不過是有關郭雲天個人方面的，他所最關心，也最擔心的問題依然存在。那便是怎樣向古阿明交代。二十天以來的訓練過程中，無疑古阿明那小小的心靈裡，已有了穩可當學校代表而參加全縣比賽的想頭。如今事情竟來了個意外的變化，而且又是這麼突然，這麼出乎意料之外！

如果拿成人的心來度量小孩的心，那麼這個打擊是夠沉重的。而且小孩的心地較單純、較容易衝動。雖然他們也容易被說服。可是萬一處理不得其法，後果仍然是極堪憂慮的。

退一步想，就算能使古阿明平安渡過這一關，也很可能使這個藝術園地裡的珍貴幼苗枯萎。因爲在這一點上面，郭雲天和古阿明都沒有來日、來年，可用來支持興趣的持續。郭雲天不久就要離開這兒。而明年呢？還有誰來支持古阿明呢？

郭雲天彷彿已看到古阿明被愚庸的環境壓迫下來，永生埋沒草萊——成了個貧窮的農夫，永久不能發揮才能。爲什麼古阿明不出生在像林志鴻那樣的家庭呢？上天造了這樣一個天才，卻又要讓這天才得不到發光的機會。想到此。郭雲天就禁不住悲從衷來，忘懷多時的悒鬱也趁機再度抬起了頭，猛然攫住郭雲天的整個心靈。

算了吧……郭雲天吐出了一口長氣。我有什麼法子？一個代課教員，一個學業未竟的大學生，會有什麼力量呢？

他匆忙地把那些畫收拾好。恰巧最上面的一幅是古阿明的畫。那是一頭水牛，犄角奇大，幾乎佔滿了整個畫面的三分之一。左下角是一個牽牛的牧童。看來這牧童小得還沒一隻牛角大。但也因此顯出了那隻牛角的強大有力。這些雖然那麼不均衡，可是任誰都可看出作者的主張如何，意圖在哪裡。而那種由原色構成的鮮豔色彩，更具有一股扣人心絃的力量。

「這是馬蒂斯的手法啊……」

郭雲天低低地自語著。於是，他又沉思了。我眞的救不了這樣天才的幼苗了嗎？兩年後，是啊，兩年後我就畢業了，畢業後可以獲得安定的職業。那時，我豈是沒有力量的人呢？古阿明也還只是個六年級生。如果我能再次回到他的身邊，利用這一年來培植這樣幼苗……

對啦！我一定要挽回他的信心。而且林雪芬也一定支持我——她在幾十位同事們當中，是我唯一的知音，唯一的支持者，又是古阿明的級任。往後的兩年間，有她在古阿明身邊，經常給予鼓勵，那麼……

郭雲天把那股剛抬起了頭的憂鬱，壓抑下去了。

這是個晴朗的，很有夏天氣息的星期天。

農家是沒有假日的，但假日對某些農人而言，卻也並不是沒有好處。因爲他們的子弟可以不上學，在家幫忙工作。

古石松就是這種農家人。兩三天來他就很著急。他的茶園裡出現了許多蟲包。那是青色的小蟲兒，小得還不夠教一隻小雛雞需要仰起脖子眨著眼兒才吞得下。牠們雖然這麼小，而本領卻著實厲害，厲害得足夠叫一個壯健的農人頓足捶胸、束手無策。牠們好像一架精細巧妙的機器，能夠不停不歇地從一端裝進茶葉，而從另一端排出深綠色小點。比牠身子大好多倍的一片茶葉，牠能在一眨眼工夫裡，留下中間的一條梗吃得精光。

最叫農人們傷腦筋的，是牠們不成群結隊，每棵茶樹都分佈那麼三兩隻五六隻，而且還懂得怎樣防備可怕敵人——藥品。牠們吐出絲來，把一片茶葉捲成圓筒，另外再用絲纜住一兩片葉兒從四圍包裹住這圓筒。而且牠不把這些茶梗咬斷，因此保護著他的葉子仍然是青綠色，不容易讓人發見。吃倦了，或是週遭稍有動靜，牠就躲起來。這要和向來常見的，幾十條蝟集成堆，無遮無蓋地裸露出深褐色紅斑的身子，只顧拼命吃茶葉的茶蟲，可說是進步得很多很多了。

古石松已一連捉了三天，可是還只捉完一半多些。這種蟲是以前所沒有過的。他記得是前年春開始發見，但數目不多，爲害不大，因此也就沒加注意。但是今年卻忽然多起來。他知道已經有了叫馬拉松的，專門對付這種蟲的藥問世。但是那需要用噴霧器來噴灑，古石松買不起這種機器，而藥品價格也十分高昂，因此他只有靠雙手來拼命地捉。

他很想命令兩個讀書的孩子請兩天假來幫忙。他們是僅有的能幫他的人。而那些可恨的小蟲兒，一天就要吃掉不少他的收入，想起來眞是痛心。可是他還是忍住了，只有期待禮拜天。

禮拜六晚上，古石松就下了這道命令，要兩個孩子幫他捉一天蟲。捉那種蟲並不要多大力氣，只要看出捲成圓筒型的葉子，用拇指食指一捏，便可讓牠五臟併裂。他預計父子三個人幹一整天總可以完成工作。

早飯後爸爸就上路了。本來他是要帶阿明先走，好讓阿茶多幫幫母親的忙。可是出門時阿明不曉得跑哪兒去了。他以爲大概是上廁所，就吩咐老婆和女兒看見他馬上叫他跑到茶園，自己先去了。

茶妹餵好豬，工作已做完，可是一直不忍去找阿明。他最懂得弟弟這時的心情。她也知道阿明並不是上廁所，一定是躲在什麼地方讓那悲哀與失望啃著寂寞無告的心。

昨天，茶妹要放學回家時，林雪芬老師特地把她叫去，告訴她阿明不能參加全縣圖畫比賽的事。林老師要她好好安慰弟弟。她聽了這消息傷心得快要哭了，但也只好答應下來。然後她找了好久好久，才在操場一角的杜鵑樹叢後找著了弟弟。顯然地，阿明已哭了很久，平時那活潑調皮的大眼睛，現在呈著暗淡的色彩，而且還佈滿紅絲。

不少天來，茶妹就很高興弟弟在圖畫上有不凡的表現。她滿懷興奮，期望比賽的一天快些到來。她深信郭老師說過的話：古阿明可以得冠軍。冠軍！全縣的冠軍！多麼了不得！自從茶妹入學以來的六年間，不管什麼比賽——演講啦，運動會啦，躲避球啦，作文啦，一年間有好多種好多種的全縣比賽，但是她們學校可就從來沒有出過一種冠軍。

茶妹模糊地記得，幾年前學校的一位選手在縣的朗讀比賽得了亞軍。那時全校師生都高興得大呼萬歲；那位選手還被當成了不起的英雄，在升旗典禮時被校長叫到司令臺上接受大家的歡呼鼓掌。

茶妹期望大，聽到林老師的話後的失望也就來得格外深刻。她簡直不敢想像弟弟要多麼失望。她看到弟弟那可憐巴巴的模樣，淚水先就溢出來了。

雪芬老師要茶妹告訴阿明，今年雖然不能參加，可是明年還有機會，而且兩年後郭老師大學畢業了，打算回到鄉裡的初中學校教書，那時可以再來指導他，一定要他不要失去信心。茶妹邊流淚邊把這些話反覆地說給阿明聽。可是阿明一句話也不答，只是看著地面發愣。最後，茶妹好不容易地才把阿明帶回家裡。

然而，爸爸對這事情一點也不關心。他所關心的，就只有茶蟲了。爸爸甚至還說阿明的畫，他早就說過是不行的，那種希哩古怪的東西，鬼畫符似的，叫人看都看不懂，怎麼能夠當一名選手去跟人家比賽呢？

茶妹拼命地替弟弟辯護，她告訴爸爸郭老師怎樣誇讚，雪芬老師如何稱許。可是爸爸還是笑著，不肯相信阿明是個天才。晚上上床後，茶妹還傷心得偷偷地流了一陣子淚水。

此刻，儘管她不大忍心去找弟弟，把他拉到茶園去工作——她總覺得在這樣的當兒，應該多多安慰弟弟，讓他好好休息一天；他昨晚一定沒有睡好的。但是，茶妹還是不能不去找。聽爸爸的話，那些小蟲是那樣可怕，簡直就是在吃著一家人的米和衣服。無論怎樣也必須把牠們消滅了才成的。而現在爸爸一個人在工作，怎麼可以不去幫他呢？而且他脾氣又那樣壞，那樣可怕，如果弟弟一個人沒去工作，那還了得啊……

茶妹找遍屋裡，廁所也看過，最後從後門出去。阿明正在屋後竹叢下低頭坐著。茶妹不敢驚動弟弟，從後頭悄悄地挨近。阿明此刻不曉得是精神太集中，或者是相反地太散漫，竟沒有覺察到茶妹踏上那些枯竹葉的沙沙聲。

茶妹看見了。原來阿明正在把一枝枝蠟筆拿在手裡折著。折了一小截，看看，讓它從指頭掉下，然後又再折。那是一種沒有任何思想在作用的、機械般的動作。下面的枯葉上已有一小堆片片斷斷的蠟筆了。

茶妹大驚，脫口叫：

「弟弟！幹什麼！怎麼可以這樣啊！」

她一伸手就從阿明手裡搶過那蠟筆盒。盒裡的蠟筆只剩下四枝了。

茶妹還記得這盒蠟筆是不多天前郭老師送給阿明的。阿明拿回來後向家人炫耀。他是那樣興奮，那樣喜悅。茶妹記得清清楚楚，阿明那晚出奇地竟沒有抱小貓玩。他一直在摩抱那盒蠟筆。一會兒端詳那顏色鮮艷的盒皮，一會兒又一枝枝地取出蠟筆，萬分捨不得地在紙上輕輕描幾下，看看畫出來的色彩。每枝蠟筆的色彩，他都說最合他的意，認爲沒有更美的顏色，還要求家人同意他的說法。

「還我！」

阿明憤恨地看著姊姊吼叫。

「不！你怎麼可以這樣？這是誰送你的，你忘了？」

「不要妳管，還我！」

阿明伸手就搶。

「不，偏不！」

茶妹把蠟筆盒藏在背後，阿明就猛地撲上去，抱住她，搶不到就捶她，揍她。茶妹不還手，也不躲閃，一任阿明那使著渾身的勁打過來的拳頭擊在身上，眼淚決了堤的洪水般滾下。

「壞姊姊……死姊姊……哇……」

阿明一面打一面號啕大哭。

茶妹一點也不覺得疼，倒是她的心疼得碎成片片了。她索性蹲下來，把蠟筆盒抱在腹部，承受著弟弟的拳頭。打吧，可憐的弟弟，打個痛快吧。只要你打了我就能重新愛上蠟筆，姊姊就是被打得半死也甘願——茶妹在心中反反覆覆地這麼說著。

這時，母親聽見了聲音，從廚房衝出來。

「住手！阿明！還不住手！唉唉，眞是，怎麼打得這麼兇啊。」

阿明好像沒有聽見，拳頭一下一下地往茶妹背上捶下。母親跑過來抱住阿明，阿明還在大哭大鬧，拼命地掙扎。母親看見地面上的蠟筆碎片，驚叫道：

「呀！蠟筆怎麼啦？誰折的？一定是阿明，對不對？阿明！」

母親也發火了，扳過阿明的面孔又問：

「是你嗎？快說！」

阿明不答。手和腳是靜下來了，可是仍然在沒命地嚎啕。

母親抓住阿明的一隻手拖向門口，拖了不少步，從地面上揀起一枝竹片，悶聲不響就打起來。茶妹看了這些，觸電般起身奔過來，把身子伏在阿明身上。

「媽媽，不要打他，是我啊。」

「妳？哼！媽媽知道的！」

可是媽媽打不著阿明了，只好停下手悻悻地說：

「你這頑皮東西，等下你爸爸回來，看看你還有命不！」

媽媽說了這些，把手裡的竹片用力一拋，氣咻咻地進去了。茶妹抱住阿明說：

「不要哭了，阿明，聽姊姊說好嗎？」

茶妹捧起了阿明的臉，拈起了衣裙替他揩一揩，那麼輕柔那麼輕柔地揩。

「阿明，不要哭了，你打我，我不怪你，可是你要聽姊姊的話。」

茶妹握著阿明的手拖向原先的竹叢下。阿明停止了哭泣，不過還在陣陣抽噎。他不再反抗，乖乖地被拖去。來到原來的地方，茶妹就蹲下揀那些蠟筆碎片，一面說：

「弟弟，你不能這樣的。你是了不得的天才，將來可以成個畫家。這次比賽沒有參加，有什麼關係呢？」

這些話，茶妹已說了好幾遍了。她知道昨天郭、林兩位老師也一定向阿明說過的，可是她還是再說。她的心中是一片純潔虔誠。事實上，她說這話時的心情。也正與那些跪在神前禱告，反覆地說出自己的願望的善男信女們的心情一模一樣。蠟筆揀完，弟弟的抽噎也靜了一些，最後茶妹說：

「來，我們趕快去茶園。蠟筆姊姊替你收起來，我知道你以後一定還要用到它的。姊姊以後有空，也要跟你一塊畫。阿明，你可比姊姊強許多呢。」

阿明還是沒哼一聲，被姊姊牽著手向茶園跑去。

這天下午，才吃過午飯，古石松他們父子三個人就又來到茶園裡。陽光很強烈，從頭頂上灑過來，茶園的泥土熱得燙人。從茶樹蒸發出來的氣息，幾乎使人窒息。寶島的夏天來得快，而這山上的茶園，儼然已是仲夏的溽暑時節了。這時候，春茶剛摘完，夏茶又還沒開始，因此園裡很靜。「噗咕咕——噗咕咕——咕」班鳩的啼聲也是那麼懶洋洋的。遠近的蟬聲時斷時續。一切都彷彿在控訴著這天氣太熱了。

茶妹向來就是個很勤快的小姑娘。鄰近的人們都說她是個好女孩，將來一定是好姑娘，好女人。許多人認爲她工作起來，已經不比一個大姑娘遜色。這天，茶妹可是格外賣力了。只要看她那忙碌的眼光和雙手並用的模樣兒，就知道人們的誇讚是有理由的。不過她還是要偶爾停一下，看看弟弟那邊。

不論茶妹什麼時候看阿明，阿明總是低著頭只顧工作，和往常那種東張西望，心不在焉的情形很是不同。而且他又始終不說一句話，茶妹挨近他時向他說幾句什麼，也不答一聲。茶妹眞猜不透弟弟究竟在想些什麼。總之，他是太不同尋常了。就是中午回家吃飯時，阿明也緊緊閉住嘴巴。他早餐只吃了一碗飯，中飯更連一碗都沒吃完。茶妹覺得好像能理解弟弟的心情，可又不怎麼清楚似的。她心疼，不忍，中飯時看到弟弟放下了碗筷她也吃不下飯了。

唯一使她欣慰的，是午飯時母親告訴父親阿明折蠟筆和打姊姊的事。爸爸竟沒哼一聲。她還以爲弟弟要挨一頓好打而提心吊膽呢。

「折了就算啦。反正畫那些玩意又不能當飯吃……」這就是爸爸的反應。

這時，爸爸已經捉到那邊盡頭去了。茶園過去就是通往鎮上的牛車路，路上偶爾有騎自行車或走路的人來往。弟弟剛好到另一端，茶妹則距弟弟約莫丈多遠，距爸爸那邊可差不多有幾十丈遠。

忽然，茶妹看到有個騎自行車的人來到茶園邊就下了車。因爲距離遠，看不清到底是誰。不過在這個時候有人來看爸爸，倒是很稀罕的事。因此茶妹不禁停下手來看望。

茶妹突然覺得那個人的身影有點熟。那人放好車子上到茶園，一頂白色的帽子，白襯衫，卡其褲子。這個人跟爸爸說了什麼，爸爸就摘下竹笠連連鞠躬。

啊！那是郭老師，的確是郭老師。茶妹認出來了。她連忙向阿明叫：

「看哪！阿明，郭老師來了！」

阿明沒有搭腔，舉起頭來朝那方向看了一眼，就又背過身子繼續捉蟲。

「呀？你……阿明哪，你看是不是郭老師？」

「我怎麼曉得？」

弟弟頭也沒回就愛理不理地答一聲。

那個人跟爸爸談了好一會兒，終於向這邊走過來了，掏出手帕在揩額角。這麼個大熱天，一定跑出大汗來了，可是他爲什麼會來到這兒呢？而且又是在這麼個時候，茶妹思量。

越來越清晰。沒錯，那是郭雲天老師。揹一塊畫板，手裡握著捲成圓筒型的白色東西。

郭老師挨得更近，面目都可看清楚了，茶妹摘下竹笠行禮。「郭老師好。」

「哦，妳好。你們兩個眞好，認眞的幫忙爸爸。」

「阿弟！」

茶妹可急壞了，弟弟還背向郭老師一聲不響呢？

郭老師已走到阿茶跟前，又掏出手絹揩汗，一面問：

「咦？古阿明小朋友怎麼啦？」

「他，他今天古怪得很哩，老是不說話。」

她幾乎想說弟弟折蠟筆的事，可是她覺得不該說。

「古阿明。」

郭老師喊了一聲。阿明好像不好意思了，轉過身子，沒有仰起面孔就行了個禮說好，馬上又轉身捉蟲。

茶妹急得不知怎麼是好。她眞想上前給弟弟一個大耳光。郭老師倒一點也沒在意的樣子，微笑著走過去，雙手擱在阿明肩上，彎著上身探出頭看看阿明的面孔說：

「古阿明，你生老師的氣嗎？」

古阿明搖搖肩頭，仍沒有答。

「都是老師不好。古阿明，要請你原諒老師啊。」

郭雲天說著把阿明的身子板過來。

阿明仍然低著頭，不答也不看郭老師。

「（毆），你哭了？……茶妹，弟弟哭了是嗎？」

「是啊。」茶妹答：「昨天哭，昨天晚上也哭，今天早上更是大哭了一場呢。」

「……」

「老師今天有個大好消息呢，所以特地跑來告訴你的。我想你一定會高興的。」

古阿明還是低著頭。其實他已不再生郭老師的氣了。他昨天以來就一直恨郭老師，認爲他是個騙子，他決心永遠不和郭老師說話。可是剛才當他明白了郭老師來到茶園時，這些怨恨都忽然消失了。他差不多想飛奔過去，跟往常一樣地摟住郭老師的腰，跟他玩一陣子，可是不曉得怎麼，怪難爲情的，連看都不好意思看郭老師了。

「今天，老師在報上看到，我們中國也要選小朋友們的畫，參加全世界的兒童畫展，畫展就是圖畫的展覽會，跟比賽差不了多少。不過不是要去畫，把畫好的送去就行了。你高興參加嗎？」

「……」

「老師要你參加。那裡也有冠軍亞軍的。老師要讓你做代表，不過可不是我們學校的代表啊，是我們中國的代表。懂嗎？就是全國小學生的代表。老師相信你能夠當我們中華民國的代表的。」

阿明還不曉得如何表示才好，可是茶妹這時氣息都快窒住了。急急地問：

「老師！眞的？」茶妹問時似乎眞要跳起來了。

「當然。」郭老師回頭看了一眼茶妹說：「老師怎麼會騙你們呢？古阿明，拿出勇氣來，現在馬上就畫，明天就得送到臺北去呢。」

「可是……」

古阿明這時第一次開口，但還是說不出來。

「老師！」茶妹的聲音仍然充滿驚奇與興奮：「他不行了。他早上把蠟筆都折斷了哩。」茶妹已忘了這話是不該說的了。

「哦……」

郭老師若有所思地點點頭，片刻後才說：

「我知道了。都是老師害你的。不過放心好了，老師什麼東西都帶來了。看。」他從口袋掏出一盒新蠟筆朝姊弟倆亮了亮說：「還有圖畫紙，畫板也都有啊。」

「可是老師。」茶妹又說：「我們很忙。這些蟲，爸爸說是在吃我們的米和衣服，我們得趕快捉完，我怕爸爸不答應阿明畫畫。」

「這沒問題。爸爸剛才已經答應老師了。我也會幫你們捉。老師捉起來才快呢。哈哈……」

「啊……老師。」茶妹著急萬分地說：「那怎麼，怎麼可以啊？老師，我可以用力些，一個人捉兩人份，老師一定不要捉。」

「茶妹不要擔心好了。只要弟弟答應老師畫，馬上畫，老師就最高興了。古阿明小朋友，你答應嗎？」

「老師！」古阿明這回說得出來了。他的眼裡閃著淚光。「我答應老師。不過我可不答應老師捉。很髒呢！」

「髒？哈哈，我才不在乎。髒了可以洗嘛。」

「不！老師捉我就不畫。」

「好好，那老師就不捉。讓姊姊也捉你的份兒好了，可以嗎，茶妹？」

「可以啊。」

茶妹想大聲叫，可是說出來的聲音卻出奇地小。她不得不趕快低下頭去。因爲這時她的鼻尖忽然起了一陣酸楚。她很奇怪，近來常常這麼容易哭，以前可不是這個樣子啊……

她很快地就打斷了這些思緒，拼命地工作起來。好像眞地她有辦法一個人捉兩個人的份兒似地。

不知怎麼，她的視線模糊起來了。兩滴淚水倏地往下滴落。

歸家

賴和

作者簡介

賴和（一八九四—一九四三），彰化人，原名賴河，筆名懶雲、甫三、安都生、灰、走街先等。臺北醫校畢業，即在嘉義病院實習，後返彰化開設賴和醫院。曾赴廈門博愛醫院服務，一九一九年回臺。曾任臺灣文化協會理事、參與臺灣議會期成同盟、臺灣民眾黨、分裂後臺灣文化協會（簡稱「新文協」），並曾兩度入獄，第一次因「治警事件」，第二次於太平洋戰爭前夕遭逮捕入獄，出獄不久後即因心臟病去世，享年五十歲。主編過《臺灣民報》文藝欄，參與《現代生活》、《南音》、《臺灣文藝》、《臺灣新文學》等文藝社團。新舊文學均有可觀成績，作品富人道精神與關懷，有「臺灣新文學之父」、「臺灣的魯迅」、「彰化媽祖」之譽。後人編有《賴和漢詩初編》、《賴和全集》、《賴和手稿影像集》，並設有賴和紀念館。

文本

一件商品，在工場裡設使不合格，還可以改裝再製，一旦搬到市場上，若是不能合用，不稱顧客的意思，就只有永遠被遺棄了。當我在學校畢業是懷抱著怕這被遺棄的心情，很不自安地回到故鄉去。

回家以後有好幾日，不敢出去外面，因爲逢到親戚朋友聽到他們：「恭喜！你畢業了」的祝辭，每次都會引起我那被遺棄的恐懼。在先幾日，久別的家庭，有所謂天倫的樂趣，還不覺有怎樣寂寞，後來過慣了，而且家裡的人也各有事做，弟妹們，較大的也各去學校讀書，逗小孩子玩，雖然快樂，但是要我去照管起他們，就有點爲難了，當那哄不止地啼哭的時，眞不曉得要怎樣好，就不敢對孩子負著責任來，逗他玩又常把他弄哭，這又要受到照管孩子的責任者埋怨，所以守在家裡，已漸漸感到無聊。

十幾年的學生生活，竟使我和故鄉很生疏起來，到外面去，到處都似作客一樣，人們對著我眞是客氣，這使我很抱不安，是不是和市場上對一種新出製品不信任一樣嗎？又使我增強了被遺棄的恐懼。

我雖然到外鄉去讀書，每年暑假曾回來一兩箇月，爲什麼竟會這樣？啊！我想著了，暑暇所有學生盡都回來，在鄉里的社會中，另外形成一個團體，娛樂遊戲，儘有伴侶，自然和社會一般人疏隔起來，這次和我同時畢業共有五人，但已不是學生時代無責任的自由身了，不能常常做堆，共作娛樂，而且又是踏進社會的第一步，世人的崇尚嗜好，完全是另一方面，便愈覺社會和自己的中間，隔有一條溝在，愈不敢到外面去，也就愈覺無聊。

在無聊得無可排遣的時候，我想起少時的朋友來，啊朋友！那些擲干樂（陀螺）、放風箏、捉蟋蟀、拾田螺的遊伴，現在都怎樣了？聽講有的已經死去，死？怎便輪到我們少年身上，但是死卻不會引起我什麼感傷，這是無人能夠倖免的，有的在做苦力小販，這些人在公學時代，曾有受過獎賞的，使我羨慕的人，有時在路上相逢，我怕他們內羞難過——在我的思想裡，以爲他們是不長進的，纔去做那下賤的工作——每故意迴避，不料他們反很親密地招呼我，一些也無羞慚的款式，這眞使我自愧我的心地狹小。還有幾個人不知得著什麼機會，竟掙到大大的財產，做起富户來，有的很上進，竟躋到紳士班裡去，這些人在公學時代，原不是會讀書的，是被看輕過的，但是他們能獲到現在的社會地位的努力，是值得尊敬，所以在路中相逢，我曾去招呼他們過，很想寒暄一下，他們反冷淡地，似不屑輕費寶貴的時間，也似怕被污損了尊嚴，總是匆匆過去，這樣被誤解又使我自笑我的趨媚來。以外還有好些人不曾看見過，善泅水的阿波的英雄氣慨，善糊風箏的阿用的滑稽相，尤其是那「父親叫阿爸」的，阿獃的㤰態，尚在我的回想裡活現著。

在學生時代，每次放假回家，都怕假期易過，不能玩得暢快，時光都在娛樂裡消耗去，世間怎樣是無暇去觀察，這次歸來已不是那樣心情，就覺得這世間，和少時的世間，很是兩樣了，頂變款的就是街上不常聽見小銅鑼的聲音，這使我想起那賣豆花的來，同時也想起排個擹子在路邊賣雙糕潤的，愛和孩子們說笑的賣鹹酸甜（各式蜜餞的總稱）的潮州老，常是排在祖廟口的甘蔗平，夜間那叫賣的聲音，直聽到里外路去的肉粽秋，這幾人料想都死去了，總沒有再看到，只有賣麥芽羹和賣圓仔湯的，猶還是那十幾年前的人。

又有使我不思議的，就是在路上，不看見有較大的兒童，像我們時代，在成群結黨地戰鬧著，調查起牠的原因，是達到學齡的兒童，都上公學校去，啊！教育竟這麼普及了？記得我們的時候官廳任怎樣獎勵，百姓們還不願意，大家都講讀日本書是無路用，爲我們所當讀，而且不能不學的，便只有漢文，不意十年來，百姓們的思想竟有了一大變換。

我歸來了這幾日，被我發見著一個使我自己寬心的事實——雖然使家裡的人失望——就是這故鄉，還沒有用我的機會，合用不合用便不成問題，懷抱著那被遺棄的恐懼，也自然消釋，所以也就有到外面的勇氣。

市街已經改正，在不景氣的叫苦中，有這樣建設，也是難得，新築的高大的洋房，和停頓下的破陋家屋，很顯然地象徵著廿世紀的階級對立，市面依然是鬧熱，不斷地有人來來往往，但是以前的大生理（生意），現在都改做零賣的文市（零售生意稱文市，批發生意稱武市），一種聖化這惡俗的街市的人物，表演著眞實的世相的乞食，似少去了許多，幾幾乎似曉天的星宿，講古場上，有幾處都坐滿了無事做的閑人。

這箇地方的信仰中心，虔誠的進香客的聖域，那間媽祖廟，被折得七零八落，「啊！進步了！怎樣故鄉的人，幾時這樣勇敢起來？」我不自禁地漏出了讚嘆聲，我打算這是破除迷信的第一著手，問起來纔知道要重新改築，完全出我料想之外。又聽講折起來已經好久了，至今還是荒荒廢廢，這地方的頭兄（領導人物）們，眞有建設能力嗎？我又不憚煩地抱著懷疑，這一條路上，平常總有不少乞食，在等待燒金還愿的善男子善女人施捨，這一日在這路上，我看見一個專事驅逐乞食的人，這個人講是喰官廳的頭路，難道做乞食也要受許可纔行嗎!?

聖廟較以前荒廢多了，以前曾充做公學校的假校舍，時有修理，現在單只奉祀聖人，就只有任它去荒廢，又是在尊崇聖道的呼喊裡，這現象不教人感到滑稽？但是一方面不重費後人轟廢的勞力，這地方頭兄們的先見，也值得稱許!?

是回家後十數日了，剛好那賣圓仔湯的和賣麥芽羹的，同時把擔子息在祖廟口，我也正在那邊看牆壁上的廣告，他兩人因爲沒買賣，也就閒談起來。講起生理的微末難做，同時也吐一些被拿去罰金的不平。我聽了一時高興，便坐到廟庭的階石上去，加入他們談話的中間。

「記得我尚細漢的時候，自我有了記憶，就看你挑這擔子，打著那小銅鑼，朒朒地在街上賣，不知今年有六十歲無？敢無兒子可替你出來賣？」我乘他們講話間歇時，向賣麥芽羹的問。

「六十二歲了，像你囝仔已成大人，我那會不老，兒子雖有兩個，他們有他們的事，我還會勞働，也不能不出來賺些來添頭貼尾。」賣麥芽羹的捫一捫鬚，這樣回答我。

「你！」我轉向賣圓仔湯的，「也有幾個兒子會賺錢了，自己也致著病，不享福幾年，何苦呢？」因爲他是同住在這條街上，所以我識他較詳一點。

「享福？有福誰不要享，像你太老纔可以享福呢，我這樣人只合受苦！」賣圓仔湯的答著，又接講下去，「囝仔賺不成錢，做的零星生理，米柴官廳又當當緊，拖著老命尚且開勿值（入不敷出），享福!?」

「現時比起永過一定較好啦，以前一個錢的物，現在賣十幾箇錢。」

「啊！你講囝仔話，現在十幾箇錢，怎比得先前的一箇錢，永過是眞好！講起就要傷心，我們已無生命可再過著那樣的日子了！」

「永過實在是眞好，沒有現時這樣警察……」

「現在的景況，一年艱苦過一年，單就疾病來講，以前總沒有什麼流行病、傳染病，我們受著風寒，一帖藥就好，現在有的病，什麼不是喰西藥竟不會好，像我帶這種病一發作總著注射纔會快活，這樣病全都是西醫帶來的。」賣圓仔湯的竟有這樣懷疑。

「哈！也難怪你這樣想，實有好幾種病，是有了西醫纔發見的，——你們孩子可曾進過學校無？」

「進學校？講來使人好笑！」賣麥芽羹的講。

「怎樣？」

「我隔壁姓楊的兒子，是學校（指公學校）的畢業生，去幾處店舖學生理，都被辭回來，聽講字目算無一項會，而且常常自己抬起身份，不願去做粗重的工作，現在每日只在數街路石（無業遊蕩之喻）。」

「我早就看透，所以我的囝仔總不教他去進學校，六年間記幾句用不著的日本話？」賣圓仔湯的補足著講。

「就是進學校，也無實在要教給我們會。

「怎樣講用不著？」

「怎樣用得著？」

「在銀行、役場官廳，那一處不是無講國語勿用得嗎？」

「那一種人自然是有路用咯，像你，也是有路用，你有才情，會到頂頭去，不過像我們總是用不著。」

「怎樣？」

「一個囝仔要去喰日本頭路，不是央三託四抬身抬勢，那容易；自然是無有我們這樣人的份額，在家裡幾時用著日本話，只有等待巡查來對戶口的時候，用牠一半句。」

「你想錯去了，」我想要詳細說明給他聽，「不但如此，六年學校臺灣字一字不識，要寫信就著去央別人。」賣麥芽羹的又搶著去證明進學校的無路用。

「學校不是單單學講話、識字，也要涵養國民性，……」

「巡查！」不知由什麼人發出這一聲警告，他兩人把擔子挑起就走，談話也自然終結。

㈥集體社會的病灶診斷與對治藥方

臨床講義——對名叫臺灣的患者的診斷

蔣渭水

作者簡介

蔣渭水（一八九一—一九三一），字雪谷，宜蘭人。就讀臺北醫校（臺大前身）時，曾發動臺灣人捐助中國革命事業。畢業後在臺北行醫，開設大安診所。一九二一年參加「臺灣議會請願運動」，並參與「臺灣文化協會」成立，一九二三年參與「臺灣議會期成同盟」成立，因「治警事件」先被拘留六十天，後又判刑入獄八十天，第一次作《獄中日記》，第二次作《獄中隨筆》。一九二六年成立「文化書局」，次年成立「臺灣民眾黨」，一九三一年遭解散，當年病逝於臺北，舉行大眾葬。今人編有《蔣渭水全集》，設有蔣渭水紀念公園、蔣渭水紀念高速公路，發行紀念蔣渭水拾圓硬幣。

文本

姓名　臺灣島。
性別　男。
年齡　從現住所轉移到今二十七歲。
原籍　中華民國福建省臺灣道。
現住所　大日本帝國臺灣總督府。
地位　東經一二〇～一二二、北緯二二～二五。
職業　世界和平第一關門守衛。
遺傳　有黃帝、周公、孔子、孟子等的血統，遺傳性很明顯。
素質　因為是前記聖賢的後裔，故有強健天資聰明的素質。
既往症　幼少時（即鄭成功時代）身體頗為強壯、頭腦清楚、意志堅定、品質高尚、動作靈活。但到清朝時代由於政策中毒，身體逐漸衰弱、意志薄弱、品質卑劣、操節低下了。轉居日本帝國以來，受到不完全的對症療法，稍有恢復，但畢竟有二百年的長期慢性中毒症，故不容易治癒。
現症　道德敗壞、人心刻薄、物質欲望強烈、缺乏精神生活、風俗醜態、迷信很深、深思不遠、缺乏講衛生、墮落怠惰、腐敗、卑屈、怠慢、只會爭眼前小利益、智力淺薄、不知立久大計、虛榮、恬不知恥、四肢倦怠、惰氣滿滿、意氣消濃、完全無朝氣。

主訴　頭痛、眩暈、腹內有飢餓感。

大體上是這樣的患者，診斷一下頭部比身體大，應該是思考力很好才是，但提問二、三道常識，其回答不得要領。由此可想像這個患者是個愚蠢的低能兒。這是因爲頭骨大、內容空虛、腦髓不充實的原因。因此稍難點的哲學、數學、科學，還有世界形勢論一聽就頭暈、頭痛。另外手腳也很大很肥，這是因爲勞動過多的原因。診斷一下腹部，發現腔胴很瘦，凹進去。腹壁都是皺紋，好像經產婦似的出現有白線條。我想像是大正五年來歐洲大戰的一時僥倖，一時肥胖起來了；從去年夏季颳講和風，像是腸子感冒，加上腹瀉，腹部極度膨脹，突然又縮起的原故吧。

診斷書

診斷　世界文化時期的低能兒。

原因　知識營養不良症。
經過　因爲是慢性病，經過要長些。
預診　素質純良，應及時適當地治療，要是療法不對又荏苒拖延的話，會
　　病入膏肓，有死亡的可能。
療法　原因療法，就是根治療法。

處方
受正規學校教育　　　極量。
要補習教育　　　　　極量。
進幼兒園　　　　　　極量。
設圖書館　　　　　　極量。
讀報社　　　　　　　極量。
上面合劑調和速服二十年會全治，其他還有有效之藥品在此省略。

一九二一年十一月三十日

春雨

鄭清文

作者簡介

鄭清文（一九三二—），出生於桃園，後遷居新北市新莊區，臺灣大學商學系畢業，任職銀行四十多年，利用閒暇寫作，從未中輟。曾獲臺灣文學獎、吳三連獎、時報文學獎推薦獎、金鼎獎、小太陽獎、臺灣新文學貢獻獎、巫永福獎、第九屆國家文藝獎。一九九九年，由美國哥倫比亞大學出版的短篇小說集《三角馬》英文版，獲得美國舊金山大學環太平洋中心所頒發的桐山環太平洋書卷獎，此為臺灣作家首次得到這項重要的國際文學獎。二〇〇三年獲世界華文文學終身成就獎。作品有《大火》、《三腳馬》、《水上組曲》、《故事》、《不良老人》、《白色時代》、《合歡》、《局外人》、《校園裡的椰子樹》、《鄭清文自選集》、《簸箕谷》等小說，及童話《燕心果》、《天燈、母親》、《採桃記》、《沙灘上的琴聲》等。一九九八年，出版《鄭清文短篇小說全集》七冊。

文本

星期天，天氣很冷，雨也下得很大，我和往常一樣出去爬山。

我是坐小型公車上山的。這一路的幾個小型公車司機，都很友善，也很風趣，一路說說笑笑，有時還停車和路邊的熟人打個招呼。這種情形，一般的公車是不可能看到的了。

車子裡有十七、八個人吧，除了幾個出來爬山的人以外，大部分是到市場來採購，要回山上去的。

雨打在車窗上，從前面，或從側面，一陣陣猛打過來。車窗已蒙上一層水霧，有些地方有人擦過，可以看到窗外的景色。

車子駛到政大，從車窗往外看，可看到有幾個人在等車，有的穿雨衣，有的撐雨傘，有男的，也有女的。有一個五十多歲的男人，跟在後面上來，在胸前，用揹巾揹著一個小孩。小孩的頭是裹在揹巾裡面，只可以看到小小的帽頂，另外有兩隻小小的腳露出在揹巾外面輕盪著，腳上穿著乳白色的毛線襪子。

那個人很面熟。從他眉間那顆幾乎有半公分大的黑痣，我立刻認出來，他就是以前在我們舊家附近開一家小雜貨店的安民。

我坐在後面。本來，我想叫他，但是，車子裡面相當擠，而他一上來，前面就有人讓座給他。

我們搬離舊家，也已快二十年了吧。雖然，他的頭髮又脫落不少，而且長出許多白髮，我卻依然認得他。

安民姓蘇，我們都不叫他的姓，只叫他安民。一般，小孩子都叫他安民伯或安民叔，也有少數人叫他老闆。但是，叫他老闆，他都不直接回答。

我還記得，我們離開舊家時，那附近，雖然是在市內，卻還有一些水田和竹叢，一條灌溉用的水溝貫穿其間，到了晚上，有時還可以聽到蛙聲。

安民他們開的雜貨店，就在竹叢下的水溝邊，那個地方，蚊子很多，到了晚上，路燈一亮，除了蚊子以外，還有許多小飛蟲，繞著燈光不停飛舞。聽說，現在那些田地已塡埋起來，蓋了林立的大廈了。

我們不叫他的姓，是因爲他是入贅過來的。他的妻子姓林，叫林素貞，我們都叫她阿貞。阿貞是那家雜貨店的老闆阿土伯的獨生女。

當時，阿土伯還是以種菜爲業。除了那一家小雜貨店以外，他們在那附近還有一塊兩分不到的菜圃，算起來也有五、六百坪。那塊地，生產有限，而那時候，雖然房地產也有波動，卻還沒有到飛漲的程度，他們一家人的生活，主要還是靠那一家雜貨店來維持的。

我也還記得阿貞那個女人。當時，她還不到三十歲，她的身材細瘦，有點扁平，臉色有點蒼白，下巴尖尖的，眼睛大，有點凹進去，時常眨個不停，好像有點神經質。可是爲了工作的方便，她的頭髮燙得很短。不管怎麼看，她都不能算是一個很迷人的女人。

但是，她待人親切，動作敏捷，計算價錢快而正確，還經常去掉零頭，在附近的風評相當不錯，生意也算是相當興旺的了。

因爲她是獨生女，阿土伯堅持要招贅，她的婚事就這樣耽擱了下來。阿貞和安民的婚事，是透過孤兒院安排的。聽說，這也是阿貞的舅父全力促成的。

他說，一般的男人不肯入贅。孤兒由於身世可憐，比較不會挑剔，要找個老實可靠，而又肯吃苦的人，也比較容易。何況，他有一個朋友在經營孤兒院，對於那些孤兒的性格也比較清楚，而且可以仔細挑選合適的人。安民便是院長親身推薦的。

安民是個棄嬰，父母是誰，沒有人知道。有些棄嬰，他們父母爲了將來認領的依據，有時還留個名牌，或一封信，或一件信物。至於安民，卻什麼都沒有。也就是說，他的父母已完全沒有考慮到將來認領的事情了。安民是院長給他起的名字，他姓蘇，其實蘇是院長的姓，那些身分不明的孤兒，全部都姓蘇。

安民在孤兒院長大，到了十五歲，就離開孤兒院，到一家雜貨店去當送貨員。他爲人老實，入贅到林家，可說是相當理想的人選。

安民入贅以後，工作很賣力。我們時常看到他穿著短褲和拖鞋，踩著一輛後面裝有一個鐵架的中古腳踏車，日夜不停，到處去送貨。我們住在四樓，經常看到他一口氣跑了上來，急喘著氣，用手背把額頭的汗揩掉。

他們夫妻兩個，在外人面前似乎很少說話，看來更像是老闆和伙計。不過，我們也看過打烊以後，他們夫妻相偕出去吃宵夜，他們的感情應該是很不錯的。我們也知道，阿土伯對安民也很滿意，很信任他。他們唯一感到不滿的是，結婚幾年，一直沒有孩子。

當時，因爲阿貞的身體看來虛弱多病，大家都以爲毛病是出在阿貞身上。我們也不知道，當時阿貞他們是否去找醫生檢查過。

我還記得，有一天，我到他們雜貨店去買香煙，阿貞剛好不在。我看到安民在竹叢下撿了一個人家丟棄的破碗，俯身到門前的水溝舀了半碗不到的水，而後再放回竹叢下。

那時候，水溝的水還是相當清淨，水溝裡還長著鮮綠色的水草，在水裡漂曳著。有時，我們還可以看到小魚在那裡追逐。

他看到了我，怔了一下，好像小孩做了壞事被大人撞見到一般。當時，我心裡有點疑惑，也有點不安。他在做什麼呢？會是什麼法術嗎？我直覺到，不管什麼，一定和生小孩有關。說不定是一種求孩子的儀武。我知道，阿貞就時常到各地廟寺去行香，祈求孩子。

「你看，這一條小水溝，水從很遠的地方流過來，也流到很遠的地方去。只要水不斷地流著，小水溝就不會乾掉。但是，裝在碗裡的水，是不流動的。它沒有來源，所以很快就會乾掉。我試過好幾次了，不會超過一個禮拜。」

「呃。」我應了一聲。

那時候，我並不了解他的意思。但是，我總覺得，他的話一定有什麼含意。我實在沒有想到，一個很普通的人，卻有一般人沒有辦法了解的一面。

「你是說……」

「唉。」

他沒有直接回答我，我也不便追問。

就在這一件事發生之後不到一年，也就是我們搬離舊家之前一年多，阿貞家裡發生了一件很不幸的事。安民竟和附近理髮店一個叫阿菊的理髮小姐有了關係。

有人說他「賺了一個家，也賺了一個老婆，還不滿足，實在不應該。」

有人說他「飼老鼠，咬布袋。」

有人說他「恩將仇報。」

有人說他「那麼老實的人也懂得風流。」

有人說他「不孝有三，無後爲大。」

「阿菊說，她願意爲我們生個孩子。她說，孩子一生下來，就給我們報戶口，當做是我們親生的。」安民對阿貞解釋說。

那時，我想起安民用破碗舀小水溝的水的事。我似乎可以找到它的答案了。安民是個孤兒，不知道自己的父母是誰。而現在，阿貞又不生孩子。他的生命，不知來源，也接不下去。一旦，他自己的生命結束，他的命脈就完全斷掉，像那些裝在破碗裡的水，什麼也不留下來了。

「你在說什麼？」阿貞說。

我們住在舊家那邊，有七年多，從來就沒有看到阿貞發過脾氣。這一次，從外表上看，她好像也沒有生氣。但是，我們似乎可以預感到，有什麼重大的事情就要發生了。

「……」

「你出去。」

「阿貞，原諒我。這是我的錯。以後……」

「沒有以後了。」

「阿貞……」

「你出去，不要再回來。你自己的東西，全部可以拿走。」

阿土伯也來勸。我們都知道，阿土伯很看重安民。但是，這一次，阿貞一點也不讓步。

安民出去了兩天，第三天又回來了。很奇怪的是，阿貞沒有再趕他。他和以前一樣，繼續踩著腳踏車出去送貨，從表面上看，似乎和以前完全一樣。只是從這一件事發生以後，我們再也沒有看到他們兩人一起出去吃宵夜了。

差不多再經過三個多月，理髮小姐阿菊也走掉了。阿菊好像也沒有懷孕的跡象。有人說，阿貞不生孩子，問題可能在安民那一邊了。

也許這些事，使阿貞的態度，有了根本的改變。

大概是在阿菊離開之後一個月的光景，有一天，阿貞對安民說，她要去南部。她沒有說去南部做什麼，也沒有說去南部什麼地方。安民也沒有問她。

過了幾個月，阿貞的肚子突出來了。她人很瘦，很容易看得出來。開始，大家以爲是安民的。但是，另外有人說，這是阿貞去南部帶回來的禮物。這是否是事實，沒有人確實知道。

當然，有許多人不相信阿貞會做那種事。有人說，這是很有可能的。安民犯規在先，怎麼能怪阿貞。有人說，安民是男人，安民可以，阿貞就不可以。有人說，他們林家，阿貞才是主體，至於孩子是不是安民的，反而不重要。有人說，阿貞這樣做，是爲了報復，也有人說，阿貞這樣做，是要讓安民知道，不生孩子的責任不在她。

在表面上，安民似乎沒有什麼特別的反應。當然，他是沒有什麼立場的。有人說，安民曾經表示過，阿貞的孩子就是他的孩子。這一句話，似乎說得不夠清楚。不過，我對這一句話的確實性，還是有些懷疑的。

不久，阿貞流產了。聽說，那是個男嬰。大家都相信，流產的原因，是因爲她身體太弱。流產以後，她的身體似乎更加虛弱了。有一次，我還看到她怔怔地坐在店裡，好像還認不出我。

過了兩、三個禮拜，我們搬走了。以後的事，我們也不很清楚。

「到了。」車內，有人喊著。

車子已到了樟湖。這一路小型公車，有兩條線路，一條到貓空，一條只到樟湖。

安民還坐在那裡，有人告訴他這是終站。雨下得很大，他撐著一把黑色的雨傘，在那裡東張西望。看來，他好像還弄不清楚應該往哪一個方向。

「安民。」我一下車，就湊前叫他。

「呃。」他轉身過來，看了看我，奸像一下子就認出了我。

外邊很冷，他一開口，吐出來的氣，就變成白霧。

「你去哪裡？」

我看著他的臉。也許，因爲他經常在外邊送貨，臉色還是黑褐色，不過帶有一點黃色，眼睛下面也有點浮腫的。是年齡的關係？是雨水的關係？還是太累了？

「我去貓空，好像坐錯了車子。」

「這班車只到這裡。我也經過貓空那邊，我們可以一起走。」

「很遠嗎？」

「走路，只要二、三十分鐘。不過，雨是下得太大了。」

我們穿過短短的一段樹蔭路，走到上帝公廟的廟庭。廟庭上面，蓋著一個大篷蓋，供人歇腳。安民放下雨傘，走到廟前，合手向內殿拜了幾下。他在揖拜的時候，臉是朝下的，好像有點怯怕的樣子。

我站在旁邊看他，他穿著一件淡綠色的短外套，就是美軍穿的那一種，還有頭罩垂在背後。下面穿著深藍色的西裝褲，下半截的褲管全都溼了。那一雙舊皮鞋，也已全溼了，走動的時候，還從線縫冒出水泡。

廟庭中間放著一個方型供桌，前面有一個跪墊，在供桌兩側各放著一個長方型的大木桌，木桌四周，放著長木凳，是供人休息用的。木桌和長木凳都漆著紅漆，已有些脫落了。廟內燈光下不很明亮，只看到兩根點燃的紅蠟燭，燭光輕輕搖動著。

「來坐，來飲茶。」有個六十多歲的老婦人，笑面迎了出來。

「有滾水無？」安民問。

「有，有。」

「我來泡一些牛奶。」安民說，解開揹在胸前的小孩，再從小袋裡拿出牛奶粉和奶瓶。

用開水沖泡了半瓶不到的牛奶。

那是個男孩，可能還不到滿歲，臉是白白胖胖的，因爲揹巾中的暖氣，他的臉頰好像塗了胭脂一般，漲得紅紅的。他那黑而亮的眼睛，張得大大的。他在揹巾中一點動靜也沒有，我還以爲他是睡著的。

「阿仁。」安民用手指撥弄了他的嘴角，他笑了，咯咯咯地笑出聲音來。

安民先把孩子抱到溝渠邊，屙了尿，再抱回來，把奶瓶再搖幾下，塞進小孩嘴裡。

他的動作迅速而熟練。小孩的嘴動得很快，一下子把那半瓶不到的牛奶統統喝光了。安民替他揩了嘴，他又咧開嘴笑了起來。

安民捏了孩子腳上的襪子，看看襪子有沒有溼。

「是孫子？」

「不，應該算是兒子。」

「阿貞她的？」我雖然這樣問，心裡卻有疑惑。

「不。阿貞已經過世了，過世很久了。」

「呃。」

那就是安民再娶了？但是，我並沒有問他。

根據安民的敘述加以推算，我們離開舊家之後還不到一年，阿貞就去世了。

「她的身體很不好，又受了那麼大的打擊。」我是指流產的事。

「她很後悔那一件事。」安民忖思了一下。

安民指的是阿貞到南部去的那一件事嗎？從這一句話來推論，那件事卻是眞的了。但是，不管如何，安民是不應該這樣說的了。他實在沒有資格說這種話。也許，他認爲，每一個人都知道這件事，還包括我。

「她臨終時，對我說了一句話，不一定自己生的，才是自己的孩子。她雖然沒有說得很清楚，我卻可以了解，我自己就是一個沒有父母的孤兒。但是，我還是有人養大。我的父母就是蘇院長。他並沒有分小孩子是不是自己生的。這個小孩，是我領養的。」

「從孤兒院領養的？」

「對。他是個孤兒。他和我一樣，不知道出生在什麼地方，也不知父母是誰。我們一樣，沒有生日，也沒有籍貫。阿貞臨終的時候說，不一定自己生的，才是自己的孩子。當時，她太虛弱了，沒有說得很清楚，我卻了解她的意思。以前，我們都太重視自己親生的才是自己的孩子這種看法。人的生命不是一碗水，也不是一條水溝。阿貞死了之後，我就到孤兒院去領養了一個孩子。這個孩子，現在已二十歲，高職畢業，就要去當兵。他當兵回來之後，要跟我也可以，要自己出去打天下也可以。話雖然這麼說，他要是眞的出去，我會很孤單。所以，我就再去領養第二個，就是這個小孩。依照我的能力，是應該可以多養一兩個的。生孩子有限，領養孩子卻不受限制。以前我怎麼沒有想到？以後，我要縮短時間，也許，五年可養一個。阿貞一定會贊成的。」

我聽了他的話，很吃驚。二十年前我們還在舊家時，他曾經用一個破碗舀水，來表達他的心跡。這件事，他還記得。我實在沒有想到，他這樣一個非常普通的人，卻想了那麼多。他說，生命不是一條小水溝，我能了解。生命是應該要用更大的觀點去看的吧。生命應該是屬於全人類的一條大河吧。這可能就是他的意思吧。

我再看他一眼，這是一個很大的改變。什麼是促成他改變的原因？這是必須要有很大的力量的。這力量，是來自阿貞？或者是來自他自己？還是來自共同的領悟？

這時，他又再揹好了孩子，因爲揹巾太小，小孩的腳還是露出在外面。

他告訴我，阿貞的墓在貓空。本來，阿貞是埋葬在安康那邊的公墓，後來因爲都市計畫的關係，把墳墓遷移到貓空來。現在，他就是要帶這個小孩去拜阿貞的墓，要給她看看。

「你去貓空？」

「爲什麼挑這種日子？」

「今天是阿貞的忌日。」

「呃。」

「人在的時候，往往忽略了許多事。」他說，打開了雨傘。

「你用這一把吧。」我說。因爲我經常出來爬山，而且風雨無阻，出門都帶這一種所謂「五百萬」的大雨傘。

他和我換了雨傘。

今天的雨下得有點離奇。雨不但下得大，而且幾乎沒有停歇過。除了雨之外，還有風。風雖然不大，卻是冰冷的。俗語說，春寒雨那澆。今天就是這種日子。雨是從天上不停地澆下來的。一到春天，不知是天氣冷才下雨，還是一下雨天氣就變冷。到了春天，雨和冷，似是分不開的。

路上出來爬山的人，只有寥寥幾個。

我們順著產業道路，往貓空的方向走。換了雨傘之後，我才知道他的雨傘無法完全遮住這一陣風雨。山裡的風，好像沒有一定的方向，一下子前，一下子後，很快的，我的褲管已溼了半截。

雨水也滴到我的肩膀上。雨水滴到右邊的肩膀，我把雨傘移到右邊，雨水就滴到左邊的肩膀。很快的，左右兩邊的肩膀都溼掉了。

產業道路的地勢是右高左低。路的兩邊都有些水田和菜圃，大部分是茶園。茶花已開了不少，新芽也長滿枝頭，雨再不停，茶葉就要長過頭了吧。

眼睛往右看，上面有一層一層的梯田。上一層的雨水一滿，就往下一層灌注，一望過去，是一片高高低低的瀑布群。雨聲夾著水聲。從這裡，也可以聽到轟隆轟隆的溪水的聲音。

一股急湍的水流，順著山坡上的小路，猛沖下來。那是一條山路，也是一條水道。水帶著大量泥土和沙石，沖下來，把泥沙堆積在產業道路上。產業道路上的水分成兩股，繼續往下奔流，一股清澄，一股混濁。雨猛打在產業道路上，濺起一片水花。

雨水順著產業道路往下流瀉，湧成一稜一稜的小波浪。雨滴在水流中，不停冒出泡沫，往下急速流動，而後卜地散掉。

路邊和山坡上的草木，都已長出鮮嫩的新葉。它們被雨水壓得抬不起頭來。不過，那些草木，不管是相思樹、月桃、颱風草、各種蕨類、和最臭俗的藿香薊、昭和草，都在風雨中苦撐，等候天氣早點放晴。

竹子長出的新芽，葉子還沒有長齊，是一根一直往上升長的竹筍，都已超過母竹的高度。竹子底下堆著一片枯黃的竹葉。

有些落葉樹，已萌出新芽。菅芒的舊葉和舊的花穗已逐漸枯爛，新葉子已重新長出，在一片新綠中，點綴著一兩叢明亮的紫紅色的花穗。不錯，的確是新的花穗。菅芒是秋天的草，怎麼會長出新的花穗來鬥鬧熱呢？

雖然有風，菅芒的葉子都是靜靜地豎著，而颱風草的葉子，卻急速地搖著。

我也看到路邊有一簇芋葉。芋葉沒有姑婆芋葉那麼大。但是，姑婆芋的葉子比較平，沒法承受雨水。

雨水掉在芋葉上，注入葉心，水一滿，葉子一傾，倒下雨水，挺直葉梗，再承受新的雨水。

安民走在前面。他眼睛望著遠處，好像是在趕路的樣子。

他的腳步相當穩健，皮鞋踩在積滿雨水的路上，啪噠啪噠地響著。他的皮鞋，依然在冒著水泡。這一條路，就好像一條河流。小孩依然埋在揹巾中，只有腳露在外邊，隨著安民的步伐輕盪著。

一路，我們看到兩邊的山坡上，有不少農家，和私有墓地。有些農家四周，還種有不少花草，種得最多的是杜鵑花。我們也看到了盛開的桃花、杏花和櫻花。

「要不要休息一下？」

我們走到一家茶農屋前，茶農在路邊蓋了一個平台，擺了四五組桌椅，供人品茶休息。

「不必了。」

我們再踩著雨水，繼續前進。

「安民，你的臉色……」

我怕他健康不好，怎麼能夠繼續領養孩子，只是一直不便開口。

「嘿，你看我臉色不好？我吃齋，吃長齋。」

但是，我還是不能完全放心。他不僅臉色不好，而且有點水腫。

不久，我們看到路邊的電線桿上，釘著一塊白底紅字的木板，上面寫著「祭拜祖先，小心火燭」。貓空就在前面。我知道這附近有許多墳墓，大部分都是零星分散的。

「阿貞的墓呢？」

「在那上面。」他遙指著右邊的山坡上。那裡，也是一片高高低低的梯田。雨水從上面一層一層瀉下來，有的像珠簾，有的像水槍，不停射出水龍。一望過去全是水。

「你要怎樣上去？」

「反正有路，不會有問題的。」他說完，要把「五百萬」的雨傘遞還給我。

「那邊好像還有一條路，我帶你上去。」這附近的山，我也爬過，多少有點印象。

我們再往前走了幾十公尺，看到半山腰有一座亭子。我記得亭子旁邊有一條路，可以通到墓地。

我們走上去，亭子並不大，風帶著雨，從四個方向打進亭子裡。這座亭子，和這附近的亭子一樣，中間有一個方型桌子，四面各有一個長凳，都是用水泥灌成的，卻漆成原木的顏色。

亭子裡都是溼的，凳子是溼的，桌子也是。我看到凳子上有一堆東西，憑靠在桌上。開始，我沒有看清楚。我換個方向再仔細看了一下，原來是人，兩個人，一男一女，緊緊坐在一起，用一件黃色的塑膠布，從頭頂往背部罩下去。雨從上面潑下來，塑膠布已全溼了。兩個人趴在桌面上，兩個頭緊緊靠在一起。我也看到了他們的眼睛的位置，兩個人都戴著眼鏡，鏡片上已沾滿了雨水，看不清楚眼睛。在眼鏡下面，若隱若現的，是兩張嘴，說得正確一點，是雪白的牙齒。原來，他們還在笑著。我實在不了解，這兩個年輕人，是到這裡來歇雨還是來淋雨的。

這也是一種人，也是一種方式吧。

我轉頭看看安民，他也看到了。他似乎沒有什麼表情。這種方式，對他可能太遙遠了吧。我只看到他再把頭慢慢轉向山坡上。從亭子看過去，那一片山坡，依然是一片高高低低的瀑布群。

安民回過頭來，什麼也沒有說，又把「五百萬」的雨傘遞還給我。

「你帶著。」

「你已淋成這個樣子了。」

「我沒有關係。小孩子不能淋到雨。」我指著小孩露出在外邊的小腳說。這時，我才發現，不知什麼時候，小孩一邊的襪子已掉了，露出一隻白白的小腳。

他一聽到小孩，就沒有再堅持。

他走出亭子。我站在亭子裡面，看他慢慢踩進雨水橫溢的山坡路，一步一步，忽左忽右，慢慢往上爬。忽然，我看到他身子晃了一下，雨傘也差一點掉落。

我正想衝出去，看他已站穩，用了一隻手和雙腳，半爬半蹬，走上了一段急陡的坡路。

雨越下越大。一陣大雨遮住了視線，幾乎看不到十公尺以外景色。等雨小了一點，我已看不到安民的影子了。

亭子裡，那兩個年輕男女還在那裡。我轉身往另外一個方向看，山和谷，全在雨的迷濛中。

（一九九〇年）

第四編

自然環境與永續關懷

(一) 風土之美與鄉土之愛
(二) 區域自然生態與消失的文明
(三) 臺灣農村與物質文明的今昔
(四) 環境公害、社會行動與生態保護
(五) 自然公園、自然心靈與護生思想

㈠風土之美與鄉土之愛

屬於高蹺鴴的四草雨季

莊永清

作者簡介

莊永清（一九六三—），臺南麻豆人，成功大學中國文學系、歷史語言研究所畢業。曾任教於南榮工商專校，現任高苑科技大學講師。曾獲鳳凰樹文學獎、全國學生文學獎、南瀛文學獎、府城文學獎、鳳邑文學獎，以及「動物之愛」徵文獎（聯合報與臺北市立動物園之友會合辦）。曾參與撰述《鳳山市志》（簡炯仁主持）、參與編輯《國民文選．現代詩卷》（林瑞明主編）、《葉笛全集》（戴文鋒主編）、《文史薈刊》、《南臺灣研究》等，著有《文學臺南：臺南文學特展圖誌》（與葉瓊霞、陳祈伍、林佩容合著）。散文〈屬於高蹺鴴的四草雨季〉，選入《八十六年散文選》（九歌出版社）及《地球的心跳》（廖鴻基主編）。

文本

五月梅雨來臨之前，四草最後一批小水鴨，也離開了。恬靜的晨光，透過島嶼每年特有的青天藍空，鑲出暖暖地白雲銀邊。連著魚塭的鹽田濕地，舞泳著鷺鷥飛影。小鸊鷉，則在深池泅泳著。

穿過這片曾是處處草海桐的四草，就是去冬疏濬過的鹽水溪了。遠一點的西方，相傳是國姓爺和荷蘭人交戰的北汕尾，也是清軍降伏鄭將之處。古老的砲臺、海堡遺跡、海靈佳城和大眾廟，訴說著此地曾有的臺江風雲。

鹽水溪以南，遠近濃淡不一的高樓公寓，隨即流入眼簾。領我視野，到平日無緣想望的地球盡頭。那是四草科技工業區北邊的棄鹽田，政府所規劃的高蹺鴴棲息本地，約莫有五十幾公頃的濕地，是高蹺鴴繁殖的所在。一九九四年五月，臺南鳥會在這兒發現十一處高蹺的巢，孕育出四十四隻高蹺雛鳥，改寫了鳥界對於高蹺僅爲島嶼秋冬過境鳥的認知。同年又見八十八隻亞成鳥，活動於大肚溪口南岸一處池塘，鳥界隨即呼之爲島嶼新生代。

那日晨光正美，十幾隻高蹺鴴，在西濱公路邊的棄鹽田，靈活地鑽探泥底蟲貝。雖非親近野鳥而來，摩托車依然熄了火。高蹺似也懶得理會公路旁佇立的我，急迫地驅逐侵入者，甚至飛離水面，用腳打起架來。周遭的高蹺，只有一鬨而散，重新劃分食物區。這頗異於往日見到牠們的模樣。平日見到牠們總是一身白衣，披著黑色小外套，穿上粉紅細長靴，慢條斯理地踏行覓食，或是獨腳休憩於水渚，完全小家碧玉的長腿姊姊模樣。這會兒看牠們左右擺首地凝視前方，一旦發現泥底蟲貝，瞬即埋喙鑽探，甚至不顧吃相，將頭連著脖子，潛入水裡，像小水鴨翹起尾巴的捕食動作，一副貪吃模樣。偶爾舞於水面，翔於空中，還發出酒足飯飽的呦呦鳴聲。

無論哪一種鳥，愛鳥的我們都是樂見的。每當L.或S.模仿紅鳩的求偶動作：挺胸、引頸、咕咕，我也會回以痲雀地面撲翅的動作。即興時，再來一段鳥鳴聲。即使不解鳥音，能由喉間發出擬禽聲，也有想像當一隻鳥的快樂。人類想像飛翔的慾望，是否為一種集體意識？並不確知。年來，高蹺在內心的烙印，確知較其他野鳥鮮明。是絢爛的彩羽願意居留繁衍，卻面臨濕地即將破壞的人為問題。更可能的是清麗脱俗的外貌，常讓我忘了辨其雌雄，笑起自己的糊塗。明知雄鳥背羽為暗墨綠，雌鳥為暗褐，見到他們形影不離又極其相似的形貌，猶然誤以高蹺是無性的。幸有生態攝影家，將高蹺互理羽毛的恩愛行為入鏡，才不致忽略高蹺配對後的摯情。

自從春日的葫蘆埤，出現過各數十隻的三隊高蹺，三分鐘內，前後來埤的上空盤旋，因覓不得前些時日露出水面的浮覆洲好棲息，怏怏離去。葫蘆埤遂成了得暇必去的私人花園。朋友來訪，也邀他們同去，享有那份野塘清趣。雖然爲了等候高蹺降落浮覆洲，必須藏身於山葡萄壓著檨仔、野桐，且沾有鷺鷥糞的岬灣，大家都覺得這樣最自然。眼見高蹺要降落，還會怕藏得不夠隱密，自發地側入草叢。

首次見到高蹺，是在八掌溪離海五公里的北馬，S.說高蹺是他所識的第一種野鳥。天色微暗中，依稀見得高蹺粉紅細腳，涉入薄薄的水田。自個兒所識的第一種野鳥，則是溪埔高粱田所見的番鵑。再次見到高蹺，竟在自己不敢置信的宅前水田。這種驚喜，如同於田野，無意中巧遇紅冠水雞般，總是浮現著自己的淺陋，也因之催促自己尋找圖鑑，具微了對於野鳥生態的認知。原來高蹺活動於濱海地區的水田、魚塭、淺沼。

秋冬獨自去曾文溪下游，聆賞黑面琵鷺，遇到溪埔淺塭上的高蹺，好似重逢了久未謀面的良友，順口喚出高蹺親切的名。他們不似鷸鳥怕人，總是一邊挪移步伐，一邊回頭注視岸上。如果岸上的動物久立不去，牠們才會執意飛離。只是四草科技工業區去年八月整地後，見到牠們的機率，就越來越少了。反而常在葫蘆埤見到。無論呼朋遠離浮覆地，還是掠空飛行，往往先聞其嚶鳴，再見牠們自空中飛來。宋代詩家最是擅長比擬飛禽鳴聲，甚至開闢了「禽言詩」的題材。鄉野星夜，白腹秧雞所發出的「苦啊！苦啊」，也常讓人想起自認怨婦的女性。高蹺的呦呦鳴聲，私衷以爲倒像少婦的呢喃，有點嬌羞。

梅雨來時，高蹺不知躲到迷濛雨氣的哪兒去了。難忘高蹺身影，梅雨後，選個好天，專程趕早去棲息地。來到工業區土堤前，即見高蹺混同鷺鷥，頡頏御風而飛，迎接今日的第一道陽光，再悠然飛落目不可及處。第一道陽光，對於日行性萬物，大概頗似挨過長期冰河後重見的光，重燃了種族延續的生機。

濱海公路西邊的土溝，冬青菊的桃紅碎花，尚未散發出夏雨來時特有的濃郁刺鼻菊香，偶爾飛過一隻芒噹丢仔。一里外的陌上，兩隻喜鵲混入鷗群，猜想是大眾廟旁大葉銀合歡樹上的那兩隻。冬季去時，牠倆還跟我躲貓貓，自大葉合歡的枝柯，隱沒到後方的木麻黃林。土堤附近的鹽田水域，水已深及高蹺的身。經過梭巡，勉強發現一隻高蹺蹲伏於對面陌上，像在抱卵。走到更南端，鹽定叢有較多高蹺。佇立良久，突然有隻高蹺飛撞到眼前，又側身迴旋而去？如此這般，來回三趟。是在跟我打招呼嗎？

是日黃昏，乾涸皸裂的塭土、長了蘆葦的綠藻池，火速地穿過，來到「高蹺鴴棲息本地」的告示牌。牌上明列禁止捕殺販賣的法令規定，對於高蹺的生態倒是無所著墨。我知道自己迷戀上高蹺了！躍下土溝，躡手躡腳地攀過鏽了鐵栓的水門，遠遠望去，鹽定不是種籽成熟的赭紅色，即爲橘綠色。晚風吹得陌邊，堆著白白泡沫。我彷彿聞到落日蕉影處所飄來的鹹鹹海風，也見到白晝誤爲工寮的僞裝棚。那棚，顯然是愛鳥人於冬季所搭，墨綠帆布，已爲朔風撕裂，裸出竹架。靜觀夕陽落入地平線前的高蹺剪影，雖是春夏之交，海風仍然吹得曠野有點蕭瑟。涉足水中的高蹺，似趕在日落前，謳出今日最浩壯的天籟，頗有貝多芬交響曲中大合唱氣勢。一入夜，便沈寂了。

難忘眾多高蹺迴旋耳邊的記憶，六月夏雨來前的一個晴天，偕S.、母親和她，去四草賞高蹺，自覺在踐履大地之子的義務。公路東岸的海茄苳、欖李，已經逐漸染成一片白色花海，鹽渚旁的蓮霧也結果了。她陪母親於木麻黃蔭下賞高蹺，一隻栗小鷺橫向不遠處的灌木叢。S.同我攀過水門，許多高蹺隨即張翅，有的還斂翼俯衝而來，發出尖銳的「嘰—嘰」聲，聲音裡混著煩躁不安和恫嚇，或落到西南方百公尺外的沙洲，或落到東北方長滿鹽定的淺沼。不用苦候，也不用梭巡，應接不暇的高蹺動作，令人頗爲亢奮！

待定下心，步入乾燥的沙灘，三隻小環頸鴴正要飛離泥黑的鹽陌。S.提醒落地的高蹺是親鳥爲了誘騙獵人離開，以保護雛鳥的擬傷行爲。張開欲飛的翅膀像骨折，兩隻細腳卻是怎麼蹬也蹬不起來，反而隨時有跌倒的可能。一連串單音節的淒厲哀鳴，自張開的長長尖嘴發出。高蹺爲我們示範了血緣之愛。經過勘察，陌上較高處、水門附近，會扎人的針仔草，都被蹂成一凹凹的軟草窩。沙灘散置許多燒酒螺螺殼。回到木麻黃處，高蹺即不再哀鳴。

六月夏雨來時，高蹺鴴棲息本地頓成了一片汪洋，自然難得見到高蹺。屬於高蹺的四草雨季，畢竟還是自然力的問題。期待四草開發完成的眼神，卻是人力的問題。不知道護雛心切的親鳥，渡過自然的威脅後，能否遠離人力所帶來的濕地變革？

赤道無風帶的旅愁

洪素麗

作者簡介

洪素麗（一九四七—），生於高雄紅毛港，三歲舉家遷到哈瑪星。鼓山國小、高雄女中、臺灣大學中文系畢業。後赴美習畫，居紐約東村，為專業畫家與作家。曾獲中國時報文學散文獎、聯合報文學散文獎，著有詩、散文、小說集二十幾種。繪畫作品為大英博物館、哈佛大學、以色列耶路撒冷美術館、美國國會圖書館等世界二十多家美術館收藏。

文本

1

再見了，福爾摩沙。屬於妳的地緣有點走位，屬於妳的蒼綠森林禿光了。大熊鷹無樹可棲，蛇鷹被迫流浪到平地。

母海龜沿赤道海岸線疾行，沙灘上卸下她一年成熟一次的卵，即背身離去。島嶼沒有給她許諾，她的嬰孩也許全部夭折。大海充滿核廢料的頹敗氣息，愛人和我，吞吐卑戀的呼吸，我們是一對剛成年的灰鯨，在秋天新結的浮水群中衝撞，尋找出口海岸。

再見了，福爾摩沙，愛人與我，或許將一去不復返。牢記妳身上藤壺結痂的四百年病傷，我們將自己迷失於本世紀末。然後定期在赤道洋流迴游的大滿潮時，遣送一排怒浪擊岸的空洞底回饋。

2

繞道赤道無風帶外圍一圈回來時，福爾摩沙，妳在我十三呎半長的展翅下，渺茫如一粒塵灰。

總有一天，地圖上會只有妳的名字，而沒有位置。福爾摩沙流亡了，像哥薩克人，像克里米亞人，像韃靼人。小亞細亞。少數民族中的極少數。擱淺的大肚溪無法像往昔一樣，爲妳滔滔雄辯。惡臭的垃圾泥沙堆積使河岸腫脹，倖存的一隻黑頭夜鷺，只好臨流孤芳自賞。

理論上，島嶼應該依附大陸；儘管是傾頹的大陸、衰末的大陸。然而眞實生活上，你願意嗎？爲什麼一塊土地成長了四百年以上不能成爲有效的個體？爲什麼福爾摩沙的情感與語言與信仰不被尊重，不被包容，而時時刻刻遭受汙蔑、扭曲、踐踏、與歧視？

唱統一高調的，爲什麼不以身作則回歸大陸去。沒有虛僞吵雜的政治教條與口號的牽扯干擾，島嶼或能安然渡到下一世紀。重新建立信心與勇氣。福爾摩沙沒有黑名單，永遠不要再流亡。

(二)區域自然生態與消失的文明

北壽山與南壽山

劉克襄

作者簡介

劉克襄（一九五七—），本名劉資愧，另有筆名李鹽冰，臺中烏日人，中國文化大學新聞系畢業。曾加入《陽光小集》詩雜誌（一九七九年底成立），曾擔任《臺灣日報》、《中國時報》美洲版、《中國時報》等副刊編輯、自立報系藝文組主任、《中國時報》人間副刊的撰述委員及執行副主任。曾獲吳三連報導文學獎、時報文學獎敘事詩推薦獎、臺灣詩獎、小太陽獎。長期從事自然觀察、旅行、踏查與舊路探勘，至今出版詩集《巡山》、《革命青年》；散文《臺灣舊路踏查記》、《十一元的鐵道旅行》、《十五顆小行星》、《男人的菜市場》；自然寫作《山黃麻家書》、《快樂綠背包》、《小綠山之歌》；長篇小說《風鳥皮諾查》；以及繪本和攝影作品等，共四十餘部。

文本

北壽山

每次到高雄，都會去爬壽山（柴山）。這回也不例外。爲了爬山，還特別選擇靠近山腳的旅社下榻。

很不湊巧，前往攀爬的日子正好是周日。平時壽山的登山客就絡繹不絕，例假日時更像鬧區之街道般擁擠。

大清晨北壽山入口的龍皇寺，集聚了比平時更多的攤販，沿著狹窄的巷道，排列到山腰去。原本打算半途時，靜靜地坐下來休息，但是小徑上人來人往，始終找不到適當的休息空間。

長住南部的自然生態作家王家祥跟我說過，自從山區開放以後，這條山路不只像中正路一樣熱鬧，時日一久，山路被踩寬，更被蹧蹋得禿裸、溜滑，有些山上的珊瑚礁石都已磨損殆盡。不過幾年光陰，遊客在北壽山就留下了許多條像巨大疤痕般的小徑。長此以往，這個山的生態都會受到嚴重影響。

半路上，遇見了好幾隻臺灣獼猴。牠們肆無忌憚地在半路上向遊客要東西吃，或者乾脆用抓了就跑的方式。登山的民眾也以餵食獼猴爲樂。結果，造成獼猴在行徑上背離常情。

我自己在半路上尋找植物繪圖時，就遇到兩次。當我打開背包時，一隻公猴還跳到我休息的桌前搜尋，以爲我要取出東西來吃。

野生的臺灣獼猴裡，大概就是北壽山的這一群最親近人了。但也因爲不懼人，牠們的食物來源已經相當仰賴登山者的提供。甚至於，養成奢華的習慣。如果遊客給的食物不好吃，諸如番茄、麵包之類，往往咬了一口便棄置一旁。唯獨花生、香蕉是最愛，總吃得一乾二淨。我在休息時，也聽到一些登山人在抱怨，他們很不喜歡黃昏時，仍單獨在壽山逗留，免得被索取食物的獼猴干擾。

這種索討食物的行爲長期下去，對獼猴在自然環境的生存並不見得好。民眾們其實應該反省，減低這種餵食的樂趣。

前年來時，北壽山的步道只有一些地方鋪了木板棧道，架空於地面，讓動物爬行而過，植物能較自由地生長，減少被登山者傷害的機會；對當地的珊瑚礁環境也更能減低衝擊。這回來時，木板棧道又擴充了。在臺北大崙尾山的自然步道，我見過類似的設計。最新的枕木步道，不僅和地面契合，而且還鋪灑了鵝卵石。至於，到底哪一種步道適合，恐怕還得視個別的環境去判斷，如果把臺北象山自然步道的石階小徑移到壽山，恐怕就是對珊瑚礁環境的大破壞了。但是它在臺北的近郊出現時，對環境的衝擊，似乎就減少許多。

天氣頗爲炎熱，梅雨季節好像還在南洋旅行，還未回來。但我已經開始巴望，一如蒟蒻的渴望雨水。優勢的構樹族群已經結出累累的青色果實。我隱隱感覺，特有的臺灣鹿角金龜即將從地面羽化出來，快樂地飛上這些甜美的果實。五月時，不僅鹿角金龜，朽木蟋蟀、大青叩頭蟲，還有一種橙紅色，至今我尚未鑑定出眞正屬種的紅叩頭蟲，想必都會出來湊熱鬧。接著是雄蟬大鳴。

但壽山的時序和季節，可不是我這種過客的旅行者所能一眼望穿的。套一句流行的廣告，一九九七年，我在巴黎的左岸咖啡館，但不見得我認識了巴黎。我只是藉由咖啡屋，感覺巴黎的具體存在，自然觀察亦是。當感覺對時，每一種昆蟲鳥獸都可能帶來這種情感。

在步道上旅行時，我選擇了烏桕、咬人狗、龍船花和蟲屎等，此時較爲常見的代表植物，做爲繪圖的主要素材。這些北部不常見的植物，傳遞著多樣的熱帶氣息，在我現階段的自然觀察旅行裡，有著親切的疏離之感。它們不止是一種植物這樣單純的符號而已，當它青綠盎然地站在那裡時，背後的內容，還潛藏著相當複雜的人文和歷史意義。我如是這般思索著，且自信而愉悅地面對每一種植物，小心地繪入筆記本裡。

相信長尾南蜥知道這種心境的。這種有著手臂長，肥胖而巨大的蜥蜴，如巨蛇般吐露舌信，到處鑽探。每當我久坐時，都會自草叢裡，或珊瑚礁上，露出滑溜的頭，曖昧地凝視，彷彿在質疑我對這個熱帶山區的情愫。

南壽山

在壽山旅行了兩天。前一天，在北壽山自然步道觀察，隔天便到更接近海岸的南壽山去。

我沿著中山大學校園後面一條隱秘的步道，隨意信步而行。這條路直通百年前英國的打狗領事館。一邊走路時，不免想起博物學者郇和（R. Swinnoe）在此任職領事一職時，攀爬壽山的旅行，還有西方旅行家沿路走訪的景觀敘述。

我經過的範圍主要在靠領事館面海的山區。原來希望看到此地特有的山毛柿，但一路上，多半是血桐、稜果榕和構樹爲多。猜想山毛柿喜歡棲息的環境可能更靠近隱秘的森林吧？

構樹無疑是這兒最爲眾多的優勢族群。寬葉的成熟樹種多半已長出青綠的漿果。偶爾進入隱秘的林子時，還有盤龍木長出紅鮮的果實。接近領事館時，長著漂亮紫花的蝶豆和紫紅花朵的珊瑚藤也出現了。不知當年郇和走的路線是否就是這一條？甚而，其他外國人也循此路到密林裡去。

我再度於駐英領事館前徘徊，回想當年的自然景觀。這個地方是臺灣自然觀察和採集最早的發源地之一，往昔採集者的敘述，經常讓我充滿歷史情感和困惑？

譬如說最早記錄的蝶道吧，郇和當年在此看到的會不會是玉帶鳳蝶呢？這種鳳蝶依賴的食草烏柑，正是林子裡相當優勢的植物。還有，爲什麼郇和常記錄的老鷹，現在幾乎難得一見。一九八〇年代，我在左營軍港服役，老鷹仍常低空盤旋。百年來經常活動於此的鳥種，爲何在這短短十年就難以記錄了？再者，大家都熟悉的臺灣獼猴，一直局限在柴山這個地區活動，無法和其他山區的族群交往，會不會發展出不同的個體，或者延伸出某種變化？

海風從海峽徐徐灌進，我遠望著，彷彿看到百年前西方自然探查隊的船隻，繼續在入港、卸貨。同時，領事館這邊，也有一些在內地採集到的珍稀物品，以及重要的自然科學文件，正在打包準備運回歐洲。

但我的煩惱和疑惑從那時起就未被運走，它繼續附生在這塊土地上，一如耐海風和鹽蝕的山豬枷，常綠且蓬勃地爬上了岩礁。

兩種鳥人

「臺北和高雄賞鳥人之間最大的差異是什麼？」有一回，在高雄鳥會演講，一位鳥友如此問我。

我略爲遲疑一陣，隨即回答這個去年來此旅行時就思考過的問題。

我將這種差異歸因於地形環境的不同。

高雄市只有一個壽山（柴山），臺北市周遭卻有很多樣類型的山巒。山少環境自然單調，高雄看鳥的環境便不如臺北的多樣而豐富。

可是，壽山的珊瑚礁地理，讓高雄的南方特色相當明顯，因而兩邊鳥友的性向也發展出不同的自然觀察特色。

譬如以整體展現的自然書籍來看，高雄鳥會編出《北壽山自然步道解說手冊》，臺北鳥會就不可能編出類似的性質的書籍，因爲它本身設定的功能仍在賞鳥爲主的主體上，其他方面自然資源的人才較難整合。

也因爲賞鳥人才濟濟，臺北鳥會擁有足夠的鳥類資訊，編輯出精緻的《冠羽雜誌》月刊，以及各類以鳥類爲主的宣傳書冊，這又是人力和經費資源較缺乏的高雄鳥會所難以望其項背。

可是，在《北》書裡，我們看到了鳥友對壽山的熟悉瞭若指掌，裡面的各種動物植物和人文歷史都相當清楚。這種博物學的認識自然方式，就遠非臺北鳥友所能體認的。

在臺北，因爲資源豐富，鳥友很容易進入一個單獨的個體世界——以鳥爲主，深入地研究，或者全然被鳥的主題所吸引。但是在高雄情況便截然不同，最近而唯一的山頭只有壽山時，他們的感情和認同也只有朝這裡去發展。但壽山本身鳥種不多，鳥友自然而然會往另外的自然物發展出多元的興趣。

所以，一般說來，高雄的鳥友往往比臺北的鳥友對自然環境的全面認知來得清楚。但相對的，臺北鳥友在個別鳥種的知識卻較爲深入，常有率臺灣賞鳥風氣之先的能力。

〈山與海——打狗社大遷徙〉第七節

王家祥

作者簡介

王家祥（一九六六－），高雄岡山人，中興大學森林系畢業。曾獲時報文學獎、聯合報極短篇小說獎、賴和文學獎、吳濁流文學獎、五四文藝獎，作品多次入選年度散文選。曾任《臺灣時報》副刊主編、高雄柴山自然公園促進會會長，現為自由作家。著有自然寫作《文明荒野》、《自然禱告者》、《四季的聲音》、《遇見一棵呼喚你的樹》、《徒步》；小說《打領帶的貓》；臺灣歷史奇幻小說《關於拉馬達仙仙與拉荷阿雷》、《山與海》、《小矮人之謎》、《倒風內海》、《海中鬼影——鯤人》、《魔神仔》等。

文本

從夏初的暴雨頻仍至秋末的獵鹿季節，這座巨大潮濕的綠色森林仍然安靜一如往昔，湖水依舊湛明如鏡，阿尾仔害怕的災難一直沒有發生；海賊與打狗社的衝突只是零零星星，互相甚至還有貿易往來。

阿尾仔在這座奇異的森林裡奇速地「轉展」成大人；因爲時常分得獵人贈送的鹿脯、山豬等滋補的獸肉，突然間阿尾仔像膨風似地不再是瘦弱乾癟的少年郎，而被視爲年輕力壯的麻達。

這些日子以來阿尾仔很勤快地學習打狗社的語言和生活方式，不敢去想找船回故鄉的事；即使找得到船，這一條水路到處是海賊來來往往，恐怕又要落入海賊之手。住在這森林裡吃得飽生活得好，比家鄉快活上十倍。這裡的人無隔夜之糧，餓了便去打獵捉魚，帶回來的獵獲物分享給親眾好友，阿尾仔每日皆能分些野味，不愁餓肚子。伊凡蓮這家的女人總是習慣將當日要食的粟米在早上舂好，從沒想過要多舂些粟米貯藏；菜蔬在森林中摘取便有，搗碎加一些粗鹽生食，野果就掛在樹上，多的吃不完。想起家鄉年年饑荒爭戰，盜賊橫行，窮人多得像螞蟻，搶口飯吃眞是辛苦。沒想到有一處這麼快活的地方，塡飽肚子這麼容易；況且打狗社人溫和善良，並不排斥像他這種異族人士。阿尾仔盼望有朝一日，早日學會打獵技巧，也能把獵來的野獸報答給其他人。

獵人們教導阿尾仔如何採集一種有毒植物的莖，將它搗碎取汁塗抹在箭頭上；這種有毒的箭頭放在一根細長的竹筒中便成吹箭，在短距離作戰很有用，適合獵捕小型動物。把它放在弓箭上則用來追捕梅花鹿。

他們經常練習一種捕鹿的步法。由於捕鹿是羣體出獵、團隊合作。經驗豐富的老獵人須教導小獵人如何在圍捕過程中走位移動，如何禁聲閉息、掩匿行蹤，逐漸圍攏鹿羣。

幼年時期，打狗社的男孩便必須常常用鹿皮將腰部束緊，故意不解下來；直到成年，個個長成細腰善跑的獵人，臂膀粗壯有力，腰部卻細瘦靈活，無論爬樹奔馳，速度驚人。

阿尾仔從一個少年漁夫想要轉變成在陸地上奔跑的獵鹿人，命運眞是作弄！同年齡的麻達們很愛取笑這個笨拙的漢人奔跑的速度，不過仍然親手做了弓箭、短刀、吹箭、漁叉、長鏢以及裝行囊用的葫蘆瓜送給他。這些行動都是一位追逐鹿羣獵人標準的配備，尤其是葫蘆瓜，獵人在冬季出獵時拿它來裝皮衣，以備夜晚露宿禦寒。其他所有細碎的用具，如鹽塊、打火石、磨刀石，通通裝在葫蘆瓜裡背在身上；渡溪時葫蘆瓜有浮力，幫助獵人泅過洶湧的溪水，非常好用。這些簡單的配備讓獵人們在十數日餐風露宿的追獵行動中機動性大增。

再加上伊凡蓮爲阿尾仔縫製的鹿皮衣，脫掉漢服的阿尾仔已十足是個打狗社男性組織中的小獵人；披頭散髮，背著葫蘆瓜和弓箭，胸前掛著吹箭筒與短刀，手拿五尺長鏢；阿尾仔在數月來脫胎換骨，即將成爲一名被接受的打狗社獵人。

而快要來臨的冬季獵鹿，便是考驗阿尾仔能否成爲獵人的關卡。自從長老們聚集討論且通過今年的冬季狩獵允許阿尾仔參加，就等於是接受他成爲打狗社男人的一員。阿尾仔非常興奮，内心一直期待著狩獵的日子快點到來，不過這並不能表示他已是個獵人，還要經由好幾次出獵的學習，以及獵獲量的多少來決定他是不是夠格當一名獵人。

然而冬季出獵的興奮並未沖淡阿尾仔對海賊威脅之憂慮；海上航行之事他便瞭若指掌。冬季之月份，東北季風如萬馬齊奔，船隻無不走避。海賊無生意可做，多半習慣在這時節降帆掩旗，修整船隻，度過冬天。想必這時的注意力必移至陸地上來。阿尾仔有時也趁著進山打獵的機會，跟著打狗社獵人從東岸翻越山頭到西岸，躲在離海賊庄不遠的密林中觀察海賊的動向，一方面看看是否能發現他的阿爸。關於潛伏在密林中前進、藏匿、探刺敵情、等待獵物經過，阿尾仔學得很好；老獵人教導他全身塗上黑泥，在密林中只露出兩隻炯炯發光的眼神，讓人以爲那只是隻躲在草叢中的山貓或樹枝間的貓頭鷹。

「想像你是隻在地面上貼著肚子爬行的蛇，在泥地中打滾的山豬或者聽不見飛行聲音的貓頭鷹，你便能做到，在森林中無影無蹤。」老獵人拉庫這麼說。

阿尾仔猜測，海賊至今遲遲不敢輕易發動攻擊的原因，一方面是他們在交鋒中吃過打狗社獵人的虧、嚐過毒箭的厲害以及獵首的嚇阻。這羣亡命的漢人最怕身首異處，無法投胎。面對棘手的敵人，他們像狐狸一樣迂迴攻擊，絕不莽撞。另一方面，他們專心忙於海上行旅的搶奪生意，必須趕在冬天之前多囤積一些糧草貨物在城寨，否則寒冷的季風一吹便什麼事也不能做。

「這些海賊是一羣狡猾的鯊魚。」阿尾仔心想。他們從來便沒有放棄侵犯打狗社的念頭，只是他們還未充分了解打狗社這個對手以及附近的山勢地形，在他們還未準備好之前，不會貿然出手。

所以他們不斷派出斥侯和零星部隊，探視打狗社的應變力和戰鬥力，畢竟這是他們首次遭遇到不同戰鬥方式的對手。阿尾仔明白，打狗社獵人單獨在密林中的戰鬥力非常驚人，藏匿、狙擊、近身搏鬥，以一檔十絕沒問題。只要海賊進入密林之中，恐怕還未清楚偷襲者的長相之前，人頭便落地了。

「不要離打狗社獵人太近！」恐怕是海賊們唯一必須謹記的吧！阿尾仔心裡笑著。

不過只要海賊船繞著岬角，進入內海，從東岸攻擊、打狗社人絕對無法抵擋海賊船上進步的火炮和火繩槍；海賊一聲令下，羣起蜂擁的浩大聲勢，連火力強大的西班牙商隊都聞風喪膽，避之唯恐不及。

阿尾仔幾次想將海賊在冬季無法出航期間轉而發動大規模攻擊打狗社的可能告訴長老們。然而秋末和冬初正是打狗社最忙碌的季節；婦女們的收穫工作剛告一段落，冬季可食的粟米皆有了，去年秋天釀造的小米酒時候剛好，又香又醇，祭祀祖先和眾神之後，便是通社歡飲與賽戲的節慶。在部落的跳舞場上，阿尾仔見到盛裝的伊尼卜司與眾女子圍成圈，步伐緩而一致地隨著她們口中所哼唱的歌移動，表情專注而陶醉，並且不時有一位在旁的女人拿著椰瓢盛酒，口中唸唸有詞，贈予舞者每人一口。

比較莊嚴的祭司與舞蹈結束後，男人才加入賽戲與會飲的陣容，一邊喝酒一邊跳舞歌唱。阿尾仔從未看過打狗社人如此瘋狂，他們平常是滴酒不沾的。酒是拿來祭神的的珍貴物品，只有在祭祀之後，才可以開懷暢飲。無論男女都很盼望這節慶的來臨。那幾桶白色米漿似的小米酒被檯出來放在廣場上，隨便眾人取用。部落裡大夥兒皆雜坐地上，不分男女，高興就上前加入圈舞裡，累了就坐回地上喝酒取樂，醉的人便倒在原地呼呼大睡；就這樣狂歡了三日，整個部落在節慶結束之後又幾乎沉睡數日之久，直到東北季風呼呼大吹，南下避寒的鹿羣蹄聲驚醒了酒醉已久的獵人。

「鹿羣來啦！」經驗豐富的老獵人叫出了第一聲。家家户户的男人們又忙著整裝磨刀，組織獵鹿隊，預備出發追逐南下的鹿羣，無心傾聽他的警告。

前幾次零星的衝突，海賊總是無心戀戰，落荒而逃，似乎有刺探之味。後來幾次舉著白旗前來示好，表達貿易之意，以許多華麗鮮豔的琉璃和花布交換鹿皮和鹿脯，心懷鬼胎。老實的打狗社人以爲這是海賊和平的誠意，也就深信不疑。

這其中只有智慧的帝瓦伊識得出海賊的詭計；他總是眼帶憂傷地望著東北方遠處一片綿延不絕的小丘陵說：「擋不住呀！這是我們的命運；漢人將如潮水般湧來，只有逃……海賊擅航海，陸地不是他們熟悉之處，他們上岸之後便發揮不了力量。最壞的打算，我們只能沿著大湖之岸，往日昇之處那片山丘而去，那兒是我們的新家園。打狗社離潮水太近，不得不離開。」

然而打狗社是個眾人共同決定意見的社會，在大多數長老皆不願相信帝瓦伊的預言之外，有誰肯輕易放棄他們美麗的家園。

「海賊要的是鹿皮，鹿皮多的是，交換時多給他們一點便會高興了，爲何想殺我們？」

「他們搶打狗社的女人，我們殺了他們的人，便結了仇呀！」

「可是後來他們表示和平、做朋友，願意交換琉璃珠，這不是化解了嗎？」

「會有愈來愈多的漢人前來，要我們的鹿皮和土地，趕走我們，甚至企圖殺戮我們，直到一個也不剩！」帝瓦伊說。會議曾經如此爭執不休，一度認眞討論過，但毫無結果。畢竟他們從來沒有和漢人這支族羣交手的深刻經驗。

(三)臺灣農村與物質文明的今昔

店仔頭

吳晟

作者簡介

吳晟（一九四四—），本名吳勝雄，彰化縣溪州鄉圳寮村人。屏東農業專科學校畢業，任溪州國中生物科教師以迄退休，同時務農躬耕，服務桑梓，並從事新詩及散文創作；曾應邀參加美國愛荷華大學國際作家工作室。著有詩集《飄搖裡》、《吳鄉印象》、《向孩子說》、《吳晟詩選》，散文集《農婦》、《店仔頭》、《無悔》、《不如相忘》、《一首詩一個故事》、《筆記濁水溪》、《吳晟散文選》等。「寫臺灣人、敘臺灣事、繪臺灣景、抒臺灣情」是吳晟的創作主張，他認同母土，關心農村、社會，作品都是從生活體驗中醞釀出來，並以特有素樸簡練卻充滿感情的文采，反映臺灣農村的景象和生活人情，情感真摯且富涵深刻哲理。

文本

鄉間每一個村庄，都有三數間小店，當我們稱呼爲店仔的時候，純粹是指一般的小商店，當我們說店仔頭的時候，卻是另有更複雜的意義。

店仔是都市文明輸入村庄的前哨站，是村民日常用品的供應站，當然也供應一些可有可無的消費品。至於什麼是日用品，什麼是消費品，則隨著社會的變遷，和每個家庭的生活情況，而有不同的區分。

以衛生紙來說，就在十餘年前，大多數村民，都還使用洋麻桿劈成兩半的「屎杯」時，在村民的心目中，衛生紙是高尚的奢侈品，而今卻是家家户户不可或缺的日用品。

店仔也是鄉下囝仔郎最嚮往的地方，一些比較低廉的飲料、餅乾、糖果，以及不斷翻花樣，隨著電視廣告不斷侵進來的零食、小玩具，時時都在引誘他們的注意力。許多鄉下家庭少有三餐以外的食品，所以特別稀罕吧！一旦好不容易要到了零用錢，大都握不了多久，隨即會往店仔跑。

每間店仔的店內店外，都擺上幾張椅條，讓村民閒坐，夜晚和下雨天，通常都坐滿了村民，大家來去自便，無須多禮，至多剛來或要走之時，隨意打個招呼，自然而然成爲村民平日固定的聚會場所。

而且，每間店仔的門前，都植有一、二棵樹蔭濃密的大樹，大部分是種榕樹，尤其是在夏日的中午，樹蔭下更是坐滿了、站滿了休息的村民，一大群小孩子，則四處奔跑玩耍，非常熱鬧。

這便是所說的店仔頭了。

村民聚在店仔頭閒坐，難免會講東講西，或者就農事交換意見，或者就時事發些議論，或者就村內發生的事件，品評一番，大家不拘形式、不論話題的交談，誰都可以任意發表自己的見解和看法。

店仔頭是村子裡的傳播站。

因爲有店仔頭，村子裡的哪一家哪一户，有什麼喜事，有什麼值得讚揚的好事，或有什麼不幸，有什麼公認不應該的行爲，大家都能很快獲得消息；因爲有店仔頭，大家都不太可能有隱私，誰家有多少田產，甚至誰家最近有什麼較爲可觀的收入，大都清清楚楚；因爲有店仔頭，村子裡才能呈現一些熱鬧的氣息。

曾有幾位受過高等文明教育的子侄輩，對於店仔頭的論人長短，甚表反感，他們長期在外讀書，少與村民接近，不能體會店仔頭對縮短村民之間的距離，功勞有多大；他們不能了解，在這閉塞的鄉間，店仔頭對促進村民之間知識和情感的交流，有多重要；他們不知道店仔頭無拘無束的議論，是多麼公開而坦朗，能夠充分發揮貶惡揚善的功能。

這種坦蕩蕩的生活態度和習性，我實在想不出有什麼不好。

店仔頭的議論，即使有些偏差，卻都是眞誠的，並不像有些傳播機構，時常刻意歪曲事實做不實的報導。大家日日相見，誰願爲了逞一時之快，黑白講，顛倒講，以致失信於共同生活，息息相關的鄉親呢？

因此，店仔頭的人開講，其權威性並不遜於電視或報紙，況且村子裡的人和事，哪有多少機會上報？店仔頭的人開講，就等於地方性的傳播機構，若非有店仔頭，村民彼此怎能迅速的溝通。

村民聚在店仔頭，除了開講開講，尤其是在下雨天和寒冷的夜晚，當然也常有三、五個男人，興致一來，便搬個桌子，大家圍在桌邊，或坐或蹲，一瓶米酒，一包花生的對飲。喝得興起，免不了吹噓自己，或調侃別人，或發點牢騷，感嘆感嘆人生的運命，在笑鬧中，在唏噓中，互相安慰，互相激勵。

我晚上較少時間去店仔頭消磨，而母親每天吃過晚飯後，如果還不太累，時常會去店仔頭坐坐，聽些新聞，回來再擇要轉述給我聽。

母親既不識字，也不看電視，也不聽戲曲，村子裡不少和母親一樣的老人家，我常想，對他們而言，店仔頭是多麼親切的地方。

廁所的故事

阿盛

作者簡介

阿盛（一九五〇—），本名楊敏盛，臺南新營人，一九七七年東吳大學中文系畢業，次年四月任職於中國時報，開始散文、文章評論的創作。曾任中國時報系編輯主任、人間副刊編輯、生活版主編、綜藝版主編，《時報周刊》編輯主任、研究員。一九九四年自報社辭職，成立「碩人出版社」、主持「文學小鎮—寫作私淑班」。著有《唱起唐山謠》、《行過急水溪》、《綠袖紅塵》、《春秋黃麻》、《散文阿盛》等。

文本

開始唸小學那一年，我第一次看見衛生紙，至於正式使用，是在二年級的時候，在這之前，解手後都是用竹片子或黃麻稈一指了事。大人們的廁所在房間內，用花布簾圍住壁角，裡邊放著馬桶；小孩子們沒有限制，水溝、牆角、甘蔗田以及任何可以蹲下來的地方，統統是廁所。

在學校裡，老師天天交代我們：要穿鞋子，要常洗頭髮，要買衛生紙，不要隨地大小便。我回家跟爸爸說要買鞋子，爸說沒那麼「好命」；我提起衛生紙的好處，媽說那太浪費，小孩子不懂賺錢的辛苦；我又引用老師的話，說用竹片子揩屁股會生痔瘡，爸生氣了，他說老師一定瘋了，因爲他從一歲到二十多歲都是這樣，也沒生過痔瘡；我小聲地說，應該有廁所，祖父說，奇怪，水溝不是很多嗎？最後爸解釋說，衛生紙太薄，容易破，揩不乾淨。這以後，媽准許我用粗草紙，那是大人們用的，不過，我還是寧可用竹片子，粗草紙就帶到學校讓老師檢查，我們班上有一半以上的同學都和我一樣，老師也不再要我們買衛生紙了。

二年級下學期，三姑帶著表弟從臺北來我家玩，吃過中飯，表弟說要上廁所，我帶他到門前的水溝邊，他很驚訝，硬是不肯脫下褲子，是說沒有東西擋著他拉不出來，我帶他到豬舍旁邊，他蹲在地上，不時看著我，然後站起來，說他拉不出來，我只好走開，隔一陣子就喊：「好了沒有？」表弟苦著臉走出來對我說沒有，我拉起他跑到學校，他急忙衝進廁所，出來之後，滿頭大汗。在回家的路上，他一直問我：爲什麼廁所裡沒有水箱子？爲什麼有很多很多白白小小的蟲？還有，在水溝裡拉屎，警察爲什麼不管？我說警察的兒子也和我們一樣，他就說，回臺北以後要報告老師，叫老師來抓警察，我聽了感到很生氣，跟他說，警察和眞平、四郎一樣偉大，不能抓，他不相信，還說校長可以管老師，老師可以管警察，眞平和四郎跟總統一樣大，不是跟警察一樣大，我氣極了，不再理他。

三年級放寒假的時候，爸和叔叔們合資蓋了一間廁所。「落成」那天，我們幾個小孩子熱烈地討論誰應該第一個使用，六叔把我們趕開，他說他是高中生，當然是第一。他進去了，一下子又走出來，很不高興的樣子，原來，有人先進去過了，六叔一口咬定是那個泥水匠，他嘀咕著說要找泥水匠算帳，我們建議六叔把他抓來灌屎，像灌香腸一樣，六叔說好。那天晚上，爸和叔叔們在院子裡聊天，聊到這件事，二叔說，新廁所有外來的「黃金」，大吉大利，六叔不同意，他認爲新廁所應該由自己人開張，才有新氣象，爸沒有意見。我對爸說，六叔只知道拉屎要爭第一，六叔一巴掌打在我屁股上，媽說該打。我很不甘心，跑去告訴祖父，祖父走出來，把六叔罵了一頓：「你吃飯爭第一，拉屎爭第一，爲什麼英文只考了二十——二十——」，我說二十七分，祖父接下去：「二十七分！啊？」五叔在一旁笑，他說這也可以算第一，六叔說，五哥以前數學只考二十四分，烏龜笑鱉沒尾巴，祖父說：「都是屎桶！」過後，我問六叔，還要不要把泥水匠抓來灌屎，他說我以後再這麼問，他就灌我。

我升上五年級，村長換了人，新村長說，要好好整頓村裡的環境衛生。

首先，他出錢蓋了四幢公用廁所，又一家接一家地勸人蓋廁所，他跟祖父說，廁所和吃飯一樣重要，祖父說哪有這種事！一有空，他就騎著腳踏車到處巡視，發現有小孩隨地大小便，當場打屁股，我們班上有好幾個男生被他打過，都很氣他，叫他「哭鐵面」。每次開村民大會，他一定會再三地說明廁所的重要性，有一次還說「廁所就是生命」，六叔跑到臺上去，不知道跟他說了些什麼，他馬上又補充了一句：「廁所爲成家之本！」末了，他建議大家不要再用竹片麻稈揩屁股，因爲這樣會得破傷風，有人站起來發言，說不會得破傷風，應該是會生糞口蟲，我們學校一位女老師立刻又發言，她認爲應該是生痔瘡才對，然後指導員出來解釋，他說，應該是會長瘤才合理，他的一個朋友就是這樣。到後來，村長說：「統統有可能，不過，得破傷風的機會最大。」那一次大會後有贈送紀念品，每家三包衛生紙，兩包樟腦丸，一把長柄豬鬃刷子，鄉裡派來的衛生員特別交代，刷子是清洗廁所用的，媽說這種刷子這麼好，用來洗刷廁所太可惜，所以一直放在廚房裡使用。

初一那年冬天，嘉南平原大地震，震塌了村裡兩幢公用廁所，救災工作結束之後，村長開始計畫重建廁所，村長太太負責募捐工作，她幾乎天天都在村子裡跑來跑去，那陣子，米菜肥料都缺貨，物價又貴，村長太太跑了兩個禮拜，還湊不到蓋一幢廁所的錢。又過了幾天，鄰村有個有錢人到我們村子來，他說他願意負責蓋廁所的經費，條件是，水肥歸他收一年，村裡的人開會通過，半個月後，廁所蓋好了，還裝了水箱，那個有錢人每天派車子來載水肥，聽說他包辦了好幾個村子的水肥，轉手賣給魚塭和農家，一桶二十五塊錢。過了一陣子，他問村長，爲什麼你們這裡的水肥特別少？村長說，本來就這麼些，他不相信，硬說有人偷肥，村長說那東西又不能吃，誰要偷？兩個人先是在路上吵，一直吵到派出所，又吵回路上，然後再吵進派出所。警察耐心地分析：這裡的人八成以上種甘蔗，根本不要肥料，村長保證沒有人偷去吃，那個有錢人氣得臉都歪了，他嘀咕著說，這樣下去會賠本，生意眞不好做，怎麼大家不多拉一點？怎麼不多拉一點呢？大約一個月後，政府大量配給農肥，接著肥料兩次跌價，那個有錢人再不派車來載水肥了，村長把他找來，要他按照契約清理水肥，他說要那麼多幹什麼？又不能吃！兩個人又到派出所去，結果，一直到我念初二上學期，他都派車清理水肥，一個月一次。有一次，六叔在路上遇見他，問他水肥好不好賣？他說生意不好做；六叔又問他，想不想再跟我們村子訂契約？他說只有瘋到第三期的人才會這樣問。

我讀高一的時候，鄉裡舉辦中北部春節旅行，我也參加。第一天晚上，住在臺中火車站附近的一家旅館，這才第一次看見了抽水馬桶，以前只看過圖片。住進旅館以後，大家都往廁所裡跑，鄉長站在一邊維持秩序，一面叫著慢慢來，他說留得屎橛在，那怕沒得拉？等輪到我，我一頭衝進去，看見抽水馬桶，心裡有點害怕，還好我知道是用坐的，坐了上去，也不知怎麼搞的，幾乎用了兩百公斤的力量，仍然拉不出來，外頭敲門敲得很急，我在裡邊更急，好一陣子，看看是不會有「結果」了，只好出來，身上直冒汗，鄉長問：好啦？我說好了。那天晚上，好不容易熬到廁所空了，我才放心地走進去，蹲在馬桶上；以後的兩天，我都是這樣。第四天早上，我們正在整理行李，旅館的老闆娘氣沖沖的跑來，她說不知道是那些人弄壞了三個馬桶護圈，我們都說，那一定不是我們，老闆娘嘮叨了許久，她說護圈是新裝上的，怎麼坐得斷？眞奇怪！

去年暑假，我回家鄉，找六叔聊天，聊起有關廁所的事。我對六叔的幾個孩子說，你們命好，我們小時候連廁所都沒有呢，他們不太相信。我說不但這樣，解手後都用竹片子揩屁股哪，他們說我欺騙兒童。六叔說，這是眞的。八歲的小堂弟說，他要去報告級任老師，爸爸和堂哥愛撒謊；十歲的堂妹說，最好報告校長，因校長比較「匈奴」，一定會打堂哥屁股；正在唸初一的堂弟說，爸爸是石松，堂哥是余天，搭配得很好，眞會「講笑話」。最後，他們聯合問我們一個問題：用竹片可以揩得乾淨嗎？六叔說大概可以，我說差不多啦。

(四)環境公害、社會行動與生態保護

西海岸‧污染工業的見證

楊渡

作者簡介

楊渡（一九五八—），本名楊炤濃，出生於臺中烏日農家，曾任《中國時報》副總主筆、《中時晚報》總主筆、輔仁大學兼任講師、中國國民黨文傳會主委，編過《春風》等雜誌，主持過專題報導電視節目「臺灣思想起」、「與世界共舞」等，現任國家文化總會秘書長。曾獲時報文學獎。著有詩集《南方》，散文集《三兩個朋友》、《漂流萬里》，報導文學《民間的力量》、《強控制解體》、《世紀末透視中國》，傳記《簡吉——臺灣農民運動史詩》，及戲劇研究《日據時期臺灣話劇運動》等十來種。

文本

西海岸一帶，由北到南已無處不受污染威脅，差別只不過在面積大小而已。這樣的西海岸，會有人不心痛呢？

百年以前，當我們的祖先橫渡萬頃波濤，駕著移民船緩緩駛向西海岸，他們沒有看見巨大的女神，卻看見婆娑的綠樹和豐饒的大地，那時，他們心中曾否興起對生命的禱祝與感激呢？

百年以後，站在淡水河口向海岸望去，污黑的水流帶著死滅的陰影，髒濁的瓶子和垃圾飄過寬廣的河床，躺在沙岸有如傷痕，止息的水中沒有冒著氣泡的魚族，更沒有水草搖映澄藍的天空，寂寞的水鳥，許久才出現眼前，彷彿只是想劃破這死寂的景象。

如果我們祖先的移民船在這時候駛向西海岸，他們還會不會發出生命的詠歎，決定在這兒落腳生根呢？

淡水河含氧量幾乎是零

沿著西海岸自北往南行，讓人不得不感到悲淒。最北端開始，金山核能一、二廠對海水造成的高溫影響，禮樂煉銅廠的「陰陽海」，到六堵、八堵工業區，乃至於基隆河沿岸的工廠，莫不是重度污染。而汐止、南港一帶的啓業化工，也是一個污染源。淡水河以北，污染狀況已相當嚴重。

再看淡水河本身，臺北市的家庭污水未經處理即流入河中，使整個河域之含氧量幾等於零，魚蝦不生，僅有微生物、水草存在其間，幾成死河一條。

桃園縣，由於林口火力發電廠燃燒含硫量高的重油發電，以至於大園附近生長近百年的防風林悉數乾枯死亡。如今即或再重植，每到冬天東北季風吹起，依舊被掃得草枯葉黃，怎麼樣也長不大。

桃園縣的觀音鄉，則是高銀化工與基力化工的重金屬污染。種出來的稻子不能吃，捕起來的魚含有毒。

新竹縣，李長榮化工與新竹化工的污染則早已導致附近居民的抗議迭起，清大師生甚至爲此上書俞國華院長。

苗栗縣，中化公司頭份廠空氣污染嚴重，另有一些地下工廠導致土壤的高度金屬污染，面積不小。

高雄海岸污染拿第一

臺中縣則有一些農業廠與工業區，雖然工業區較少，污染並不頂嚴重。然而，隨著沿海養殖面積的擴大，地層正在下陷之中。

彰化縣與臺中縣交界的烏溪口更爲嚴重。臺化公司對烏溪的污染迭遭批評。一些電鍍地下工廠大量製造金屬污染，使烏溪附近有幾個地區的土壤金屬含量已到達「毒害」的程度。至於彰濱沿海的大量養殖户抽取地下水，也使得地層下陷日漸加深加劇。

雲林縣有唯一乾淨的濁水溪，然而，北港溪卻免不了重污染。而地層下陷，則是造成此次韋恩颱風的災情特別慘重的原因之一。

嘉義縣，伴隨著大量工業區的設立，北港溪、朴子溪、八掌溪等的廢水污染，造成了前不久文蛤大量死亡事件。

臺南縣，灣里地區的燃燒廢電纜已導致二仁溪的徹底死亡，鉛鎘等毒害物質沉積河床，海濱的養殖貝類也大量發綠死亡。

高雄縣的嚴重，則是不勝枚舉。拆船業的廢油污染，化工公司、工業區林立等等，使得高雄海岸成爲全省污染最嚴重地區。

屏東縣則是地層下陷最嚴重地區，下陷最深的鹽豐、塭豐一帶達到三公尺。在臺灣最南端，有核能廢水高溫的污染，海底珊瑚正日漸死亡。西海岸一帶，由北到南已無處不受污染威脅，差別只不過在面積大小而已。

南北嚴重．中間輕微

這樣的西海岸，會有人不心痛嗎？

以目前污染現況來看，凡是工業區特別多的地方，污染也特別嚴重。臺灣兩大貿易吞吐港口分處南北，倚賴出口維生的工業區分布，亦偏重南北兩地，使得臺灣污染狀況呈南北嚴重，中間輕微的現象。

工業區所帶來的污染對河流而言爲廢水。尤其廠區之內工廠林立，在一定的範圍裡排放出巨量的污水，這些污水大多未經處理，逕行排入河道，沿河流兩岸污染開來。一方面是兩岸農作物吸收污染物，再食入人體，另一方面則造成河流缺氧，導致魚蝦貝類的死亡。「幸運」未死的魚類，在飽食重金屬等污染物質後累積在魚體內，再吃入人體，更易導致癌症。

污染的河流在乾旱時期水流量小，對海岸污染亦經海水稀釋而較少，然而有毒物質卻在河床沉積。等到每年三、四月間，雨季來臨時，大量重金屬、化學毒質流入海洋，遂導致沿海養殖牡蠣、貝類的大量死亡。

「每年三、四月，雨季來臨時，受到烏溪的影響，我們鹿港的蚵仔就會大量死亡。直到六、七月間，才會陸續又生長出來。」一位在鹿港養殖的老人說：「小時候，我們都在海邊長大，也從來沒看到這種牡蠣只剩空殼的可怕景象啊！」

公營企業帶頭污染

臺灣的工業區至目前爲止共有六十處，面積九一八一公頃。然而眞正有污水處理廠的卻只有十八處。其中眞正能有效運轉，徹底解決污水後再行排出的，竟然一處都沒有！問題的關鍵是污水處理的設計根本不當，或者是操作維護不良而陷入停擺。

換句話說，這些工業區內的污水（其中還有五處石化工業區，一個特殊工業區）竟然都是未經有效處理，直接排放。更荒謬的是工業區內的工廠若違規排放廢水，環保局礙於法令也無法取締，等於是開了一個最大污染源。

第二大工業廢水污染源則是公營企業。從北部的禮樂煉銅、臺機公司、臺電各火力電廠、中油公司、中化公司、中鋼公司、中船公司、臺肥各地廠房、各地菸酒廠，幾乎都有程度不同的污染發生。以公營企業在臺灣所佔的比例，其污染程度不可謂不深。

要改善公營企業的污染狀況，僅臺電就需投資五百億以上，可見往後公營企業的防污成本，還會大幅增加。

然而，公營企業若不爲民表率，民營企業怎麼可能在防污上努力呢？第三大污染源則是民間四處散佈的工廠及地下工廠。尤其這些工廠廢水漫無管制地四處排放，甚至直接流入稻田之中，使得米不能食，樹不能長。大潭村因鎘污染而走上「拍賣」之路，正是爲這漫無節制的工廠設立的危害，做了最深刻的見證。

行過西海岸的平野，審視著污染的狀況，不禁使人慨歎，到底污染到什麼時候才會停止，或至少漸漸改善呢？

生態景觀令人不忍卒睹

「小的時候，我們只有米可以吃，但河裡有魚有蝦，可以捕來當菜吃，現在，種田的人得去做工買魚才有得吃。」一個世居林口海邊的農民說。

河裡的魚蝦幾乎沒有了，海邊的情形如何呢？似乎也未能倖免！

在污染相當嚴重的桃園縣大園鄉，三年前，村民曾經在一大早醒來時，習慣性地走到海邊，卻發現退潮後的海灘上，躺著成群的翻白肚的死魚。他們不知道危險，還提著水桶去撿拾死魚回家吃，幾個月後，才知道這是電廠硫化物污染的結果。於是，村子裡無法再靠海維生，有一百多戶居民遷徙流離，避居他處。如今，這一片海洋還有硫化物污染過的褐黑色，岩石也有灰暗的傷痕。

西海岸的生態與景觀，已經完全不再像從前了！

在烏溪的出海口，污染使得放眼望去的視野，總覺得不怎麼舒暢，總像缺少了什麼，而新開墾的彰濱工業區荒涼地立在彰化海濱，更有如化外之地。站在鹿港海濱外望，地層下陷使得漲潮後的海水比養殖池更高，堤防兩邊，高低非常明顯。

嘉義海濱，養殖池裡一片荒涼，沒有人要去理會瘦弱無肉的文蛤，因爲牠已失去了經濟價值。但不清理又無法作其他用途，養殖戶站在池邊，望著遠方的海洋，沉默無言。

高雄市拆船場裡，一層浮油在海上漂浮，黏膩膩地沾滿著港口與岸邊，甚至連浮在海上的木頭也是油污的顏色。

高度經濟發展的慘痛代價

三十多年了，隨著飛躍的經濟進步腳步，生活在這個島上的人們，衣食豐足了，生計寬裕了，生活現代化了，社會繁榮了，國力充實了。然而，在這同時，我們是不是也失去了什麼呢？

譬如，污染的嚴重、職業病的增加，是否使民眾健康受到了波及？也讓政府和民眾花更多的錢去防範、治療？譬如：不再清澈的溪流、不再潔淨的海岸，帶走了多少的游魚、蝦貝？帶走了多少孩子們童年的歡樂？譬如：過去高度經濟發展帶來的後遺症、任意污染留下的創痕，如今要花多少倍的代價才能挽回？

經濟發展與生態環境保護，在某些層面原本即有衝突，過去的政策，成就當無疑問，問題卻也擺在眼前，如今，環保單位爲了整治河川、整治污染而付出的每一分錢，爲整治土地而做的每一個調查，也都是償還「債務」的一部分而已。

嚴格來說，在這整個發展過程中，眞正的贏家可能只有那些缺乏社會責任心、逃避了工業污染責任的企業家；而政府和人民，都是損失者。

未來，問題要如何解決呢？

企業良心不容規避

反公害、反污染的意識已經在臺灣抬頭，鹿港地區的反杜邦反污染，以及各地層出不窮的自力救濟，正在爲這反彈作見證。

面對著殘破零亂的西海岸，面對著響徹雲霄的環保要求，面對著無可估計的社會成本的不斷付出，工業的野馬，企業的責任心，應該有必要勒住韁繩，好好反省一下了。

西海岸，妳何時可以不再爲污染哭泣？

附記：

工業區污染被攻擊許久之後，正力圖改善，但因環保單位比工業區低一級，根本無力管制。公營企業污染則正在擬經費預算，全力補救之中。時間約需兩年以上始能奏效。如果工業區與公營企業這兩個「公營性格」甚強的地方能做好污染防治，則西海岸污染狀況將改變一半以上。

八輕之後

劉克襄

作者簡介

劉克襄（一九五七—），本名劉資愧，另有筆名李鹽冰，臺中烏日人，中國文化大學新聞系畢業。曾加入《陽光小集》詩雜誌（一九七九年底成立），曾擔任《臺灣日報》、《中國時報》美洲版、《中國時報》等副刊編輯、自立報系藝文組主任、《中國時報》人間副刊的撰述委員及執行副主任。曾獲吳三連報導文學獎、時報文學獎敘事詩推薦獎、臺灣詩獎、小太陽獎。長期從事自然觀察、旅行、踏查與舊路探勘，至今出版詩集《巡山》、《革命青年》；散文《臺灣舊路踏查記》、《十一元的鐵道旅行》、《十五顆小行星》、《男人的菜市場》；自然寫作《山黃麻家書》、《快樂綠背包》、《小綠山之歌》、；長篇小說《風鳥皮諾查》；以及繪本和攝影作品等，共四十餘部。

文本

一尾翻白肚的魚
近乎癱瘓地在水上漂浮

身形和色澤都明顯走樣
我惶恐地鑑定著

仔細看，高聳如山稜的背鰭
殘破不堪也就算了
連基本的青灰也消失

還有那如扇的美麗尾鰭
不知受到何種外力
燒焦般捲成一團

發紫且臃腫的大頭
也有相似的恐怖
好像埋藏了好幾顆大瘤

流著黏液的嘴巴更叫人吃驚
讓人聯想到大口張開的鮟鱇魚

從未閉合過。什麼都可以吞進去
牙齒竟也完整健在
我試著伸手過去，一個不小心
還劃出了血

牠爲何漂浮上來
端看那全身，處處脫皮又斑駁累累
想必是患了絕症

只是致命傷在哪呢
我繼續檢視著。赫然發現
肚腹旁竟有寄生的痕跡
附著的魚蛭早已不知去向
內臟的器官破肚而出

這時我才記得牠

原來牠就是那隻
我曾看過各種圖形
無上高貴無可取代的
印在很多書籍上

現在我也要多拓印幾回
讓孩子們知道
瀕臨死亡的牠。可能是
地球上最可悲的一尾

賴和行街頭

林梵

作者簡介

林梵（一九五〇—），本名林瑞明，另有筆名林退嬰，臺南人。國立臺灣大學歷史研究所碩士，日本立教大學研究。現任國立成功大學歷史學系、臺灣文學系合聘教授，曾任國立臺灣文學館首任館長、古都保存再生文教基金會創會董事長。大學時代起就開始在文學刊物發表詩作，曾獲民國六六年詩潮創刊獎、巫永福獎、府城文學貢獻獎。著有《楊逵畫像》、《臺灣文學與時代精神——賴和研究論集》、《臺灣文學的歷史考察》、《臺灣文學的本土觀察》等臺灣文學研究專書，以及詩集《青春山河》、《南方的海》等；編有「光復前臺灣文學全集」（小說八卷，與張恆豪、羊子喬執編）、「臺灣作家全集」（短篇小說卷戰後第二代，與陳萬益合編）、《賴和漢詩初編》、《賴和全集》、《賴和手稿影像集》、《國民文選・現代詩卷》等。

文本

從鄉下搭車來遊行的
群眾，集結於鬧市中心

沿車如流水的路段
搖動旗幟高聲吶喊
行走到凱達格蘭大道
雲林、彰化一帶的
阿公阿嬤上京來
反國光八輕
石化高污染
早已受不了
冒著寒風雨水
來到首都上街頭
走給大企業財團的
老闆與股東們看
走給當權者看
他們都不住在
石化污染的鄉下

高舉著反抗的大旗

勇士當爲義鬥爭
賴和行街頭
我們也是一群
不知名的走街先
爲了生病的臺灣
賴和走街頭
和阿公阿嬷行街頭

沿路大聲呼喊
白海豚要回家
政策要轉彎
阿公阿嬷行街頭
賴和行街頭
我們一起行街頭
大聲呼喊
白海豚要回家
政策要轉彎

㈤自然公園、自然心靈與護生思想

那一夜我們護送螃蟹過馬路

杜虹

作者簡介

杜虹，屏東內埔人，本名謝桂禎，屏東科技大學熱帶農業研究所畢。任職於墾丁國家公園管理處，從事景觀解說工作，經常到山水中旅行，並記錄所見所思。長年生活於大自然，領略其中的四季變化，使她對各地風土人情更具敏銳感，進而書寫一系列遊歷本土山川、發明自然之心的文學作品。曾獲第六屆中央日報文學獎、第七屆及第八屆梁實秋文學獎。著有《比南方更南》、《秋天的墾丁》、《有風走過》、《相遇在風的海角——阿朗壹古道行旅》等書。

文本

關上車門的剎那，大雨忽然傾盆而下，車上的人一陣嘩然。

「怎麼下起大雨來了？」

「下這種雨牠們會出來嗎？」

「可能不太樂觀，牠們的卵成熟後泡淡水會不能孵化，應該不會在大雨中出來冒險。」

「可是當地居民說下雨天也有不少螃蟹過馬路。」同事們你一言我一句，車已駛離辦公室所在的山坡。

墾丁地區環海幾乎都建有寬闊道路，自立夏至中秋，每逢月圓之際，均可見抱卵的陸棲螃蟹橫越馬路至海邊釋放卵粒；這些抱卵母蟹爲繁衍後代不辭長途跋涉由山林向海洋，過程中卻常因車禍喪命於路面，在牠們主要的活動區段，總有許多蟹屍橫陳；而母蟹尚未及將卵釋放至海中即身亡，關聯到族脈衍續的問題……這一夜，我們試圖伸出援手。

車行屏鵝公路上，大雨裹住車燈，視線一片迷濛，幾雙眼睛望著擋風玻璃上賣力搖擺卻刷不出清晰視野的雨刷，一路摸索來到鄰近鵝卵鼻的小聚落，停車即見三隻地蟹科的毛足圓軸蟹被輾碎在一處，而另一隻正行至路中央，不遠處卻有車燈向牠疾馳而來！我們見狀立即衝入雨中，擋在螃蟹前方，以手電筒的光攔下迎面奔來的車輛，始它減速從旁繞過，然後趕著螃蟹過馬路。然而螃蟹見人靠近即如臨大敵般：撐起身子、舉臂跨足、左移右退，宛如一位架式十足的武林高手，卻渾然遺忘了方向！風雨掀傘襲人全身，牠還東奔西竄不肯向前，偏偏遠方車燈又快速接近，眞教人慌急……

毛足圓軸蟹平日棲息活動於林下或岩洞中，隔馬路與大海相望，在這繁殖季節，母蟹將體內的受精卵排出體外之後，先把卵粒黏抱於腹部（如此可給予蟹卵適當的保護），待懷中的卵成熟近孵化階段，抱卵母蟹便步出林間，將卵送至海水中孵化。而由於路旁排水溝的阻隔，母蟹多集中於水溝加蓋的區段過馬路，我們便在這個區段來回守護，至後來，因爲螃蟹的慢動作及見人靠近即驚慌不辨前路的模樣，同事們乾脆在緊急時將牠們捉起送過馬路。

據學者研究指出，這類蟹的卵到了成熟末期，對於滲透壓極爲敏感，生殖演化使得牠們的卵必須在海水中才能順利孵化，此時期若浸泡淡水過久將無法孵化。也許懷中的卵已經成熟不能再等，也許擔心過多的雨水將使卵泡壞，大雨裡還是有許多母蟹趕往海邊。牠們三三兩兩陸續從黑暗的林子裡爬出來，聞辨海的氣味無畏向前，在這已經可以聽見海音的馬路上，把生命交給運氣——新生命的誕生需要海洋，而越過馬路是到達海邊唯一的途徑，牠們並無其他選擇。若得好運氣將卵順利交給海洋，之後母蟹還要回歸居住的山林，於是得再過一次馬路……

這是一種多麼奇妙的演化？母蟹如此不辭艱難抵達海邊，而孵化後的小螃蟹成長至一階段，又得回溯到林間生活。

「牠們爲何演化出這麼辛苦的生殖方式？」我問。

「可能海洋食物較豐富。」同事說。

這種「上山下海」的生命型態。的確較能利用不同環境中的生態資源，而在人們來到海邊築路之前，上山下海的過程也不算太曲折，但如今牠們必須越過水溝、穿過馬路，某些路段還得再鑽過道旁護堤才能到達繁殖的場所，族脈的衍續伴隨著生與死的賭注。

不遠處有二盞燈光在路旁尋尋覓覓，但探索者並非與我同來的人，看那燈光移動的情狀，心中頗覺有異，於是邀一位同事前去探看究竟。

原來是兩名十二、三歲的孩子，一個身上套著輕便雨衣，一個上身打著赤膊任雨淋洗。

「你們在做什麼？」我問打赤膊的孩子，並盯著他手中的網袋。

「捉螃蟹呀！」他打開網袋讓我看到捉到的兩隻螃蟹。

「你們捉螃蟹要做什麼？」

「吃呀。」他理所當然地回答，又頗自然地問：「你們也是來捉螃蟹嗎？」

我一時語塞。

「我們來護送螃蟹過馬路。」同事不太自然地回答。

那孩子聽同事如是說，以有趣的目光笑看我片刻。

「你知道這些螃蟹爲什麼要跑到馬路上來嗎？」我問。

他搖頭。

「牠們都是要到海邊去產卵的螃蟹。」

「眞的嗎？」他又打開網袋。

「不信你看牠肚子下面是不是都有卵。」

他檢視過螃蟹繫滿卵粒的腹部，憨憨的笑著。

「你們把抱卵的母蟹捉來吃了，等於也把幾百隻小螃蟹一起吃下去了。」

他正遲疑，卻傳來另一名孩子的催促聲：「趕快走啦！」語氣中帶著急於甩開我們的煩躁。

「把螃蟹放了好嗎？讓牠們有機會把卵生下來，以後螃蟹才會愈來愈多。」他們在前面走，我們在後面跟，雙方都頗固執。

「雨下得這麼大，回去休息了啦。」然而他們卻繼續轉向通往林間的小徑。這些孩子在這裡土生土長，對於螃蟹出沒的所在，想必比我們更清楚。一路跟隨，我稍落後，而平時像個藥罐子的女同事此時卻亦步亦趨地緊隨在兩個孩子身後，嘴上好多歹說。當其中一個孩子又捉起一隻螃蟹，我們不得不祭出最後法寶：「在國家公園裡捉螃蟹是違法的，我們是國家公園的工作人員，如果你們眞的不聽勸告，我們只好請警察來取締了。」

「那你們每個月十五、十六、十七都要來才行。」著雨衣的孩子挑釁地說。他們果然對螃蟹的動靜瞭若指掌。

或許是被跟煩了，或許最後的恐嚇起了效用，兩個孩子終於在我們的目送之下轉回家門，而他們的家，便在港灣前，母蟹往海邊路徑之處。如果陸蟹的保育得不到他們的配合，成效恐怕要大打折扣。

這些陸蟹過馬路的區段長達數公里，雨勢轉小後，我們繼續驅車沿途觀察，並討論該如何減少母蟹由山林至海洋的阻礙及傷亡。不久，車燈中出現為數不少的蟹群。這個區段的陸蟹以方蟹最多，個體較地蟹科螃蟹稍小，牠們除在馬路上爬行，水溝邊也有不少（也許還在摸索跨越水流的途徑），當夜裡有車燈滑近，一位同事急忙彎身欲將行至路面的螃蟹捉起，忽然卻聽到他尖叫呻吟，隨即見他拇指流下鮮血，而那隻從他手中逃脫的螃蟹已經斷落一隻前螯——同事一時大意，以錯誤的方式捉蟹，於是被受驚的螃蟹以螯挾傷，而那隻螃蟹在傷人之後則以自割的方是捨去一臂——螃蟹在緊急情況下自割逃生是常見的現象，自割的部位多在可以防止血液流出再生能力旺盛的關節處。在大自然中與野生動物接觸，可眞大意不得，牠們受驚之餘總會出現防衛行爲，一不小心可能兩敗俱傷。

夏秋是墾丁地區的雨季，區內陸蟹的繁殖季節也恰恰多在此時，而雨季排水溝的水量多且湍急，我們沿溝邊觀察是否需要爲母蟹搭幾段便橋？徒步一段路，發現這裡也有居民提燈在溝邊捉螃蟹，這回他沒說要吃，而是說捉給孩子玩，我們當然免不了一番勸說，他隨後也在我們目送下返回路旁家中。顯然，若想維護陸蟹的族群數量，當地居民將是重要的遊說對象。

回程，見那兩位捉螃蟹的孩子在離家有段距離的大馬路邊與人說話，我們停車招呼，並詢問：「這麼晚了你們還在這裡做什麼？」

「我們在護送螃蟹過馬路。」著雨衣的孩子調皮地說。而在他的腳邊、我的身前，路面上有一隻被車輪輾碎的螃蟹，肢首異處、卵粒灘散成片……

「好，下個月月圓的時候，我們到你家找你出來一起護送螃蟹過馬路。」同事似眞似假地說。

也許無須等到下回月圓，以後我們恐怕得常常去找他們……

玉山去來

陳列

作者簡介

陳列（一九四六—），本名陳瑞麟，嘉義農村出生，嘉義中學、淡江大學英文系畢。之後擔任國中教師，一九六九年前往花蓮任教兩年後考取研究所。一九七一年就讀研究所時因組讀書會，遭繫獄四年八個月。出獄後從事翻譯與寫作，一九七六年以〈無怨〉獲第三屆時報文學獎散文獎首獎，翌年以〈地上歲月〉再獲首獎；一九九〇年以《永遠的山》獲第十四屆時報文學獎推薦獎，該書現在也已成為臺灣自然書寫的經典著作之一。在參與政治活動約十年之後，陳列現已回歸文學專事寫作，目前定居花蓮。著作有《地上歲月》、《永遠的山》、《人間．印象》、《躊躇之歌》等。二〇一四年獲第一屆聯合報文學大獎。

文本

1

崎嶇的碎石小徑在無邊的漆黑中循著陡坡面曲折上升。我臨時隨行的一支欲登玉山頂觀日出的隊伍，自從出了冷杉林，進入海拔約三五五〇公尺的森林界線以後，已因成員體力的不一而斷隔爲好幾截；我看到他們的手電筒或頭燈的微光點綴在上下的數個路段上，在黑暗裡搖晃。那些不時閃現的人影、岩坡和低矮的圓柏叢，全如魅影般。

由於沒有了樹林的遮擋，風稍大了，夾著凌晨近四時的森冷寒氣，從難以辨認的方向綿綿襲滲而來。裹在厚重衣服裡的身軀，卻因吃力攀爬而是熱的。四周也仍相當安靜，只有偶爾從那寂寂黑色中響起的前後人員的傳呼應答，或是石片在暗中某處唰唰滑落滾動的聲音。我一邊聽那聲音在我身旁飄浮懸蕩，一邊聽著自己的心跳和踩在碎石上的跫音，一步步地繼續往那黝黑的高處摸索，彷彿是史前地球上的一個跋涉者。

經過幾小段碎石坡以後，矮樹也漸少了，風，卻更強勁，陣陣拍打著身邊的裸岩，咻咻刮叫。我斜靠在一處樹石間休息，腳下的急斜坡掩沒在黑暗裡，而很遠很遠的底下，是數公里外嘉南平原上和高雄地區依稀聚集的燈光。天空仍是濃濃墨藍，只有很少的幾顆很亮的星。

路愈往上愈坎坷，呈之字形一再轉折，沿鬆脆的石壁而上。我儘量調整呼吸，配合著放下每一個斟酌過的步伐。而就在這專注中，天終於開始轉亮，晨光漸漸，在我身旁和腳下開始幽微浮露出灰影幢幢的巉岩陡崖。驚懼的心反而加重了。

到達位於玉山山脈主脊上的所謂風口的大凹隙時，形勢大改。山野大地好像在我來不及察覺之際忽然在我腳下翻轉了半圈；上坡時一路被暗暝龐大的嶺脈遮住的東邊景觀，轉瞬間出現在我一下子舒放拉遠開來的眼底裡。大斜坡、深谷、北峯，以及從北峯傾斜東去的山嶺，都在薄薄的曙色風霧中時隱時現。寒風囂叫，從那屬於荖濃溪源頭的谷地吹掃過來，沿著大碎石坡，直向這個風口猛衝。我緊緊倚扶著危巖，努力睜眼俯瞰錯落起伏的山河，心中也一陣陣的起伏。

然後，當我手腳並用地爬過最後一段顫巍巍破碎裸露的急升危稜，終於登頂後，我就看到那場我從未見識過的高山風雲激烈壯闊的展覽了。

2

這是四月初的時候，清晨近五點，我第一次登上玉山主峰頂。當我正是氣喘吁吁，驚疑的心神仍來不及落定時，山頂上那種宇宙洪荒般詭譎的氣象，剎那間就將我完全鎮懾住了。

一片洪荒初始的景象。

大幅大幅成匹飛揚的雲，不斷地一邊絞扭著，糾纏著，蒸騰翻滾，噴湧般綿綿不絕從東方冥冥的天色間急速奔馳而至，灰褐乳白相間混，或淡或濃，瞬息萬變，襯著灰藍色的天，像颶風中翻飛的卷絲，像散髮，狂烈呼嘯，洶洶衝捲，聲勢赫赫，一直覆壓到我眼前和頭上，如山洪的暴濺吟吼，如宇宙本身以全部的能量激情演出的舞蹈，天與地以及我整個人，在這速度的揮灑奔放中似乎也一直在旋轉搖盪著，而奇妙的是，這些雲，這些放肆的亂雲，到了我勉強站立的稜線上方，因受到來自西邊的另一股強大氣流的阻擋，卻全部騰攪而止，逐漸消散於天空裡。

而在東方天際與中央山脈相接的一帶，在這些喧囂狂放的飛雲下，卻另有一些幾乎沉沉安靜的雲，呈水平狀橫臥，顏色分爲好幾個層次，赭紅的、粉紅的、金黃的、銀灰的、暗紫的，彼此間的色澤則細微地不斷漫漶濡染著，毫無聲息，卻又莫之能禦的。

然後，就在那光與色的動晃中，忽然那太陽，像巨大的蛋黃，像橘紅淋漓的一團烙鐵漿，蹦跳而出，雲彩炫耀。世界彷彿一時間豁然開朗，山脈谷地於是有了較分明的光影。

這時，我也才發現到，大氣中原先的那一場壯烈的展覽，不知何時竟然停了。風雖不見轉弱，頭頂上的煙雲卻已淡散，好像天地在創世之初從猛暴的騷動混沌中漸顯出秩序，也好像交響樂在一段管弦齊鳴的昂揚章節後，轉爲沉穩，進入了主題豐繁的開展部。

我找了一個較能避風處，將身體靠在岩石上，也讓震撼的心情慢慢平息下來。

3

啊，這就是臺灣的最高處，東北亞的第一高峯，三九五二公尺的玉山之巔了，嶔奇孤絕，冷肅硬毅，睥睨著或遠或近地以絕壑陡崖或瘦稜亂石斷然阻隔或險奇連結著的神貌互異的四周群峯，氣派凜然。

名列臺灣山岳十峻之首的玉山東峯就在我的眼前，隔著峭立的深淵，巍峨聳矗，三面都是泥灰色帶褐的硬砂岩斷崖，看不見任何草木，肌理嶙峋，磅礡的氣勢中透露著猙獰，十分嚇人。我想，在可預見的未來，我是絕對不敢去攀登的。

南峯則是另一番形勢：呈曲孤狀的裸岩稜脊上，數十座尖峯並列，岩角崢嶸，有如一排仰天的鋸齒或銳牙。白絮般的團團雲霧，則在那些墨藍色的齒牙間自如地浮沉游移，陽光和影子愉悅地在獰惡的裸岩凹溝上消長生滅。而二公里外的北峯，白雲也時而輕輕籠罩，三角狀的山頭此時看來，相形之下就可親近多了，在綠意中還露出了測候所屋舍的一點紅。

中央山脈的中段在似近又遠的東方，大致上，或粉藍或暗藍，從北到南一線綿亙，蜿蜒著起起伏伏，自成爲一個更大的系統，兩端都溶入了清晨溶溶的天光雲色裡，中間的若干段落也仍被渾厚的雲層遮住了，但浮在雲上的一些赫赫有名的山頭，卻是可以讓我快樂地一邊對照著地圖一邊默默叫出它們的大名：馬博拉斯、秀姑巒、大小窟山、大關山、新康山……。它們一一來到我的心中。

我站起來，在瘦窄的脊頂上走動。落腳之處，黑褐色的板岩破裂累累，永在崩解似的。岩塊稜角尖銳，間雜著碎片與細屑，四下散置。我就在這些粗礪又濕滑的碎石堆中謹愼戒懼地走著，辛苦抵擋著從西面吹來的愈來愈強盛的冷風。我勉強張眼西望，看到千仞絕壁下那西峯一線的嶺脈和楠梓仙溪上游的一段深谷，都蒙在一片渺茫淡藍的水氣裡。阿里山山脈一帶，則遠遠地橫在盡頭，有如屏障一般，山與天也是同樣粉粉的淡藍，只是色度輕重不一而已。

實在非常冷。我恍悟到耳朵幾乎凍僵了，摸起來麻麻刺刺的。那支登山隊的幾位隊員在急勁酷寒的風中顫抖著身子。有人得了高山症，臉色一陣白似一陣，呼吸困難，身軀直要癱軟下來的樣子。我的溫度計上指著攝氏二度。

4

後來我才曉得，山有千百種容貌和姿色。

這一年來，我三次登上玉山主峰頂。一月中旬，有一次我在雪花紛飛中穿過冷杉林之際，曾被那深厚濕滑的冰雪地阻斷了最後的一段一公里多的登頂路程。繼四月底的初登經驗之後，六月底，我大白天二度登臨，只見濕霧迷離，遠近的景觀幾乎都模糊一片，只有偶爾在那霧紗急速地飄忽飛揚舞蹈的某個瞬間，才隱約露出局部的某個斷稜或山壁。

但隔一週後摸黑再上山時，遭遇竟又迥然不同。難得的風輕雲也淡。最迷人的則是日出前後東北方郡大溪一帶的景色。在那溪谷上，霧氣氤氳，濛濛寧謐的水藍。層層疊置著一起從兩旁緩緩斜入溪谷地的山嶺線，便全都浴染在那如煙的藍色裡，彷彿那顏色也一層疊著一層，漸遠漸輕，滿含著柔情。

這個早晨，似乎仍是地球上的一個早晨，永遠以不同的方式和樣貌出現的高山世界的早晨。當旭日昇起，在澄淨的蒼穹下，臺灣五大山脈中，除了東部的海岸山脈之外，許多名山大嶽，此時都濃縮在我四顧近觀遠眺的眼底，所有的那些或伸展連綿或曲扭摺疊的嶺脈，或雄奇或秀麗的峰巒，深谷和草原，斷崖和崩塌坡，都在閃著寒氣，變動著光影，氣象萬千，整個的形象卻又碩大壯闊，神色則一般地寧靜無比。這個時候，光和風雲，以及其他什麼時候的雨雪雷電，都瞬息萬變地在這個山間世界裡作用嬉戲，讓山分分秒秒地改變著它的形色與氣質。然而就在那捉摸不定的特性裡，透露的卻又是巨大無朋，如如不動的永恆的東西，讓人得到鼓舞與啓示的東西，例如美或者氣勢，動與靜的對立與和諧，生機與神靈。

我一次又一次地在玉山頂來回走動，隱約體會著這一類的訊息，時而抬頭四顧巡逡，一邊再默默念起各個山峯的名字。一種對天地的戀慕情懷，一種臺灣故鄉的驕傲感，自我心深處汩汩流出，一次深似一次。

臺灣，其實，不就是一個高山島嶼嗎？或者更如陳冠學所謂的，「臺灣以整個臺灣，高插雲霄」。

兩億五千萬年以前，當時的亞洲大陸的東方有一個海洋，來自陸塊的砂、泥等沉積物經年累月在陸棚和陸坡上堆積。

七千萬年前，大陸板塊與海洋板塊開始碰撞，產生了巨大的熱與力的作用，原來的沉積岩廣泛變質。臺灣以岩石的面貌初次露出水面。

此後的漫長歲月裡，這個區域漸回復平靜，臺灣島與大陸之間的地槽再度累聚起厚厚的沉澱物，冰河的融化則使臺灣島又沒入海面。

四百多萬年前，一次對臺灣影響最大的造山運動發生了。菲律賓海洋板塊由東方斜著撞上了臺灣東部，使臺灣島的基盤急速隆起，地殼抬升，使岩層再次褶皺斷裂，變形變質。這些斷裂，亦即近南北方向的斷層，是臺灣一種出現頻繁的地質構造。本島南北平行的幾個大山脈，也正是這種來自東西方向的劇烈擠壓造成的，臺灣因此高山遍佈。

因此，臺灣以拔起擎天之姿，傲立海中。

在這個島上，海拔超過三千公尺的名山，達三百餘座。面積僅有三萬六千平方公里的一個海島，竟坐擁這麼多高山峻嶺，舉世罕見。目前，這兩大板塊衝撞擠壓所產生的抬升起用，仍在進行。

我所站立的這座玉山，正就是地殼上升軸線經過之處。我置身的玉山山脈和眼前的這一段中央山脈，也正是臺灣山系的心臟地帶，座落在臺灣高山世界的最高處。

6

我一次又一次走入山區，在玉山頂碎裸的岩石間踱步，時而環顧那些既殊形詭狀又單純重複疊置著淡入遠天或浮露於閒雲間的峯巒，當世界遼闊清亮的時候；而當風生雲湧，冷氣颼颼刺痛著我寒凍的臉孔，所有的景物和生命跡象又都急急隱沒了，甚或細密的雨陣排列著從某個方位橫掃而來，夾著風與霧，消失了一座又一座的山谷和森林。清明中見瑰麗，晦暗動盪中更仍是大自然無可置疑的巨大與神奇。

我於是開始漸能體會學者所説的臺灣這個高山島嶼的一些生界特質了。

眞的，假使沒有這些攢簇競立的大山長嶺，臺灣的幅員將顯得特別狹小，不見高深，風景則變得平板單調，沒了豪壯氣勢與豐富的姿采，而人與其他生物也勢必有著迥異於目前的生息風貌的吧。

對於生界的特色，氣候是關鍵性的決定因子，而對於臺灣的氣候，我眼際裡的這些重重高山，正有著莫大的正面作用，像一道道相倚並峙的屏障般，在冬夏兩季期間，分別攔下了來自東北與西南的季風氣流，使得島上年年都有充沛的雨水，孕育出蒼翠的森林，並將全島滋潤得難見不毛之地。座落於島上中央地帶的整個玉山國家公園，也因而成爲臺灣最重要的集水區。濁水溪、高屏溪和東部的秀姑巒溪這三條臺灣島上的大水系，都以這裡爲主要的發源地。

臺灣山勢的崇高，也使溫度、氣壓和風雨都受到極大的影響而呈垂直變化，在海拔不同的地區造成極其明顯的氣候差異，使原屬亞熱帶短距離緯度內的臺灣，出現了寒溫暖熱的諸種氣候型。動植物的類型，當然也就隨海拔位置的不同而大有變異。

臺灣垂直高度近四千公尺，從平原走上玉山頂，就氣候和草木的變化來說，微地形、微氣候和微生態系姑且不論，大略等於從此地向北行四千公里。一個蕞爾小島竟有如此紛歧的氣侯型和生態系，這又是世界難有其匹的。

臺灣就是一座山，一座從海面升起直逼雲天且蘊藏著豐富生命資源的巍巍大山。這是造化奇特的賜予。我們大部分人大部分時間就在它的腳下生聚行住。我在玉山地區三番兩次進出逗留，總覺得自己已走進它的源頭了。

7

這個源頭，基本上，卻相當荒寒。

設於海拔三八五◯公尺之玉山北峰的測候所，測得的玉山地區年均溫是攝氏三・八度。攝氏五度的等溫線大致與海拔三五◯◯公尺的等高線相合。而三千公尺以上的地區，在冬季乾旱不明顯時，積雲期可連續達四個月。

一般而言，由於氣候的因素，加上岩石裸露，風化劇烈，土壤化育不良，海拔超過三千六百公尺的地帶無法形成森林，三千八百公尺以上的地區，更可以說是臺灣生育地帶的末端，只能存活著少數的某些草本植物。

我先前幾次走過這個高山草本植物帶時，只覺得滿眼盡是光禿的危崖峭壁，岩層破碎。勁厲的冷風，經常吹襲。這裡像是另外一個世界。間或出現在石屑裡的小草，看起來毫不起眼。我不曾爲它們停留過疲累的腳步。

然而六月底再次經過時，我卻爲它們展露的鮮豔色彩而大感驚訝。荒冷沉寂的高山上突然出現了一片蓬勃的生機。尤其是北峯周圍，可能因坡度較緩，土壤發育較好，花草甚茂，各種色彩紛紛將這個高山地域鑲飾得不再那麼冷硬：紫紅色的阿里山龍膽，晶瑩剔透如薄雪般的玉山薄雪草，藍色的高山沙參，黃色的是玉山佛甲草、玉山金梅和玉山金絲桃，以及在北峯頂上盛開成一大片的白瓣黃心的法國菊……。我開始帶著一本小圖鑑專程去進一步認識它們。

在長期冰封之後，這些高山草花，這時，正進入它們的生長季節。它們正趁著氣溫回升的短暫夏日努力成長，在一季裡匆忙地儘量完成從萌芽至開花、結果以至散播種子的一生歷程。

不過另一方面，我這時卻也開始了解到高山野花之所以多爲多年生，原來是有其苦衷的。對許多高山植物而言，籽苗內的養份畢竟有限，無法同時供應成長與孕育種子之需，所以爲了達成繁殖的目的，只得採取分年逐步完成生命循環的策略：第一年全心全意發展根系，次年發芽，然後年復一年的儲存能量，待準備充足後，再驕傲地綻放出美麗的花朵來。

但即使是這麼堅韌的高山岩原植物，在玉山主峯頂上，也已少見。我反而發現了兩棵玉山圓柏。四月底的時候，這一簇出現在峯頂稍南絕崖陡溝中的綠意旁，仍留著一小堆殘雪。它們是臺灣最高的兩棵樹。

然而就植物生命而言，地衣則還高過了它們。顏色斑駁地貼生在山巓裸岩上的這些地衣雖屬低等植物，但因不畏高山上必然強烈的風寒和紫外線，且能將假根侵透入岩石內，逐漸使之崩解，使高山上高等植物的生長成爲可能，因此一向是惡劣環境中最強悍的先鋒植物。

沒。至於動物，據說在溫暖的季節，仍會有長鬃山羊、水鹿和高山鼠類在此出沒。但我三度登頂，卻只有在四月底的那一次看到一隻岩鷚。只有一隻。牠長得胖胖的，離我約僅一丈，在板岩碎屑上慢條斯理地走著，毫無怕人的樣子。灰色的小小的頭，時而啄點著地面，時而抬起來四下顧盼，背部灰栗相間的覆羽在刮掃的冷風中不斷地張揚起伏。

這就是臺灣陸棲鳥中海拔分佈最高的鳥類，而且是世界上僅存於我們這個島嶼上的臺灣特有亞種。

可是爲什麼只有一隻呢？牠眞的能在這麼高寒的裸岩間找到果腹的小蟲或植物種籽嗎？興奮之餘，這些都不免令我疑惑。

8

我一再地攀爬跋涉於玉山頂一帶，後來彷彿覺得幾乎要成爲一種迷戀式的追尋甚或膜拜了。我逐漸察覺到，自己似乎愈來愈期待著要在每次的山野漫遊中，在某個時刻，通過高山世界那種亙絕千里的恢宏大氣勢，通過周遭或恆久或瞬息生滅的形色聲氣和律動，去和什麼東西連結起來，譬如土地，譬如時間，等等。我是已體會到了我可以爲之歡欣的某些什麼，但我仍貪婪的希望能確切地把握得更多。

然而，經過了一長段時日之後，玉山頂所有的那些經歷，在記憶中其實有一部分卻已混淆起來；某些個別的興奮心情雖還在，但印象中所有的那些或美麗或偉大的色彩和聲音，形狀和氣質，所有的那些我曾有過的感動或震撼，領會或省悟，最終都混合成單純的某些繫念和啓示，留存在心底裡。

當夏天過去，秋天來到，高山的花季迅速銷聲匿跡，冷霜降臨，多刺的玉山小檗的葉子轉紅了，掉落了。然後是冬天，一片皚白的冰雪世界裡。那些裸岩、地衣、那兩株海拔最高的圓柏，以及全部的那些堅苦卓絕的高山草花們，都將一體覆蓋在厚厚的白雪下。而那隻孤獨的岩鷚，應該也會往低處移居的吧。

然後，也許四個月之後，春天回來了。然後夏天……。好長好長的一再輪迴的宇宙的歲月，大自然的歲月，我目睹過的那個玉山地區高山世界的歲月。

我懷念這樣悠悠嬗遞著的歲月，同時相信這其中必然存在著可以超越時間的義理和秩序，一些既令人敬畏卻又心生平安和自在，既令人引以爲傲卻又願意去謙虛認知的屬於高山、屬於自然、屬於宇宙天地的義理和秩序。

附錄

高苑科技大學國文（全校性閱讀書寫課程推動與革新計畫）選文一覽表

模組	單元	現代文學文本（41篇）
自我察覺與生命意義	情感經驗與家族記憶	1. 琦君〈外祖父的白鬍鬚〉
自我察覺與生命意義	情感經驗與家族記憶	2. 鍾理和〈復活〉
自我察覺與生命意義	情感經驗與家族記憶	3. 鍾理和〈蒼蠅〉
自我察覺與生命意義	情感經驗與家族記憶	4. 鍾鐵民〈帳內人〉
自我察覺與生命意義	情感經驗與男女情愛	5. 張啟疆〈導盲者〉
自我察覺與生命意義	情感經驗與男女情愛	6. 龍瑛宗著、陳千武譯〈某個女人的紀錄〉※
自我察覺與生命意義	情感經驗與男女情愛	7. 陳恆嘉〈剃〉
自我察覺與生命意義	負面心理與道德覺知、道德律令	8. 劉吶鷗〈棉被〉※
自我察覺與生命意義	負面心理與道德覺知、道德律令	9. 李喬〈蜘蛛〉※
自我察覺與生命意義	負面心理與道德覺知、道德律令	10. 楊青矗〈切指記〉
自我察覺與生命意義	語言的倉庫與族群認同的差異、想像	11. 楊華〈女工悲曲〉
自我察覺與生命意義	語言的倉庫與族群認同的差異、想像	12. 朱烽〈鴨母王〉※
自我察覺與生命意義	語言的倉庫與族群認同的差異、想像	13. 葉石濤著、陳顯庭譯〈三月的媽祖〉

模組	單元	現代文學文本(41篇)
生活體驗與日常文化	日記、生活與文化	14.吳新榮〈亡妻記〉（節選）※
		15.葉笛〈電動馬〉※
		16.林清玄〈抹茶的美學〉※
	感官知覺與旅行體驗	17.蔣勳〈南方的海〉
		18.方中士〈旋轉門〉
社會差異與和諧共榮	科技社會與文化交流	19.季季〈「不要臉的人」之告白〉
		20.瓦歷斯・諾幹〈牛津後記〉
	階級差異與社會融合	21.楊逵著、胡風譯〈送報伕〉※
		22.簡國賢〈壁〉
	城鄉差異與社會文明	23.黃春明〈溺死一隻老貓〉
	弱勢關懷與族群融合	24.拓拔斯・塔瑪匹瑪〈最後的獵人〉
		25.莫那能〈當鐘聲起時——給受難的山地雛妓姊妹們〉
		26.羅葉〈檳榔妹妹〉
	教育體制與集體記憶	27.鍾肇政《魯冰花・7》
		28.賴和〈歸家〉
	集體社會的病灶診斷與對治藥方	29.蔣渭水〈臨床講義〉
		30.鄭清文〈春雨〉※

模組	單元	現代文學文本(41篇)
自然環境與永續關懷	風土之美與鄉土之愛	31.莊永清〈屬於高蹺的四草雨季〉
		32.洪素麗〈赤道無風帶的旅愁〉
	區域自然生態與消失的文明	33.劉克襄〈北壽山與南壽山〉
		34.王家祥〈山與海——打狗社大遷徙〉
	臺灣農村與物質文明的今昔	35.吳晟〈店仔頭〉
		36.阿盛〈廁所的故事〉
	環境公害、社會行動與生態保護	37.楊渡〈西海岸：污染工業的見證〉
		38.劉克襄〈八輕之後〉
		39.林梵〈賴和行街頭〉
	自然公園、自然心靈與護生思想	40.杜虹〈那一夜我們護送螃蟹過馬路〉
		41.陳列〈玉山去來〉

Note

Note

Note

國家圖書館出版品預行編目資料

大學國文／莊永清主編. －－二版. －－臺北市：五南, 2017.09
面； 公分
ISBN 978-957-11-8787-7（平裝）

1.國文科 2.讀本

836 105015561

1X3W 國文系列

大學國文

主　　編— 莊永清
編　　著— 巫淑如　林童照　邵長瑛　孫鳳吟　郭正宜
郭寶元　陳立驤　陳靖文　黃連忠　黃慶雄
莊永清　鍾美玲
發 行 人— 楊榮川
總 經 理— 楊士清
副總編輯— 黃惠娟
責任編輯— 蔡佳伶　簡妙如
校　　對— 卓芳珣
封面設計— 申朗創意
出 版 者— 五南圖書出版股份有限公司
地　　址：106台北市大安區和平東路二段339號4樓
電　　話：(02)2705-5066　　傳　　真：(02)2706-6100
網　　址：http://www.wunan.com.tw
電子郵件：wunan@wunan.com.tw
劃撥帳號：01068953
戶　　名：五南圖書出版股份有限公司
法律顧問　林勝安律師事務所　林勝安律師
出版日期　2014年9月初版一刷
2015年9月初版二刷
2017年9月二版一刷
定　　價　新臺幣520元